汉译世界文学名著丛书

尼伯龙人之歌

佚名 著

安书祉 译

商务印书馆
The Commercial Press
创于1897

DAS NIBELUNGENLIED

汉译世界文学名著丛书
出 版 说 明

　　1902 年，我馆筹组编译所之初，即广邀名家，如梁启超、林纾等，翻译出版外国文学名著，风靡一时；其后策划多种文学翻译系列丛书，如"说部丛书""林译小说丛书""世界文学名著""英汉对照名家小说选"等，接踵刊行，影响甚巨。从此，文学翻译成为我馆不可或缺的出版方向，百余年来，未尝间断。2021 年，正值"汉译世界学术名著丛书"出版 40 周年之际，我馆规划出版"汉译世界文学名著丛书"，赓续传统，立足当下，面向未来，为读者系统提供世界文学佳作。

　　本丛书的出版主旨，大凡有三：一是不论作品所出的民族、区域、国家、语言，不论体裁所属之诗歌、小说、戏剧、散文、传记，只要是历史上确有定评的经典，皆在本丛书收录之列，力求名作无遗，诸体皆备；二是不论译者的背景、资历、出身、年龄，只要其翻译质量合乎我馆要求，皆在本丛书收录之列，力求译笔精当，抉发文心；三是不论需要何种付出，我馆必以一贯之定力与努力，长期经营，积以时日，力求成就一套完整呈现世界文学经典全貌的汉译精品丛书。我们衷心期待各界朋友推荐佳作，携稿来归，批评指教，共襄盛举。

商务印书馆编辑部

2021 年 8 月

译　　序

　　《尼伯龙人之歌》（*Das Nibelungenlied*）这部史诗已经有中文译本，关心中世纪德语文学的读者可能早已熟悉。以往将书名译为《尼伯龙根之歌》，但从字面上看，"尼伯龙根"指的是人还是物，是城市还是河流，并不明确。在北欧冰岛歌谣集《埃达》（*Edda*）里记载，古代勃艮第国有一个王族称尼伯龙（*Nibelunge*），相传，他们确实拥有一大批宝物。后来有人将这个传说与在北方流传的另外一个关于尼德兰英雄西格夫里特打败尼伯龙和希尔伯两个王子占有其全部宝物的传说融合在一起，创作了这部史诗 *Das Nibelungenlied*。在中古德语中尼伯龙人称 *der Nibelunc*，复数加词尾 *e*，即 *die Nibelunge*。按照通常习惯，像这样名词的复数词尾是不需要翻译的，也很难翻译，譬如 *der Deutsche* 德意志人，复数是 *die Deutschen*，翻译成中文时依然是"德意志人"。同样，尼伯龙人一词的复数即 *die Nibelunge* 翻译成中文时也不需要将其词尾翻译出来，译为"尼伯龙人"为宜。根据构词法的要求，*das Nibelungenlied* 是现代德语的 *Nibelungen* 加 *lied* 组成的复合词，以往所译的根字只是音节 *gen* 的译音。此外，在这部史诗中虽然"尼伯龙人"不再仅仅指勃艮第国的王族，而是宝物掌握在谁手里，谁便是"尼伯龙人"，但作品的内容讲的都是这些"尼伯龙人"从兴盛到衰亡的故事。因此从内容上看也可以说，这部史诗就是一首对于这些"尼伯龙人"悲壮命运的颂歌。出于上述考虑，我将这个译本改名为《尼伯龙人之歌》。

《尼伯龙人之歌》又称《尼伯龙人的厄运》，大约写成于一二〇二至一二〇四年之间。作者可能是奥地利人，出生于帕骚与维也纳之间的多瑙河流域，姓名不详。关于他的身世没有文字记载，作者的职业也是众说纷纭，从作品的基本思想和所描述的社会内容来看，可能是下层骑士，曾在帕骚大主教手下或附近的尼德恩修道院供职，有一定文化修养，对法律、宫廷礼仪以及骑士生活很熟悉。

《尼伯龙人之歌》的原文是用中古高地德语写成，全诗有三十九歌，2379诗节，每诗节4行，共9516行。故事情节取材于欧洲古代英雄传说，可分为两大组成部分。第一歌至第十九歌为第一部分，以法兰克或尼德兰传说为基础，讲的是西格夫里特的故事。尼德兰王子西格夫里特从小生活在父王的宫廷，成年时晋升为骑士。后来与勃艮第国公主克里姆希尔德结婚，婚后登基加冕，成为一位强大的国王，占有尼伯龙宝物。十年后，应勃艮第国王恭特和王后布伦希尔德邀请，西格夫里特携妻子克里姆希尔德去沃尔姆斯省亲。由于两位王后的争吵，引起布伦希尔德的仇恨，忠臣哈根为王后报仇，杀死了西格夫里特，随后夺走了尼伯龙宝物。第二十歌至第三十九歌为史诗的第二部分，这一部分以勃艮第传说为基础，内容讲的是克里姆希尔德的复仇或称勃艮第王国的覆灭。克里姆希尔德在沃尔姆斯宫廷寡居十三年之后，远嫁匈奴国王艾柴尔。又过了十三年，她看到匈奴国的臣民以及聚集在那里的外国王侯将帅都顺从了她的统治，认为复仇的时机已到。她说服艾柴尔邀请勃艮第国亲人来匈奴国赴宴。客人到达后，克里姆希尔德首先索要尼伯龙宝物，后来又下令焚烧大厅，从而引起匈奴人与勃艮第人之间的大杀戮。克里姆希尔德要求哈根说出宝物存放在何处，哈根不说。她于是下令砍下恭特的头颅，并亲自杀死哈根。老帅希尔德勃兰特看见一位勇士惨死在一名妇人手里，不忍漠视，当即杀死克里姆希尔德。全部故事就此以众英雄同归于尽而告终。

如前所述，《尼伯龙人之歌》是在古代尼德兰传说系统和勃艮第传说系统的基础上创作而成的。这两个传说系统都是形成于公元三七六至六〇〇年的欧洲民族大迁徙年代。它们经过后来几百年的口口相传，发展演变，到了十三世纪，故事情节和人物形象都已经基本定型。《尼伯龙人之歌》作者的主要功绩在于，他把这两个彼此独立的传说组织成为一个首尾连贯、总体统一的故事，从而借助古代日耳曼人的英雄形象表现十三世纪的社会生活和骑士理想。因为故事中人物的思想、价值标准和行为方式都是十三世纪的，所以这部史诗已经不属于古代英雄文学的范畴，而是一部以古代英雄故事为题材的宫廷骑士史诗。它的人物的思想、价值标准和行为方式都是十三世纪的。

在《尼伯龙人之歌》中，一个中心冲突是争夺尼伯龙宝物。尼伯龙宝物是一批巨大的财富。在封建社会，财富是封建宫廷赖以生存的条件，也是封建统治的基础。财富意味着权势，有财富才有权势，失去财富就失去权势。所以，尼伯龙宝物就成了权势的象征，贯穿全诗的争夺尼伯龙宝物的斗争实际上就是封建王侯争夺权势的斗争。起初，西格夫里特占有尼伯龙宝物，他的国家被称为尼伯龙国。当时的尼德兰繁荣昌盛，是一个强大的封建王国。勃艮第国位于莱茵河中游，克里姆希尔德是勃艮第国王恭特的妹妹。西格夫里特与克里姆希尔德的婚姻将这两个国家连接为姻亲邻邦。后来，克里姆希尔德伤害了勃艮第国王后布伦希尔德，忠臣哈根为了给王后报仇，杀死了西格夫里特。然而，哈根并不善罢甘休，他深知财富的重要性，于是处心积虑地怂恿恭特国王说服克里姆希尔德同意将她的尼伯龙宝物从尼德兰运回勃艮第国（1107节，1—4行）。克里姆希尔德在丈夫死后一直寡居在沃尔姆斯宫廷，她拿到宝物之后，广泛布施，取悦人心，培植自己的势力。哈根看到她有可能作为西格夫里特的遗孀与勃艮第国分庭抗礼（1128节，3—4行；1130节，1—4行），于是抢走全部宝物，使之成为勃艮第国的财富。史诗至此，尼德兰王国销声匿迹，勃艮第国代之而起，被称为尼伯龙国，勃艮第人也被称为尼伯龙人。后来克里姆希尔德远嫁匈奴，表面上是为了寻找时机给亡夫西格夫里特复仇，实际上也是为了找回失去的宝物。当她的勃艮第亲人应邀来匈奴宫廷做客时，她见面开门见山就是索要宝物（1741节，1—4行）；在匈奴宫廷，匈奴人与勃艮第人展开大杀戮，她知道是哈根杀死了西格夫里特，然而，在哈根被生擒后，她并不急于向他讨还血债，而是要他说出宝物藏在何处，甚至许诺，只要他肯交出从前从她手里夺走的财产，就可以不把他杀掉（2367节，2—4行）。哈根断然拒绝她的要求。克里姆希尔德看到收回宝物的希望已不复存在，她复辟天下的梦想彻底破灭，于是置血缘纽带于不顾，令人杀死恭特，后来又亲斩哈根，同时也结束了自己的复仇生涯。

两位王后的争吵是全诗故事情节发展的关键性转折，后来发生的一系列事件都是从这里开始的。布伦希尔德感到自己受了伤害，于是授意哈根谋杀西格夫里特；克里姆希尔德为了复仇策划了在匈奴宫廷的血腥屠杀，结果是众英雄同归于尽，勃艮第王国彻底覆灭。而两位王后争吵的原因都是要维护自己的尊严和地位。封建社会是一个等级森严的社会，君君臣臣，其界限不得逾越，是天经地义的戒律，有了地位才有尊严，而要维护尊严必须维护地位。封建君主靠尊严和地位维系其统治，因此视尊严与地位为自己存在的价值。布伦希尔德纳闷，既然西格夫里特是国王的一名封臣（420节，2行；423节，1行），为什么长期不来向国王进贡？克里姆希尔德作为一名封臣的妻子为什么敢于同她平起平坐？她感到自己的尊严受到挑衅，于是千方百计地贬低西格夫里特，欲将西格夫里特置于恭特之下，她坚持说，"恭特才是真正的王中之王"（818节，3—4行）。克里姆希尔德竭力反抗这种企图，她反驳说，"他（西格夫里特）的门第和等级与恭特完全一样"（819节，3—4行），因此她理应是堂堂正正的王后，把她置于封臣之妻的位置无疑贬低了她的地位。一个要维护自己的尊严和地位，一个要争得同样的尊严和地位，这就是两位王后争吵的实质。

骑士阶级也和古代英雄一样，把勇敢和忠诚奉为崇高的荣誉和理想的品德。但是他们的勇敢和忠诚的涵义已经发生变化，注入了新的价值观念。首先，《尼伯龙人之歌》中的人物都是勇敢的，充满英雄气概。但是，《尼伯龙人之歌》的作者作为霍亨斯陶芬王朝兴盛时期的诗人虽然也让他的人物保持了古代英雄的勇敢精神，但他所理解的勇敢精神已经不仅仅表现为披坚执锐和浴血奋战，他笔下的英雄还必须经受痛苦，要迎接命运的挑战，而且最后都不可避免地走向死亡，从而捍卫自己的人格和信念，成为自己命运的主人。克里姆希尔德本是一位温柔贤淑的少女，后来命运使她成为一名疯狂的复仇者。为了复仇，她不惜牺牲亲生儿子的性命点燃战斗的导火线（1961 节），也是为了达到复仇的目的，她让成千上万的勇士，包括自己的兄弟残酷厮杀，最后自己也与他们一起在血泊中倒下。哈根作为恭特的忠臣和心腹，他看出克里姆希尔德邀请他的主人去匈奴赴宴是一种阴谋，起初竭力警告主人前去十分危险。可是，当他看到匈奴之行不可避免的时候，为了证明自己的勇气和胆量，毅然决然随同前往（1513 节，1—3 行）。多瑙河上的女仙们对他预言这次旅行有去无返，面对死亡的厄运，他将摆渡他们过河的木船砸碎，切断回头之路，表现了绝不因害怕而逃跑的大无畏精神（1583 节，1—4 行）。后来在艾柴尔的宫廷里，他面对愤怒的克里姆希尔德，对杀死西格夫里特的罪行供认不讳（1790 节，2—3 行），也是因为他相信，任何一种否认或回避都意味着怯懦，而任何一点怯懦都有失英雄本色，损害英雄的荣誉。因此，他绝不屈服，视死如归。

同样，忠诚的涵义也有新的发展，注入了十三世纪骑士阶级的思想。这一点主要表现在哈根和吕狄格这两个人物的心理变化上面。哈根是勃艮第国的忠臣，为了宫廷的荣誉和国王的权益一向舍生忘死、忠贞不渝。可是在史诗的最后，勃艮第国的全体勇士被围困在匈奴人的大厅里，当他们看见全副武装的吕狄格走来，一场杀戮不可避免的时候，他们本以为，哈根会挺身而出，同吕狄格浴血奋战，然而，这位一向作为忠诚倡导者和忠诚美德化身的哈根却出人意料地恳求吕狄格把盾牌送给他，并且保证，"我的手在战斗中决不碰你一下"（2201节，3行）。国王的忠臣，在这最后一瞬间通过对"敌人"的恳求和承诺，背叛了自己的主人，同时也背弃了自己一贯恪守的忠诚的原则。这不能不说他的忠诚观念在发生变化。而吕狄格所经受的内心冲突则进一步显示，在《尼伯龙人之歌》中，忠诚已经不再是惟一的至高无上的行为准则。吕狄格是匈奴国王的一名边塞方伯，他赖以生存的土地和财产都是国王恩赐的，因此忠于国王是他应尽的义务。另一方面，也是他亲自将勃艮第人接到匈奴国，请他们到家中做客，并且将自己的女儿许配给年轻的吉赛海尔国王的，因此，保护这些客人的安全又是他义不容辞的责任。后来在匈奴人和勃艮第人展开血战的时候，他陷入了激烈的内心冲突，因为"不管我站在这一边，还是那一边，我的行为都有失偏颇，有损骑士的尊严。如果我双方都弃之不顾，又要遭世人责难"（2154节，1—3行）。在忠诚与情意之间他无法做出抉择，最后只好以死消除自己心灵的痛苦，捍卫自己的人格和尊严。吕狄格的"灵魂悲剧"打破了只有对于君主的忠诚才是至高无上的观念，它向我们展示了一种新的骑士的人道主义思想，即人与人之间的关系除君臣关系之外，还有亲属关系和朋友关系，而这些关系也同样是重要的。

真实性是这部史诗在创作上的最大特点。作者着眼描写现实生活，他把他的人物放在一个真实的世界。譬如，《尼伯龙人之歌》的故事就发生在莱茵河和多瑙河流域，这里的大路和小径、城市和河流都是真实的，甚至像帕骚大主教彼尔格林这个人物在历史上也确有其人。既然是现实生活，就有欢乐和痛苦。作者认为，生活就是对欢乐和痛苦的体验，而且欢乐总是在痛苦中结束。因此，乐而生悲，福以祸终是这部史诗的又一主导思想。克里姆希尔德从许多妇人的经历中看到，"世上的爱情到头来总是以痛苦告终"（17节，3行），因此她决定终身不嫁。可是她后来还是接受了西格夫里特的爱情，从此灾祸接踵而来。先是丈夫西格夫里特被杀害，接着尼伯龙宝物被夺走，直到后来自己也在匈奴宫廷的大屠杀中与勃艮第国一起灭亡。庆典本是宫廷生活的一个重要组成部分，应该是欢乐的高潮。在《尼伯龙人之歌》中作者描述了四次庆典，但每次庆典都是下一次不幸的开始。西格夫里特帮助恭特打败萨克逊人胜利而归，在庆功会上与克里姆希尔德订下终身，这就为她后来一系列痛苦埋下祸根；布伦希尔德在沃尔姆斯举行的婚宴上流泪，新婚之夜不让恭特与她亲近，致使恭特非请西格夫里特来床上行骗不可，布伦希尔德的腰带和戒指因此失窃；西格夫里特夫妇来沃尔姆斯参加庆典，庆典上两位王后发生争吵，克里姆希尔德出示腰带和戒指，引发布伦希尔德的仇恨，结果招来西格夫里特的杀身之祸；最后在匈奴宫廷举行的盛宴酿成匈奴人与勃艮第人的大杀戮，各路英雄，也包括克里姆希尔德在内，通通壮烈牺牲，勃艮第王国就此覆灭。此外，甚至一向作为王宫贵族消遣娱乐的出游狩猎也被利用，成为杀害无辜的阴谋，使这次消遣娱乐以西格夫里特之死而告终。因此，在全诗结尾时，作者这样说道："国王举行的庆典就此以痛苦收场，世界上的欢乐，到头来总是变成悲伤"（2378节，3—4行）。"以后发生的事情，我也不能告诉你们，我只知道，人们看见许多骑士和妇人，还有高贵的侍从，他们都为失去亲友而伤心。故事到此结束，这就是《尼伯龙人的厄运》"（*2379节，1—4行*）。

《尼伯龙人之歌》是一种口头文学，主要是讲给人听的，而不是写给人读的。这一点作者一开头就交代得很清楚："现在请听我讲这些事迹"（*1节，4行*）。因为这些故事是直接讲给人听的，所以具有如下特点：

一、故事以克里姆希尔德为中心，情节首尾连贯，总体统一。从她梦见一只野鹰被两只大鹫啄死到她被希尔德勃兰特杀死是全部故事的框架，在这中间发生的一系列事情都与她有直接或间接的联系。但讲述时有的放在前面，有的放在后面，有时由近及远，有时由远及近，因而结构不够严密。

二、在总的框架之内，各个故事相对独立，自成一体，有人把这种结构形式称作"段落结构"。从西格夫里特在沃尔姆斯出现到他携妻子克里姆希尔德返回尼德兰为第一"段落"；从西格夫里特和克里姆希尔德应邀来沃尔姆斯到西格夫里特之死为第二"段落"；从吕狄格替匈奴国王艾柴尔向克里姆希尔德求婚到克里姆希尔德成为匈奴王后为第三"段落"；从勃艮第人应邀赴匈奴宫廷到故事结束为第四"段落"。从局部来看，"段落"与"段落"之间没有紧密的联系，间隔的时间空隙甚大，譬如，从第一"段落"结束到第二"段落"开始经过了十年，从第二"段落"结束到第三"段落"开始经过了十三年，从第三"段落"结束到第四"段落"开始又经过十三年。在这三十六年的时间里都发生过什么事情，作品中没有记载。用近代小说的标准衡量，这是布局上的一大缺陷，但是，对于《尼伯龙人之歌》来说，却是自然的，因为对于听众最重要的是每次所听的故事要有头有尾，生动有趣，引人入胜。至于这次听的故事与下次听的故事相距多长时间，这并不重要。时间仅仅起着划分"段落"的作用，对于人物和事件的发展没有影响，故事中许多人物，虽然经过近四十年的岁月，年龄始终未变。此外，《尼伯龙人之歌》不仅可以分为四大"段落"，而且每一大"段落"又可分为若干小段故事，每一小段故事都独立完整，扣人心弦。这正是《尼伯龙人之歌》在艺术上的最大成就。

三、人物的行为方式仅仅与他所处的环境相吻合，人物缺乏统一性格。西格夫里特初到沃尔姆斯的时候，犹如一个来自深山的野人，蛮横无理，十分鲁莽。他迫不及待地向恭特宣战，企图诉诸武力获得克里姆希尔德。但不久他又变成一名温顺的、十分耐心的求婚者，愿意接受一切考验。作者没有交代他内心的变化，因为他的任务是讲故事，人物的行为方式是根据具体故事的特定环境而设计的，只要符合环境的需要，人物就完成了角色的使命。这种情况，在克里姆希尔德这个中心人物身上可以看得更清楚。克里姆希尔德本来是一位温柔善良的少女，深得众人厚爱。可是后来，她变成了一名残暴成性的刽子手，为了挑起匈奴人与勃艮第人之间的大屠杀，她甚至故意挑动哈根杀死自己亲生的幼子；为了夺回尼伯龙宝物，她不仅令人杀死长兄恭特，还手提恭特的首级逼迫哈根说出宝物藏在哪里，哈根不从，她又亲手杀死了哈根。克里姆希尔德性格上的这一巨大变化，使她前后判若两人。对此作者也没有做任何交代。作者只着眼于讲故事，并不着眼于剖析人物的内心世界，塑造完美的人物性格。他只须讲述一个人物在一个特定的故事环境中做了些什么，无须讲述他为什么这样做。就人物而言，他只须讲他们的状态，无须讲他们的发展。在布伦希尔德身上也体现了作者"讲故事"的意图。布伦希尔德本是冰岛国的一位女王，专横跋扈，所向无敌。可是和恭特结婚以后，她突然变成了一个爱虚荣、好嫉妒、心胸狭窄的普通妇人。她不能容忍克里姆希尔德对她的冒犯，于是指使侍从给她报仇，成为史诗中一系列阴谋的肇始者。她只在史诗的第一部分出现，到了第二部分，作者讲的故事与她无关，这个人物也就销声匿迹。

四、《尼伯龙人之歌》是用诗体写成，诗文采用了特殊的尼伯龙诗节（*Nibelungenstrophe*），即每一诗节有四个长行，每一长行又分为两个短行，中间有一个停顿。前三个长行中每一行的第一个短行有四个扬音，第二个短行有三个扬音，只有第四长行的两个短行各有四个扬音。尼伯龙诗节听起来有强烈的节奏感，便于口头传诵。

《尼伯龙人之歌》中的故事最初只是靠口头讲述，没有写成文字。十三世纪初被记录下来并写成这部史诗以后，深受众人喜爱，广泛流传，不断有人传抄。从十三世纪到十六世纪出现了许多手抄本，仅现在搜集到的就有三十种之多，其中十种是完整的。最早的手抄本产生于十三世纪初，即在这部作品问世不久，可惜没有完整保存下来，只剩下一些断篇。最晚的手抄本见于十六世纪初。在这十种完整的手抄本中，有三种比较重要，它们分别被称为手抄本 *A*，手抄本 *B* 和手抄本 *C*。普遍认为，手抄本 *B* 最接近原诗的正本，手抄本 *A* 是后来从手抄本 *B* 派生出来的，比手抄本 *B*

简短。手抄本 C 经过了仔细加工，被看作是原诗的修订版，但肯定不是出自作者之手，产生于一二二〇年前后。由于这些手抄本的最后一句话各异，因此又分为 nôt 本（*das ist der Nibelunge nôt*：这就是尼伯龙人的厄运）和 liet 本（*das ist der Nibelunge liet*：这就是尼伯龙人之歌）两种，手抄本 A 和手抄本 B 属 nôt 本，手抄本 C 属 liet 本。《尼伯龙人之歌》产生后不久，即有一个续篇问世，称为《哀诉》（*Die Klage*）。经多方考证，续篇《哀诉》与原诗正本确有不少联系，但两部作品的内容与形式都相去甚远。

从十六世纪开始，《尼伯龙人之歌》逐渐被遗忘，到了十七世纪上半叶则完全被湮没在故纸堆里。是瑞士学者、文艺理论家约翰·雅可布·波德默（*Johann Jakob Bodmer 1698—1783*）于一七四八年首先发现了这部作品，并于一七五八年第一次印刷出版。此后，各种手抄本被陆续发现，一七八二年瑞士学者克里斯朵夫·海因里希·米勒（*Christoph Heinrich Müller 1740—1807*）编订了第一个完整的版本。但是，这一努力在十八世纪并没能引起学术界和文学界对这部作品的重视。真正认真研究这部作品并认识到它的伟大意义的是十九世纪初的德国浪漫派。一八二七年卡尔·约瑟夫·西姆洛克（*Karl Joseph Simrock 1802—1876*）出版了《尼伯龙人之歌》的现代德语译本，从此这部史诗才重新被广大读者所接受。诗人歌德也是在这个时期开始重视这部作品的。他为西姆洛克的现代德语译本写了书评，并且在同艾克曼（*Johann Peter Eckermann 1792—1854*）谈话时，把这部史诗与荷马史诗相提并论，给予它很高评价。

自十九世纪以来，不仅研究《尼伯龙人之歌》的论著与日俱增，而且利用《尼伯龙人之歌》的题材进行创作和改写的作品也层出不穷，如十九世纪初叶弗利德里希·赫伯尔（*Friedrich Hebbel 1813—1863*）改写的三部曲《尼伯龙人》（*Die Nibelungen 1861*），理查德·瓦格纳（*Richard Wagner 1813—1883*）利用这一题材创作的歌剧《尼伯龙人的戒指》（*Der Ring der Nibelungen 1851—1852*），等等。直到最近研究和改写《尼伯龙人之歌》的兴趣仍方兴未艾，各种校勘本、翻译本、改写本以及研究专著不断出现。对《尼伯龙人之歌》的研究重点也从作品本身发展到对作品的接受史方面。

在我国，钱春绮先生早在五十年代就将这部作品译成了中文。从那时起，《尼伯龙人之歌》这部德国中世纪的著名史诗便为中国的外国语言文学工作者所熟悉。近年来，《尼伯龙人之歌》的故事又不断散见于各种外国古代故事的中译本中，成为中国读者，尤其是儿童读者最喜爱的欧洲古代故事之一。

安书祉

1998 年 9 月于北京

目　录

第一歌 ①

这一歌介绍勃艮第王族（恭特、盖尔诺特、吉赛海尔、乌特母后）和他们的宫廷。中心人物是克里姆希尔德。克里姆希尔德做了一个梦，梦见两只大鹫啄死了她驯养的那只野鹰。母亲解释说，这只野鹰是一位可爱的男子，他必定短命。克里姆希尔德断然放弃一切爱情的念头。

1   古代传说告诉我们的事迹多么扣人心弦：
有赫赫有名的英雄，有骑士们的刻苦修炼，
有欢乐，有庆典，也有哭泣和哀叹，
还有勇士的斗争，现在请听我讲这些事迹。

---

① 原书各歌均有标题，惟第一歌没有。

2   从前在勃艮第国^①有一位高贵的少女，

    她的名字叫克里姆希尔德，天生俏丽，

    后来她成为一位绝世的美貌妇人，

    因为她的缘故，许多英雄将生命失去。

3   这位高贵的少女非常可爱，妖娆妩媚，

    英雄们都千方百计地想要获得她的恩惠。

    她风姿绰约，她的容颜清秀俊美，

    天资和门第赋予她的气质更为巾帼增辉。

4   这位少女由三位高贵而强大的国王^②保护，

    恭特和盖尔诺特二位骑士，他们英勇无畏，

    年轻的英雄吉赛海尔^③也出类拔萃。

    他们是少女的监护人，保护这位同胞姐妹。

5   三位国王出身名门，是贵族的后裔，

    他们都很慷慨好施，且具有非凡的膂力。

    他们在莱茵河畔建立的国家号称勃艮第国，

---

  ① 勃艮第族是东日耳曼族的一支，大约于公元前一世纪由挪威南部迁入威悉河和奥得河地带，四世纪末向西迁徙。大约于公元四一三年以沃尔姆斯城为中心建立国家，称勃艮第国，公元四三六年匈奴人入侵，勃艮第国覆灭。

  ② 三位国王中，长兄恭特为君主，盖尔诺特和吉赛海尔有王名，无王权。

  ③ 他是三位国王中最年轻的一个；从全书内容看，克里姆希尔德可能是恭特和盖尔诺特的妹妹，吉赛海尔的姐姐。

后来在艾柴尔^①国中建立了惊人的业绩。

6　　　他们的宫廷设在莱茵河畔的沃尔姆斯城，
　　　有全国雄赳赳的骑士维护尊严和声名。
　　　他们一生都有属国的封臣为之尽忠效劳，
　　　后来，只因两位妇女不和^②而悲惨丧命。

7　　　他们的母后名叫乌特，拥有很大权势，
　　　他们的父王旦克拉特^③，一生刚勇豪迈。
　　　早在青年时代，他就享有崇高声望，
　　　临终时把土地和财产留给了他的后代。

8　　　如我前面所述，这三位国王都很强大，
　　　有一批最杰出的勇士聚集在他们周围。
　　　相传，这些勇士都是坚强而勇敢的英雄，
　　　在最艰苦的战斗中也从不畏难后退。

9　　　这些勇士当中，有来自特罗尼的哈根^④，
　　　他的弟弟旦克瓦特和来自美茨的奥特文。

―――――――――――

　　① 即历史上匈奴国王阿提拉。
　　② 见第十四歌《两位王后的争吵》。
　　③ 他原名叫吉比歇，旦克拉特只在《尼伯龙人之歌》中这一处提到。
　　④ 古时候的人只有名没有姓，故将出生地或封地加于名后以示区别，如哈根
来自特罗尼。

还有两位边塞方伯 ① 盖莱和艾克瓦特，

还有从阿尔采 ② 来的伏尔凯，他膂力过人。

10   御膳司厨鲁摩尔特是一位卓越的英雄，

辛多尔特、胡诺尔特和他都是国王的侍从。

他们把宫廷里的事情管理得井井有条；

此外还有许多勇士，我说不全他们的姓名。

11   勇敢的旦克瓦特，他担任马厩总管 ③，

他的内侄奥特文的职务是宫廷司酒 ④。

英雄辛多尔特，他是国王的酒水督察 ⑤，

胡诺尔特为宫廷总管 ⑥；他们个个忠于职守。

12   关于这座宫廷的意义和它的显赫的权势，

关于国王的尊严和他威震四海的声望，

关于他们荣华富贵，欢乐幸福的骑士生活，

---

① 受采邑者，由国王分封土地，执行边塞防卫任务，定期向国王进贡。相当我国殷周时一方诸侯之长。

② 阿尔采是伏尔凯所属氏族居住的地方，不是出生地，全书中惟一例外。

③ 原意为"马童"，后称马厩总管，是宫廷四大主要官职之一。

④ 原意为"拿着钥匙的人"，后来也兼任宫廷司酒。

⑤ 负责操持宫廷宴席，监督酒水供应。

⑥ 封建宫廷中四大主要官职为：御膳司厨、马厩总管、酒水督察和宫廷总管。总管居官职之首，掌管王室库房钥匙和财物。

没有一位吟游艺人能够对你们全部叙说。

13　　克里姆希尔德就在这座宫廷里长大。
　　　一天夜里，她梦见她驯养的那只野鹰，
　　　眼看着被两只大鹫啄死，自己无能为力。
　　　她平生从未经历过这样令她伤心的事情。

14　　克里姆希尔德把她做的梦讲给母后乌特听，
　　　母后对她解释说，这个梦很不吉利。
　　　"你梦中的那只野鹰①乃是一位高贵的男子，
　　　因为没有天主保佑，你才很快将他失去。"

15　　"为什么要提到男子，亲爱的母后？
　　　我一生一世绝不接受男子的爱情。
　　　我要至死保持我的清白之身和美丽颜容，
　　　因为任何男子的爱情总是带来不幸。"

16　　母后说道："你现在可不要这么嘴硬，
　　　你要活得幸福，不可没有男子的爱情。
　　　但愿天主赐你一名骑士做你的夫君，
　　　让你成为一位高贵的妇人，受世人尊重。"

---

　　① 早期骑士爱情诗中用野鹰譬喻情人。

17   克里姆希尔德说道："请不要再说此事，
      母后陛下！众多妇人的命运表明，
      世上的爱情到头来总是以痛苦告终。
      我宁愿不要爱情和痛苦，求得一生平静。"

18   她以纯真的情怀断掉一切爱的思念，
      深居闺房，度过多年恬静的时光。
      然而，她把许多值得爱的人通通拒绝之后，
      终于选中一位高贵的骑士做了她的情郎。

19   正如母后释梦时所做的预言那样，
      这位骑士就是她梦中驯养的那只野鹰。
      后来，她的近亲把这位骑士杀害，
      她为一人复仇，夺去无数勇士的性命。

第二歌
说一说西格夫里特

在莱茵河下游的名城桑滕有一位
王子名叫西格夫里特。他受父王西格蒙
特和母后西格琳德的精心培育，逐渐长
大，成为一名标准的骑士。成年时，父
王为他举行盛大的授剑典礼。

20　　从前，在尼德兰①有一位高贵的王子，
　　　他的父王叫西格蒙特，母后叫西格琳德。
　　　这位王子住在莱茵河下游的一座名城，
　　　这就是强大的城堡，闻名遐迩的桑滕②。

21　　这位高贵的王子名叫西格夫里特。
　　　为了锤炼斗志，显示刚劲的气魄，
　　　他曾经骑马游历过天下许多王国。

① 即莱茵河下游地区，今日荷兰。
② 在今日德国境内。

后来，他在勃艮第国中会见的勇士最多！

22 王子西格夫里特本是一位英俊少年，
  早在青年时代就表现出了非凡的天才。
  他建立了许多惊人的业绩，声望与日俱增，
  在宫廷里逐渐博得妇人们的青睐。

23 虽说他作为王子受到宫廷的精心培育，
  然而他典雅的气质却是与生俱来。
  他的光荣的名字渐渐传遍父王的国度，
  人人都说，他是最完美的王室后代。

24 他渐渐长大成人，已经可以骑马入宫①，
  大家翘首期盼，渴望一睹王子的风采。
  不论男女，他们都希望他经常光临舞会，
  不久王子也发觉，他很受众人的爱戴。

25 他的双亲规定，王子每逢出游巡访，
  必须衣冠华贵，还要有侍从一路侍奉，
  还要派通晓宫廷礼仪的贤师与他同行。
  他就这样为治理国家和人民操练本领。

---

① 贵族青年到了一定年龄方可入宫参加社交活动。

26 西格夫里特长大以后，他的身材魁伟，
  具有非凡的膂力，足以能够披坚执锐 ①。
  他开始为美貌的妇人服务，奉献殷勤，
  妇人们也因为有他的高雅爱情而满面生辉。

27 西格蒙特父王命令他的朝臣向下传旨，
  他要举行一次庆典款待各方的达官显贵。
  使臣们立即将御旨送达各王国的君主，
  参加庆典的来宾和家臣都发给良马和装备。

28 使臣们不论在什么地方发现了贵族青年，
  只要他们按其出身门第可以获得骑士称号，
  都一律邀请到尼德兰参加骑士授爵庆典。
  他们将同尼德兰王子一起接受骑士宝剑 ②。

29 相传，这次骑士授爵庆典十分盛大而隆重。
  西格蒙特和西格琳德为了提高自己的声名，
  他们拿出大量财物，向大家慷慨分赠；
  各国的宾客于是络绎不绝，纷纷来到桑滕。

----

①　意谓可以接受宝剑，成为骑士。

②　古代贵族青少年在修毕一定学业之后，即要为他们举行授剑典礼，使他们晋升为骑士。庆典的程序通常是：首先去教堂做弥撒，然后授武器和佩带宝剑，接着向新晋升的骑士赠送礼物，最后表演武艺。晋升为骑士的年龄，因时因地而异。

30   共四百名青年与王子一起晋升为骑士，

他们需要的礼服都是由美丽的少女缝制。

为了西格夫里特，她们心甘情愿地忙碌，

她们在金色的锦袍上和珍贵的缎带上，

31   精心地镶嵌一颗又一颗闪亮的宝石。

国王决定在夏至那一天举行盛大的庆典，

为王子西格夫里特进行晋爵授剑。

他还吩咐侍从们为各路来宾准备酒宴。

32   那一天，四百名青年个个衣着华贵，

他们由年长的骑士引路一起前往教堂。

年长的骑士向年轻人介绍他们自己的经验，

长辈和后生一路侃侃而谈，喜气洋洋。

33   在教堂里，大家吟唱弥撒，赞美天主，

随后举行授爵典礼，完全遵照宫廷的习俗。

为了亲眼看到那辉煌的场面和豪华的排场，

众人比肩接踵，争先恐后地要一饱眼福。

34   骑士们快步来到备好鞍具的马旁，

刹那，只听见武器的撞击声 ① 震撼四方。

---

① 骑士表演武艺，见 28 节注②。

在西格蒙特父王宫廷的上空铿锵声不停，
除此之外，还有英雄们的喧哗声回荡。

35   老将和新手频频交锋，比赛十分激烈，
许多枪柄被打碎，碎裂声在高空中回响。
枪柄的碎片从勇士们的手中飞出，
它们擦过大殿的屋脊，飘落到远方。

36   西格蒙特国王终于下令：现在停止比武。
骑士们牵走马匹，把破碎的盾牌放到一处。
草地上到处都是五色斑斓的宝石，
这都是他们比武时从盾牌上脱落下的宝物。

37   宴席开始，国王请各位来宾入座，
各种美味佳肴，琼浆玉液摆满了餐桌。
骑士们经过激烈的竞技之后，渐渐消除疲劳，
无论来宾还是家臣一律被待之以座上之客。

38   主人和宾客从早到晚尽兴地娱乐消遣，
吟游歌手们孜孜不倦，弦歌不辍。
他们卖力地为客人们说唱，主人慷慨赠赏，
西格夫里特的国家从而更加声名赫赫。

39   西格蒙特按照从前自己晋爵时的先例，

要求王子也将土地和城堡作为采邑分封，
要给每一位新晋升的骑士都分得一份，
让他们不虚此行，人人都满意地离去。

40   盛大的庆典一直持续到第七天。
西格琳德王后出于对王子的疼爱，
按照历来的习俗，拿出大量赤金①分赏。
她知道，这样可使王子博得信任和敬仰。

41   那些吟游歌手也无一人扫兴而去，
国王和王后赏给了他们大量布帛和马匹。
主人这般施舍，仿佛他们已到生命的末日，
我敢断言，自古以来从未有这样慷慨的王室。

42   庆典上新晋升的骑士，相继载誉而去。
宫廷中，在朝的文官武将纷纷表示，
他们未来的国君当属年轻的王子。
然而英雄西格夫里特胸怀凌云壮志：

43   只要西格蒙特和西格琳德双亲在世，
他们亲爱的公子绝不登极加冕。

---

①   此为最贵重的礼物，赤表示光彩夺目，金表示富有。

只有当他的国家遭到武力威胁的时候,

为了保卫国土,他才把君主的职责① 行使。

---

① 君主的职责是,作为至高无上的法官,保护臣民百姓,制裁残暴之人,捍卫公正和尊严。

第三歌
西格夫里特来到沃尔姆斯

西格夫里特欲向克里姆希尔德求
婚，不靠出身门第，而要诉诸武力。他
带领几名勇士来到沃尔姆斯，要求恭特
交出土地和权力。哈根简单介绍西格夫
里特少年时代的业绩（打败巨龙，获得
宝物），恭特对他以礼相待。西格夫里
特作为贵宾留在勃艮第宫廷。

44   少年王子过着无忧无虑的生活。
　　　有一天，他听说，在勃艮第国里
　　　有一位美丽的少女，妖娆妩媚，天香国色。
　　　王子后来因为她有过欢乐也招来了灾祸。

45   这位少女如花的容貌，闻名遐迩，
　　　她那高洁的心灵更令英雄们折服。
　　　许多异国的勇士都对她十分瞩目，
　　　于是纷纷骑马前来谒见高贵的恭特君主。

46　　尽管许多勇士三番五次地向她求婚，

　　　克里姆希尔德总是恪守自己的誓言，

　　　从未向任何前来求婚的人奉献芳心，

　　　直到遇见那位她后来委身相从的男人。

47　　西格琳德的公子爱慕一位高贵的少女，

　　　这位英雄对那位少女也确有无比魅力。

　　　一切向她求婚的人，通通相形见绌，

　　　克里姆希尔德终于与这位英雄结为夫妻。

48　　王子自从坠入情网以来，终日心神痴迷，

　　　王亲权贵和文武朝臣于是紧忙商议。

　　　大家主张，王子的婚姻必须门当户对，

　　　王子则说道："我只娶克里姆希尔德为妻。"

49　　这位高贵的少女有倾国倾城的美貌，

　　　相传，她确属勃艮第国中的绝代佳丽。

　　　我敢断言，谁若是能够获得她的恩惠，

　　　即使他是最强大的国君也会感到春风得意。

50　　在宫廷里，人们纷纷议论王子的婚事，

　　　这个消息不久也传到父王西格蒙特耳里。

　　　父王听说，子嗣偏要向这位少女求婚，

　　　他感到十分不安，心中不由得充满忧虑。

51　　　　母后西格琳德也听到了儿子要求婚的消息，
　　　　她为亲爱的王子担忧，心里非常着急。
　　　　她对恭特及其随从的情况了如指掌，
　　　　于是千方百计劝儿子放弃打定的主意。

52　　　　勇敢的西格夫里特说道："亲爱的父王，
　　　　假如你不准我向我倾心爱慕的女子求婚，
　　　　我就永远不娶任何其他高贵的妇人。
　　　　无论你们如何反对我，反正我已下定决心。"

53　　　　父王说道："亲爱的儿子，虽然你固执己见，
　　　　但你奋发向上的精神可贵，令我喜欢。
　　　　我将竭尽全力帮助你实现你的心愿，
　　　　不过，恭特拥有雄厚兵力，不可小看。

54　　　　"且不说其他勇士如何盛气凌人，骄矜傲慢，
　　　　单是那位英雄哈根，就足以让人闻风丧胆。
　　　　要是我们前去向那位美丽的少女求婚，
　　　　我们的前途未卜，结局可能十分危险。"

55　　　　西格夫里特说道："我们不要有畏难情绪！
　　　　如果我以礼相求不能达到我的目的，
　　　　我就凭仗我的胆识和勇气去强行争取。
　　　　我自信，我能够占领恭特的天下和土地。"

56 西格蒙特说道："你的话我不能赞同。
一旦莱茵方面 ① 听说你要前去挑衅，
他们肯定不准你进入勃艮第国的国境。
我十分了解恭特和盖尔诺特的秉性。"

57 父王又说道："我有可靠的证据表明，
任何人都不能用武力抢走 ② 那位少女。
倘若你一定要率领勇士前往勃艮第国，
我可以马上调集全部友人随你一同远征。"

58 西格夫里特当即回禀父王，他说道：
"我无意调兵遣将，率领勇士讨伐莱茵，
我不打算诉诸武力抢夺那位美丽的少女。
我讨厌这种婚姻方式，这违背我的心意。

59 "我自信能凭借自己的力量征服这位美人。
我只需十二名勇士随同我一起前往莱茵，
请求父王帮助我和我的随行准备这次远征，
给我们置备的衣服要有灰色和花色两种 ③。"

---

① 书中莱茵通常指勃艮第国。

② 抢婚是原始社会中，一方到敌对部落抢夺妇女为妻的婚姻形式，中世纪仍流行。

③ 古时候，灰色衣服用于战事，两种以上颜色的衣服用于宫廷庆典。

60   西格琳德母后听说，儿子打算出门远行，
她十分担心儿子的安危，忧心忡忡。
她想，怎保恭特和他的随从不下毒手，
因此终日愁肠百结，泪水长流不停。

61   西格夫里特王子于是来到母亲居住的后宫。
他拜见亲爱的母后，对她亲切地劝慰：
"母后陛下，请不要担心，不要为我流泪，
你放心吧，我不怕任何人敢于同我作对。

62   "我们这次出征要衣冠楚楚，器宇轩昂，
请母后为我和我的勇士们置备行装。
你若能帮助我们准备这次勃艮第之行，
我对你将永远感激不尽，没齿不忘。"

63   母后说道："既然你不肯放弃你的打算，
我只好给你我惟一的儿子打点行囊。
凡是当属一个骑士应该拥有的华贵服饰，
我都给你和你的随行勇士们一起带上。"

64   年轻的王子随即向亲爱的母亲施礼致谢，
他说道："我此次只带领十二名 ① 勇士出访。

---

① 原文为十二名勇士，从全文看，应是十一名。

请你为他们准备服饰，而且要样样齐备，
我想亲自去了解克里姆希尔德的情况。"

65   许多美丽的妇人坐在那儿忙碌不停，
她们日以继夜地为勇士们缝制衣裳。
她们终于将勇士们的全部服饰制作完毕，
王子下定的决心，依旧没有改变的迹象。

66   他遵循父王之命，勇士们要一身骑士装扮，
离开西格蒙特的国土时，他们必须仪表堂堂。
父王还命令，要为英雄们铸造精美的胸甲，
他们的头盔务必坚固，盾牌必须宽大而明亮。

67   勇士们启程前往勃艮第国的日期临近，
家中的人无不忧心忡忡，他们悄然自问：
不知这些勇士此去是否还能安然地返回？
勇士们则在专心地令人装运武器和装备。

68   他们的马匹膘肥体壮，鞍鞴闪着金光，
一行勇士就要上路，前往勃艮第异邦，
他们人人怀着凌云壮志，个个器宇轩昂。
西格夫里特王子于是告别他的爹娘。

69   西格蒙特和西格琳德，挥泪前来送行，

王子赶忙上前告辞，对他们亲切地抚慰。

他说道："请二位双亲不要为我担心，

更不要因为我远走他乡而伤心落泪！

70   "勇士们就要启程，一阵酸楚涌上心头，

宫女们不禁流下眼泪，当然有其缘由。

我相信，她们心中肯定已经预感，

此次远征将要葬送她们许多亲人和挚友。"

71   勇士们出发之后，到了第七日清晨，

他们来到沃尔姆斯郊外的莱茵河左岸。

西格夫里特及其一行勇士按辔徐行，

他们的装备和鞍具十分华丽，金光灿烂。

72   他们肩上扛着簇新、宽阔而锃亮的盾牌，

他们头上戴着的钢盔，银光闪闪。

他们身上的服饰精美而华贵，举世罕见，

西格夫里特于是骑马来到恭特的城堡前面。

73   勇士们手中拿着的标枪，锐不可当，

他们佩带的宝剑，长长地直垂在踢马刺旁。

单说西格夫里特那支标枪的枪刺：

刀刃十分锋利，刀的横面宽达足足两掌。

74　　　他们手中握着的缰绳，上面缠着金丝，
　　　　他们马匹胸前扣着的缎带，华贵而精致。
　　　　众人从四方蜂拥而来，大家瞠目而视，
　　　　恭特的朝臣们迎面走来，欢迎陌生的勇士。

75　　　恭特的骑士和侍从迎面走到来者的跟前，
　　　　他们遵照宫廷的礼仪和优良的古代习惯，
　　　　对勇士们访问他们主上的国家表示欢迎，
　　　　同时将勇士们的盾牌和马匹接过来保管。

76　　　恭特的侍童欲将他们的马匹牵往马厩，
　　　　勇敢的西格夫里特立即上前阻拦。
　　　　他说道："请不要将我们的马匹牵走，
　　　　我们很快就离开这里，我们不在这里久留。

77　　　"请问，你们中哪一位勇士知道，
　　　　恭特大王现在在何处，我想求见。
　　　　请你们直言相告，不要对我隐瞒。"
　　　　一名知情的勃艮第人随即回答他的提问：

78　　　"你要谒见我们的国王，这事并不困难。
　　　　我刚才看见他在那座宽敞的大厅里面
　　　　与他的随从们一起寻欢作乐休闲消遣。
　　　　你去吧，你在那里还可以与许多英雄会面！"

79 　就在这个时候，有人向恭特国王禀报：

有一批雄赳赳的骑士来到他们的城堡。

这些骑士衣着华贵，铠甲光彩耀目，

他们是什么人，勃艮第国里无一人知道。

80 　国王十分惊讶，不禁心中纳罕，

这些陌生的英雄身穿戎衣，手执盾牌，

个个雍容华贵，他们究竟从何处而来？

国中竟无人能够禀告，他感到很不愉快。

81 　来自美茨的奥特文于是回禀国王，

这位勇士强悍，勇敢，因而很有名望。

他说道："既然如此，陛下不妨派人去请哈根，

让我的舅父看一眼这些不速之客的模样。

82 　"我的舅父熟悉世界上一切盟国和异邦，

他或许也知道这些人的详细情况。"

恭特当即下令去请哈根和他的随从 ①，

不久，一群堂堂的勇士应召上朝进见国王。

83 　特罗尼的哈根启问，他何以能为国王效力？

恭特说道："我城堡里来了一批异国的勇士，

---

① 哈根是一名采邑主，本人拥有一批勇士。

这里无人认识他们，不知你可曾与他们相遇？
哈根，请你对我直言，不要有任何顾虑！"

84　　哈根表示"遵命"，他随即走近窗口。
他把目光投向站在下面的陌生的来者。
只见他们个个装备精良，雄姿英发，
这样的勇士他在勃艮第国里还从未见过。

85　　他报告国王："无论这些勇士从何处而来，
他们不是君主本人，就是君主派来的使者。
这些人的马匹精良，服饰豪华富丽，
不管来自哪个国家，他们都是骑士的楷模。

86　　"虽然我和西格夫里特从未有过一面之缘，"
哈根继续说道："然而我可以断言，
——且不问他们的到来是福抑或是祸，
那位走过来的勇士正是英雄西格夫里特。

87　　"他来到勃艮第国让我想起许多昔日的传说：
相传，他曾经亲手杀死过两位尼伯龙王子，
一位名叫尼伯龙，那另一位名叫希尔伯。
他后来创造许多奇迹，全凭自己的体魄。

88　　"记得，传说他有一次来到一座大山脚下，那里聚集一群男子，他只身一人骑马走过。
那些男子正在守护着尼伯龙族人的宝物，
西格夫里特第一次见到这些宝物的守护者。

89　　　"那些男子正将宝物从一座山洞里搬出，
欲知美妙之处何在，请你们听我继续述说：
他们欲将宝物均分，其方法可真是奇特！
西格夫里特驻足观看，不由得万分惊愕。

90　　　"他骑马走近那些男子，直到能够相互看见，
这时尼伯龙族人中有一名男子高喊：
'高贵的尼德兰英雄西格夫里特来了！'
英雄在尼伯龙族人那里的经历很不平凡：

91　　　"他受到希尔伯和尼伯龙的热烈欢迎，
两位年轻的王子根据族人的共同决定，
要求西格夫里特主持分配那些宝物。
西格夫里特盛情难却，因为王子再三恳请。

92　　　"相传，那大量碧玉珠宝，数不胜数，
尼伯龙国出产的赤金，更是不计其数，
即使用一百辆大车也无法把它们全部运完，
西格夫里特则必须均匀地平分这些宝物。

93   "二位王子拿出他们的一柄尼伯龙宝剑，

把它送给西格夫里特，感谢他热情相助。

然而，大家对于他的辛劳并不领情，

因为他主持的分配未能不偏不倚，恰到好处。

94   "王子的随从中有十二名勇士，个个膀阔腰圆，

可是他们也未能保护二位主上排除危险。

西格夫里特盛怒之下，把他们全部杀死，

其余七百名尼伯龙勇士也与他们一同罹难。

95   "西格夫里特用的正是那柄神奇的巴尔蒙[①]，

那一群年轻的勇士一见，都吓得心惊胆战。

他们赶紧屈膝投降，交出城堡和土地，

因为他们害怕那柄宝剑和那英雄的虎胆。

96   "那两位王子也被英雄西格夫里特打死，

只剩下阿尔贝里希一人继续与英雄纠缠。

阿尔贝里希以为，他能立即为主上报仇，

直到他领教，西格夫里特确实强悍。

---

    ①   即尼伯龙宝剑（见93节），巴尔蒙是岩石、岩穴之意，指这是从岩穴中取出的宝剑。

97　　　　"这名莽撞的侏儒 ① 哪里是西格夫里特的对手，

　　　　他们二人像狮子一般一起冲上山头。

　　　　英雄抢先把那侏儒手中的隐身服 ② 夺下，

　　　　瞬息之间，那全部宝物便通通归他所有。

98　　　　"刚才还在顽抗的尼伯龙人都成了刀下之鬼，

　　　　西格夫里特于是下令，将宝物迅速搬回，

　　　　仍旧搬到尼伯龙勇士先前取出它们的地方。

　　　　他指定：阿尔贝里希担任宝物的守卫。

99　　　　"但是，阿尔贝里希必须立誓保证，

　　　　对宝物的主人永远忠贞不渝，俯首听命。"

　　　　哈根又说道："这些都是西格夫里特的业绩！

　　　　他是一位卓越的勇士，百年不遇的英雄。

100　　　　"我知道，他除此之外还赢得过许多殊荣。

　　　　相传，他曾经亲手杀死一头凶猛的巨龙，

　　　　皮肤因沐浴过龙血变得像鳞甲一样坚硬，

　　　　从此刀枪不入，这一点他已经多次亲自证明。

---

　　① 即阿尔贝里希（见96节），尼伯龙和希尔伯二位王子的宝物守护人。侏儒
是典型的神话人物。

　　② 传说中，这是一件既长又宽的连帽外套，披在身上能隐蔽自己的身体，同
时使自己具有十二个人的膂力。

101　　“对这位年轻的王子，我们应当以礼相待，
　　　不要招惹他生气，引起他对我们心怀愤慨。
　　　他凭仗勇气和力量做出了许多惊人的业绩，
　　　依我之见，我们急需将这样的人争取过来。”

102　　国王说道：“你说的话，言之有理。
　　　你看，那位英雄率领他的随从站在下面，
　　　他有一副多么骄矜傲慢、好战爱斗的神气！
　　　让我们下去欢迎他，这样我们才不会失礼。”

103　　哈根说道：“你走下去，无损国王的身份，
　　　西格夫里特同你一样，也是名门望族出身。
　　　他本人就是一位强大的国王的子嗣，
　　　如今他骑马来到我国，必是有重要原因。”

104　　国王说道：“我完全相信你的介绍，
　　　这位英雄高贵而勇敢，当受到我们的欢迎，
　　　他也完全有资格受到勃艮第人的尊重。”
　　　国王说完这番话，迈步走向那位英雄。

105　　国王和他的随从们一齐迎接陌生的来者，
　　　他们严格遵照宫廷的礼节接待到访的宾客。
　　　仪表堂堂的西格夫里特向国王施礼致谢，
　　　因为主人对他的迎接彬彬有礼，心平气和。

106   恭特说道："高贵的西格夫里特阁下，

请问，你从何处来到我们勃艮第国，

你光临莱茵河畔的沃尔姆斯，不知有何赐教？"

来宾回道："我愿敞开胸怀，对你坦诚述说。

107   "我在西格蒙特父王的国中经常听人说起，

在你的宫廷里，有一批最勇猛的骑士聚集。

他们堪称独步天下的英雄，无与伦比，

我想要亲自领教一下，这就是我的来意。

108   "我听说，陛下本人就是一位英勇绝伦的骑士，

你的英名早已传遍天下，声振寰宇。

世界上任何一位国王都无法与你比拟。

我要把这一切体察清楚，然后才能回去。

109   "我也是一名骑士，本可以登极加冕，

然而，我要统治天下，绝不靠父辈的遗产①，

让众人说我当之无愧，才是我最大的心愿。

为了达到这个目的，我不惜头颅和尊严。

110   "既然你如众人所云，是那么英勇卓绝，

---

① 意谓西格夫里特不愿接受父辈的遗产，世袭为王，他要靠自己的实力征服天下。

请恕我不揣冒昧，现在就占有你的一切：
我要以武力夺下你拥有的全部土地和城堡，
不管你们对我的要求表示同意还是反对。"

111　　英雄西格夫里特骄矜自负，口出狂言，
公然宣称要以武力强行霸占他们的江山。
国王和他的随从们听后，十分震惊，
大家都气得火冒三丈，七窍生烟。

112　　"这是我光荣的父辈统治多年的国家，
你凭什么道理非要我们把它拱手让出不成？"
恭特又说道，"要是我们屈从别人的武力，
我们这些勇士还怎能算得真正的英雄！"

113　　西格夫里特说道："我坚持我的主意，
要是你的力量不足以让你保护你的土地，
我就把它占为己有，代为治理。
反之，我父辈留下的遗产将通通归属于你。

114　　"你的遗产和我的遗产并没有贵贱之分，
你我二人，谁能把对方征服，
谁就有权统治那里的土地和人民。"
哈根和盖尔诺特立即反驳他的荒谬言论。

115 　　盖尔诺特说道："我们拥有一个庞大的国家，
　　　　凭着自古以来的合法权利，治理天下。
　　　　我们从来无意打死别人，霸占他的土地，
　　　　当然任何人也没有霸占我们土地的权利。"

116 　　他的随从们站在一旁，个个义愤填膺，
　　　　他们中来自美茨的奥特文更是愤愤不平。
　　　　他说道："我感到羞愧，你竟然如此温和，
　　　　西格夫里特明明是在对你们无理挑衅。

117 　　"纵然他倾全国之兵力来向莱茵讨伐，
　　　　纵然他们来势凶猛，你们兄弟难于招架，
　　　　我奥特文也非得同他较量一番不可，
　　　　我要让他自行收敛，得到应有的惩罚。"

118 　　奥特文说的这一番话把尼德兰英雄激怒，
　　　　他说道："看你胆敢动我一根毫毛！
　　　　我是一位国王，你只是一位国王的走卒，
　　　　即使你有十二个人，也休想把我一人制伏。"

119 　　奥特文大声喝令："给我将武器拿来！"
　　　　他不愧是哈根的外甥，非常高傲自负。
　　　　哈根却是沉默不语，国王十分生气，
　　　　堂堂的骑士盖尔诺特则急忙上前劝阻。

120　　　他对奥特文说道："请你暂且息怒!
　　　　请听我的劝告，不要与西格夫里特动武。
　　　　只要我们对他以礼相待，一切都能和平解决，
　　　　争取他做朋友，这对于我们自有好处。"

121　　　这时，特罗尼的坚强勇士哈根开言：
　　　　"西格夫里特此行莱茵就是要挑起事端，
　　　　我的主上何处亏待了他，他竟无事生非?
　　　　我们——你的随从们有一切理由表示不满。"

122　　　勇敢的英雄西格夫里特对哈根答话，
　　　　他说道："如果我说的话使你深受伤害，
　　　　那么我就用行动让你看一看我的打算：
　　　　哈根阁下，我确实想在这里大干一番。"

123　　　盖尔诺特说道："这件事让我一人处理!"
　　　　为了不让西格夫里特感到遭受了委屈，
　　　　这位国王禁止他的勇士们再对他恶言恶语。
　　　　此时西格夫里特又思念起那位可爱的少女。

124　　　盖尔诺特说道："我们何尝愿意诉诸武力?
　　　　无论有多少英雄在斗争中为国捐躯，
　　　　都于你无补，也无助于我们提高声誉。"
　　　　西格蒙特的公子西格夫里特于是回道：

125   "哈根为什么犹犹豫豫，还有奥特文？

他在勃艮第国里也指挥着一大批兵力，

他何以不率兵出师，挺身参加战斗？"

殊不知，他按兵不动乃是听了主上 ① 的旨意。

126   乌特的公子 ② 也说道："欢迎你和你的随从！

倘若我能帮助你实现你的任何打算，

那都是我和我全体族人的欣慰和莫大光荣。"

他随即命侍从给客人斟上美酒，表示欢迎。

127   勃艮第国王说道："我们所拥有的一切，

只要你有合理的需要，全部提供给你使用。

我愿意与你一起分享我们的财产和生命。"

西格夫里特这时才渐渐息怒，恢复平静。

128   国王传旨，要妥善保管客人带来的行装，

连他们的马童也要安排住进最好的营房。

西格夫里特一行人住下后，感到舒适满意，

不久，他即受到勃艮第人的衷心敬仰。

129   在此后的日子里，他很受众人的尊敬，

---

① 指盖尔诺特。

② 指吉赛海尔。

大家对他的赞许远非拙舌所能全部说唱。
我敢把手放在火上赌咒，凡是见过他的人，
都不再怀有敌意，深感友善，不胜钦仰。

130 　每逢三位国王与他们的勇士们竞技消遣，
英雄西格夫里特总是摘取比赛的桂冠。
他有拔山扛鼎之力，其气势无与伦比，
他总是独占鳌头，不论投石还是掷枪①。

131 　每逢骑士们陪同妇人们一起消磨时光，
为她们奉献殷勤，表现骑士的美德和素养，
妇人们总是希望能见到那位尼德兰英雄，
然而，那位英雄早已对一位佳人心驰神往。

132 　他虽然经常光临宫廷里举行的各种活动，
心中却总是浮现那位美丽少女的肖像。
而他还从未目睹过克里姆希尔德的花容，
她也是情思缕缕，经常对亲人吐露衷肠。

133 　每逢年轻的骑士和侍从们在宫中比武，
高贵的克里姆希尔德总是凭窗窥望。

---

　① 投石和掷枪是后来与布伦希尔德比武的项目，这一节为西格夫里特战胜布伦希尔德埋下伏笔。

自从有西格夫里特经常在赛场上出现，

她就再也不到别处去休闲娱乐，消磨时光。

134　　要是英雄知道，他的心上人在向他张望，

他会欣喜若狂地对她回以会心的目光。

在这里，我可以毫不夸张地断言：

那时他在世界上就再也没有更高的向往。

135　　每逢他在宫廷前的庭院和其他骑士站在一起，

（他们依照延续至今的习俗在那里竞技较量），

西格琳德的公子总是意气风发，斗志昂扬，

博得众多妇人的倾心爱慕，受到她们无限敬仰。

136　　西格夫里特不止一次地独自冥思苦想：

"我何时才能有机缘看看那位少女的模样？

我全心全意地爱她，爱了那么许久许久，

至今我们依旧互不相识，让我多么惆怅！"

137　　国王们每逢去各地巡游①，必有随从陪同，

尼德兰英雄西格夫里特总是跟在其中。

克里姆希尔德看见后，心里总是十分难过，

---

①　指中世纪封建宫廷的一种生活方式：国王带领随从出宫去各地视察，同时执法，行使职权。

而同样的思念也正在折磨那位高贵的英雄。

138   西格夫里特在恭特的国家已度过一年时光，
他却一次也未见那位少女，我绝不说谎。
然而，正是他心爱的少女克里姆希尔德，
日后给他带来许多欢乐，也带来巨大伤亡。

第四歌
西格夫里特大战萨克逊人

> 萨克逊的吕德格和丹麦的吕德
> 斯特派使者前来向恭特宣战。西格夫里
> 特得知后向恭特请战，要求率勃艮第国
> 的勇士们出师讨伐。侦察敌情时，他抓
> 获吕德加斯特，紧接着在一场战役中打
> 败吕德格。克里姆希尔德请使者向她汇
> 报西格夫里特的战绩。勃艮第的勇士凯
> 旋；西格夫里特接受挽留，决定住在沃
> 尔姆斯。

139　　有陌生的敌国勇士从远方派来几名使者，
　　　　他们把一则不寻常的消息转达给国王恭特。
　　　　勃艮第人听到这则消息之后大为震惊，
　　　　他们深感蒙受了耻辱，大家怒不可遏。

140　　请听我说一说，这两名敌国勇士都是何人，
　　　　他们中一个是萨克逊大王，名叫吕德格，

另一个是丹麦大王，名叫吕德加斯特。
他们正兴师动众，打算前来讨伐勃艮第国。

141　这时，两名敌国的大王派遣的那些使者
已经带着主上的战书来到恭特的王国。
勃艮第人获知这些陌生人的来意之后，
立即带他们进宫，去拜见高贵的国王恭特。

142　恭特国王很得体地问候那几位陌生的客人，
他说道："欢迎你们，请你们对我禀明，
你们秉承谁的旨意，此次出使我的宫廷！"
使者们惟恐国王动怒，都是战战兢兢。

143　一位使者说道："如果陛下准许我们陈禀来意，
我们不敢隐瞒，一定如实报告带来的消息。
吕德加斯特和吕德格派我们前来通告，
他们要对贵国宣战，正在往莱茵调派兵力。

144　"两位大王说，因为陛下惹怒了他们，
他们才对你咬牙切齿，怀有这样深仇大恨。
他们调集了大批兵力，要攻打沃尔姆斯城，
眼下正在兴师动众，你们切不可掉以轻心。

145　"他们打算在十二周之后出兵讨伐莱茵，

在这里将有无数头盔和盾牌化为齑粉。
不知你们在此期间能否从速召来盟友，
帮助你们保卫国土和城堡免遭敌人蹂躏。

146　"要是你们不想打仗，愿意与他们谈判，
请你们立即派人去送通知，要求和谈，
以免大批敌军在这里长驱直入，大肆杀砍，
使你们的国家精华尽毁，生灵惨遭涂炭。"

147　高贵的国王说道："我需要一段考虑的时间，
我有一批心腹，此事我不可对他们隐瞒，
这样性命攸关的大事我必须与他们商谈。
待我决定之后再向你们宣布，是和还是战。"

148　国王收到敌人的通牒之后，心中郁郁寡欢。
他起初只是独自思索，将此事秘而不宣，
后来才派人传召哈根和其他几位心腹，
还派人火速请来盖尔诺特与他们一起商谈。

149　国中的达官显宦，凡能找到的都紧急召来，
恭特说道："今有敌人妄图对我国兴师征讨，
此事岂可等闲视之？我心中十分苦恼。"
盖尔诺特，这位堂堂的骑士随即回道：

150   "我们要用宝剑给他们以迎头痛击，

虽说生死有命，我们且不可坐以待毙。

让敌人因受到我们的欢迎 ① 向隅而泣吧！

我们不可置尊严于不顾，低声下气。"

151   特罗尼的哈根说道："我不赞成你的主张。

倘若吕德加斯特和吕德格出其不意，

我们被迫仓促上阵，来不及集合全部兵力。

你为何不向西格夫里特通报这个消息？"

152   异国的使者们已被安排在城中下榻。

他们虽是来自敌方，在这里引起普遍憎恨，

但高贵的国王下令：要热情地款待他们，

以便赢得时间征集乐于前来襄助的友人。

153   国王本人则是心神不定，总是愁眉苦脸，

他情低意沮的样子终于被一位骑士发现。

这位骑士感到不得其解，随即向国王启问：

"请陛下赐教，莫不是有什么忧虑闷在心间？"

154   这位骑士正是勇敢的英雄西格夫里特，

他说道："陛下和我们在一起一向欢欢喜喜，

---

① 意谓用宝剑迎头痛击他们。

如今为什么总是愁眉不展，一反从前？"

高贵的英雄恭特国王对这位骑士回道：

155   "一种沉重的负担压得我心中隐隐作痛，
然而，我不能随便把我的苦恼公布于众，
只有真正的朋友，我才愿意对他吐露真情。"
骑士听后，脸色骤然苍白，随又变得通红。

156   他说道："我从未违抗过陛下的旨意，
如今依然愿为你排忧解难，尽忠效力，
倘若你有事想征集盟友，我便是其中一人，
我坚信，至死不会辜负你对我的信任。"

157   "西格夫里特阁下，愿天主对你赐恩，
你说的这番话，对我真是触动至深。
即使你不为我效力，我对你也非常感激，
我一定要在有限的余生报答你的好心。

158   "我这样忧心忡忡，郁郁寡欢乃事出有因，
因为不久前，沃尔姆斯有异国的使者光临。
他们向我通报，有敌人要来攻打我的国家，
对我国，至今还不曾有人胆敢贸然入侵。"

159   西格夫里特说道："陛下不必过分忧愁，

请你冷静下来，接受我对你提出的要求：

让我负责保卫你的尊严和你的财产，

同时请你命令你的封臣负起藩属的责任。

160　　"一旦敌人兴师讨伐，即使他们出兵三万，

我用一千人的兵力就可以把他们阻拦。

陛下尽管放心，请你完全信任我吧！"

恭特说道："我对你感激不尽，直到命归九泉。"

161　　"我身边只有十二名勇士听从我的指挥，

请你从你的勇士当中再拨给我一千名。

我要用这些兵力保卫你们的国土，

西格夫里特生为陛下效劳，鞠躬尽瘁。

162　　"我要邀请哈根和奥特文二人协助我作战，

还邀请旦克瓦特和辛多尔特二位英雄好汉。

高贵的伏尔凯当然也应与我们一起出征，

让他执掌军旗，因为他最可靠而且勇敢。

163　　"你现在应让那些使者回去向他们主上传言：

'为了确保我们的城堡和土地的安全，

我们打算不久在萨克逊与他们会面。'"

国王于是派人去请他的亲属和朝廷的要员。

164   勃艮第的国王传召吕德格的使者们进宫，

使者们听说放他们回家，都十分高兴。

恭特国王不仅赏赐他们大量礼物，

使者们回家途中，他还派卫队一路护送。

165   恭特说道："你们回去后要向我的敌人转告：

不要举兵远征，还是安守他们的本土为好。

倘若他们利令智昏非要攻打我的国家不可，

一旦我的盟军参战，他们的境况将很糟糕。"

166   恭特赏给使者们的礼物，十分丰厚而贵重，

吕德格的使者们不敢拒绝接受 ① 国王的盛情。

他们走上前去与勃艮第主人一一谢别之后，

跃马挥鞭奔驰而去，眉开眼笑，喜不自胜。

167   使者们回到丹麦国之后立即来到宫廷，

他们要向吕德加斯特报告出使莱茵的情况。

国王听说勃艮第人骄矜自傲，不可一世，

他按捺不住心中的怒火，大发雷霆。

168   使者们说道："勃艮第人拥有大批勇士，

---

① 接受国王赏赐，受赏者要承担义务，这里使者们不愿意接受敌对国君主的礼物，但又不敢回绝。

他们当中有一位最引人注目，头角峥嵘。
他名叫西格夫里特，是一位尼德兰英雄。"
吕德加斯特听到这则消息，心事重重。

169　丹麦人听到这些使者带回的消息之后，
为了组成大军，他们紧急动员各国的盟友。
吕德加斯特从他的勇士中调集了两万兵力，
他将率领这些勇敢的英雄向莱茵大举进攻。

170　萨克逊国王吕德格这时也在秣马厉兵，
二位国王准备的兵力共达四万人以上。
他们打算率领这些兵力讨伐勃艮第国，
而在勃艮第国方面，恭特国王也同样

171　因为战事严峻而紧急动员，调兵遣将。
他不仅征集自己的亲属和兄弟们的勇士，
还特别征集哈根的随从一起奔赴战场。
后来，他们中许多人在战场上阵亡。

172　一切准备就绪之后，大队人马即要登程，
他们从沃尔姆斯出发，将横跨莱茵远征。
勇敢的伏尔凯是撑着军旗的旗手，

特罗尼的哈根担任作战部队的司令 [①]。

173   辛多尔特和胡诺尔特走在队伍中间，

他们懂得，怎样才能挣得恭特的赏钱。

哈根的弟弟旦克瓦特，尤其是那位奥特文，

他们在队伍中间位置显著，威风八面。

174   西格夫里特说道："请陛下坐镇都城，

由我率领你的勇士们到遥远的异域出征。

你留在妇人们中间，与她们一起娱乐消遣，

放心吧！我有能力捍卫你的财产和英明。

175   "现在我们要挥师北上，向萨克逊长驱直入，

及时阻击我们的敌人，让他们居守本土。

他们妄图攻打莱茵，到沃尔姆斯来骚扰寻衅，

我们要刹住他们的傲气，不让他们再轻举妄动。"

176   大军从莱茵出发，经黑森 [②] 向萨克逊挺进，

一路上所到之处，他们烧杀掠夺，为所欲为。

这个消息传到日后的战场萨克逊那里，

敌国的两位大王惶恐不安，夜不能寐。

---

① 西格夫里特任远征大军的统帅，哈根指挥作战部队。

② 在德国中部地区，即今日德国黑森州。

177   远征大军终于踏上敌国萨克逊的边境，

在这次大战中，萨克逊的兵力惨遭摧毁。

西格夫里特命令，辎重部队要留在后方，

他问勇士们："应由谁来担任他们的指挥？①"

178   勇士们回道："旦克瓦特出类拔萃，

留在后方的辎重部队应由这位英雄指挥，

为了减少吕德格给我们造成的伤亡，

要让他和奥特文一起担当大军的后卫。"

179   西格夫里特又说道："我要亲自出营侦察，

我要侦察敌人的军情和他们的作战计划——

我要探明他们都埋伏在何处，在何处驻扎。"

西格琳德的公子于是带上武器，说罢出发。

180   临行前，他委托哈根和盖尔诺特二人，

在他出营期间担负起统率全军的责任。

他本人则单枪匹马潜入萨克逊腹地，

就在这一天，无数头盔的系带纷纷断落。②

181   他看见在一块平地上有军队安营扎寨，

---

① 打仗时，辎重部队与作战部队分开，他们另有人指挥。

② 意谓无数人头落地。

那军队的人数足有四万，或许比四万还多。
然而，面对远远超过自己的强大的敌军兵力，
勇敢的英雄西格夫里特若无其事，泰然自若。

182　　这时，敌方也有一名勇士出营侦察，
那名勇士同样也是披坚执锐，金戈铁马。
突然间，他与西格夫里特不期而遇。
二位英雄，不禁面面相觑，好不惊讶。

183　　这位勇士正是丹麦大王吕德加斯特，
他手中拿着的那面盾牌光芒四射。
这位大王正在部队的营地前面巡逻放哨，
这时一位陌生的骑士骑着一匹骏马走过。

184　　丹麦大王发现，对面有一个敌人走来，
二位勇士给自己的马腹踢刺把脚步加快。
他们拔出长矛朝着对方的盾牌猛戳，
未经几时，吕德加斯特便处境窘迫。

185　　他们一阵长矛交锋，胜负未见分晓，
二位王子双双拨转马头，开始第二个回合①。

---

　　① 中世纪骑士搏斗的程序是：第一回合是骑马用长矛冲刺，第二回合是徒步
用宝剑拼杀。

他们拔剑冲杀，其势犹如狂风席卷，

二位勇敢的英雄奋不顾身，怒不可遏。

186　　　西格夫里特一剑砍中了他的对手，

只见吕德加斯特头上的钢盔火星四射。

他们的砍杀声在广阔的原野上空回响，

双方的实力不相上下，都在全力拼搏。

187　　　吕德加斯特也竭力砍杀西格夫里特，

他们二人手中的盾牌几乎全被对方打落。

三十名吕德加斯特的勇士偶然路过那里，

他们看到国王受困，未等他们跑上前去，

188　　　国王身上已有三处被西格夫里特砍破。

尽管吕德加斯特身上穿着闪亮的胸甲，

锋利的宝剑还是把胸甲砍穿，伤口血流成河。

那个丹麦国王吓得胁肩累足，钳口结舌。

189　　　国王首先向西格夫里特报告姓名 ①，

他表示意愿交出他的土地，请求饶命。

这时那三十名在营地巡逻的勇士走近，

他们目睹了两位国王侦察时格斗的情景。

----

① 当时习俗，战败者必须首先报告姓名，表示投降。

190   西格夫里特要将俘获的国王迅速带走，

那国王的三十名勇士立即策马冲上。

为保住这名高价的人质，英雄挥剑抵挡，

这一天，他不仅抓获了吕德加斯特，

191   还使他的三十名勇士也通通殒命身亡。

勇士中有一人急忙逃跑，方才得以幸免。①

这人跑回营地报告军情，神色十分惊慌，

但他头上的血迹证实，他没有说谎。

192   丹麦人听说，他们的国王落入敌手，

大家心中火烧火燎，气急败坏，惊恐万状。

他们把这则消息报告国王的哥哥吕德格，

吕德格感到蒙受奇耻大辱，气得火冒三丈。

193   西格夫里特把丹麦国王押回驻地，

他把这名昂贵的人质交给哈根管理。

勃艮第人听说，这人质就是吕德加斯特，

勇士们于是笑逐颜开，无不春风得意。

---

     ① 由此推测，共有三十一名吕德加斯特的勇士出营侦察，或者二十九名勇士殒命而不是三十名。

194   西格夫里特下令："赶快升起军旗①！
我们应该乘胜前进，把握住有利的时机。
只要我一息尚存，不要等到日暮之时，
萨克逊的美丽的妇人们就得痛哭流涕。

195   "众位莱茵英雄，请注意倾听我的命令！
我要带领你们向萨克逊的吕德格发起进攻。
你们将亲眼看到，敌人的头盔怎样变成齑粉，
不逼得他们走投无路，我决不收兵。"

196   盖尔诺特和他的勇士们快步跑向战马，
高贵的伏尔凯赶紧扛上他们的军旗。
这位勇敢的乐师②一马当先，走在前面，
身后是浩浩荡荡的队伍和精锐的武器。

197   他们一路上所经之处，尘土飞扬，
只见无数华贵的盾牌在飞沙中闪闪发亮。
这支队伍再加上西格夫里特的十二名勇士，
虽然还不足一千人的兵力，却是斗志昂扬。

198   这期间，萨克逊人也组编了多路部队，

---

① 古代两军对垒时，升军旗是进军的号令。

② 伏尔凯出身贵族，不是职业的吟游歌手，此处第一次提到他的乐师身份。

相传，他们配备的武器也同样十分精锐。
为了抵御外患，保卫他们的城堡和土地，
英雄们要用这些武器砍得敌人鲜血淋漓。

199　走在两军最前列的分别为部队的主力。
西格夫里特和他从尼德兰带来的勇士，
他们这时也一起来到作战的场地。
这一天，许多勇士的双手沾满斑斑血迹。

200　辛多尔特，胡诺尔特和盖尔诺特三人，
他们杀人如麻，打死的敌人数不胜数。
敌人终于领教他们的对手乃是英勇无比。
许多高贵的妇人自此以后长久地哭泣。

201　伏尔凯，哈根和奥特文也是所向无敌，
他们用死难者伤口上淌出的血液
把无数头盔上迸出的火花儿熄灭。
英雄旦克瓦特也同样创造了辉煌的战绩。

202　丹麦人毫不示弱，他们越战士气越旺，
他们不停地挥舞锋利的宝剑把对手砍伤，
砍得对手们手中的盾牌发出一片巨大声响；
与此同时萨克逊人也给对手造成了极大伤亡。

203 勃艮第人不畏艰难险阻，勇往直前，
  他们把敌军的勇士们也打得遍体鳞伤，
  鲜血沿着伤员的马鞍往下滚滚地流淌。
  莱茵的勇士们就这样捍卫骑士的尊严和威望。

204 西格夫里特率尼德兰的勇士们参加战斗，
  勇士们勇往直前，紧紧跟随他们的主上。
  只见他们手中锋利的宝剑在头上摇动，
  武器撞击时发出的巨大声响震撼着四方。

205 英雄西格夫里特砍穿无数敌人的头盔，
  鲜血从头盔下流淌，像条条小河一样。
  这一天他抓获敌军的统帅吕德加斯特大王。
  没有一位沃尔姆斯人与这位英雄旗鼓相当。

206 特罗尼的哈根这时转向英雄西格夫里特，
  他想协助这位英雄痛痛快快地杀戮。
  西格夫里特已经从敌人中间穿梭了三次，
  这一天，大量的敌人在他们的剑下丧命。

207 当强大的萨克逊国王吕德格一眼看到，

西格夫里特① 手中拿的正是那柄巴尔蒙宝剑，

稳健地挥舞这柄宝剑把他的勇士们围歼。

这位高贵的君主火冒三丈，怒发冲冠。

208　　双方的勇士们开始徒手拼刺，短兵相接，

两位英雄更是愈战愈勇，打得十分激烈。

最后，还是萨克逊的军队退出了战斗，

然而，双方之间的仇恨却是有增无减。

209　　萨克逊国王大概已获悉弟弟被俘的消息，

他猜想，抓获弟弟的人准是西格夫里特。

然而大家都把责任推到盖尔诺特身上，

后来，他才了解事情的全部详细情况。

210　　吕德格挥舞宝剑，向西格夫里特发起冲锋，

使西格夫里特骑着的战马开始颠动。

勇敢的英雄被敌人激怒，他战兴大发，

当他的马重又站稳之后，开始奋力猛攻。

211　　哈根和盖尔诺特，旦克瓦特和伏尔凯，

他们与西格夫里特协同作战，猛打猛冲。

---

① 此处系原手抄本的疏忽；此时吕德格还不知道面前的敌人就是西格夫里特，
他是后来从军盾上刻着的标记认出这位英雄的，见215节。

辛多尔特和胡诺尔特，尤其是奥特文，

他们英勇善战，使敌人无法逃命。

212　　两位高贵的君主打得难解难分，

只见标枪在他们的头盔上飞去飞来。

标枪刺穿他们手中金光灿灿的军盾，

鲜血四溅，玷污了他们华贵的盾牌。

213　　马上拼刺之后，两位君主开始徒步交战，

他们的大批勇士也都纷纷跳下马鞍。

勇士们砍碎的枪杆和锋利的宝剑不计其数，

武器的残片飞向空中，然后向四方飘散。

214　　西格夫里特把吕德格军盾的铜箍砍断，

这时，这位尼德兰英雄已经稳操胜券。

勇敢的旦克瓦特也砍碎了无数坚固的铠甲，

只见地上躺满敌军的堆堆尸骨和伤员。

215　　萨克逊的大王，高贵的吕德格突然发现，

他的敌人手中的军盾上，刻着一顶王冠。

他恍然大悟，原来前面正是那位英雄，

于是他对着他的勇士们大声地呼喊：

216　　"众位勇士，请你们立即停止战斗！

西格蒙特的公子现在正站在我们的跟前。

他就是那位勇猛的尼德兰英雄西格夫里特，

他如今到萨克逊来，准是受了魔鬼的派遣。"

217　　吕德格大王下令，降军旗表示求和，

勃艮第人立即回应，但是提出一个条件：

国王吕德格必须作为人质随他们返回莱茵，

迫于西格夫里特的威力，国王只好就范。

218　　交战双方达成协议：结束这场战斗。

萨克逊人取下头盔，把军盾放在一边，

宽大的盾牌几乎全部千疮百孔，破烂不堪，

武器上的血迹记载着他们与莱茵英雄的这场恶战。

219　　勃艮第人则是任意抓人 ①，无法无天。

盖尔诺特和哈根两位勇士命令他们的部下，

要求他们把受伤的勇士一律放在担架上面，

再挑五百名健儿作为战俘带回莱茵彼岸。

220　　残余的丹麦人灰溜溜地返回故里，

萨克逊人也因有负众望，个个垂头丧气。

还有大批的勇士把性命丢在了战场，

---

① 敌人无条件投降，胜者可以随意抓人，挑选其中最高贵者作为人质带走。

他们的亲朋好友为此长久地叹息。

221　　　勃艮第人把武器装在驮畜背上，班师回朝。
　　　　西格夫里特为他们凯旋立下了汗马功劳。
　　　　他率领他的勇士们英勇作战，战绩卓著，
　　　　恭特的勇士们必须承认：数他是真正的英豪。

222　　　盖尔诺特国王派使者先回沃尔姆斯城，
　　　　把胜利的捷报向家中的亲朋好友传送。
　　　　这次战斗是以勃艮第人的胜利而告终，
　　　　英雄们捍卫了尊严，他们感到无上光荣。

223　　　使者们立即动身，他们回去报告喜讯；
　　　　家中的人听到使者送来的喜讯之后，
　　　　他们本是愁眉不展，顿时眉开眼笑。
　　　　高贵的妇人们更是喜不自胜，忙问道：

224　　　"不知恭特大王的部下可都是安然无恙？"
　　　　一名使者被带进克里姆希尔德的闺房。
　　　　少女不敢当众发问，只能偷偷地打听情况，
　　　　因为勇士中有一位男子她一直挂在心上。

225　　　这位使者来到克里姆希尔德居住的后宫，
　　　　少女说道："你带回来什么喜讯，讲给我听听！

请你将那些喜讯告诉我，我要用黄金酬谢，
如果你实话实说，我将永远对你倍加器重。

226　　"请你告诉我，家兄盖尔诺特情况如何？
不知道我其他的亲人可都能幸免战祸？
共有多少人丧生，数谁建立的战功最多？"
使者说道："我们的勇士个个英勇顽强。

227　　"承高贵的公主之命，小人不敢说谎。
在这场激战中，数那位尼德兰的客人
勇敢的西格夫里特，头角峥嵘，盖世无双。
他的表现超群绝伦，他的战绩灿烂辉煌。

228　　"勇敢的旦克瓦特和哈根以及其他勇士，
他们固然也为这次胜仗立下了不少功劳，
然而，与西格蒙特的公子的战绩比较，
他们这些人立下的功勋实在微不足道。

229　　"虽然其他勇士也杀死了不少凶恶的敌人，
然而西格夫里特每次出击所取得的战果，
却是没有一位使者能够全部对你述说；
他使许多妇人因失去亲人而缠绵悱恻。

230　　"他使许多高贵的妇人失去亲爱的郎君，

砍得他们的头盔铿锵作响，鲜血淋淋。
没有任何一位勇士能像西格夫里特这样，
把造就一位精干骑士的十八般武艺融于一身。

231 "虽然来自美茨的奥特文也打得十分漂亮，
——他把宝剑伸向谁处，谁就身负重伤，
多数人甚至中剑身亡；然而只有你的哥哥 ①，
是他迫使敌人走投无路，狼狈周章。

232 "你的哥哥不愧是一位超群绝伦的英雄，
在这场战役中，惟他能使敌人日暮途穷。
自豪的勃艮第人都表现出了英雄的气概，
他们捍卫了自己的尊严和骑士的光荣。

233 "他们击剑时发出的巨响把战场震撼，
大群脱缰的战马擅自驰骋在广阔的平原。
莱茵的勇士们凶猛砍杀，策马进击，
这场战役之后，敌人如梦方醒，后悔已晚。

234 "不论在何处，只要两军短兵相接，
哈根的部下总是勇往直前，浴血奋战。
他本人更是凶狠，他杀死的敌人不计其数，

---

① 指盖尔诺特。

他的战绩在勃艮第国中被久久地颂赞。

235 “盖尔诺特的部下辛多尔特和胡诺尔特，
    还有勇敢的鲁摩尔特，他们气冲霄汉，
    吓得吕德格战战兢兢，丢魂丧胆。
    他们后悔不该到莱茵向你的族人宣战。

236 “尤其是西格夫里特，那位卓越的英雄，
    他的战绩更是冠绝今古，辉煌灿烂。
    他自始至终意气风发，斗志昂扬，
    俘获两名国王，并把人质带回了这边。

237 “这位堂堂的英雄把两位高贵的国王生擒：
    吕德加斯特这时方才领教何为玩火自焚，
    他的兄弟萨克逊的吕德格也万般悔恨。
    高贵的公主：请准许我继续向你禀报：

238 “西格夫里特不仅抓获两名国王作为人质，
    他还把大批敌人作为战俘一起带回莱茵，
    以上所叙都是这位英雄建立的伟大功勋。”
    克里姆希尔德再也听不到比这更好的喜讯。

239 “高贵的公主，请你听我继续往下叙述：
    被带回的敌人中有五百多名是健壮的武夫，

那抬着八十多名伤员的担架被血浆溅污。
这些人中大部分都是西格夫里特的战俘。

240　　"这些敌人不久前派使者来向我国宣战，
那时候他们妄自尊大，做事极不慎重，
如今他们作为恭特的战俘来到沃尔姆斯都城。"
克里姆希尔德听得双颊红润，喜不自胜。

241　　当她听说年轻的西格夫里特那位堂堂勇士
经受住了与敌人的恶战，身体安然无恙，
一缕淡淡红晕浮现在她清秀的脸上。
其他亲人的喜讯自然也使她神清气爽。

242　　少女说道："你给我送来这么好的喜讯，
我要赏你贵重的服饰和十马克①黄金。"
高贵的少女如此慷慨地赏赐归来的差役，
今后还有哪个使者不愿意传报佳音。

243　　侍从们把黄金和服饰交给这位使者，
这时，许多美丽的少女在窗前排成长队。
她们凭窗远眺，向大路深处望去，
殷切地期待勃艮第的勇士们凯旋。

———————————

①　旧时的金银重量单位，一马克合二十四克拉金，八盎司银，约半磅。

244   国人对归来的勇士和亲友一视同仁，

即使挂了彩的伤员也不必感到羞愧 ①。

国王亲自骑马前来迎接凯旋的英雄，

因为他心中的忧虑已经化为无限的欣慰。

245   勃艮第国王不仅接见本国的光荣斗士，

他同时还接见协同作战的盟国部队。

由于他们鼎力支持，他才打赢这场战争，

感谢这些勇士自然也是国王的责任。

246   恭特国王询问勃艮第方面的伤亡情况，

人们向他报告，共有六十名勇士效死沙场。

然而，对死难者的哀思，古往今来

总是随着时间的推移而被渐渐淡忘。

247   全体将帅兵卒都在国王的大殿前下马，

大家互相亲切地问候，一片笑语喧哗。

也有许多勇士，虽然他们本人没有负伤，

却把破烂的头盔和盾牌带回到恭特的国家。

248   国王下令，要安排英雄们在城中下榻，

要给客人们提供最充足的食品，要啥给啥。

---

① 骑士以刚勇健壮为荣，负伤是一种不光彩的事。

他吩咐，要妥善安置，精心护理所有的伤员，

他对待战俘的态度更是关怀备至恩礼有加。

249   国王对吕德加斯特说道："欢迎你来到我国！

虽然你曾经居心不善，使我惨遭灾祸，

如我仍时通运泰，一切都可以失而复得。

愿天主对我的友人赐福，感谢他们的恩德。"

250   吕德格说道："你有一切理由感谢你的盟军，

从未有一位国王抓获过这么高贵的敌人。

我希望陛下宽大为怀，优待你的战俘，

我们将献上万贯金银财宝，报答你的厚恩。"

251   恭特说道："我准许你们二人自由行动，

但你们必须为全体其他战俘立誓保证，

未经我的许可不得擅自离开我的国家。"

吕德格对恭特击掌发誓^①，保证俯首听命。

252   两名敌国的君主被带到住处宽衣休息，

那些负伤的战俘也睡上了松软的床铺。

未负伤的战俘开怀畅饮甜酒^②和葡萄佳酒，

---

①　古代习俗，以击掌表示发誓承诺某事。

②　一种用发酵的蜂蜜制作的能醉人的饮料。

不多时，勇士们便自由自在，无拘无束。

253　　人们把破碎不堪的盾牌收拾起来保管，
　　　　他们还隐藏起那无数沾满污血的马鞍，
　　　　为的是不让妇人们看到之后又泪水涟涟。
　　　　此时从战场上归来的骑士依然陆续不断。

254　　尽管国中到处都是本国勇士和外国来宾，
　　　　国王义不容辞地殷勤招待他的全体客人。
　　　　他命令，要精心护理身负重伤的战俘，
　　　　他们曾经利令智昏，现在都是萎靡不振。

255　　国王出高价聘请名医给伤员医治伤痛，
　　　　他拿出大量白银和赤金支付那些医生，
　　　　以便保住这些大难未死的战斗英雄。
　　　　他还拿出丰厚的礼物向其他客人赠送。

256　　战俘中，如果有人提出要告辞回家，
　　　　莱茵主人就像挽留亲人一样，劝他留下。
　　　　国王还同他的心腹们一起切磋商议，
　　　　如何酬谢他们本国的功臣和忠诚的部下。

257　　盖尔诺特说道："让他们先回家去吧！
　　　　但我们今天就向各位嘉宾正式宣布：

邀请他们六周之后再来勃艮第国赴宴。
届时，卧床休养的负伤的勇士也将复原。"

258 尼德兰英雄西格夫里特也打算告辞，
恭特听说后，恳切地请他留在他们中间。
这位英雄只是因为克里姆希尔德的缘故，
他才决心留在莱茵，接受了恭特的意见。

259 西格夫里特在萨克逊立下赫赫战功，
因此不仅深受勃艮第国王恭特的恩宠，
也深受目睹过他风采的王亲贵戚的赞颂。
然而，他身份如此高贵，毋需贪求官俸。

260 他所以下定决心继续留在沃尔姆斯宫廷，
只是因为一心渴望能与克里姆希尔德相逢。
时隔不久，西格夫里特果然如愿以偿，
后来，他心满意足地又回到西格蒙特国中。

261 恭特国王敦促他的勇士们用心操练武艺，
年轻的骑士们都很愿意前来比赛，决一雌雄。
国王还下令，要在沃尔姆斯城外的河岸上
摆放上长凳，为的是接待各路宾朋。

262 客人们到达沃尔姆斯的日期渐渐临近。

美丽的克里姆希尔德也听到了这则喜讯：

家兄要举行盛大的庆典招待各方友人。

宫廷中，高贵的妇人们开始穿针引线，

263 赶制她们要穿戴的各种服饰和头面 ①。

高贵的母后也听说，恭特要举行庆典，

她随即令人打开包袱 ②，取出许多绫罗绸缎，

因为不久将有雄赳赳的骑士前来赴宴。

264 母后将华丽的衣裙分发给妇人和宫女，

还给勃艮第国年轻的骑士也发放了新衣。

为了子女的体面，她尽心尽力地准备，

连客居在宫廷的友人 ③ 也都要穿戴华丽。

---

  ① 古时候已婚妇女戴在头上的一种饰物，用华丽的绸缎制作，似宽带，上绣有花纹或动物。

  ② 古时候没有衣柜，贵重的衣物用一种布单包裹，放在箱子里。

  ③ 指长期住在宫廷，但不是国王的嫡亲的人。

第五歌
西格夫里特初逢克里姆希尔德

> 克里姆希尔德获旨参加盛宴。长
> 兄恭特让她向西格夫里特致敬并同他接
> 吻。西格夫里特第一次看见这位美丽的
> 少女，二人一见钟情。两名被俘的敌国
> 国王获释，勃艮第方面不要求战争赔
> 偿。大家再三恳求西格夫里特留在沃尔
> 姆斯；他成为国王最信赖的朋友，可以
> 每天同克里姆希尔德会面。

265　　每天都有络绎不绝的宾客抵达莱茵，
　　　他们前来参加庆典，对国王表示恭顺。
　　　国王令人取来大批良马和华丽的服饰，
　　　他把礼物慷慨地赏给每一位客人。

266　　为举行庆典，给全体宾客摆放了座位。
　　　相传，应邀的贵宾中有三十二位国王，
　　　他们都是权倾天下的君主，门第也最高贵。

美丽的妇人们花枝招展，大为庆典增辉。

267   年轻的吉赛海尔国王忙得马不停蹄，

他和盖尔诺特以及他们的随从们一起

接待各国的来宾，分别按其身份等级。

新交和故友一律受到欢迎，大家亲切相聚。

268   出席莱茵庆典的八方宾客陆续到来，

他们携带着精美的服饰和华贵的盾牌，

那无数镶嵌着赤金的马鞍，绚丽多彩。

后来连伤员们都破涕为笑，喜出望外。

269   那些身负重伤，还躺在窗龛^①里的勇士，

他们一时都把对死亡的思虑抛到九霄云外。

勃艮第人现在再也无暇为那些伤员叹息，

他们人人所愿已足，乐不可支，心情愉快，

270   因为宾客们交口称赞庆典上受到的款待。

参加庆典的人们，大家无不欢欣鼓舞，

他们精神爽朗，心中充满无限的欢乐；

恭特的国家到处凫趋雀跃，生机勃勃。

———————————

    ① 中世纪城堡上的窗口狭小，凹入墙壁，从里面看呈小阁子形状，伤员躺在里面可以向外张望。

271   盛大的庆典在圣灵降临节 ① 那天早上开始，

只见各路英雄身穿节日盛装，联翩而至。

前来的客人足有五千，甚至比五千位还多。

大家竞相高谈阔论，谁也不甘闭口沉默。

272   恭特是一位十分周到而细心的国王，

他一直把西格夫里特的愿望记在心上。

他知道这位英雄正在倾心爱慕他的妹妹，

然而，他至今未能目睹那少女的模样。

273   这时来自美茨的奥特文对国王说道：

"倘若陛下想要显示宫廷的全部荣华，

你就应该把宫中美丽的少女引见给大家。

她们是勃艮第国的骄傲，为庆典锦上添花。

274   "要是没有少女的花容和妇人的风采，

一个男人怎能生活得幸福和愉快？

请陛下也让你的妹妹来向客人们请安吧！"

让她与客人们见面，正中英雄们的下怀。

275   国王说道："好吧，我接受你的建议。"

大家听了国王的决定，无不欢天喜地。

---

① 基督教节日，复活节后的第七个星期日。

国王派人去通知乌特母后和她的娇女，
让她们立即带着宫女们进宫，不要迟疑。

276　　妇人们急忙从柜橱里取出最华丽的衣裙，
又把收藏珍贵饰物的大批包袱打开，
她们取出精致的首饰、手镯和各种丝带；
宫女们的穿着也是姹紫嫣红，绚丽多彩。

277　　这一天，许多年轻的勇士都有一种幻想，
希望把妇人们柔媚的目光吸引到自己身上。
他们虽然都不曾与那些美人见过一面，
却是宁可不要江山，也要实现这种愿望。

278　　高贵的国王下令，要从他的随从当中
选出一百人，手持宝剑护送克里姆希尔德。
这些勇士都是国王本人和他妹妹的嫡亲，
也是他在勃艮第国宫廷中的心腹和要员。

279　　克里姆希尔德偕同母后一起向宫中走来，
母后有一百多位高贵的妇人伴随身边。
她们都是盛装艳服，打扮得光彩照人，
克里姆希尔德的侍女们也同样花枝招展。

280　　一群高贵的妇人离开后宫，徐徐走近，

英雄们纷纷翘首企足，无不望眼欲穿。
他们希望今日三生有幸，喜从天降，
能亲眼看一看那位少女秀美的容颜。

281　　克里姆希尔德步履轻盈，风姿飘逸，
　　　　宛如从灰色的云层里透出的一道晨曦。
　　　　西格夫里特心中的苦闷顿时如风卷残云，
　　　　他只看见眼前站着一位可爱的少女。

282　　少女的衣服上镶嵌的宝石，红红绿绿，
　　　　她白皙的皮肤透着粉红，润泽柔细。
　　　　要是让一个男人说出他有什么愿望的话，
　　　　他只需看一看这位美人，也就足矣。

283　　这位少女真是举世无双，超尘拔俗，
　　　　她好似一轮皎洁的明月悬挂在云端高处。
　　　　她洒下清澈的光辉，使群星黯然失色，
　　　　英雄们一看见她，胸中总是波涛起伏。

284　　一队宫廷侍从走在前面，为她鸣锣开道，
　　　　英雄们前呼后拥，惟恐不能一饱眼福。
　　　　他们非要看一看这位可爱的少女不可，
　　　　而西格夫里特心中则忐忑不安，六神无主。

285　他想：“我怎样才能获得你的爱情？
　　　我想，我的痴情期待准是一场黄粱美梦。
　　　要是我躲开你岂不更好，我也一死了事！”
　　　他反复地思量，脸色忽而煞白，忽而绯红。

286　西格蒙特的公子神采奕奕地站在那里，
　　　就好像艺术大师在羊皮纸上留下的手笔。
　　　人人都说，他相貌英俊，风度翩翩，
　　　他是一位超群绝伦的英雄，史无前例。

287　执行护卫的侍从们不停地请众人让路，
　　　英雄们遵照他们的要求，稍微退后几步。
　　　高贵的妇人们红裳翠盖，舒展大方，
　　　她们款步而行，秀逸的风姿使人赏心悦目。

288　盖尔诺特向恭特国王建议，他说道：
　　　“尊敬的长兄，现在各方友人云集在这里，
　　　我想，我们应该趁此机会理直气壮地
　　　表彰那位英雄，感谢他立下的丰功伟绩。

289　“家妹至今还未曾向任何一位勇士问安，
　　　我们应该介绍她与西格夫里特见面。
　　　让克里姆希尔德出来向这位英雄表示敬意，
　　　此举可赢得英雄们的仰慕，我们将永远受益。”

290   于是，国王的几位嫡亲来见西格夫里特，
       他们对尼德兰英雄说道："国王已经准许，
       你可以进宫去见他和那些高贵的少女。
       他的妹妹要向你问安，表示他们的敬意。"

291   英雄西格夫里特听到这则可喜的消息，
       想到自己被准许会见乌特的美丽的娇女，
       心中顿时充满由衷的喜悦，真是痛快淋漓；
       不久之后，那位少女果然对他亲切地致意。

292   美丽的少女看见英雄站在自己面前，
       不由得一层炽热的红晕在她脸上浮现。
       少女说道："衷心地欢迎你，高贵的骑士！"
       她的一声问候在骑士心中掀起汹涌的波澜。

293   西格夫里特向少女深深地鞠躬致敬，
       少女挽住他的手，二人于是并肩而行。
       英雄和美人互相定睛凝视，他们心心相印，
       然而，他们这时还只能秘密地传递温情。

294   美丽的少女对西格夫里特一见钟情。
       他们出于爱慕之心有没有把手握在一起，
       我虽然不得而知，但我敢对你们保证，
       这样的良机他们私下里肯定会充分利用。

295 　　西格夫里特和那位少女手挽手地走来，

　　　　无论阳春还是盛夏都不曾使他如此愉快，

　　　　因为他现在心中只抱着一个希望，

　　　　希望有一天能偕这位心爱的美人一起离开。

296 　　有的勇士心想："要是我也能有这份福气，

　　　　像西格夫里特一样，挽着那位可爱的少女，

　　　　或是躺在她身边小憩，那该是多么惬意！"

　　　　可是有谁求婚的礼数像王子这样完美得体？

297 　　在庆典上，不论来自哪个王国的嘉宾，

　　　　他们都总是聚精会神地注视着这对佳人。

　　　　克里姆希尔德获准亲赐英雄一吻 ①，

　　　　英雄立即感到一股幸福的暖流贯注周身。

298 　　丹麦国王吕德加斯特抢先致词，他说道：

　　　　"西格夫里特为了得到这一崇高的嘉奖，

　　　　他杀死了我许多勇士，我也未能安然无恙。

　　　　祈求天主赐怜，再也不要派他去我国打仗。"

299 　　这时传来命令，叫围观的众人让路，

———————————

　　① 女主人对最尊贵的客人当众亲赐一吻，表示仰慕和谢意，这是当时的宫廷
习俗。

因为克里姆希尔德要去教堂祈祷天主。
一群雄赳赳的勇士，毕恭毕敬，一路相随，
来到教堂时，那位英雄却不能陪她进入。①

300 克里姆希尔德带着她的宫女们走进教堂。
她的美貌令人望洋兴叹，谁也不敢攀附。
许多勇士翘首企足，只求能一饱眼福，
看上这美人一眼，他们就感到心满意足。

301 西格夫里特心急如焚，盼望弥撒赶快结束，
英雄为自己交上了好运感到无比幸福。
美丽的克里姆希尔德对他一见钟情，
他对这位心上人怎能不更加倾心爱慕？

302 当少女走出教堂时，他早已等在门前，
人们于是又请英雄走到那位少女的身边。
美丽的少女趁此机会对他亲切地开言，
感谢他率领她的亲人打了胜仗，光荣凯旋。

303 她说道："西格夫里特阁下，愿天主对你赐恩，
我听说，你在这次战争中立下了伟大功勋，
你使我们的勇士们折服，深受他们的信任。"

———————————

① 进教堂做弥撒时，骑士与妇人必须分开。

西格夫里特凝视着少女不语，一往情深。

304   英雄说道："我愿意为他们一生鞠躬尽瘁，
      不完成他们的意旨，我绝不安心入睡。
      然而，高贵的克里姆希尔德公主，
      我做这一切，都是为了得到你的恩惠。"

305   十二天来，每逢少女和亲眷一起入宫，
      人们总看见她身边有西格夫里特陪同。
      这是国王给这位骑士刻意提供的效劳机会，
      为的是让卓越的尼德兰英雄心中高兴。

306   现在，恭特的王宫内外到处是一片欢腾，
      每天都有骑士举行竞技比赛，一决雌雄。
      奥特文和哈根两位英雄最引人注目，
      骑士的十八般武艺，他们样样精通。

307   这两位杰出的英雄不论参加哪一种比赛，
      他们总是不甘示弱，全力以赴，力压群雄。
      因此，他们不仅引起客人们的一致注目，
      也大为恭特的整个国家增添了光荣。

308   那些伤病未愈的勇士也纷纷离开病榻，
      他们要和其他战友一起娱乐嬉耍。

他们中有的执盾相斗，有的举枪投掷，

健壮的勇士们站在一旁给他们保驾。

309　　庆典上，国王用美味佳肴款待来宾，

他用最上乘的珍馐招待每一位客人。

因此，宴席上没有人对国王提出任何非议，

只见他与宾客们热情地周旋，十分开心。

310　　勃艮第国王说道："诸位高贵的勇士，

在你们回府之前，我有一点奉赠，聊表心意。

现在我宣布，我愿意同你们共分我的财产，

你们如果不予回绝，我将不胜感激。"

311　　丹麦人随即回道："在我们返回故国之前，

我们希望同你缔结条约，保持永久的和平。

我们提出这一要求，乃完全事出有因，

因为你的军队曾使我们许多亲人丧命。"

312　　虽然吕德加斯特的伤口现在已经痊愈，

萨克逊国王也从战争的恶果中恢复了元气，

然而，他们却把不少尸骨丢在了勃艮第国里。

这时，恭特国王已经来到西格夫里特这里。

313　　他对英雄说道："我有一件事不知如何对待：

我们的敌人希望明日清晨就能骑马返回故里。
他们要求在临行前同我们缔结持久的和平，
依你之见何为良策，请你给我出个主意。

314 "我还要告诉你，那两位国王都对我表示，
只要我释放他们，让他们平平安安地回去，
他们愿用五百匹马所能驮运的黄金表达谢意。"
西格夫里特说道："我以为这样做很不妥当！

315 "你应该无条件地释放他们返回故乡。
你只需要求那两位国王对你击掌保证，
他们今后绝不再来你们的国家兴风作浪，
也绝不再怀着敌意对贵国动刀动枪。"

316 恭特说道："我同意你的话，照此办理！"
二人分手不久便有人去通知那两名敌人，
他们可以放心回家，勿需用黄金赎身。
而家中的人也正在期盼着他们厌战的国君。

317 勇敢的盖尔诺特又向他的长兄建议，
应该派人去抬来那大批满载财宝的军盾。①
国王取出财宝，他称也不称便慷慨地赠赏，

---

① 古时候用盾称量和装运金银。

把大约五百多马克①的金银分给了众人。

318   宾客们陆续登鞍上马，准备打道回府，
       临行前，他们分别前来拜别母后和公主。
       母女二人曾经多次接受异国勇士们辞行，
       可是从来没有像今天这般地庄严郑重。

319   客人们下榻过的居室现在变得空空荡荡，
       只有国王及其朝臣亲眷常来那里消磨时光。
       人们每天都看见他们成群结队地走进后宫，
       他们去向克里姆希尔德公主问候安康。

320   英雄西格夫里特也请求准许返回故乡，
       他感到要实现自己的梦想已经没有希望。
       他打算请求告辞，这个消息惊动了国王。
       年轻的吉赛海尔执意挽留这位英雄：

321   "高贵的西格夫里特，你为何非要回去？
       你应该留在恭特国王和他的随从这里！
       这里有许多高贵的妇人和美丽的宫女，
       我们把她们介绍给你，这也是我们的荣誉。"

---

① 见 242 节注①。

322   西格夫里特说道："请不要把马牵出马厩，

把已经取来的盾牌原封不动地再抬回去。

我本来打算返回故乡，现在改变我的计划，

只因为吉赛海尔阁下执意劝我留在这里。"

323   勇敢的西格夫里特念着友人的情意，

决定继续留住在强大的勃艮第国里。

其实，无处能像在这里使他心情舒畅，

问其理由：他每天都能会见那位少女。①

324   那少女倾国倾城的美貌使他流连忘返，

要不是因为备受对她的爱情的痛苦折磨，

他本可以同其他勇士一起娱乐消遣；

然而后来正是由于这位美人，英雄凄惨罹难。

---

① 国王已把西格夫里特看作自己的心腹，让他跟朝臣们一起去向克里姆希尔德问安。

第六歌
恭特赴冰岛国向布伦希尔德求婚

在伊森斯泰因住着一位强大的女
王，名叫布伦希尔德，谁要获得她的爱
情，都必须同她进行三项比赛，并且非
三赛三胜不可。恭特决定向她求婚；西
格夫里特熟悉布伦希尔德的为人和她的
国家，他答应协同前往，条件是必须把
克里姆希尔德许配给他做妻子。他们一
行四人（恭特、西格夫里特、哈根和旦
克瓦特）出发前，克里姆希尔德和她的
宫女们为他们缝制大量服装。

325   从莱茵河彼岸突然传来一则新闻：
　　　说是那边有许多相貌妩媚气质典雅的美人。
　　　恭特起念，想去迎娶其中一位做他的妻子，
　　　他每逢想到此事，心中总是非常兴奋。

326   在大海^①的那一边有一座雄伟的城堡，

相传，那里住着一位无比强大的女王。

她不仅相貌超群，而且拥有无穷的力量，

谁向她求婚，都得首先同她比赛掷枪。

327   比赛完掷枪，她再将一块巨石投向远处，

紧接着，她纵步高跳，将那块巨石追上。

不论谁向她求婚，非要三赛^②三胜不可，

只要输掉一次，他就得将性命赔上。

328   像这样的比赛，骄傲的女王已经赢过多次。

这则消息传到莱茵，打动了一位高贵的骑士。

他一心一意要娶这位不甘雌伏的女王，

后来他去求婚，使许多英雄客死他乡。

329   莱茵的国王说道："不论会遇到什么风险，

为了那位强大的女王，我一定要去大海那边。

我要用生命去赌布伦希尔德的爱情，

即使她没成为我的妻子，输掉我也心甘。"

330   西格夫里特说道："女王的条件十分苛刻，

---

① 指德国北部大海，即北海。

② 三项比赛是掷枪、投石和高跳。

你向她求婚，要付出的代价可极为高昂。
奉劝陛下三思再三思，不可轻举妄动，
我劝你打消这个念头，不要冒昧地前往。"

331 哈根在一旁插话："请听我的真诚奉劝，
陛下此举必须邀请西格夫里特来支援。
他最清楚布伦希尔德女王的情况，
只有他才能帮助你一起顶风冒险。"

332 恭特去问高贵的西格夫里特，他说道：
"你愿不愿意帮助我去赢得那位女王？
倘若你能成人之美，让她成为我的妻子，
我将满足你的一切要求，不惜生命和名望。"

333 西格蒙特的公子西格夫里特回道：
"只要你准许尊妹，美丽的克里姆希尔德，
那位高贵的国王的女儿与我匹配良缘，
我一定完成重任，不要任何别的补偿。"

334 恭特说道："西格夫里特，我向你保证，
美丽的布伦希尔德来到我国之日，
就是你与我亲爱的妹妹喜结良缘之时。
让你同这位美人一起，幸福一生，欢乐一世。"

335   两位英雄举手宣誓，恪守自己的诺言。
　　　　　　然而，在把布伦希尔德接到莱茵之前，
　　　　　　他们还得历尽千辛万苦，忍受各种磨难。
　　　　　　后来两位勇士甚至还遭到灭顶的危险。

336   西格夫里特必须把他的隐身服带在身边，
　　　　　　这是这位英雄从前冒着极大的危险
　　　　　　从那名侏儒阿尔贝里希手中夺来的法宝，
　　　　　　两位坚强的勇士就要带着它去海上冒险。

337   勇敢的西格夫里特一旦披上这件隐身服，
　　　　　　他浑身就会骤然增添无穷的力气，
　　　　　　仿佛除他之外又加上了十二个男子的膂力。
　　　　　　后来他就是用这种魔法征服了那位少女。

338   此外，这件隐身服具有一种神奇的效力，
　　　　　　谁披上它，谁便可以为所欲为，不露行迹。
　　　　　　西格夫里特要用它战胜布伦希尔德，
　　　　　　即使付出昂贵的代价，他也在所不惜。

339   "西格夫里特，我的英雄，请告诉我，
　　　　　　我们是否应该多带一些勇士去女王那里。
　　　　　　这样，我们一经张帆出海，便是威风八面；
　　　　　　三千勇士不在话下，我能立即调集。"

340　　　英雄回道："这位自负的女王让人不寒而栗，
　　　　　恭特，我建议，我们必须想出一条妙计，
　　　　　否则无论我们带去多少勇士都无济于事。
　　　　　他们一旦落入女王之手，通通必死无疑。

341　　　"我们不妨也像古代骑士出去冒险那样，
　　　　　一行四人，沿莱茵而行，张帆海上，
　　　　　不要瞻前顾后，要一心一意去征服那位女王。
　　　　　我现在告诉你，带哪四位勇士一起远航：

342　　　"这四人当中，一个是我，另一个是你，
　　　　　第三个是哈根，再把勇敢的旦克瓦特加上。
　　　　　即使一千名敌人也休想动我们一根毫毛，
　　　　　我们只需四人，便可确保生命安然无恙。"

343　　　国王问道："我还有一件事要同你商量，
　　　　　请你在我们出发之前，给我出个主意。
　　　　　我们一行人去到布伦希尔德女王的宫廷，
　　　　　应该穿戴什么样的服饰，才算高贵得体。"

344　　　英雄说道："要论朝臣百姓的衣着穿戴，
　　　　　古往今来，最属布伦希尔德的国人阔气。
　　　　　我们进宫朝拜那位高贵的女王的时候，
　　　　　穿上最华丽的服装，才不会引起人们非议。"

345   国王随即说道："我马上去叩见我的母后，
请求她吩咐她的宫女们为我们缝制新衣。
我们要雍容华贵地来到那位美丽的女王面前，
从而保持我们的光荣，不玷污我们的名誉。"

346   特罗尼的英雄哈根现出若有所思的样子，
他说道："你为什么非得请母后操劳此事，
你难道不能把你的意图告诉你的妹妹，
我想，你此次出访肯定能得到她的支持。"

347   恭特于是派人去通知克里姆希尔德，
说他和西格夫里特二人想前去探望。
美丽的少女早早就换上最华丽的衣裙，
高兴地等待着两位英雄来后宫拜访。

348   她要求她的宫女们，为了迎接两位客人
也都必须浓妆艳抹，打扮得得体而大方。
克里姆希尔德获知客人已到，她赶紧起立，
庄重地上前迎接那位贵客和她的兄长。

349   高贵的公主说道："欢迎你，亲爱的长兄，
欢迎你，家兄的战友，欢迎你们驾到！
请问二位勇士光临后宫，有何赐教？
请把你们的来意讲明，我该如何效劳。"

350 恭特说道:"妹妹,我愿把来意坦诚相告:
我们本是无忧无虑,逍遥自在,其乐陶陶。
最近,我们决定去远方进行一次冒险,
不知如何穿戴,眼下正为出访的服饰烦扰。"

351 公主说道:"亲爱的长兄,请你先坐下,
然后告诉我,是哪些美人使你心荡神迷,
为了获得她们的爱情,非要去遥远的异域。"
她把两位杰出的勇士一同挽在自己手里。

352 她挽着二位勇士走近她先前坐过的靠椅,
相传,那把靠椅上的椅垫非常豪华富丽。
我敢打赌,面料上的图案是用金丝镶嵌,
两位勇士坐在上面与少女们消遣,多么惬意。

353 克里姆希尔德和西格夫里特趁此良机,
他们默默相视,用眼神秘密地传递情意。
西格夫里特爱这位少女如同爱自己的生命,
后来,这位少女果然成了他美丽的娇妻。

354 高贵的国王说道:"我亲爱的妹妹,
我们打算去布伦希尔德国家尝试一番经历,
会见那位妇人时,我们要穿戴华丽的新衣。
此事没有你的帮助,我们谁都无能为力。"

355   公主说道："亲爱的长兄，我将向你证明，
　　　　　　凡是我能做到的事情，我一定不遗余力。
　　　　　　相反，我会十分难过，我会万分伤心，
　　　　　　如果有人拒绝你的要求，不执行你的旨意。"

356   美丽的公主再一次表示她的真诚，她说道：
　　　　　　"高贵的骑士，你不要如此对我小心翼翼。
　　　　　　请你们理直气壮地责成我为你们做事，
　　　　　　不管你们有什么吩咐，我都乐意效力。"

357   "亲爱的妹妹，我们很重视服装的款式，
　　　　　　烦劳你用你的玉手亲自为我们设计，
　　　　　　然后让你的宫女们为我们赶制合体的新衣。
　　　　　　我们出访的计划已定，不再改变主意。"

358   公主对恭特说道："现在请听我告诉你们：
　　　　　　我手中的大量绸缎① 可做衣服的面料。
　　　　　　请你派人在开工前用盾牌把宝石送来。"
　　　　　　恭特和西格夫里特立即答应，一定送到。

359   公主又说道："还有谁与你们一同出访？
　　　　　　请问其他的勇士需要穿戴何种衣裳？"

---

① 　在宫廷中，布帛和成衣由妇人自己保管，财产由国王掌握。

恭特说道："我们此行共有四位勇士。
除我们二人之外，还把哈根和旦克瓦特带上。

360　　"亲爱的公主，我们对于服饰有如下要求：
我们四人需要有足够四天穿戴的衣服，
每天三套，套套各异，另加其他装备三副。
让我们直到离开那里时，都不失骑士风度。"

361　　二位君主说完话之后，高兴地告辞而去；
克里姆希尔德马上传令，要从后宫里
她的宫女们中间挑选三十二名能干的少女，
她们必须心灵手巧，擅长针线活计。

362　　三十二名宫女用雪白的阿拉伯锦缎
和葱绿的查查曼克①丝绸缝制新衣。
美丽的克里姆希尔德亲自动手裁剪面料，
宫女们往面料上镶嵌无数颗珍珠翠玉。

363　　她们选用外国出产的鲨鱼皮做衣服衬里，
那时鲨鱼皮很不容易见到，十分珍贵。
英雄们要求，不管什么衬里都要罩上丝绸；
请听，关于这服饰还有几段美妙的传奇：

---

①　此处指非洲国家的一个城市，中世纪以盛产丝绸闻名。

364　　英雄们为这次出去冒险准备的衣服面料
　　　都是产自摩洛哥和利比亚的丝绸，漂亮无比。
　　　没有一个王室能提供这么多丝绸缝制新衣。
　　　这表明克里姆希尔德对二位英雄的敬意。

365　　英雄们此行为着实现一项崇高的目标，
　　　他们觉得用银鼬皮制作的衣服不够阔气，
　　　外面必须再罩上一件油黑色的锦缎外套。
　　　这种装束勇士们如今穿上赴宴仍深感自豪。

366　　无数宝石映着阿拉伯锦缎，灿烂辉煌，
　　　只见宫女们飞针走线，日以继夜，十分繁忙。
　　　她们用了七周的时间把衣服全部做好，
　　　这时，勇士们的武器装备也全部准备妥当。

367　　莱茵河上停泊一只精心制作的小船，
　　　它将载着勇士们顺莱茵而下驶向大海那边。
　　　宫女们把他们所需的各种服饰缝制完毕，
　　　她们的心血和体力也几乎全部用完。

368　　宫女们请人向即将出征的勇士们转告，
　　　他们要携带的衣服已经按要求全部做好。
　　　勇士们得知各项准备都已就绪之后，
　　　不想再在莱茵耽搁，打算立即张帆起锚。

369   于是一名仆从去通知即将出征的勇士，
　　　　　　请他们来试一试新衣，看看长短是否合体。
　　　　　　衣服试过之后，各项尺码果然分毫不差，
　　　　　　勇士们对妇人们的辛劳由衷地感激。

370   亲眼看见那些衣服的人，无不交口称誉，
　　　　　　他们认为这样娴熟的手工，举世难觅。
　　　　　　勇士们将穿着这样的衣服进宫朝拜，
　　　　　　有谁能述说，还有比这更好的骑士穿戴？

371   堂堂的勇士们首先向妇人们衷心致谢，
　　　　　　随后请求告辞，他们的举止典雅得体。
　　　　　　他们遵照宫廷骑士的礼节，一一拜别，
　　　　　　这时，明亮的眼睛失去光泽，泣下如雨。

372   公主说道："亲爱的长兄，你最好不要出门，
　　　　　　在我们周围有许多与你门第相当的妇人。
　　　　　　你何不在她们中间寻觅一位（我希望这样），
　　　　　　非要舍近求远，用生命去赌那个女人？"

373   我猜想，妇人们对未来的事已有预感，
　　　　　　尽管大家好言相劝，她们还是泪水涟涟。
　　　　　　串串泪珠从她们眼中流下，唏嘘不止，
　　　　　　浸湿了她们胸前黄金首饰和精致的花边。

374　　　克里姆希尔德又说道："西格夫里特阁下，
　　　　　请你对待我亲爱的哥哥务必忠诚友善，
　　　　　保护他在布伦希尔德国中一切平安。"
　　　　　西格夫里特握住公主的手，郑重承诺，

375　　　英雄说道："公主，只要我一息尚存，
　　　　　就请你不要为你哥哥的安危担心。
　　　　　看我的吧，我一定让他平安地返回莱茵。"
　　　　　美丽的公主对他恂恂致意，感激不尽。

376　　　他们的金灿灿的盾牌已全部运到河岸，
　　　　　勇士们随身携带的装备也都装上帆船。
　　　　　他们令侍从将马匹牵来，准备立即出发，
　　　　　许多美丽的妇人放声大哭，以泪洗面。

377　　　可爱的宫女们站在窗龛里向下窥望，
　　　　　一阵劲风吹来，小船开始张帆远航。
　　　　　四位勇士意气风发地来到莱茵河上，
　　　　　恭特这时问道："由谁担任我们的船长？"

378　　　西格夫里特自荐："由我来担任船长！
　　　　　诸位勇士，我对这里的河道了如指掌，
　　　　　我完全可以在莱茵河上为你们掌舵导航。"
　　　　　他们就这样离开勃艮第国，个个喜气洋洋。

379   西格夫里特于是急忙抓起一根划桨，

他使劲地撑着小船拔锚离岸来到水上。

勇敢的恭特也把一根船绳攥在手里，

骑士们英姿勃勃地告别了他们的故乡。

380   勇士们携带大量美味的鱼肉菜肴上路，

还带了莱茵河一带盛产的葡萄佳酿。

他们带着出征的马匹安静地站在船上休息，

他们自己坐在平稳的船上，身心格外爽朗。

381   这时，船上坚固的帆绳已经全部拉开，

海风吹着船身，帆船急速地驶向大海。

在夜幕降临之前，他们已经航行了二十海里，

然而，英雄们的豪情换来的却是日后的悲哀。

382   相传，在离开莱茵后的第十二天清晨，

海风终于把他们送到遥远的伊森斯泰因①。

他们四人当中，除西格夫里特之外，

知道布伦希尔德国家的再无别人。

383   恭特看到这大片土地和那许多城堡，

他馋涎欲滴，随后向西格夫里特问道：

---

①　为北方海上岛屿，即今日冰岛；当时布伦希尔德的宫廷在那里。

"请你告诉我，亲爱的西格夫里特，
这城堡和土地都归属何人，你是否知道？"

384 西格夫里特回道："一切我都十分熟悉，
我对你说过，那坚固的城堡和那大片土地，
还有那忠顺的人民都归布伦希尔德统治；
你今天还将看到许多美丽的妇人和宫女。

385 "诸位英雄，我想对你们提一项建议，
今天我们去拜见布伦希尔德的时候，
大家务必要口径一致，同心协力。
在那位女王面前，我们当格外小心翼翼。

386 "今天我们就要去见那位女王和她的心腹，
诸位杰出的勇士，你们要异口同声地说，
我是恭特的封臣，恭特是我的领主。
这样，我们才能完成此行肩负的任务。"

387 大家对西格夫里特发誓，表示一定遵命，
没有一个人故意捣乱，反对他统一口径。
后来，恭特与布伦希尔德在赛场上相遇，
恭特他们果然打败了女王，大获成功。

388 "坦白地说，我并非为了你才明誓尽忠，

而是出于对你妹妹，那位少女的一片痴情。

我爱她犹如钟爱我自己的灵魂和生命，

娶她为妻子，这才是我为你效劳的初衷。"①

① 西格夫里特语。

第七歌
恭特智胜布伦希尔德

勇士一行人来到冰岛国。布伦希
尔德以为是西格夫里特前来求婚。西格
夫里特称自己是恭特的封臣,并告诉她
恭特的来意。趁布伦希尔德调集兵力之
际,西格夫里特回到船上,取来他的隐
身服。比赛时,他穿着隐身服站在恭特
身旁,他进行比赛,恭特只做相应的动
作。布伦希尔德投降,并交出她的军
队。因为有大量军队加入,西格夫里特
感到害怕,于是回尼伯龙国调来一批
勇士。

389　　这时,他们的帆船已经靠近那座城堡,
　　　　城堡上面有许多美丽的少女站在窗前。
　　　　恭特仔细观看那些少女,一个也不认识。
　　　　他心中很不痛快,嗒然若丧,郁郁寡欢。

390   恭特转向他的同伴西格夫里特，忙问道：
"你是否认识那些站在城堡上面的少女？
她们正对着大海向我们俯视，勿需问其
君主的姓氏，肯定都是名门望族的后裔。"

391   西格夫里特说道："你先悄悄地观察，
不要引起她们的注意，然后告诉我，
你想在那些少女中挑选哪一个为妻。"
勇敢的恭特说道："好，我接受你的建议。

392   "我看见那边窗龛里站着一位可爱的少女，
她身上穿着雪白色的衣裙，风姿秀逸。
我的眼睛就看中了这位如花似玉的美人，
要是我有能力选择，就选她为我的贤妻。"

393   西格夫里特说道："你果然很有眼力，
那位美人正是你朝思暮想的布伦希尔德。
你日夜思念的就是这位高贵的少女。"
她的容颜姿色确实符合恭特的心意。

394   女王下令，不让她的宫女停留在窗前，
因为她们不宜站在那里让陌生人看见。
宫女们遵照女王的命令从窗前走开，
我们后来听说，是让她们回去梳洗打扮。

395   按照以往的常规，凡是有陌生人来访，

妇人们必须浓妆艳抹，方才可以亮相。

就是这样，她们也不能马上与陌生人见面，

只能通过墙上狭窄的垛口向下面窥望。

396   她们看见共有四位勇士来到女王的国家，

西格夫里特正在登岸，手牵一匹良马①。

恭特显得十分得意，他感到自己身价大增，

因为其他三人均称自己是国王的属下。

397   西格夫里特恭候他们的国王跨上马鞍，

他牵着的这匹马膘肥体壮，鬃发丰满。

他对国王这般尊重，真是毕恭毕敬，

然而不久国王忘恩负义，把朋友背叛。

398   西格夫里特又去扶其他英雄上马，

然后他才从船上把自己的马匹牵下。

他有生以来从未像今天这样卑微低贱，

此情此景少女们通过窗口仔细地观察。

399   两位堂堂的英雄身穿雪白的戎衣，

他们身下骑着的也都是白色的骏马。

---

① 西格夫里特牵着恭特的马下船，意在表明他是国王恭特的仆从。

他们手中都拿着同样华贵的盾牌，

那盾牌放射出的银色光芒，一泻千里。

400 他们的马具上镶缀着五色斑斓的宝石，

马的胸带精致，上面挂着金质的铃铛。

四位勇士威风凛凛地进入这陌生的国家，

直向着布伦希尔德女王的大殿走去。

401 他们手中拿着磨得十分锋利的标枪，

他们佩带的宝剑直垂到马蹄刺旁，

这种宝剑十分宽阔，而且锐不可当，

这一切，布伦希尔德全部看在眼里。

402 除恭特和西格夫里特二位英雄之外，

还有旦克瓦特和哈根也同他们一起到来。

这两位英雄穿的是乌黑色的骑士戎衣，

他们手里也拿着宽大、精致而华贵的盾牌。

403 英雄们衣服上镶着许多印度宝石，

那宝石与阳光交相辉映，绚丽多彩。

他们把他们的小船丢在河边，无人看管，

然后骑马登上城堡，不失威严的神态。

404 他们看到八十六座宝塔在那里巍然耸立，

还有三座宽敞的大殿和一座美丽的大厅，
这些都是用草绿色大理石建成的琼楼玉宇；
那里就是布伦希尔德女王和朝臣的王宫。

405　　城堡的大门向着客人宽敞地大开，
布伦希尔德的朝臣迎着英雄们走来，
他们欢迎陌生的客人光临女王的国家，
然后令人接过客人的骏马和盾牌。

406　　女王的一名库房保管请求客人，他说道：
"请把你们的宝剑和甲胄交给我们保管！"
哈根一口回绝："不，这武器我们要自己携带。"
西格夫里特赶紧上前给哈根解释明白：

407　　"请听我告诉你，这里有这样一条规矩，
任何客人都不可在城堡中携带武器。
我们还是把武器交给他们保存为妥。"
恭特的侍臣只好服从，心中却是很不乐意。

408　　侍从给客人们斟上美酒，洗除风尘，
还给他们准备最舒适的住处供他们休息。
尽管宫中总有衣冠楚楚的异国勇士出入，
这几位勇敢的英雄却是最引人注意。

409　　　这时有人前去禀奏布伦希尔德女王，
　　　　说是有几名异国的勇士来到她的王宫。
　　　　他们穿着华贵的衣服，经海上来到这个岛屿。
　　　　年轻的女王立即仔细地询问这些人的来历。

410　　　布伦希尔德说道："请你们赶快对我禀报，
　　　　那些陌生的勇士堂而皇之地来到城堡，
　　　　他们都是什么人，来自哪个友邦或异域。
　　　　他们访问我国，究竟想讨谁人欢喜？"

411　　　她的随从中有一人回禀女王，他说道：
　　　　"首先声明，他们中我一个人也未曾见过，
　　　　只是其中有一人，看模样很像西格夫里特。
　　　　作为你的忠臣我想进言：此人怠慢不得。

412　　　"那其中的第二位勇士也是神气十足，
　　　　看上去他肯定是一位强大的君主，
　　　　统治着幅员辽阔的土地和众多藩属。
　　　　他站在同伴中间，神态尤为庄重而严肃。

413　　　"那第三位勇士的相貌虽然也很英俊，
　　　　但他环顾四周时，目光却是阴森恐怖。
　　　　高贵的女王，这目光令人不寒而栗，
　　　　我猜想，他一定穷凶极恶，用心歹毒。

414   "他们中最年轻的那位也是一表人才，

他浑身精力旺盛，焕发青春的神采。

他有良好的教养，举手投足温文尔雅，

但他一旦发怒，也会吓得我们慌恐无奈。

415   "他虽然眉目清秀，待人颇是温良和蔼，

然而他一旦发火，也会使妇人怆然伤怀。

看其仪表，他是一位刚毅勇猛的英雄，

具备骑士的一切品德，可谓完美的表率。"

416   女王于是说道："请你们把我的衣裳拿来！

要是勇敢的西格夫里特前来向我求婚，

那么他的日子就不会好过，前景悲哀，

因为我不怕他会在三项比赛①中把我打败。"

417   布伦希尔德换上华丽的衣裙之后，

带着一百多名少女轻步地向庭院走来。

高贵的少女们盛装艳服，花枝招展，

她们要见客人的心情，也是迫不及待。

418   五百多名冰岛国的勇士手里拿着宝剑，

陪同布伦希尔德女王和她的随从走来。

---

① 见 327 节注②。

坐在地上的陌生勇士一见，马上起立，
因为这对他们显然是一种公然的伤害。

419　　傲慢的女王一眼看见西格夫里特，
她对英雄说道："欢迎你来到我的国家！
西格夫里特阁下，恕我冒昧地请问，
你们这次光临来意何在，有什么计划？"

420　　"高贵的公主，尊敬的布伦希尔德女王，
站在我前面的这位勇士是我的主上。
你不首先向他请安就来向我问好，
如此过分的恩宠，本人实在不敢担当。

421　　"我只想奉告，他出身莱茵的一个王族世家，
我们到你国家来的目的是要向你求婚，
我主人的决心已定，请你赶紧考虑一下。
反正他非要娶你不可，不惜一切代价。

422　　"他的名字叫恭特，是一位高贵的国王，
他的全部心愿乃是要娶你做他的新娘。
我遵从我主人之命跟随他们前来贵国，
本是身不由己接受这项任务，非常勉强。"

423　　"既然他是你的领主，你只是他的封臣，

如果他能在规定的比赛中把我战胜，

我可以做他的妻子，与他成亲。"女王又说道，

"如果他被我打败，你们都得为君舍身。"

424   "女王陛下，"特罗尼的哈根于是开言，

"我们愿意见识一下你苛刻的比赛条件，

要让我的主人败在别人手下谈何容易，

他要战胜像你这样美貌的少女并不困难。"

425   美丽的妇人说道："他首先同我比赛投石，

然后他再纵步一跳，把那块巨石追上。

最后一项比赛是，同我比赛投掷标枪，

事关荣辱和生命，你们应当认真地思量！"

426   勇敢的西格夫里特走到国王身边，

他请国王不要胆怯，必须勇往直前，

不要因害怕这位女王就放弃既定的打算。

他说道："我会用我的魔法确保国王平安！"

427   恭特国王于是说道："高贵的女王，

陛下想设什么样苛刻法规，请你自便。

为了你的美貌，挟山超海我都能干，

要是能够娶你，输掉头颅我也心甘情愿！"

428　　　　高贵的布伦希尔德女王听完恭特讲话，

　　　　　她马上下令，要尽快举行比赛，不宜拖拉。

　　　　　她令人取来比赛时用的精良的装备，

　　　　　还有一块坚固的盾牌和一件赤金的铠甲。

429　　　　年轻的女王穿上一件漂亮的军衫①，

　　　　　军衫的面料是利比亚丝绸，华丽而轻软。

　　　　　这簇新的军衫还没有被武器损坏一处，

　　　　　军衫上面镶嵌的宝石和金丝，光辉灿烂。

430　　　　这位女王出言不逊，刺激了四位勇士，

　　　　　哈根和旦克瓦特十分生气，局促不安。

　　　　　他们担心，不知国王此行遭遇如何，

　　　　　"此行凶多吉少"的忧虑在他们心头盘旋。

431　　　　聪明的西格夫里特趁大家不防之际，

　　　　　赶紧回到船上，他的隐身服藏在那里。

　　　　　他急忙取出隐身服，把它披在肩上，

　　　　　顿时，这位勇敢的英雄销声匿迹。

432　　　　当他回来的时候，许多勇士已来到赛场，

　　　　　女王就要在这里举行性命攸关的较量。

_____

　　① 指骑士比武时，穿在铠甲下面的轻软的衬衫。

西格夫里特悄悄走近，无一人察觉，
这是因为那件隐身服的法力把他隐藏。

433　　在举行比武的地方已经划出场地界线，
许多勇士站在四周准备观看他们表演。
所有的英雄都是全副武装，披坚执锐，
他们的任务是：见证谁打赢了这场硬仗。

434　　布伦希尔德女王也已经来到比赛场地，
她全副武装，就像准备争夺天下一样。
她那件丝质的外套上缀着无数颗饰物，
娇嫩的肤色在金灿灿的饰物下润泽光亮。

435　　她的侍臣们抬来一块金光灿灿的盾牌，
这盾牌既宽又大，上面箍着钢制的扣带。
美丽的女王就要用这块盾牌掩护身体，
有始有终地进行那三项技艺高超的比赛。

436　　盾牌上的背带是一条十分珍贵的带子，
上面镶嵌着无数颗草绿色的宝石。
那无数宝石与黄金交相辉映，绚丽多彩，
想得到女王的恩惠，需要何等气概。

437　　相传，光是盾牌的盾心就有三指距厚，女王一会儿就要拿着这块盾牌战斗。

这块盾牌全是用黄金和钢铁制成，十分沉重，

她的管家和三名侍从一起才把它从原地挪开。

438　　哈根看到他们把盾牌抬进比赛场地，

这位英雄目光暗淡，于是启问他的主上：

"恭特国王，怎么办，我们已经没有希望！

你要求婚的这位妇人，原来是一个妖娘。"

439　　现在请听我再说一说这位女王的服饰，

她上身穿着一件披肩①，做工十分精致，

披肩的面料用的是阿查果克②锦缎，

五色斑斓，盖过长裙上花花绿绿的宝石。

440　　一名侍从给女王送来一支锐利的标枪，

等一会儿，女王就用这支标枪比赛投掷。

这支锐利的标枪，既大又重，既宽又长，

你一看那锋利的刀刃就会感到心慌。

441　　这支标枪有多重，真是难以想象！

它用三百五十磅铁块铸成，这么大的分量。

———————

①　指套在铠甲外面的华贵的短褂。

②　即查查曼克，见 362 节注①。

三名侍从费了九牛二虎之力才把它抬来，
高贵的恭特看到这支标枪，非常沮丧。

442　　他暗自思忖："比赛结果如何不堪设想！
就是地狱的魔王也难能逃脱这天罗地网。
但愿我这次能平平安安地返回勃艮第国，
今生今世绝不敢再来打扰这位女王。"

443　　哈根的弟弟，勇敢的旦克瓦特开言：
"我本就坚决反对到这个宫廷来冒险，
我们一向是堂堂的勇士，为天下公认，
要是把性命送在妇人们手里，岂不丢脸！

444　　"我们真不该来这里，现在后悔已经太晚，
要是我的哥哥哈根还把宝剑拿在手里，
要是我也没有把我的宝剑交给他们保管，
布伦希尔德的人也许不会这么傲慢。

445　　"然而请你们相信：他们还是收敛一点为好，
只要这位年轻的女王一旦对我主上开刀，
我纵然发过一千遍捍卫和平的誓言，
也要让她在恭特动手之前就命归西天。"

446　　哈根说道："要是我们自己保管我们的装备，

我们便可以用我们那些锋利的宝剑自卫。
这样我们就能自己做主自由地离开这里，
不受这位女王的管制，灭一下她的淫威。"

447　　　哈根的话传到了高贵的女王耳中，
她不以为然地露出一副讥讽的笑容；
她说道："既然哈根自以为自己非常勇猛，
我们不妨把装备和武器还给这些英雄。"

448　　　因为布伦希尔德有令，他们才收回宝剑。
旦克瓦特脸上泛起红晕，心中喜欢。
他说道："现在随便他们如何比赛吧！
我们有武器在握，恭特一定稳操胜券。"

449　　　侍从们把一块巨石给女王抬进场地 ①，
共十二名勇士吃力地把巨石抬到这里。
这是一块又大又重，呈圆形的石头，
这说明，布伦希尔德具有非凡的膂力。

450　　　女王总是先掷标枪，然后再投出巨石，
勃艮第人一见，他们的信心全然消失。
"天哪，国王怎么爱上了这么一个女人！"

_____

①　指抬进场地上所划圆圈之内。

哈根说道："她最好去地狱做撒旦老婆才是。"

451 女王卷起军衫的长袖，露出白皙的双臂，
  她一手拿着盾牌，一手把那支标枪举起，
  这是打响战斗的信号，比赛就此开始。
  看到女王的凶相，勃艮第人 ① 有些恐惧。

452 西格夫里特暗中悄悄地走到恭特身旁，
  他触摸到国王的手，国王不寒而栗。
  然而要不是有西格夫里特用法力相助，
  他的性命今天肯定送在这位妇人手里。

453 恭特惊诧地自问："谁在拉我的手？"
  他向四周环顾，却是连一个人影都没有。
  西格夫里特说道："是我，西格夫里特，
  请不要害怕，你身边有你亲爱的战友。

454 "把你手中的盾牌给我，让我拿着盾牌，
  现在我说什么话，你都要认真对待：
  你摆出比赛的姿势，我做比赛的动作。"
  恭特听出战友的声音，方才放下心来。

---

① 指恭特和西格夫里特。

455 "我的法术，你决不可对任何人泄露，
只有这样，那位女王才无法赢得光荣，
让她休想实现打败你的黄粱美梦。
你看，她一点儿都不害怕，多么骄矜蛮横！"

456 西格琳德的公子手中拿着一块盾牌，
气势汹汹的女王使出她全身的力量
对着那块宽大而簇新的盾牌投掷标枪。
盾箍上于是火花四迸，宛如被风吹的一样。

457 锋利的枪尖竟然把二位勇士的盾牌刺穿，
连他们的铠甲上都冒着火花，火星四溅。
由于投掷冲力很大，他们险些摔倒，
多亏那件隐身服，他们才保住生命。

458 勇敢的西格夫里特嘴角流着鲜血，
这位坚强的勇士哪里还顾得上这些，
他赶紧拔起插在盾心上的那支标枪，
正要把这标枪掷向布伦希尔德女王，

459 一个念头在他的脑海中闪过，他想：
她是一位美丽的妇人，我不能把她刺伤。
勇士于是调转枪头，用枪柄猛烈撞击，
撞得布伦希尔德身上的铠甲铮铮直响。

460   她的铠甲上冒出火花，也像风吹的一样。

西格蒙特公子的标枪锋利，来势凶猛，

尽管女王十分强悍，也免不了摔倒地上。

其实，恭特国王的武艺哪里有这么高强！

461   美丽的布伦希尔德慌忙地重又立起，

她说道："高贵的骑士，我佩服你的武艺！"

她以为，恭特是凭着自己的本领比赛，

殊不知，这是另一位英雄策划的诡计。

462   勇敢的女王盛怒未收，走到巨石一旁，

她随即把那块沉重的巨石高高地举起，

用手猛地一甩，巨石落在很远的地方。

她紧跟着跳将过去，她的铠甲铿锵作响。

463   那块被掷出的巨石在十二寻① 远处着地，

美丽的女王一跳，便跳出十二寻有余；

西格夫里特走到他们的那块石头跟前，

恭特举石投掷，靠的却是隐身服的法力。

464   西格夫里特身高体壮，英勇顽强，

不仅投石，连跳的距离也超过了女王。

---

① 　古代长度单位，即双臂向两侧伸直的长度，约 1.9 米。

他的法术还使他具有一种神奇的力量，
在向前远跳时，随身背着恭特主上。

465　　远跳比赛已经完成，巨石横放在地上，
只见英雄恭特独自一人站在巨石一旁。
美丽的布伦希尔德气得面红耳赤；
西格夫里特则保护恭特避免了死亡。

466　　女王看到恭特安然无恙地站在赛场那边，
随即对着她的朝臣们声嘶力竭地高喊：
"从现在起，你们通通归恭特国王统治，
众位族人和随从，请马上进来叩拜主上①！"

467　　勇敢的英雄们于是放下手中的武器，
纷纷在勃艮第国大王恭特面前屈膝。
他们以为，恭特所以能够赢得这场比赛，
都是他奋发图强，完全凭自己的气力。

468　　恭特向布伦希尔德女王深深地鞠躬，
国王举手投足真是雍容典雅，完美得体。
高贵的女王握住恭特的手，交出权力。

_____

① 比赛宣告结束，站在周围观战的骑士要走进场地（圆圈内）向胜者即新的
主人请安。

这种结局自然使勇敢的哈根格外欢喜。

469 布伦希尔德与恭特一起走进大殿。
  高贵的骑士由女王陪同来到大殿之后，
  侍从们更是为他竭诚效力，周到而圆全。
  连哈根和旦克瓦特也都分享了这份奉献。

470 勇敢的西格夫里特赶紧把隐身服藏起，
  他藏起隐身服之后，随即赶回大殿。
  大殿里，已经聚集许多高贵的妇人，
  英雄若无其事地向恭特国王启禀：

471 "陛下，女王安排同你举行多项赛事，
  你迟迟不来应战，到底打算等到何时？
  马上开始比赛吧，让我们也长长见识！"
  聪明的西格夫里特装得仿佛一无所知。

472 女王于是问道："西格夫里特阁下，
  刚才恭特在这里亲自进行了多项赛事，
  我很纳闷儿，你怎么竟然一无所知？"
  勃艮第国的哈根赶紧向女王回道：

473 "女王，你刚才把我们弄得头晕目眩，"
  恭特的忠臣继续说道，"恭特同你比武时，

英雄西格夫里特正在船上，未来观战。

他自然不知道莱茵国王已在比赛中夺冠。"

474   "好大的喜讯！"英雄西格夫里特开言，

"你蛮横骄纵，终于也有威风扫地的一天。

世界上居然有一位贤君能够把你制服，

现在你别无选择，只能跟我们回莱茵那边。"

475   美丽的少女说道："我不能马上就走，

这样的事我必须通报我的随从和亲友。

我不能就这样撒手离开我的国土，

事先必须召集心腹，说明离去的理由。①"

476   布伦希尔德向四面八方派遣使者，

说是女王有要事，紧急召集朝臣和心腹，

请他们大家从速赶到伊森斯泰因。

她还给使者每人发放一套华丽的衣服。

477   每天从早到晚都有成群结队的人马

陆续赶到布伦希尔德女王的王宫。

哈根惊呼："糟糕，我们已走到这步田地！

等女王的人到来，我们只有坐以待毙。

---

① 在封建宫廷，国王采取重大决策时，须事先与嫡亲和朝臣们商量。

478   "高贵的妇人要是聚集她的全部兵力，

因为我们不知道，她此举有何用意，

说不定盛怒之下把我们通通干掉，

她肯定要大动干戈，把我们置于死地。"

479   坚强的西格夫里特说道："请你们放心，

你们所忧虑的祸事，我完全能够防止。

我有一批卓越的勇士①，你们还从未听说，

现在我去把他们调集到这里声援我们。

480   "我马上就去，暂且不要提及我的名字，

这期间，愿天主保佑你们不受他们歧视。

我不久将带一千名勇敢的英雄回到这里，

他们都是我见过的最优秀的勇士。"

481   恭特国王叮嘱道："千万别在外面久留，

我们完全相信你回去能召来援兵。"

西格夫里特说道："我很快就会回来，

对女王只说，我去执行你的一项使命。"

---

① 见第95节。

第八歌
西格夫里特回去调集援兵

西格夫里特只身一人来到尼伯龙
城堡，打败高大的守门人和侏儒阿尔贝
里希，然后带领一千名骑士返回伊森斯
泰因。勃艮第人带着布伦希尔德一起返
回沃尔姆斯。

482　西格夫里特披着隐身服走出城门，
　　　他匆匆来到海岸，发现岸边有一只小船。
　　　西格蒙特的公子跳上小船用力地摇桨，
　　　小船好像被一阵劲风吹动，离开海岸。

483　只见小船突然启航，然后飘然而去，
　　　却是看不见有船夫站在飘然而去的船上。
　　　看上去仿佛是强劲的海风吹着小船前进，
　　　其实是西格琳德的公子在暗中划桨。

484　他从当天下午一直划到翌日的清晨，

他共划行了一百多海里，历尽艰辛。
英雄终于来到尼伯龙人的国家，
他的大批宝物就在那里托付别人保存。

485　　英雄只身来到一块宽阔的沙洲，
他急忙把船系在岸边，然后登上山头。
山顶上，有一座高大的城堡巍然耸立，
他像疲倦的游人，想在那里住上一宿。

486　　他来到城堡门前，大门紧锁，防守森严，
正如当今人们习惯严密地保护自己那样，
城堡的主人警觉地保卫着自己的尊严。①
英雄用力敲打那防守严密的大门，他看见

487　　一名高大而粗壮的男子站在城门里面。
这男子是城堡的守门人，手里拿着武器，
他问道："是谁这么用力地敲打城门？"
勇敢的西格夫里特伪装另一种嗓音，

488　　他说道："我是一名骑士，请给我开门！
否则我今天就要乱敲，谁也休想安神，
谁想舒舒服服地睡觉，我就打扰他们。"

_____

① 骑士保卫城堡就是保卫他们的尊严。

守门人听了西格夫里特的话，非常气愤。

489 这位勇猛的巨人急忙拿起他的武器，
  戴上头盔，又匆匆地拿起他的盾牌，
  然后他砰的一声把紧锁的城门拉开，
  愤怒地对着西格夫里特冲将上来。

490 他心里想：这人为什么如此胆大妄为，
  他竟敢吵得我的英雄无法安睡！
  他抡起铁棒^①就打，迅雷不及掩耳，
  把那陌生人盾牌上的铁箍砍得粉碎。

491 那守门人拿着铁棒，猛烈地砍打，
  西格夫里特招架不住，心中有些害怕。
  他有点怕死，但他是这巨人的主上，
  看到仆人尽职尽责，^②不禁暗中欣慰。

492 他们打得难解难分，把整个城堡震撼，
  厮杀时发出的巨响传到尼伯龙人的大殿。
  西格夫里特最后打败守门人，把他捆绑，
  这消息不胫而走，很快在尼伯龙国传遍。

———————————

① 古代英雄传说中，巨人手中通常拿着铁棒作为武器。
② 见第三歌。

493   他们厮打的声音惊动了一位神奇的侏儒，

他就是勇敢的阿尔贝里希，住在山后。

他立即拿起武器，向有声音的地方赶去，

只见陌生人正在捆绑那个高大的看守。

494   阿尔贝里希怒火万丈，而且气势汹汹，

他把一根沉重的金鞭①紧握在手中。

他头戴铁盔，身披甲胄，一身勇士装扮，

一见西格夫里特，便急步冲向这位英雄。

495   金鞭的一端装着七个沉重的金属球，

这球猛烈地击打着英雄手中的盾牌，

把盾牌打得千疮百孔，落下块块碎片，

英雄危在旦夕，他又一次大难临头。

496   西格夫里特把手中那块破碎的盾牌抛掉，

同时把他佩带的长剑又插进剑鞘。

因为他不想杀死自己的宝物的看守人，

不残害无辜，恪守骑士行为的戒条。②

497   他用两只有力的大手抓住阿尔贝里希，

---

① 传说中，侏儒手中拿着的武器，是一根金鞭，一端装有七个金属球。
② 骑士行为准则中规定，讲仁慈，不杀害无辜。

揪起这个白发老汉的胡须，拖来拖去，
痛得老汉嗷嗷大叫，连连请求饶命，
西格夫里特给他吃的苦头可真不小。

498　　　　聪明的侏儒放开嗓音大声喊道：
"请饶我一命吧，我是为一位英雄效劳。
若不是因为已经立誓做他恭顺的奴仆，
我愿意为你服务，不再自寻苦恼。"

499　　　　西格夫里特像先前捆绑那个巨人一样，
又把攥在手里的阿尔贝里希紧紧捆牢，
这个侏儒询问英雄："请问尊姓大名？"
"我叫西格夫里特，我想，你应该知道！"

500　　　　侏儒说道："今日相遇，我乃三生有幸！
你的英雄行为已经向我清楚地表明，
你完全有资格做我们国家的君主，
我愿意为你竭诚效劳，只求饶我一命。"

501　　　　西格夫里特说道："请你立即回到城堡，
帮我征集一千名最优秀的尼伯龙勇士，
我站在这里等候，让他们火速赶到。"
这位英雄为什么征集勇士，他不肯相告。

502　　　他于是给那巨人和阿尔贝里希松绑，
　　　　阿尔贝里希急忙跑到勇士们休息的地方。
　　　　他惴惴不安地把尼伯龙勇士们叫醒，
　　　　他喊道："起来，赶快去见西格夫里特主上！"

503　　　上千名尼伯龙勇士匆匆跳下床铺，
　　　　他们收拾完毕，然后穿上骑士的衣服。
　　　　整装后，他们快步来到西格夫里特面前，
　　　　又是敬辞，又是鞠躬和跪拜，不一而足。

504　　　他们点起烛火，斟上芳醇，表示欢迎，
　　　　西格夫里特感谢各位勇士迅速从命。
　　　　他说道："请你们跟我一起去到大海那边！"
　　　　勇敢而卓越的英雄们立即热烈响应。

505　　　应召前来的尼伯龙勇士共有三千多人，
　　　　西格夫里特从他们当中挑选一千名精兵。
　　　　他给他们发放了头盔和其他各种常规武器，
　　　　然后带着这一千名勇士奔赴女王的国中。

506　　　西格夫里特说道："诸位高贵的骑士，
　　　　进入布伦希尔德的宫廷，非同寻常。
　　　　在那里，我们要同许多高贵的妇人见面，
　　　　你们大家应该把最华丽的衣服穿上。"

507   他们于翌日清晨动身，返回伊森斯泰因。
　　　　西格夫里特带领他的一千名勇士来到海上。
　　　　他们个个身强体壮，斗志旺盛，装备精良，
　　　　一行人就这样高高兴兴地前往女王的故乡。

508   一群美丽的侍女站在平台上眺望，
　　　　女王布伦希尔德说道："瞧那远处海上，
　　　　你们有谁知道，是什么人正在驶来？
　　　　看那船上的白帆，真是比雪还要明亮。"

509   莱茵的国王说道："那些是我的随从，
　　　　他们遵照我的指示在附近驻守待命。
　　　　现在，他们奉我的旨意来朝拜你的宫廷。"
　　　　大家望着那些雄赳赳的勇士，目不转睛。

510   大家看见西格夫里特和许多其他勇士，
　　　　他们身穿华丽的服装站在小船的船首。
　　　　女王说道："国王陛下，请你不吝指教，
　　　　我该上前欢迎他们，还是在这里等候？"

511   恭特说道："你应该站在大殿门前欢迎，
　　　　让他们知道，能见到他们，我们十分高兴。"
　　　　布伦希尔德于是在大殿门前迎接那些勇士，
　　　　但对西格夫里特的问候显然与别人不同。

512   侍从们给新到来的勇士安排了住处，
　　　　然后还接过他们的武器装备代为保管。
　　　　现在这里到处是成群结队的异国的勇士，
　　　　他们渐渐产生返回勃艮第国的打算。

513   高贵的女王说道："我有大量赤金和白银，
　　　　我要将这些财产分给恭特和我的嘉宾。
　　　　谁能为我们代劳，我们对他感激不尽。"
　　　　吉赛海尔的封臣勇敢的旦克瓦特说道：

514   "高贵的女王，请把你的钥匙交给我掌管，
　　　　我自信，我能够公平地分配你的财产，
　　　　不论谁提出什么指责，我都一人承担。"
　　　　不久，我们看到他的慷慨真是罕见。

515   哈根的弟弟拿到库房的钥匙以后，
　　　　他取出无数的金银财宝，大肆施舍。
　　　　如果你只要一马克，他赏给你的数额
　　　　足以使全国的穷人安居乐业，有吃有喝。

516   他发放出上百磅的黄金，从不数点，
　　　　许多人过去衣衫褴褛，从未穿过绸缎，
　　　　如今则是锦衣纨绔来往于大殿前面。
　　　　高贵的女王得知后，气得七窍生烟，

517　　　她说道："国王陛下，我真没有想到，
　　　　　你的管家显然要把我的衣服分得不剩一件，
　　　　　他还要把我的黄金也大把大把地撒完。
　　　　　谁要能把他制止，我永远铭记他的恩典。

518　　　"他这样大手大脚，把我的金银全部分光，
　　　　　显然他心中在想：女王准是想要撒手归天。
　　　　　我本人也会挥霍，但我要保存父辈的遗产。"
　　　　　从来未有一位女王请到过这样慷慨的保管。

519　　　特罗尼的哈根说道："女王，请准我进言，
　　　　　我们莱茵的国王拥有大量黄金和衣裳，
　　　　　足够你随心所欲地慷慨施舍，赠赐分赏，
　　　　　我们走时，你勿需再把自己的衣服带上。"

520　　　女王说道："这不妥当，为了我的体面，
　　　　　请令人给我装满二十箱黄金和丝绢。
　　　　　我要带着这些礼物去到恭特的国家，
　　　　　以便我在那里能向大家分赏自己的财产。"

521　　　她还吩咐，要把贵重的宝石装入箱中，
　　　　　这件事她再也不敢任用吉赛海尔的封臣，
　　　　　而是让她自己的管家站在一旁进行监督。
　　　　　恭特和哈根看到她这么认真，笑得捧腹。

522　　　女王问道：“国王，我首先要同你商议，
　　　　　我们走后，应把这个国家交给谁来治理？”
　　　　　国王说道：“你认为谁能担当这份重任，
　　　　　我们就把他召来，委任他代你执掌权力。”

523　　　女王看见她的一位近亲站在她的身边，
　　　　　那是她的舅父，她于是对舅父开言：
　　　　　“我想把城池和国土托付你来代为掌管，
　　　　　直到恭特大王将来亲自来这里执掌大权。”

524　　　她从自己的随从中挑选两千名勇士，
　　　　　另外一千名是来自尼伯龙国的英雄。
　　　　　他们一切准备就绪之后，骑马来到海岸，
　　　　　跟随女王登上前往勃艮第国的征程。

525　　　布伦希尔德带了八十六名高贵的妇人，
　　　　　还带了一百名花容玉貌的少女作为陪同。
　　　　　他们一行人不再耽搁，都想要马上动身，
　　　　　留在家中的人含着热泪为他们送行。

526　　　布伦希尔德有着完美的宫廷教养，
　　　　　她向送行的亲人们一一吻别之后，
　　　　　随即离开自己的国土，来到大海之上。
　　　　　这位妇人此去再也未能返回她的故乡。

527   他们一路上欢声笑语，喜气洋洋，

　　　　勇士们用各种玩耍娱乐消磨时光。

　　　　清爽的海风吹着他们顺利地行驶，

　　　　他们离开布伦希尔德的国土，渡海远航。

528   女王不打算在旅途中与国王同寝，

　　　　这种欢乐她要等到婚礼之后品尝。

　　　　数日后，他们终于到达沃尔姆斯城堡，

　　　　英雄们的队伍一路顺风，安然无恙。

第九歌
西格夫里特受遣先回沃尔姆斯

西格夫里特作为使者受遣先回沃
尔姆斯报告喜讯，受到克里姆希尔德的
热情接待，少女赠送他黄金和衣服；沃
尔姆斯城紧张准备迎接国王和新后。

529　　国王和王后率领随从在大海上航行，
　　　　到第九天时，哈根向恭特国王启禀：
　　　　"陛下，为什么不赶紧派使者先回莱茵，
　　　　报告我们返回的消息，却是一等再等？"

530　　恭特说道："哈根，你的话言之有理，
　　　　你担当这份差事比任何人都更为适宜。
　　　　我的朋友，下船后我就请你骑马先行，
　　　　向家人报告我们求婚归来的消息。"

531　　哈根回道："使者的差事我难以胜任，
　　　　请让我留在船上，继续担任你的侍臣。

我愿意在这里照料那些美丽的妇人，
陪同她们一起平安地回到莱茵。

532   "你何不请西格夫里特担当你的使臣，
他机智勇敢，这个差事他一定能够胜任。
倘若他表示拒绝，你也务必要忠言相劝，
起码为着你的妹妹，他也应该回去送信。"

533   国王传召那位英雄，英雄立即来见主人。
恭特说道："现在我们距离国土越来越近，
我有义务派使者去见我的妹妹和母后，
告诉她们二位，我们即将到达莱茵。

534   "因此，西格夫里特，我要劳你大驾，
你若能完成这项使命，我将终生报答。"
然而，西格夫里特不肯接受这个差事，
恭特又殷切地恳求，但换了一种说法。

535   他继续说道："一定请你率先回去报告喜讯，
这不仅是为了我，也是为了让我的妹妹开心。
高贵的少女和我将衷心感谢你的厚恩。"
西格夫里特听罢这话，立即答应回去送信。

536   "你尽管吩咐，我一定原原本本地转达，

为了那位美丽的少女，我愿意听从使唤。
凡是你以她的名义托付给我的差事，
我都立即办理，为了心上人我任劳任怨。"

537　　"你首先去叩见我的母亲乌特母后，
告诉她，我们正在从海上胜利归来。
再把我们的情况报告我的两位兄弟，
当然还有我的全体友人，我们一切平安。

538　　"且勿忘记转告我的妹妹和家中的仆佣，
以及我的全体随从和宫中的文武百官，
说我和布伦希尔德王后衷心地向他们问安。
我现在已梦想成真，实现了多年的宿愿。

539　　"请你通知奥特文我那位亲爱的贤侄，
托付他把我们在沃尔姆斯的住处安排妥善。
还请你通知我其余的各位嫡亲和挚友，
我和布伦希尔德不久将举行盛大喜筵。

540　　"最后，请你告诉我亲爱的妹妹，我们一行人
不日抵达莱茵，请她接到消息之后，
赶快着手准备在沃尔姆斯迎接我的新娘。
对于她的情意，我将永远感激，没齿不忘。"

541 西格夫里特遵照宫廷习俗，前来辞行，
    告别布伦希尔德夫人以及她的全体侍从。
    到岸后，他拍马上路，直向莱茵驰骋。
    像他这样优秀的使者真是举世难寻！

542 他率领二十四名勇士来到沃尔姆斯城；
    城中传闻：在勇士当中未见国王的身影。
    宫中的朝臣和侍从无不惊恐万状，
    他们担心，他们的主上已在他乡驾崩。

543 西格夫里特和他的勇士们跳下马鞍，
    他们个个仪表堂堂，春风满面。
    吉赛海尔和盖尔诺特急步迎上前去，
    吉赛海尔看到，恭特没有站在英雄身边。

544 他赶紧问道："欢迎你，西格夫里特阁下！
    请问你们把我的长兄恭特丢在了何处？
    莫不是强悍的布伦希尔德已经把他杀死，
    为了向她求婚，我们付出了高昂的代价。"

545 "请你们不要担心，我奉我的战友之命，
    先一步回来问候你们和他的全体亲人。
    我们的国王现在身体安康，神清气爽，
    他让我作为他的使者向你们传递佳音。

546　　　"恳请二位国王尽可能快些做出安排，

　　　　　让我去拜见乌特母后和你们的姐妹。

　　　　　奉恭特和布伦希尔德之命，我要报告她们：

　　　　　国王佳偶现在洪福齐天，生活甜美。"

547　　　年轻的吉赛海尔说道："你可以马上就去

　　　　　向克里姆希尔德报告这则可喜的消息。

　　　　　她一直为长兄恭特的安危忧心不止，

　　　　　我敢肯定，亲自接见你正合她的心意。"

548　　　西格夫里特说道："只要我能为她效劳，

　　　　　无论做什么事我都心甘情愿，不遗余力。

　　　　　可是谁去通知公主说我要进宫叩见？"

　　　　　吉赛海尔自告奋勇，亲自去报告消息。

549　　　吉赛海尔来见他们的母亲和他的姐姐，

　　　　　他看见她们母女二人正在一起消闲解闷。

　　　　　他说道："尼德兰英雄已经回到沃尔姆斯城，

　　　　　是长兄恭特派他率先骑马回莱茵送信。

550　　　"他将向我们转告国王的身体情况如何，

　　　　　还将仔细描述他们在伊森斯泰因的经历。

　　　　　请准许他到这里来和你们见面吧！"

　　　　　母女二人此时正是终日提心吊胆，不胜焦虑。

551   她们于是取出新衣和首饰，穿戴整齐，
然后令人通知西格夫里特进宫报告消息。
英雄早已心急如焚，想要见那位少女，
他们一见面，少女便亲切地致意：

552   "西格夫里特，光荣的骑士！欢迎你，
请问我的长兄恭特大王现在在哪里？
我们害怕因为布伦希尔德而将他失去。
唉！我活得多苦，为什么要托生到这里！"

553   骑士说道："请你们付给我使者的报酬！
在我离开恭特和布伦希尔德的时候，
国王平安无事，他们派我先回来报平安。
二位尊贵的妇人，你们落泪实在没有理由！

554   "高贵的公主，恭特本人和他的娇妻
亲自派我回莱茵传达他们衷心的敬意。
请你们擦干泪痕，他们马上就到达这里。"
克里姆希尔德久已未听到这么好的消息。

555   她用雪白的衣襟擦拭眼睛上的泪痕，
那双清秀的眸子，明澈如晶，美丽动人。
高贵的少女感谢使者给她送来喜讯，
从此她再也不必提心吊胆、凄恻忧闷。

556 她请使者坐下，西格夫里特欣然从命。
  公主说道："如果我能给你黄金作为酬报，
  我会十分高兴，然而你是如此强大而富有，
  我宁愿用对你的敬意报答你使者的功劳。"

557 英雄说道："即使我拥有三十个国家的土地，
  我还是宁愿从你的手中接受一份赠礼。①"
  少女于是吩咐管家去取给使者准备的黄金，
  随即说道："我接受你的要求，尊重你的心意。"

558 她的管家取来二十四只镶着宝石的手镯，
  她把这首饰作为报酬送给西格夫里特。
  然而，这位英雄并不自己收受这些黄金，
  他立即将手镯分赏给正在后宫的妇人。

559 当乌特母后对西格夫里特致谢的时候，
  英雄说道："国王到达莱茵时有一项请求，
  如果高贵的母后陛下能够满足他的愿望，
  他将对你至死忠贞不贰，他这样明誓保证。

560 "他告诉我，他希望你能前往莱茵河岸，
  隆重地迎接他以及他的嘉宾和随从。

---

① 表示愿承担对她效劳的义务。

这就是恭特国王对你们提出的要求，
他提醒：你也有义务对他竭诚效忠。"

561　　少女这时说道："我对长兄一向尊崇备至，
不论他有什么指示，念及我们的手足之情
我都愿意为他效劳，对他俯首听命。"
可爱的少女因为兴奋，双颊变得绯红。

562　　任何国王的使者都未受过这样款待，
要是准许她与他接吻，她肯定乐于服从。
西格夫里特怀着巨大欣慰告别二位妇人，
他传达的御旨，勃艮第人都遵照执行。

563　　辛多尔特、胡诺尔特和鲁摩尔特三人，
为了迎接宾客，他们终日忙碌不停，
国王的宫廷总管日理万机，也不轻松。
他们在沃尔姆斯郊外河边搭起许多长凳。

564　　这期间，奥特文和盖莱也在争分夺秒，
他们给恭特的各方友人送去邀请：
通知他们，国王不久将举行盛大庆典。
少女们都准备了新衣，她们喜不自胜。

565   城堡的主厅 ① 和四周的围墙都粉饰一新，

为了迎接从四面八方来访的客人。

主厅中，为异国的宾客摆放了桌凳，

盛大的庆典不久将在这里隆重举行。

566   各方亲贵获悉，国王一行即将返回莱茵，

他们从衣箱里取出大量华丽的衣裳。

三位国王的亲友从各路来到沃尔姆斯城，

为了在那里等待国王一行人返回故乡。

567   侦探报告，他们看见前方有人马走动，

那是布伦希尔德的随从走向沃尔姆斯城。

勃艮第国中的全体臣民，群情激昂；

他们看见双方 ② 的队伍都有勇敢的英雄。

568   克里姆希尔德说道："各位侍女，

你们谁想陪我前去迎接国王伉俪，

请从你们的衣箱里取出最漂亮的新衣。

我们衣着华贵才能赢得客人们的赞誉。"

---

① 中世纪骑士城堡由主厅、炮楼、乐室和城堡围墙四部分组成，主厅是国王和王后起居的地方。

② 一方是恭特和布伦希尔德的随从，另一方是沃尔姆斯家中的勇士。

569　　　　勇士们也迅速赶到，他们命令侍从

　　　　　　去取用赤金制作的精美华丽的马具，

　　　　　　以供妇人们骑在上面返回沃尔姆斯住地。

　　　　　　这是世界上最精良的马鞍，无处寻觅。

570　　　　马匹身上披挂的黄金，灿烂辉煌，

　　　　　　马鞍上镶嵌着无数颗宝石，闪闪发亮。

　　　　　　在光洁松软的地毯上，为妇人安放了

　　　　　　金制的脚凳；到处人声鼎沸，喜气洋洋。

571　　　　如前所述，许多妇人用的坐骑①

　　　　　　已经牵到宫前，等候着要出发的少女。

　　　　　　马匹胸前披挂的胸带都是用绸缎制作，

　　　　　　要说那绸缎，真是华丽至极，无与伦比。

572　　　　八十六名妇人戴着头饰②走出城堡，

　　　　　　她们身穿浅色的衣裙，姿色窈窕，

　　　　　　克里姆希尔德站在她们中间，珠围翠绕。

　　　　　　许多高贵的少女打扮得更是妩媚妖娆，

---

　　①　中世纪骑士用马分战马和日用马两种，战马用于战争，日用马用于驮运物品、出游、狩猎等，这种马很驯服，适于妇人使用。

　　②　一种装饰富丽的金属带或花环，绕过头顶和下巴系在妇人头上。

573   她们都是来自勃艮第国的美丽的少女。
　　　　　她们共有五十四人之多，来到妇人们那里，
　　　　　她们头上扎着色彩斑斓的发带，格外俏丽。
　　　　　大家都以极大热忱努力满足国王的心意。

574   妇人们的衣裙用的都是最华贵的面料，
　　　　　在异国勇士们面前衬托她们盖世的美貌。
　　　　　倘若有人对她们中间任何一人感到不满，
　　　　　他肯定是头脑不清，或者是非颠倒。

575   那无数件用黑貂皮和鼬鼠皮缝制的衣装，
　　　　　那手上的戒指和套在锦缎衣袖上的金镯，
　　　　　以及妇人们的奇装异服，浓妆艳抹，
　　　　　世界上没有人能够对你们全部述说。

576   许多妇人在她们绚丽多彩的衣裙外面
　　　　　再系上一条阿拉伯丝绸编织的长带。
　　　　　这条长带十分珍贵，工艺精湛完美；
　　　　　高贵的少女们都是心花怒放，喜笑颜开。

577   那些少女衣裙上的纽扣，柔光闪烁，
　　　　　她们都怕纽扣的柔光盖过皮肤的光泽。
　　　　　当今世界上再也不会有一个王宫贵族，
　　　　　他们的侍女如此容颜动人，天香国色。

578　　　当那些可爱的妇人穿戴完毕之时，
　　　　立即走过来一大群神采奕奕的勇士。
　　　　这些勇士手里拿着盾牌和桤木长枪，
　　　　准备陪同妇人们一起去迎接国王。

第十歌
沃尔姆斯倾城迎接布伦希尔德

　　欢迎仪式后，恭特和布伦希尔德举行盛宴招待宾客。西格夫里特提醒恭特不要忘记自己的诺言。恭特答应西格夫里特与克里姆希尔德订婚。布伦希尔德见恭特把妹妹许配给一名无人身自由的仆人，因羞愧而落泪。新婚之夜她拒绝与恭特亲近，并且把他捆绑起来吊在墙上的一根钉子上直到第二天清晨。恭特向西格夫里特求救，西格夫里特在隐身服掩护下夜间来到恭特卧房，制服了布伦希尔德。西格夫里特没有触摸布伦希尔德的身体，却拿走了她的戒指和腰带，后来把它们送给了克里姆希尔德。布伦希尔德终于屈服，她从此与其他妇人一样，再也不是一位强悍的女王了。

579   在莱茵彼岸^①，一对浩浩荡荡的大军

        ——恭特国王和他的客人，正在向岸边走近。

      妇人们骑在马上，有侍童为她们拉着缰绳；

      此岸，大家伫立在岸上迎候国王和嘉宾。

580   冰岛国的客人和西格夫里特的勇士

        ——勇敢的尼伯龙英雄，迅速登上小船，

      他们使劲地摇桨，急忙向着对岸划行，

      这边岸上，国王的亲属都在翘首企盼。

581   现在请听我讲一讲高贵的乌特母后，

      她带着许多美丽的侍女从城堡里出来。

      母后亲自出马，终于来到河边的沙滩，

      在那里，骑士们争相向少女自我推荐。

582   克里姆希尔德骑马走在人群中间，

      盖莱公爵^②拉着缰绳把她送到城门前面。

      出城后，由西格夫里特为她保镖，

      英雄的殷勤日后换来她最甜美的恩典。

---

    ① 莱茵河右岸，即沃尔姆斯对岸。

    ② 盖莱本是一位边塞方伯，此处第一次称公爵；他后来成为克里姆希尔德王后的私人管家。

583　　　勇敢的奥特文走在乌特母后身边，
　　　　　骑士和妇人，双双对对，跟在他们后面。
　　　　　我敢断言，如此众多的妇人聚在一起，
　　　　　这样的场面在此后的庆典上再未出现。

584　　　每逢节日庆典，骑士们总要举行竞技表演，
　　　　　在去河边的途中，英雄们也绝不偷闲。
　　　　　他们一路在克里姆希尔德面前大显身手，
　　　　　到达岸边后又把美丽的妇人扶下马鞍。

585　　　这时国王和他的贵宾们已经下船，
　　　　　妇人们眼前无数支枪柄被砍成碎片。
　　　　　大家听到，那许多盾牌在猛烈地撞击，
　　　　　华贵的盾心上发出的巨响把寰宇震撼。

586　　　高贵的妇人们站在岸上恭候亲人和贵宾，
　　　　　这时，恭特和他的客人们一起下船。
　　　　　国王用手挽着美丽的布伦希尔德夫人，
　　　　　宝石与衣裳交相辉映，一片金光灿烂。

587　　　克里姆希尔德文质彬彬，态度从容，
　　　　　她上前欢迎布伦希尔德和她的随从。
　　　　　她们用自己白皙的双手把头面推开，
　　　　　按照宫中的习俗，互相亲吻，对拜不停。

588   克里姆希尔德温文尔雅，略带羞涩，

她说道："我和母亲以及我们的全体宗亲，

欢迎你来到我们的国家，布伦希尔德！"

布伦希尔德也施礼致谢，感谢她的芳心。

589   两位高贵的妇人一次又一次地互相拥抱，

乌特和她的女儿不断地亲吻新娘的嘴唇。

像她们这般盛情地欢迎一位年轻的新后，

在此之前我们没有见过，也闻所未闻。

590   当布伦希尔德的侍女们全部上岸之时，

堂堂的骑士们上前温情地挽住她们的小手。

然而，美丽的宫廷贵妇们谁也没有走开，

她们排成一队，陪同布伦希尔德王后。

591   宾主互相致敬问安花费了许多时辰，

大家在鲜红的嘴唇上接吻，一遍又是一遍。

两位高贵的国王之女依偎着站在那里，

堂堂的勇士们看着她们，心中非常喜欢。

592   从前，我们曾经听说这样的传言：

说是二位公主都是美貌绝世，姿色超凡。

如今仔细观察，那传言果然毫不虚假，

我们还发现，她们都不靠胭脂粉饰容颜。

593   了解妇人形体特征的人都交口称誉，

说新娘的美貌闭月羞花，秀色可餐；

然而，真正擅长品评女性美的行家却说，

克里姆希尔德的姿容更是沉鱼落雁。

594   其他妇人和少女高兴地走到一起，

她们也都是披金挂银，浓妆艳抹。

在沃尔姆斯城门外那片广阔的郊野上，

搭起的丝绸帐篷，大小不等，参差错落。

595   国王的亲属们争着挤到妇人们跟前，

请克里姆希尔德公主和布伦希尔德夫人

带着她们的侍女们一起到阴凉处休息，

勃艮第的英雄陪着她们一起走到那里。

596   客人们也都跨上马鞍，表演高超的马上竞技。

他们比武时投掷的标枪穿透许多块盾牌，

原野上烟尘滚滚，仿佛野火烧遍大地。

这时，谁是真正的英雄，才初见端倪。

597   少女们站在一旁观看骑士们的表演，

相传，西格夫里特阁下也来参加竞技。

他带领他的随从，那一千名尼伯龙勇士

在排排帐篷之间来回穿梭，马不停蹄。

598   特罗尼的哈根奉国王之命和蔼地宣告：
　　　　为了保护美丽的妇人们免受尘土侵袭，
　　　　请众位骑士停止表演，结束马上竞技。
　　　　客人们彬彬有礼地接受了国王的旨意。

599   盖尔诺特说道："让我们的马匹也喘息一下，
　　　　待到傍晚凉爽时，我们再为妇人们效力，
　　　　把她们送到城堡上那间宽敞的大殿里去。
　　　　何时国王骑马上路，请大家时刻等待消息。"

600   在郊野上，骑士的马上竞技全部停止，
　　　　英雄们于是走进高大而宽敞的帐篷里面，
　　　　他们希望在那里同妇人们一起休息娱乐，
　　　　一面消磨时光，一面等待出发的消息。

601   当太阳快要落山的时候，晚风送来凉意。
　　　　男宾女客不愿意继续坐等在那些帐篷里。
　　　　他们于是动身上路，向着城堡上面走去；
　　　　骑士们望着妇人们的风姿，耳目欢娱。

602   勇敢的英雄们兴高采烈，神采奕奕，
　　　　遵照本国习俗骑马驰骋，扯碎不少军衣。
　　　　他们护送国王，直到他在大殿前下马，
　　　　作为宫廷骑士又去将妇人们扶下坐骑。

603　　　在大殿前，高贵的妇人们互相分手，
　　　　乌特和她的女儿带着侍女们回到一间
　　　　宽敞的卧室，外面人声鼎沸，欢歌笑语。
　　　　欢腾的节日气氛笼罩四面八方全国各地。

604　　　酒宴已经摆好，国王陪同来宾入席，
　　　　高贵的布伦希尔德在他身边亭亭玉立。
　　　　美丽的妇人头上戴着王后的冠冕，
　　　　这与她的身份相称，显示她的权力。

605　　　相传，在为随从们摆设的大型餐桌上，
　　　　也摆满了各种酒菜，其中不乏美味珍馐。
　　　　凡是宴席上需要的一切，应有尽有，
　　　　国王安排各路上宾坐在自己的四周。

606　　　宫廷管家用亮锃锃的金盆打来清水[①]，
　　　　对客人的招待，十分周到，体贴入微。
　　　　如若有人偏说，曾经有过更好的服务，
　　　　我相信，那不是凭空捏造就是颠倒是非。

607　　　莱茵国王正在用清水洗手，准备用餐，
　　　　西格夫里特阁下见机行事走到他的跟前。

———————————

①　清水是准备进餐时洗手用的。

他提醒国王不要忘记对他所做的承诺，
恪守在去冰岛求婚之前曾经许下的诺言。

608　　他说道："恭特，你曾经对我握手起誓：
美丽的布伦希尔德来到勃艮第国之日，
就是你将令妹许配给我做妻子之时。
我为出征冰岛立了大功，誓言如何落实？"

609　　国王回道："你提醒我此事，乃在情理之中，
我从来不立虚假的誓言骗取他人的友情。
我一定竭尽全力帮助你实现你的美梦。"
国王于是传令，请克里姆希尔德进宫。

610　　美丽的少女由侍女们陪同来到大殿门前，
吉赛海尔急忙走下台阶对侍女们说道：
"请你们止步，现在不再需要侍女陪伴，
只请姐姐一人上来，国王有要事召见。"

611　　宽敞的大殿里云集各国高贵的骑士，
克里姆希尔德公主被领到国王的面前。
主人要求大家暂且坐在自己的座上不动，
布伦希尔德却是径直地走到餐桌前边。

612　　恭特国王对少女说道："亲爱的妹妹，

我曾经对一位英雄立誓把你许配给他，

他若成为你的郎君，我的心愿便已实现。

现在我请求你，帮助我履行这项诺言。"

613 高贵的少女说道："陛下，亲爱的长兄，

你根本用不着对我如此恳切地央求。

不论你有什么吩咐，我都随时听候。

你给我选择的丈夫，我愿高兴地接受。"

614 这时，西格夫里特的双颊泛起红晕，

他感激这位少女，愿做她忠顺的仆人。

众人于是围成一圈，让他俩站在中间，①

他们问少女："你是否要他做你的郎君？"

615 高贵的少女非常害羞，她满面绯红。

然而，西格夫里特的红运已经注定，

他英俊潇洒，美如冠玉，使少女一往情深，

而尼德兰的王子也立下娶她的海誓山盟。

616 西格夫里特和克里姆希尔德定下终身，

高贵的王子温存地拥抱那位可爱的少女。

---

① 古时的习俗，男女订婚时，众人围成一圈，当事人站在中间，回答大家的问题。这种形式具有法律效力。

他当着众位英雄给美丽的新娘一个亲吻，
站在周围的英雄们为他们充当订婚证人。

617 订婚仪式完毕，众人走向各自的餐桌，
西格夫里特偕新娘在国王的对面就座。
全体尼伯龙勇士站在英雄身后，为他保镖，
这时家臣和侍从都纷纷上前表示祝贺。

618 恭特国王和布伦希尔德王后坐在席间，
布伦希尔德发现家妹坐在一名封臣的身边。
她不由得闷闷不乐，难过地落下了眼泪，
热泪沿着她炽热的双颊流淌，成行成串。

619 国王问道："我的夫人，你是否身体不适？
你那双明亮的眼睛为什么被泪水浸湿？
我的土地、城堡和全体勇士现在都归顺于你，
你大权在握，有一切理由感到高兴才是。"

620 王后说道："我没有一条理由感到高兴，
看到家妹坐在你的封臣身边，我忧心忡忡。
你竟然用这种方式降低她高贵的身份，
恭特国王，这怎能不让我为此抱憾终生！"

621 国王说道："现在我们暂且不谈此事，

我改日告诉你，我为什么应允这门亲事。
我想，家妹若与这位勇士结为夫妻，
他们一定能过一生欢乐幸福的日子。"

622　　王后说道："我真为她的美貌和教养惋惜。
你要不说出把她嫁给西格夫里特的道理，
我就远走高飞，逃到我喜欢去的地方，
永远不让你亲近，你休想到我床上休息！"

623　　高贵的国王急忙说道："我马上向你报告：
他和我一样，也拥有大量城堡和土地。
请你相信，他也是一位强大的君主，
因此我才同意，让他与我的妹妹结为夫妻。"

624　　不管国王怎样解释，她始终闷闷不乐。
这时，其他勇士都陆陆续续吃完酒席。
勇士们又继续比武，喧闹声震撼城堡，
坐在客人中间的国王却渐渐感到厌弃。

625　　他想："若能躺在这位美人身边，那是多么惬意！"
他希望布伦希尔德能够满足他的私欲。
可怜的国王因为心中依然抱着一丝幻想，
所以总是带着贪婪的目光看着他的娇妻。

626　　　因为国王要和新娘一起入洞房休息，
　　　　　于是传出命令：请骑士们现在停止竞技。
　　　　　之后，克里姆希尔德在阶前又与王后相遇，
　　　　　她们二人之间这时还没有产生任何敌意。

627　　　她们起身离开大殿，侍女们立即跟上，
　　　　　殷勤的管家们赶忙为她们取来烛火照亮。
　　　　　两位国王的随从开始分手，分别护送主人，
　　　　　有一大群英雄护送西格夫里特前往洞房。

628　　　两位高贵的君主分别回到各自的洞房，
　　　　　他们每人都想凭着自己爱情的力量，
　　　　　怀着柔情蜜意去征服各自美丽的新娘；
　　　　　西格夫里特果然享受一夜甜美的时光。

629　　　西格夫里特躺在克里姆希尔德身边，
　　　　　他对这位少女温情脉脉，无限缠绵。
　　　　　这时，他与少女的身躯已经融为一体，
　　　　　即便给他一千位妇人，他也不再与她分离。

630　　　他怎样抚爱他的娇妻，这里且不细说，
　　　　　还是请你们听我叙述那位高贵的恭特。
　　　　　他费尽周折才躺到布伦希尔德身边，
　　　　　这番折腾他在其他妇人那里从未受过。

631 国王的侍从、妇人和勇士们刚一离开，

    他们寝宫的房门立即被紧紧地关闭。

    恭特以为，他可以马上拥抱新娘的玉体。

    唉唉，让她成为他的妻子，谈何容易！

632 布伦希尔德身穿白色睡衫走到床前，

    高贵的骑士心想："我往日的一切梦想，

    我今生的全部心愿，马上就要实现。"

    他看着她那美丽的身躯，欲壑难填。

633 高贵的国王亲自用手把灯光拨暗，

    然后，他来到美丽的布伦希尔德跟前。

    他美滋滋地紧挨着这位美人躺下，

    正要张开双臂拥抱她那诱人的娇躯。

634 要是王后允许，他肯定能好好痛快一番。

    然而王后勃然大怒，吓得他心惊胆战。

    他满怀寻欢的欲念想同他的新娘亲近，

    却是一盆冷水迎头，使他胆战心寒。

635 她说道："高贵的骑士，打消你的邪念！

    你休想为所欲为，实现你心中的打算。

    记住，只要你不把你的秘密对我讲明，

    我就永守处女之身。"恭特已很不耐烦。

636   他于是扯住新娘的衣襟，试图把她制服。
       新娘腰间系着一条编织的长带，又硬又粗。
       她解开那条腰带与恭特拼命地扭打，
       结果这豪横之女使国王蒙受了奇耻大辱。

637   她用腰带把国王的手和脚紧紧捆绑，
       然后把他扛到钉着铁钉的墙前吊在壁上，
       不许他再挨近她与她纠缠，不准他上床。
       这新娘的膂力真大，国王险些魂断洞房。

638   恭特本以为能当一名丈夫把她驾驭，
       没想到，现在只得向夫人卑躬屈膝。
       他央求道："高贵的王后，请给我松绑吧！
       我再也不敢冒犯你，绝不再跟你亲昵。"

639   新娘舒服地躺在床上，不予理睬，
       国王在墙上吊了一夜，直到白昼到来
       当早晨的太阳从窗外照进洞房的时候，
       纵然是钢骨铁汉，也已经气竭力衰。

640   美丽的少女启齿问道："恭特陛下，
       要是你的侍从看见你被一位妇人捆绑，
       你不感到羞辱，你心里可觉得哀伤？"
       高贵的骑士说道："这于你也并不光彩。

641   "当然，我本人也不会因此更加荣耀，

考虑你的地位，还是让我回到床上为好。

既然你对我的柔情抚爱十分反感，

从今以后，我的手绝不再碰你的睡袍。"

642   新娘十分麻利地解开捆绑他的绳套。

国王这才回到床上躺到布伦希尔德一旁。

但他离开她很远，伸手绝对触摸不到

她的衣襟，这位新娘终于能安心睡觉。

643   这时，几名侍从给他们送来节日新衣，

他们置备的大量服饰都是为了这次婚礼。

这天清晨，一国之君必须把王冠戴上，①

然而，大家欢天喜地，国王却是垂头丧气。

644   恭特和布伦希尔德起床后先去祈祷天主，

来教堂祈祷天主的还有西格夫里特夫妇。

这是国中的习俗，也是他们应尽的义务。

各路人马纷至沓来，络绎不绝，摩肩击毂。

645   显示王权威严所需要的王冠和国服，

已经全部送往教堂，准备供给四位君主。

---

① 每逢节日庆典，国王戴上王冠，表示隆重。

隆重的弥撒仪式开始，新婚夫妇接受祝福，

他们四人头上戴着王冠，光华洒向四处。

646　　为了庆祝二位国王的新婚大典，这一天，

给六百多名贵族青年举行骑士授剑典礼。

勃艮第国中到处喜气洋洋，一片节日气氛，

只听骑士们手中长枪的枪柄总是响声不断。

647　　美丽的少女们坐在窗后向外张望，

盾牌上溅出的火花把她们的眼睛照亮。

在普天同庆，共贺国王吉祥的时候，

惟国王一人离开宾客，独自徘徊惆怅。

648　　高贵的西格夫里特却是另一番心境。

这位杰出的骑士好像察觉到国王的痛苦。

他于是走近恭特，轻声地向他问道：

"恭特，告诉我，你昨夜过得是否舒服？"

649　　恭特于是说道："我把一个妖妇娶回家中，

她使我蒙受奇耻大辱，我无地自容。

昨夜我刚想对她表示爱情，她却把我捆绑，

把我吊在墙壁的铁钉上，让我悬在半空。

650　　"我担惊受怕，从夜晚一直被吊到天明，

她却舒服地躺在床上，睡得十分安静！
我和你叨在知己，相信你能为我保密。"
西格夫里特说道："我对你非常同情！

651　　　"若是你不反对，我来帮助你把她制服，
让她今夜紧紧地贴你躺着，一动不动，
你要与她行房，保证她再也无力抗争。"
受了一夜委屈的恭特，当然十分高兴。

652　　　西格夫里特说道："一切情况都会好转。
看来昨夜我们两人的处境很不相同。
既然我能爱令妹胜于爱自己的生命，
布伦希尔德今夜也必须接受你的爱情。

653　　　"我今夜穿着那件隐身服进入你的卧房，
然后蹑手蹑脚走近你们两人的身旁。"
他又说道："别让任何人识破我的计谋，
打发你的侍从通通回他们休息的地方。

654　　　"我进来后首先熄灭侍童手中的烛火，
这样你便知道，我已经来到你的近处。
我依照你的意愿，让她必须同你睡觉，
今夜如果不能把她制服，我死不瞑目。"

655 "我同意你的建议，但要有一个前提，"
   国王说道，"你本人不得接触我的爱妻。
   除此之外，随你如何处置这个妖妇，
   一切由你做主，杀了她也不可惜。"

656 "我向你保证，我绝不会跟你的妻子亲近，
   你美丽的妹妹使我屈服，让我疼爱至深，
   在我心中，她高出一切我见过的妇人。"
   对西格夫里特的话，恭特表示完全相信。

657 骑士们的表演带来了欢乐，也带来忧愁，
   直到上面传令，请大家停止比赛的时候。
   妇人们观看完表演，要去宴席大厅进餐，
   侍从们为她们打道，让众人通通靠后。

658 所有的客人和马匹都离开城堡的庭院，
   两位高贵的国王已经来到宴席大厅中间。
   他们看见二位王后各由一名主教带领，
   款款走来，身后是她们忠实的随从。

659 宴席上，国王坐在那里，暗自高兴地盼望，
   因为他老是记挂着西格夫里特的诺言。
   这一天，高贵的国王食不甘味，度日如年，
   心里总是想着如何能同布伦希尔德行欢。

660　　　国王急不可耐，好不容易才等到散席。
　　　　　美丽的布伦希尔德和克里姆希尔德
　　　　　两位王后，由勇士们护送去后宫休息。
　　　　　无数英雄在前面开路，个个神采奕奕。

661　　　西格夫里特阁下坐在美丽的娇妻身边，
　　　　　他们含情脉脉，品尝着爱情的甘甜。
　　　　　正当她用柔嫩的手抚摸郎君双手的时候，
　　　　　不知何时，亲爱的人突然形影不见。

662　　　克里姆希尔德以为还在与丈夫一起消遣，
　　　　　突然再也不见他的音容，她心中纳罕。
　　　　　王后问道："我多么想知道国王① 哪里去了，
　　　　　是何许人把他的手从我的手里抽掉？"

663　　　她没有多问，而这时西格夫里特已经
　　　　　来到那些侍童擎着烛火站立的地方。
　　　　　他首先将侍童们手中的烛火逐个熄灭，
　　　　　恭特心中明白，朋友就要走近自己身旁。

664　　　恭特因为事先了解西格夫里特的打算，
　　　　　于是命令仆佣和侍女立即离开他的房间。

---

　　① 指西格夫里特。

高贵的国王随手关上卧房的房门，
又赶紧在门上横插两根沉重的铁闩。

665 他还急忙把床帷下面的烛光挪开，
现在，任何人都休想靠近他们的床沿儿。
西格夫里特开始同这位新娘做戏，
国王躺在一旁心里没底，喜忧参半。

666 西格夫里特紧紧挨着那位少妇躺下。
少妇说道："恭特，请你不要自讨没趣！
难道你还乐意再吃一遍昨夜的苦头？"
王后立刻把西格夫里特打得一败涂地。

667 但他一声不响，惟恐让声音把自己暴露。
恭特虽然什么都看不见，却听得清楚，
他知道他们之间没有发生暧昧的事情，
因为他们二人在床上躺得极不舒服。

668 西格夫里特假装是高贵的恭特国王，
他伸出双手去搂那少妇柔美的身体。
少妇把他从床上揪起，猛烈地一摔，
他的头砰的一声与一只凳脚撞在一起。

669 英雄使出浑身解数跳起身进行反击。

但要把那少妇制服，他还得大受委屈。
像这样横竖不让男人亲近的女孩，
我相信，在当今的世界上再无二例。

670　西格夫里特毫不退缩，不肯善罢甘休，
美丽的布伦希尔德跳起身对他说道：
"不准扯破我的衣襟，请你马上松手！
你粗鲁无礼，我还得让你再吃点苦头！"

671　她于是用双臂夹住勇敢的西格夫里特，
打算像对待恭特国王那样把他手脚捆起，
好让自己躺到床上，不受干扰地安心休息。
他只因扯住衣襟，女王对他就这么严厉。

672　这时，他的体魄和气力已无用武之地。
少妇要向他证明，她拥有非凡的膂力！
她抓住他，把他塞在墙壁和衣柜的缝间，
西格夫里特根本无法还手，只有坐以待毙。

673　英雄心想，"唉！难道我已是日暮途穷？
若是我今天把性命丧在这位少妇手中，
一切本不歹毒的妇人从此也将不再温顺，
她们将永远凌驾丈夫之上，蛮横骄纵。"

674   这一切国王全听在耳中，心里直在打鼓，
　　　　但西格夫里特不肯服输，他老羞成怒，
　　　　使出全身的力气向布伦希尔德反扑。
　　　　他不惜孤注一掷，决心把布伦希尔德制服。

675   强悍的布伦希尔德紧紧捏住他的双手，
　　　　他指甲里流出了鲜血，痛得他浑身发抖。
　　　　国王因为心中有事，嫌时间过得太慢，
　　　　然而瞬息之间，西格夫里特便开始复仇。

676   他把布伦希尔德狠狠地按在床上，
　　　　飞扬跋扈的女王不堪疼痛，大声叫嚷。
　　　　英雄默不作声，国王也只能听到动静，
　　　　他遭受的一切麻烦，现在就要得到补偿。

677   布伦希尔德抽出系在腰间的长带，
　　　　欲把西格夫里特的手脚捆绑起来。
　　　　然而英雄推拿捏揉，使她周身关节松散，
　　　　搏斗至此，布伦希尔德被迫承认失败。

678   她说道："高贵的国王，请你饶我一命！
　　　　我对你无理冒犯，本人一定好好改正。
　　　　我已领教，你有能力驾驭一个女人，
　　　　从今以后，我再也不拒绝你的爱情。"

679 直到这时，西格夫里特才撤到一旁，

他假装脱衣，让少妇一个人躺在床上，

然后乘其不备将她手上的一只金戒摘下，

高贵的王后没有察觉这桩秘密的勾当。

680 他还拿走了她那条编织精细的腰带 [①]，

事后把戒指和腰带都交给了自己的爱妻。

他很得意，而日后引起的是非使他后悔莫及，

恭特终于和美丽的布伦希尔德躺到了一起。

681 恭特终于能作为丈夫温存地拥抱娇妻，

息怒的布伦希尔德也不再是羞怯的少女。

同床的效力使得她的脸色变得煞白，

她往昔魔法般的气力已经被消耗无遗。

682 恭特把她美丽的身体抱在自己的怀间，

现在她再也不比任何其他妇人强悍。

即使她继续反抗，一切也都无济于事，

因为她被恭特紧紧搂住，四肢已经瘫软。

683 她躺在她的丈夫身边，百依百顺，

跟他柔情缠绵一夜，直到翌日清晨。

---

① 腰带是布伦希尔德作为处女的象征，在新婚之夜应由丈夫解下。

西格夫里特悄悄离去，回到他的寝宫，

美丽的妻子正在那里等候亲爱的夫君。

684　　无论她问什么，西格夫里特通通回避，

就连带回的戒指和腰带也久久不曾提起。

直到回尼德兰加冕之后，她才了解底细，

唉，他真不该把人家的信物交给自己的爱妻！①

685　　高贵的国王一反一天前的郁闷和沮丧，

这日清晨，他神清气爽，心情格外开朗。

他殷勤地招待应邀来访的各方宾客，

国中高贵的勇士们也无不喜气洋洋。

686　　盛大的庆典一直延续到第十四天，

宫廷内外欢声笑语，客人们尽兴地消遣。

这次隆重的婚宴让国王到底破费多少，

普遍认为，他支付的费用难以计算。

687　　高贵的国王命令嫡亲，为了提高他的声望，

要慷慨地赏赐那些前来效力的吟游艺人。

艺人们果然如愿以偿，满意地告辞而去，

带着赤金、白银以及大量马匹和衣裳。

———————————

① 正是腰带引发两位王后的仇恨，见十四歌。

688　　　英雄西格夫里特是尼德兰的国王，
　　　　他和他的勇士深知如何维护君主形象。
　　　　他们把从家中带到莱茵的马匹和装备，
　　　　连同鞍具一起也都拿出来全部分光。

689　　　客人们已归心似箭，盼望告别的时光，
　　　　他们不等分赠完毕便纷纷启程返回故乡。
　　　　从来没有外出做客的人这般地满载而归，
　　　　盛大的庆典就此告终，恭特如愿以偿。

第十一歌
西格夫里特携妻子回国

西格夫里特和克里姆希尔德回桑
滕后，受到隆重欢迎。西格夫里特继承
王位，西格琳德去世，克里姆希尔德和
布伦希尔德各得一子。

690　庆典结束，各路宾客陆续离开沃尔姆斯。
　　西格蒙特的公子于是召集他的全体勇士，
　　他说道："我们也准备回国，请赶紧收拾！"
　　克里姆希尔德听到他的决定，乐不可支。

691　她对夫君说道："我们打算何时动身？
　　我想，我们不要就这样匆忙地起程。
　　我的兄弟要把我的那份地产给我才行。"
　　听到妻子的话，西格夫里特很不高兴。

692　三位国王一起前来为他们夫妇送行，
　　他们说道："西格夫里特殿下，请你放心，

只要我们一息尚存，我们一定竭诚效忠。"
西格夫里特欠身施礼，感激他们的友情。

693 吉赛海尔说道："我们愿意与你们共分
我们拥有的全部城堡和大片土地。
我们还要从我们众多的藩属国中间，
给你和克里姆希尔德割去可观的一份。"

694 西格夫里特看到三位国王十分诚恳，
他说道："愿天主降福给你们的世袭领地，
永远保佑住在这片土地上的全体居民；
至于克里姆希尔德，我亲爱的妻子，

695 "她肯定不会接受你们分给她的那一份。
她回尼德兰之后，将戴上王后的凤冠，
只要我在王位，她就是权倾天下的妇人。
至于本人，我一如既往为你们奉献忠心。"

696 克里姆希尔德说道："即使你想放弃遗产，
我也要把勃艮第的勇士带回尼德兰。
世上哪个君主不想把自己的人带在身边！
请家兄与我共分他的英雄，满足我的心愿。"

697 盖尔诺特说道："你想要谁，由你挑选。

你会发现，有许多英雄愿意与你相伴。

从我们三千勇士中你可以带走一千人，

让他们做你的贴身卫士，保护你的安全。"

698　　克里姆希尔德派人去叫哈根和奥特文，

问他们和他们的部下是否愿意做她的随臣。

哈根听到来人征求他的意见，勃然大怒：

"恭特根本无权把我们随便转让给别人[①]！

699　　"让宫中其他勇士去做你的贴身卫士吧！

你十分熟悉我们特罗尼人的生活方式，

我们的职责是留在宫中做国王的卫士。

当然，身为随从我们继续听从你的差使。"

700　　克里姆希尔德于是放弃这个念头，

他们准备动身，带着他们的侍从启程。

他们共带走三十二名少女和五百勇士，

艾克瓦特方伯也决定与西格夫里特同行。

――――――――――

　　① 封建社会中，受采邑者均可被转让，即使身份高的受采邑者也不例外。当然，这项权力的实施取决于当事人的实际地位。这里哈根和奥特文拒绝承担这种义务，一方面说明他们在勃艮第宫廷中的地位，同时也为后来克里姆希尔德与哈根之间的矛盾埋下伏笔。

701　不论妇人还是侍女，不论骑士还是仆从，
　　　大家依依不舍，这当然也是人之常情。
　　　他们互相亲吻作别，然后分手上路，
　　　离开恭特的国家时，英雄们满面春风。

702　他们的亲友长途相送，走了一程又一程。
　　　考虑到他们夜间需要休息，要有地方宿营，
　　　因此在三位国王统辖境内搭起许多帐篷；
　　　他们还先遣使者赶紧去见西格蒙特，

703　叫他们向父王和西格琳德母后报禀：
　　　王子偕乌特的爱女克里姆希尔德，
　　　已从沃尔姆斯出发，经莱茵返回桑滕。
　　　王子的双亲听后大喜过望，分外高兴。

704　西格蒙特说道："我真是红运高照，三生有幸！
　　　能亲眼看到克里姆希尔德来到我们宫廷，
　　　这对我们这块世袭的领地也是莫大光荣。
　　　我的儿子西格夫里特将在这里执掌朝政。"

705　西格琳德拿出大量金银和朱红色绒料
　　　赏给使者，感谢他们给她送来了喜讯。
　　　她的侍女们像往常遇有这样的机会一样，
　　　也都精心地梳洗打扮，人人穿戴一新。

706　　　　使者还禀报了王子将带回那些随从。
　　　　　　二位双亲命令，在新王登基加冕的时候，
　　　　　　他经过之处，都要为亲友们摆放长凳。
　　　　　　父王的随从们现在立即骑马前去欢迎。

707　　　　不知曾经有哪一位英雄还乡时受到的欢迎，
　　　　　　像王子一行回到西格蒙特的国家这般隆重。
　　　　　　西格琳德也骑马前去迎接克里姆希尔德，
　　　　　　一路由许多美丽的妇人和堂堂骑士陪同。

708　　　　他们经过一天的行程终于与宾客相遇，
　　　　　　然后，不论归来的游子，还是家中的侍从，
　　　　　　大家又一起风尘仆仆回到古都桑滕
　　　　　　——西格夫里特夫妇将在这里执掌朝政。

709　　　　西格琳德和西格蒙特心中愁云四散，
　　　　　　父王和母后喜形于色，春风满面。
　　　　　　他们上千遍地吻着二位新人的嘴唇，
　　　　　　对他们全体随从的欢迎同样热情不减。

710　　　　客人们被带到西格蒙特的大殿门前，
　　　　　　在那里人们将美丽的少女们扶下马鞍。
　　　　　　许多骑士急忙上前为美丽的妇人服务，
　　　　　　表现得殷勤恭谨，而且任劳任怨。

711   如果说在莱茵的庆典已为多方称赞，
　　　　　　在桑滕送给英雄们的服饰更是华丽非凡。
　　　　　　他们有生以来从未穿过这样的衣服，
　　　　　　尼德兰人的富有和气派可谓今古奇观。

712   他们坐在大殿里，荣华横溢，气充志骄，
　　　　　　连他们的侍从也都佩带着金色的梭镖。
　　　　　　梭镖上缠着金丝，镶着无数颗珍珠宝石。
　　　　　　西格琳德对客人关怀备至，十分周到。

713   这时，西格蒙特当着众位亲友说道：
　　　　　　"西格夫里特的亲友们，我现在郑重宣告：
　　　　　　西格夫里特要在你们面前戴上我的王冠。"
　　　　　　尼德兰人听到决定，高兴得手舞足蹈。

714   父王将王冠、裁决权和国土移交给王子，
　　　　　　新王从此以法统治臣民，料理国事。
　　　　　　克里姆希尔德的夫君执法公正而严明，
　　　　　　谁见了他都是战战兢兢，不敢放肆。

715   转眼，西格夫里特在位已经十年，
　　　　　　他统治的国家繁荣昌盛，秩序井然。
　　　　　　这一年，美丽的夫人生下一名太子，
　　　　　　从而了却王室各系亲属的一大心愿。

716   他们赶忙送太子洗礼，并取名恭特，
他的名字排在母系一方，好处甚多，
因为舅父的大名永远不会使外甥羞涩。
太子接受精心培养，这也是自不待说。

717   适逢这一年，西格琳德夫人谢世归天，
乌特的娇女从此独揽统治国家的大权。
身为一位有权势的王后，她十分称职，
当然，大家对已故的母后也很眷恋。

718   相传，在莱茵河彼岸恭特的宫廷，
美丽的布伦希尔德也生了一名太子。
他们给太子取名叫作西格夫里特，
为的是对赫赫有名的姑夫表示崇敬。

719   恭特命令，对太子的教育要格外精心，
要请造诣高深的教师把他培养成人，
使他成为一名才干出众的卓越骑士。
唉，命运不久便夺走了他的多少宗亲！

720   我们经常听到人们总是详细地讲述
这期间西格蒙特国中勇士们的生活：
他们功成名就，荣华富贵，逍遥自得。
关于恭特那里的勇士也有同样的传说。

721   西格夫里特果然成为一位强大的国王，
　　　　　　在他的家族中从未有人的成就如此辉煌。
　　　　　　他同时统治尼伯龙国家和希尔伯的全部勇士，
　　　　　　还拥有两位首领的财产，怎能不踌躇满志？

722   如果不算原先占有宝物的那两位首领，
　　　　　　西格夫里特是当今拥有宝物最多的英雄。
　　　　　　这批宝物是他在一处山脚下亲自获取，
　　　　　　为此，许多堂堂骑士惨死在他的手中。

723   如今这位英雄名满天下，众望所归。
　　　　　　诚然，即使他未曾获取那批尼伯龙宝物，
　　　　　　谁也得承认，在高跨骏马的骑士当中，
　　　　　　数他最骁勇出众，让人望而生畏。

第十二歌
恭特邀请西格夫里特前来赴宴

布伦希尔德敦促恭特举行一次盛
宴邀请西格夫里特和克里姆希尔德。盖
莱方伯出使尼德兰递交请柬，受到亲切
接待。西格夫里特和克里姆希尔德答应
赴宴，西格蒙特决定同行。

724　　一个疑问一直萦绕在恭特夫人心中，
　　　　她想："克里姆希尔德何以如此有恃无恐？
　　　　她的丈夫只不过是我们的一名封臣，
　　　　长久以来，他为什么不来上朝进贡？"

725　　尽管布伦希尔德能巧妙地掩藏心事，
　　　　但想到这里她总是无精打采，感到扫兴。
　　　　她很不高兴，两位亲人住得那么遥远，
　　　　而且从不派人前来向领主表示效忠。

726　　她于是去问国王，是否能有这种机缘，让她和克里姆希尔德彼此再次相见。
然而当她把心中的秘密告诉国王的时候，
恭特对她提出的建议很不以为然。

727　　国王说道："我们如何能把他们请到莱茵？
他们住的地方距离我们这里那么遥远，
我不敢邀请他们，因为此事根本无法实现。"
但布伦希尔德十分聪明地接下去说道：

728　　"一名国王的封臣，纵然他的权势再大，
向领主进贡之事总不该无限期地拖延！"
恭特强颜欢笑，他多次与西格夫里特交往，
但他从未想过，有什么封臣的义务可言。

729　　布伦希尔德说道："恭特，我亲爱的夫君，
请你帮助我，让我看看我们的二位亲人。
如果能把西格夫里特和家妹请到我们这里，
世上就再也没有别的事情能更使我开心。

730　　"想起家妹端庄的举止，完美无缺的教养，
想起我们结婚时我与她并肩而坐的时光，
总有一股暖流涌上心头，感到无限欢畅。
西格夫里特能娶她为妻，真是福分。"

731   她不停地纠缠，直到国王终于应允。

国王说道："其实，我何尝不想念他们，

因此你的话才能很快把我的心打动。

我立即派人出使桑滕，把他们请到莱茵。"

732   王后说道："请告诉我，使者何时动身，

家妹和妹婿二位亲人何时能到达莱茵。

还要告诉我，你打算让谁担任使者，

派他前往尼德兰国去邀请我们的亲人。"

733   国王说道："我要派三十名嫡系勇士出使。"

国王于是召见这三十名雄赳赳的勇士，

命令他们给西格夫里特的国家送去通知。

为了让勇士们高兴，王后拿出新衣赏赐。

734   国王对勇士们说道："各位高贵的英雄，

你们此次出使桑滕，务必牢记肩负的使命，

你们要一字不漏地向西格夫里特夫妇转告，

世界上没有人像我们对他们这样情深意重。

735   "如果二位亲人在今年夏至前到莱茵做客，

我和我的夫人对此将怀着无限感激之情。

西格夫里特和他的随从们将会发现，

在我们这里有许多勇士对国王十分崇敬。

736　　　"请向西格蒙特父王转致我的诚挚敬意，
　　　　　我和我的全体亲属对他一直十分尊重。
　　　　　还请告诉我的妹妹，请她回来看看亲人，
　　　　　出席这样一次庆典，也是她的莫大光荣。"

737　　　布伦希尔德和乌特以及宫中其他妇人
　　　　　也嘱托使者将她们的亲切问候带到桑滕，
　　　　　衷心问候西格夫里特的国家的妇人和英雄。
　　　　　国王和心腹们商议决定：让使者立即启程。

738　　　使者一行人带上充足的马匹和衣物，
　　　　　他们装备完毕，策马离开勃艮第的国土。
　　　　　他们想赶快到达旅行目的地，人人心急火燎，
　　　　　恭特关照要给他的使者们提供保护。①

739　　　使者们快马加鞭，向目的地桑滕疾驰，
　　　　　三周之后，终于到达尼伯龙宫廷②。
　　　　　他们经过长途跋涉已是人疲马倦，
　　　　　在挪威境内③将受到那位勇士④的欢迎。

————————————

　　①　恭特关照各藩属，这些勇士肩负国王授予的使命，受国王保护；参见
164 节。
　　②　这时西格夫里特占有尼伯龙人的宝物，故称他的宫廷为尼伯龙宫廷。
　　③　这一提法仅此一处，看来当时尼德兰的边界直至今日挪威。
　　④　原文中只有"勇士"一词，从后面的内容看，指的是西格夫里特。

740   侍从们向西格夫里特和王后报禀：
　　　　　　有一批着装新颖的骑士来到他们宫廷，
　　　　　　看其服饰，他们可能是勃艮第的英雄。
　　　　　　王后正在床上休息，随即下床探察究竟。

741   王后命令她的一名宫女走到窗前窥望，
　　　　　　那位宫女看见盖莱和他的同伴站在庭院。
　　　　　　早已思乡成疾的克里姆希尔德王后，
　　　　　　听说恭特派来了使者，心中喜不自胜。

742   她对国王说道："请看那些站在下面的英雄，
　　　　　　他们正同盖莱一起在城堡的庭院里走动，
　　　　　　肯定是恭特差遣他们来到莱茵下游的桑滕。"
　　　　　　国王说道："对他们，我们当热诚地欢迎。"

743   全体家臣和侍从急忙走向前来的使者，
　　　　　　他们每人都热情洋溢地欢迎异国的宾客。
　　　　　　有这样一批陌生的勇士来到他们这里，
　　　　　　父王西格蒙特也十分高兴，喜形于色。

744   侍从们给盖莱和他的同伴安排了住处，
　　　　　　然后，接过他们的马匹，保管起他们的衣物。
　　　　　　西格夫里特和克里姆希尔德正坐在宫中，
　　　　　　使者们得到通知，他们可以马上进宫谒见。

745   盖莱和他的勃艮第同伴一起走进大殿，

国王和他的夫人立即站起身来，频频问安。

他们对恭特派来的使者表示热烈的欢迎，

甚至还请高贵的盖莱坐在一把小靠椅上面。

746   "我们经过长途旅行虽然已经十分疲倦，

但在坐下之前，请陛下准许我们站着发言：

恭特和布伦希尔德指示我们首先转告，

他们现在万事如意，朝廷鼎盛，福齐南山。

747   "陛下的母后乌特夫人也向你们问好。

年轻的吉赛海尔和盖尔诺特两位殿下

以及你们在恭特国中的所有骨肉至亲，

大家都向你们请安，谨呈良好的祝愿。"

748   西格夫里特说道："愿天主保佑他们！

作为至亲，我和他们的妹妹我的夫人一样，

完全相信他们的一片真诚和对我的好感，

不知家乡父老的生活是否也喜幸平安？

749   "请你们告诉我真实情况，不要隐瞒，

自从我们离开以后，可曾有人前来冒犯？

我对内兄内弟的赤胆忠心一如既往，

直到他们的敌人有理由对我口出恶言！"

750 于是，卓越的勇士盖莱方伯说道：
  "你的亲属现在万事亨通，如日中天。
  他们要举行一次庆典邀请你去莱茵赴宴，
  请你相信，他们正殷勤地盼望与你相见。

751 "他们还请我们尊敬的王后与你同行，
  希望能在过冬以后，夏至到来之前，
  在勃艮第国中与你们二位亲人会面。"
  西格夫里特说道："这种愿望恐怕难以实现！"

752 勃艮第国的使者高贵的盖莱方伯又说道：
  "你们的母亲和二位兄弟也都一再叮咛，
  请你们千万不要回绝他们的这一心愿。
  你们远在天涯，我每天都听到他们长吁短叹。

753 "我的主人布伦希尔德和她的全体侍女，
  都盼望我能给她们带回可喜的消息。
  因为能有幸与你们相见是她们的荣誉。"
  他的话使美丽的克里姆希尔德满心欢喜。

754 尼德兰国王请他们的亲属盖莱坐下，
  随即令人给宾客斟酒，侍从们立即从命。
  西格蒙特父王也出来接见勃艮第的使者，
  他用亲切的话语对勃艮第使者表示欢迎。

755   他说道："欢迎你们，各位恭特派来的使者，

我的儿子已把克里姆希尔德娶回桑膝，

你们本应该经常到我国来省亲盘桓，

倘若你们确实珍重我们之间的这份亲情。"

756   使者们表示，如父王有令，他们愿意听从。

宾主笑语寒暄，几位勇士渐渐消除了疲劳。

他们应邀就座，侍从随即陈上美味佳肴，

西格夫里特用酒菜招待客人，十分周到。

757   转瞬间，使者们在桑膝已经住了整整九天，

主人仍不放他们回家，他们开始抱怨。

这期间，西格夫里特派人向四方送信，

给他的心腹们传旨：国王有要事召见。

758   西格夫里特请心腹们参议，他说道：

"姻兄和他的亲属邀请我们去莱茵赴宴，

若不是我们两地相距遥远，千里迢迢，

去探望他们一次，倒也正是我的心愿。

759   "他们也邀请克里姆希尔德与我同行，

众位友人，她怎能经受得了那千里行程？

至于我本人，我随时准备援助勃艮第人，

即使他们在三十个不同的战场打起仗来。"

760 　　心腹们说道："既然国王打算接受邀请，
　　　我们建议，你要带领一千名英雄与你同行。
　　　这样，你们这些勇士到达莱茵的时候，
　　　才是威风八面，受到勃艮第人的尊敬。"

761 　　尼德兰的老王西格蒙特也插嘴问道：
　　　"你们为何对我只字不提参加庆典的事情？
　　　要是你们同意，我也想与你们一同前往，
　　　我带上一百名英雄，扩大你们的阵容。"

762 　　勇敢的西格夫里特说道："亲爱的父亲，
　　　我很高兴，你愿意与我们一同进行这次旅行。
　　　我们准备在十二天之后，从这里启程。"
　　　出访的勇士都分得马匹和装备供旅行使用。

763 　　高贵的国王终于决定，要进行这次旅行，
　　　他们于是通知使者们马上返回莱茵宫廷。
　　　国王请使者们回去向勃艮第国的亲属报告：
　　　西格夫里特已愉快地接受了他们的邀请。

764 　　西格夫里特不愧是一位显赫的国王，
　　　他和克里姆希尔德赠送给使者的奖赏，
　　　使者们的马匹无法装完，还用上了驮畜，
　　　这样，他们满载而归，个个心花怒放。

765   西格夫里特和父王为勇士们张罗服装，

艾克瓦特方伯也赶紧为妇人们操劳奔忙。

他令人或是去库房或是去全国各地

为她们挑选购买最华贵最漂亮的衣裳。

766   旅行需用的马鞍和盾牌全部修整一新，

还为出访的骑士和妇人准备了所需的物品。

西格夫里特国王此次赴莱茵省亲探友，

给他们带去一大批高贵而有教养的客人。

767   这时那几名勃艮第使者正在途中疲于奔命，

他们策马驰骋，日行千里，急忙赶回家中。

当盖莱和同伴们回到勃艮第国的时候，

他们在恭特的大殿前下马，受到热烈欢迎。

768   正如往常大家遇到这样的事情一样，

老老少少好奇心切，都来向他们打听。

高贵的骑士 ① 和他的同伴要首先去见国王，

他说道："你们马上便可以听到我们奏禀。②"

---

① 指盖莱。

② 使者归来，要首先叩见国王，禀报出使结果。国王召集文武朝臣一起听取
汇报。

769 国王十分高兴，猛地从座位上站起。
    美丽的布伦希尔德向使者们表示谢意，
    感谢他们如此迅速地完成使命返回故里。
    国王问道："西格夫里特如何？他对我可好？"

770 勇敢的盖莱回道："你们的妹妹和妹婿
    见到我时，高兴得满脸红晕，十分欢喜。
    西格夫里特和西格蒙特衷心问候你们，
    从未有人这样情真意切地问候亲戚。"

771 高贵的王后向方伯问道："请你告诉我，
    克里姆希尔德是否也能来这里看望我们？
    她从前端庄典雅，如今可还保持昔日的风采？"
    英雄盖莱接着回道："她肯定会一同前来。①"

772 母后乌特也立即召见归来的使者，
    从她提的问题中可以看出，她想知道
    克里姆希尔德的情况是否依然不错。
    盖莱说他见到了王后，她不久将回莱茵做客。

---

  ① 布伦希尔德所提问题的弦外之音是，克里姆希尔德与一名封臣成亲，肯定要损害她的身体和姿容。盖莱很聪明，只报告克里姆希尔德回来省亲的消息，对她的现状不加评论。

773   使者们不把西格夫里特的礼物自己收藏，
      而是请国王的随从观看带回的黄金和衣裳。
      他们用感激的言辞对西格夫里特
      和克里姆希尔德的惊人慷慨大加赞扬。

774   "施舍一点财物，对他们乃是小事一桩，"
      哈根说道，"他们占有的尼伯龙宝物，
      就是他们永生不死，也无法全部用光。
      但愿勃艮第人有一天能将宝物拿在手上！"

775   在宫廷里，上上下下，一片欢腾，
      大家期待客人们前来省亲，格外高兴。
      三位国王的侍从从早到晚马不停蹄，
      他们还为西格夫里特的随行搭好坐凳。

776   胡诺尔特和辛多尔特的任务格外繁重，
      他们既负责安排筵席，又监督酒水供应。
      奥特文充当他们的助手，忙碌不停。
      恭特国王感谢各位侍从的辛勤劳动。

777   最后我再来说一说御膳司厨鲁摩尔特：
      他现在正一本正经地指挥着他的部下
      ——那一大堆大蒸锅、小炒锅和平底锅。
      大家齐心协力准备酒宴，迎接来访的宾客。

第十三歌
西格夫里特携妻子应邀赴宴

西格夫里特、克里姆希尔德和西格蒙特到达沃尔姆斯后，受到隆重欢迎。盛大的庆典拉开帷幕。

778　　大家那份忙碌，我不再一一赘述，
　　　　下面请听我讲一讲克里姆希尔德夫人
　　　　带着她的侍女如何从尼伯龙国前往莱茵。
　　　　从未有马匹驮运这么多漂亮的衣裙。

779　　她们这次旅行随身携带无数只衣箱。
　　　　西格夫里特和克里姆希尔德抱着幻想，
　　　　希望回来和亲人一起度过幸福的时光。
　　　　然而事与愿违，最后希望变成悲伤。

780　　西格夫里特此次偕夫人回莱茵探访，
　　　　他们幸亏没有携带幼子，把他留在了故乡。
　　　　他们这次出门省亲招来了弥天大祸，

小小太子从此再也未能见到他的爹娘。

781 高贵的西格蒙特父王与他们同行，
　　　后来，他在那里蒙受的灾难十分惨重。
　　　要是他当初能未卜先知，预测凶吉，
　　　他肯定不会大驾亲临，光顾这次宴请。

782 他们派遣使者先去沃尔姆斯宫廷送信，
　　　说西格夫里特偕夫人不久就要驾临。
　　　乌特的亲属和恭特的随从结队前去迎接，
　　　国王还亲自做各项准备，为了接待嘉宾。

783 他来到后宫，去见布伦希尔德王后，
　　　"你当初来我国的时候，我的妹妹对你如何，
　　　希望你今天也要同样地对待我的宾客。"
　　　王后说道："你放心，我很喜欢克里姆希尔德。"

784 国王又说道："他们明日清晨到达莱茵。
　　　你如果要前去迎接，就要赶紧准备动身，
　　　我们不应该坐在城堡里等待他们驾临。
　　　就我记忆，在我的客人中，我最喜爱他们。"

785 王后对宫中的妇人和她的宫女们传令，
　　　去见客人的时候，她要带上穿戴一新的随从。

诸位听众，我可以毫不夸张地断言，
能担当这样的美差，哪一个不是额手称庆！

786　　国王召集他的全体部下跟他们一起出发，
他的朝臣和侍从也都争着要为客人效忠。
他们大家都是人尽其能，物尽其美，
布伦希尔德也是珠围翠绕，前去欢迎。

787　　他们喜迎嘉宾，别说是多么快乐融融。
当年迎接布伦希尔德并没有这般隆重。
从前未曾看见过克里姆希尔德的人，
如今将第一次亲眼看到她高雅的姿容。

788　　这时，西格夫里特一行人已渐渐走近，
只见英雄率领一支浩浩荡荡的大军，
成群结队地在原野上奔跑，纵横驰骋。
他们所到之处，人欢马叫，烟尘滚滚。

789　　当勃艮第国王看到西格夫里特阁下
和西格蒙特父王的时候，他亲切地说道：
"我和我的全体亲友衷心地欢迎你们！
各位尊亲驾临使我蓬荜增辉，人心振奋。"

790　　好面子的西格蒙特说道："愿天主保佑，

自从西格夫里特与你们结为姻亲以后，
我无时无刻不想来贵国省亲走访。"
恭特说道："我很高兴，你愿意前来看望！"

791 恭特举行隆重仪式欢迎西格夫里特国王，
这位嘉宾人人爱戴，其他客人也备受敬仰。
吉赛海尔和盖尔诺特待人接物礼数有加，
他们协助国王把欢迎仪式办得十分漂亮。

792 这时，两位王后互相迎面走到一起。
英雄们伸手搀扶美丽的妇人跳下坐骑，
她们来到草地上，让骏马站在那里。
英雄们热心为高贵的妇人服务，十分卖力。

793 克里姆希尔德和布伦希尔德互相走近，
她们相互施礼问安，举止十分端庄得体。
有些骑士① 看到她们如此亲近，感到欣慰，
其他许多骑士已分别伫立在妇人们那里。

794 国王的男女随从双双对对手挽着手②，
他们相互寒暄，彼此温文地欠身作礼，

---

① 指恭特和西格夫里特。
② 宫廷中，每逢庆典盛会，每一位妇人都要由一位骑士陪伴。

妇人们互相吻着嘴唇，充满绵绵情意，
二位国王的勇士们看着她们，十分欢喜。

795　　　宾主不愿在郊外停留，于是驱马进城。
恭特提醒他的随从要向客人们表明，
他们在勃艮第国将到处受到热烈欢迎。
为年轻妇人举行的刺枪表演，一路不停。

796　　　特罗尼的哈根和奥特文趁机大显身手，
他们竭力显示自己的权力高人一筹。
无论他们有什么安排，谁也不敢违抗，
他们对待友人则是热诚相助，温和宽厚。

797　　　城堡前，撞击和穿刺盾牌的声音响成一片，
国王陪同他的客人在那里驻足观看表演。
他们观赏一段时间之后，终于进入城堡，
他们都觉得这样的欢乐时光实在短暂。

798　　　国王陪同他的客人喜气洋洋地走向大殿，
恭特的朝臣和侍从也都来到大殿前面。
高贵的妇人们骑在马上，款款而至，
只见从她们的马背上垂下许多精致的披垫。

799　　　高贵的客人被立即带到他们下榻的房间。

美丽的克里姆希尔德依旧花容玉貌，

她脸上的肤色映着黄金的光泽，妩媚娇艳。

大家注意到，布伦希尔德总是对她冷眼旁观。

800   沃尔姆斯城中人们成群结队，熙来攘往；

恭特国王委派马匹副官旦克瓦特关照，

也要把来访的异国兵卒们的住处安排妥当。

旦克瓦特于是热心地安排他们住进营房。

801   盛大的筵席在城堡内外拉开帷幕，

从未有外宾享受过这样殷勤周到的服务。

他们所需的一切，应有尽有，样样齐备，

国王如此富有，何不让人人心满意足？

802   这时，国王和他的宾客开始入席。

他们让西格夫里特依旧坐在原来的位置，[①]

一群堂堂的勇士和他一起走到那里。

大家殷勤地招待客人，无不热情洋溢。

803   共有一千二百名勇士在他周围就座，

美丽的布伦希尔德王后不禁暗自惊诧：

果然没有一个封臣能同西格夫里特相比！

---

① 　国王对面的座位，即贵宾席。见 617 节。

但她很高兴能见到他，心中怀着敬意。

804　在国王的餐桌前面，司酒官来去奔忙，
这天晚上，不知玉液溅污多少珍贵的衣裳。
客人们受到的款待格外热情周到，
他们享用的珍馐美味，更是多种多样。

805　其实古往今来一切庆典都是这样，
他们给妇人和侍女准备了舒适的卧房。
无论哪一方宾客，国王都是关怀备至，
最热情地招待他们，使人人心情舒畅。

806　黑夜已经消退，白昼的曙光开始照来，
妇人们打开衣箱，把她们的衣服晾开。
衣服上的宝石不计其数，闪烁光芒，
那些华丽的衣裙质地精美，款式漂亮。

807　天还没有大亮，大殿前已是熙熙攘攘，
在人们尚未给国王本人唱早弥撒之前，
许多骑士和马童就已经在那里比试较量。
年轻的骑士马术娴熟，获得国王的赞赏。

808　长号齐鸣，喇叭声和笛声响成一片，
这响声在广阔的沃尔姆斯城上空回旋。

英雄们一跃跨上马鞍，进行马上竞技，

他们兴高采烈，大显身手，尽情地表演。

809   一大群卓越的骑士骑在马上进行比赛，

他们个个英姿飒爽，手执华贵的盾牌。

他们中许多人虽然还很年轻，少不更事，

但高尚的骑士精神已经成为英雄们的情怀。

810   风姿绰约的妇人和许多花容月貌的少女，

都是浓妆艳抹，花枝招展，坐在窗口后面，①

勇敢的骑士们在下面比赛武艺，供她们消遣。

这时，国王和心腹们也来参加骑士的表演。②

811   时间就这样过去，他们感到余兴未尽。

然而，从教堂那边传来了古钟的声音。

侍从们牵来马匹，扶美丽的妇人登马上路，

一批勇士护送高贵的王后，两位国王的夫人。

812   他们在一座雄伟的大教堂门前下马，

布伦希尔德这时对她的客人仍然友好相待。

两位王后身穿礼服，头戴冠冕一起进入教堂，

---

① 妇人和宫女只能在城堡上窗口后面观看下面竞技表演。参见 394、395 两节。

② 有身份的贵族只在有妇人出来观看时才表演武艺。

后来她们的和睦被不共戴天的仇恨破坏。[①]

813 唱完弥撒之后，紧接着是盛大的酒宴。
  主人和来宾排着长队一同回宫廷进餐。
  庆典期间他们大家和睦共处，感情融洽，
  然而他们这种和睦只延续到第十一天。

---

① 指两位王后反唇相讥。见第十四歌。

第十四歌
两位王后的争吵

克里姆希尔德和布伦希尔德观看骑士比武时，为了各自丈夫的地位发生争吵。布伦希尔德坚持说西格夫里特是无人身自由的奴隶，这激怒了克里姆希尔德。在去教堂做弥撒的时候，她一定要走在布伦希尔德之前，以此证明她丈夫的身份同样是高贵的。布伦希尔德一再指责西格夫里特出身低下，克里姆希尔德怒不可遏，当众揭露了那次新婚之夜的秘密，并出示戒指和腰带作证。布伦希尔德对恭特哭诉自己的委屈，要求追究西格夫里特的责任。西格夫里特否认曾经以此炫耀过自己，愿指天发誓。恭特回绝西格夫里特发誓的要求。勃艮第人感到深受伤害，伤口已无法愈合。哈根自荐做受伤害的王后的代言人，他说服恭特同意谋杀西格夫里特。哈根诱

骗克里姆希尔德说出西格夫里特的致命
之处。哈根他们谎称萨克逊和丹麦人又
来向勃艮第国宣战。

814
一天下午，宫廷前熙熙攘攘，一片欢腾，
一群堂堂的骑士比试高低，决一雌雄。
观赏表演的众人从四面八方蜂拥而至，
比赛场地周围，人群拥挤，水泄不通。

815
两位高贵的王后并肩而坐，心平气和，
她们争相夸耀，说自己的丈夫声名显赫。
克里姆希尔德首先开言："我那个丈夫，
出类拔萃，理应统辖天下所有的王国。"

816
布伦希尔德说道："你这话从何谈起？
要想让天下所有王国都由他来治理，
除非这世上没有别人，只有你们伉俪。
只要恭特在世，他的打算可以休矣！"

817
克里姆希尔德说道："请你定睛细看，
他真是一表人才，高视阔步地向这边走来。
他身后跟随一群勇士，宛如众星拱月，
我有这样的丈夫，怎能不感到光彩？"

818　布伦希尔德说道："不论他多么仪表堂堂，

也不论他如何英俊潇洒，勇敢顽强，

你必须把你尊敬的长兄置于你丈夫之上，

请你相信，恭特才是真正的王中之王！"

819　克里姆希尔德说道："我并非言之无据，

我有充分理由对我的丈夫大加赞扬。

他出身名门望族，享誉五洲四海，

告诉你，他的门第和等级与恭特完全一样！"

820　"克里姆希尔德，请你不要对我见怪，

我的话并非凭空捏造，故意颠倒黑白。

我第一次见到恭特和西格夫里特的时候，

是在冰岛国中，那次恭特把我打败，

821　"并且以他骑士的本领赢得我的青睐。

那时候，他们二人都亲口告诉我说，

恭特是国王，西格夫里特是国王的奴才。"

克里姆希尔德说道："莫非我还蒙在鼓里！

822　"我高贵的兄弟们怎能如此无情无义，

竟然让我与他们的一名奴才结为夫妻！

亲爱的布伦希尔德，我们是姑嫂之亲，

请你口下留情，别再说这些伤人的话语。"

823 　　恭特的夫人回道："我偏要说下去不可，
　　　　藩属必须向国王进贡，实属天经地义！
　　　　我为什么要把西格夫里特的义务免去？"
　　　　美丽的克里姆希尔德于是无名火起：

824 　　"打消你等着西格夫里特进贡的念头，
　　　　他的出身门第比尊敬的恭特更高一筹。
　　　　你刚才在那里白日做梦，异想天开，
　　　　请不要再打扰我，收起你的无理要求！

825 　　"我觉得蹊跷，他既然由你给他分封采邑，
　　　　你既然执掌主宰我们两人命运的权力，
　　　　他何以胆敢长期不来向你朝贡交税？
　　　　你的狂言已经不攻自破，别再自鸣得意！"

826 　　布伦希尔德老羞成怒，反唇相讥，
　　　　她说道："你不要妄自尊大，忘乎所以！
　　　　我倒要看看别人是尊重我还是尊重你。"
　　　　两位妇人越发怒气冲冲，心头火起。

827 　　克里姆希尔德又说道："我愿意奉陪到底！
　　　　你既然把我的丈夫称作是你们的奴隶，
　　　　今天我要让两位国王的众臣亲眼看到

我敢不敢在王后之前迈进教堂的门里。①

828 "今天你将领教，我属于自由的氏族②，
    我的丈夫门第高贵，甚至高于你的丈夫。
    因此，我绝不能容忍你对我肆意辱骂，
    我今天要让你认识一下你的这名女婢③，

829 "她以王后的身份出现在你统治的国里。
    她要比所有加冕的王后都更加显贵，
    不仅有勇士们效劳，身边还跟随许多侍女。"
    两位王后从此结下深仇大恨，誓不两立。

830 布伦希尔德说道："你如果不愿做我的奴隶，
    在去教堂的路上，你和你的那些侍女
    必须同我的侍女分开，不得走在一起。"
    克里姆希尔德回道："你的话我完全同意！"

831 西格夫里特的夫人对她的侍女们说道：
    "我不能容忍布伦希尔德对我无理毁谤，
    穿上你们最华丽的衣裳给她看看，

---

  ① 中世纪，贵族去教堂做弥撒时，国王和王后要走在其他众人之前。
  ② 指非奴隶和半农奴。
  ③ 指克里姆希尔德。

让她收回她的狂言，不准她信口雌黄。"

832   侍女们当然乐于从命，取出华丽的衣裳，
       她们和妇人们一起都打扮得分外漂亮。
       这时，高贵的国王夫人带着她的侍从走来，
       美丽的克里姆希尔德也是同她一样，

833   率领从莱茵带来的四十三名侍女走向教堂。
       她们的服饰精美华贵，仪态万方，
       衣服的面料用的是阿拉伯绸缎，闪着光芒。
       西格夫里特的随从已恭候在教堂大门一旁。

834   大家感到奇怪，为什么今天不像往常那样：
       两位王后并肩走来，然后一起走进教堂。
       他们何尝知道，两位王后这次分道扬镳，
       使许多勇士后来因此饱尝痛苦和悲伤。

835   恭特的夫人已经站在教堂的门前，
       只见一群花容月貌的妇人站在她的身边，
       骑士们用贪婪的目光定睛瞩望，不胜赞叹。
       这时，克里姆希尔德带着侍女们走来，

836   在此之前，任何一位高贵的少女所穿的衣服，
       与她的这些侍女相比，都显得有些寒酸。

克里姆希尔德是这样富有，无与伦比，
即使三十位王后加在一起也没有这么多财产。

837　　侍女们身上穿着的漂亮衣裙，不可胜数，
谁也不敢说他见过比这更多的华丽衣服。
如果不是因为要气一气布伦希尔德，
克里姆希尔德肯定不会故意与她斗富。

838　　这时，两位王后在雄伟的教堂门前碰面，
布伦希尔德王后胸中燃烧着仇恨的火焰，
她声色俱厉地勒令克里姆希尔德止步：
"站住！一个封臣的妻子无权抢在领主之前。"

839　　美丽的克里姆希尔德火冒三丈，她回道：
"你当初真不该信口开河，胡言乱语。
如今，你玩火自焚，必然咎由自取！
请问：奴才的姘妇怎么成了国君之妻？"

840　　布伦希尔德追问道："你说谁是姘妇？"
克里姆希尔德说道："我说的姘妇就是你！
并不是我的长兄恭特使你成为一位妇人，
而是我的丈夫首先占有了你美丽的身体。"

841　　　　她又说道："你利令智昏，还要怨天尤人！ ①
　　　　西格夫里特既然是你手下的一名封臣，
　　　　你为什么让他首先来破你的童贞？"
　　　　王后说道："天哪！我要去报告我的夫君！"

842　　　　"请你自便！你妄自尊大，有眼无珠，
　　　　竟然断言，我必须对你尽奴婢的义务。
　　　　从现在起，我们之间的友情已不复存在，
　　　　明确地告诉你，这种侮辱你永远无法弥补。"

843　　　　布伦希尔德开始哭泣，克里姆希尔德
　　　　趁机带着侍女抢在王后之前走进教堂。
　　　　一场刻骨铭心的仇恨在这里开始，
　　　　从此，明亮的眼睛变得黯然失色，泪水汪汪。

844　　　　教堂里，人们虔诚地祈祷天主，吟唱弥撒，
　　　　布伦希尔德却觉得弥撒的时间拖得太长。
　　　　愤怒震撼她的周身，她急得火烧火燎，
　　　　后来，许多英雄因为她的怨恨而殒命身亡。

845　　　　布伦希尔德带着侍女走出教堂来到门前，
　　　　她想："克里姆希尔德为什么对我当众诽谤，

要是西格夫里特果然如此自吹自擂，
我就要他付出生命的代价，绝不原谅！"

846　　这时克里姆希尔德带着随从走到门口，
布伦希尔德说道："站住，我有话要对你讲，
你说我是一名姘妇，请你拿出证据，
你要知道，你说的话是对我的恶毒中伤。"

847　　克里姆希尔德说道："你不必与我过意不去！
你看，我手上戴的这只黄金戒指就是证据，
这是我丈夫与你初夜之后带给我的礼物。"
布伦希尔德平生从未受过这样的委屈。

848　　她说道："他们阴险毒辣，居心叵测，
偷走这只贵重的戒指，长期不归还给我，
这个盗贼究竟是谁，我非得查明不可！"
两位妇人都是戟指怒目，疾言厉色。

849　　克里姆希尔德又说道："请住口，君子自重，
我不准你把盗贼的罪名加在我的头上！
至于我的话，字真句凿，我还有腰带作证，①
说西格夫里特做过你的丈夫，岂不在情理之中？"

────────────

①　克里姆希尔德指着系在身上的腰带，详见 680 节。

850   克里姆希尔德果然系着一条尼尼菲缎带，

缎带上镶嵌的宝石都是贵重的奇珍异宝。

布伦希尔德一见那腰带，立即嚎啕大哭，

恭特和他的全体随从这一下全都知道。

851   王后说道："马上给我把莱茵国王叫来，

我要向他报告，他的妹妹对我无理取闹，

她竟然在大庭广众之前大放厥词，

说我曾经跟西格夫里特一起睡觉。"

852   莱茵国王带着他的勇士立即赶来，

只见王后泣不成声，他于是温柔地问道：

"是哪一个欺侮了你，我亲爱的王后？"

王后说道："我有一切理由抱怨自己命运不好。

853   "我要在你面前倾诉我的不幸和冤屈：

你的妹妹公然断言，我是她丈夫的姘妇，

她信口雌黄，妄图彻底毁掉我的全部名誉。"

恭特随即说道："她真是胆大妄为，肆行无忌！"

854   "她系在身上的腰带和戴在手上的指环，

显然都是我丢失的信物①，被她藏匿了多年。

---

① 腰带和指环是她清白贞洁的凭证。

要是你恭特不能替我洗雪这奇耻大辱，
我还有什么脸在这人世上，苟且偷安！"

855　　　国王下令："把西格夫里特给我叫来！
这位尼德兰英雄必须对我们坦白交代：
他是否说过大话，否则必须收回谎言。"
侍从立即把克里姆希尔德的丈夫传唤。

856　　　西格夫里特看到两位妇人都是愁眉苦脸，
不禁自问（他还不知道她们发生了争吵）：
"不知二位妇人为什么哭泣，泪痕斑斑？
国王为什么派人把我找来，有何贵干？"

857　　　国王开门见山地说道："我受了极大侮辱。
布伦希尔德告诉我，你到处自我炫耀，
说你是第一个触摸她的玉体的男人。
此话乃出自你夫人之口，她不会捏造！"

858　　　西格夫里特回道："倘若她说过此话，
我绝不姑息宽纵，一定对她严加惩罚。
至于我本人，我敢当着众位朝臣指天发誓，
我从未对我的妻子说过这一类瞎话。"

859　　　莱茵国王随即说道："现在请你当众宣誓。

誓言一经由你口中说出便具有法律效力，

我将立即宣布，解除对你的一切非难。"

勃艮第人围成一圈，两位国王站在中间，

860 　　勇敢的西格夫里特举着右手，说出誓言。

国王说道："你现在已证明自己清白无辜，

我解除由我妹妹归咎于你的一切错误，

并且宣布你无罪，收回我对你的指责和控诉。[①]"

861 　　西格夫里特又说道："但我要恪守诺言，

我的妻子克里姆希尔德伤害了布伦希尔德，

她必须受到惩罚，否则我永远于心不安。"

二位骑士彼此正目相视，心照不宣。

862 　　西格夫里特绝不护短，他继续说道：

"我们都要教育妇人杜绝那些无稽之谈，

你劝诫你的妻子，我管教我的内人，

她的言行极其恶劣，我感到万分羞惭。"

863 　　两位美丽的妇人从此不再互相说话，

布伦希尔德终日愁眉苦脸，郁郁寡欢。

这引起恭特的朝臣们对王后的同情，

---

① 此处恭特代表他的妻子以原告身份出现，而不是进行裁决的法官。

于是，特罗尼的哈根来到女主人面前。

864 哈根看见王后满面泪痕，随即问其原因，
    布伦希尔德把落泪的原因告诉了她的忠臣。
    忠臣当即发誓，非让西格夫里特赎罪不可，
    不洗雪这奇耻大辱，他永远不能安心。

865 哈根于是去找恭特国王，同他商议，
    他们如何才能将西格夫里特置于死地。
    奥特文、盖尔诺特和吉赛海尔也来参加，
    乌特最小的公子非常忠厚仁义，他听后

866 忙劝道："各位英雄，为什么要走这一步？
    妇人们争吵还不都是为了一些鸡毛蒜皮。
    西格夫里特对我们一向友好，忠贞不渝，
    我们为什么要仇恨他，把他置于死地？"

867 哈根回道："我们难道应该忍气吞声，
    这样岂不要败坏我们堂堂骑士的英名？
    我一定要报仇，非与他拼个你死我活不可，
    因为他无耻扬言，他曾经与我们王后私通。"

868 这时恭特国王开言："事情既然已经发生，
    现在再去追究他的是非，又有何用？

他曾经替我们荡平天下，大振声威，
念及他对我们的赤胆忠心，应留他一命。"

869 可是来自美茨的奥特文却向国王启禀：
"不论他如何强大无比，只要国王准许，
我就能把他铲除，对他没有任何姑息。"
他们从此把这位无辜的英雄视为仇敌。

870 时过境迁，大家渐渐把报复之事忘记。
只有哈根一人一而再地对恭特提及：
"西格夫里特一死，许多王国都将归顺于你。"
他的话使恭特举棋不定，陷入深深的犹疑。

871 这场风波过后，一切暂时又趋于平息。
从教堂前的广场一直到恭特的大殿前面，
骑士们照常给西格夫里特的夫人表演武艺。
恭特的勇士们看着他们，心里非常生气。

872 国王又说道："打消你们谋杀的念头吧！
让西格夫里特活着，我们也可以高枕无忧。
这位勇敢的英雄胆大如虎，气壮如牛，
我们一旦被他察觉，谁也不是他的对手！"

873 哈根说道："我们当然不能走漏一点风声，

你要保持缄默，此事由我一人秘密进行。
布伦希尔德的眼泪他必须加倍偿还，
至于我哈根，永远视他为敌人，直至永生。"

874　　国王问道："那么你有什么具体打算？"
哈根回道："我愿意对陛下大胆进言：
我们首先密遣几名这里无人认识的勇士，
让他们伪装异国使者来向我国公开宣战。

875　　"然后你再对他们说，你将率军出征，
这时，西格夫里特肯定要求与你同行。
我去问他的妻子，何处能使她的丈夫致命。
这样，我们便可以寻找机会，让他丧生。"

876　　可恶那位国王，对其奸臣哈根言听计从。
他们身为堂堂骑士，竟然如此倒行逆施，
背着众人秘密干起一桩伤天害理的事情。
两位妇人争吵，断送了许多英雄的性命。

第十五歌
西格夫里特被出卖

一群伪装的使者送来一份战书。西格夫里特听说后，表示愿意协助恭特应战；克里姆希尔德忧心忡忡。哈根问克里姆希尔德何处是西格夫里特的致命部位，请她在他的衣服上做一标记，以便在战斗中保护他的安全。哈根看到标记后立即取消出征计划，转而去森林狩猎。

877　　在哈根向国王献计后的第四天清晨，
　　　果然有三十二名勇士骑马登门造访莱茵。
　　　他们向国王通报，有异国的勇士要来宣战，
　　　这则谎言后来使许多妇人惨遭厄运。

878　　那几名陌生人获准，可以前来谒见国王。
　　　他们自称是吕德格大王派来的使臣，并说：
　　　十几年前大王曾败在西格夫里特手下，
　　　而后作为人质被勃艮第人带回莱茵。

879   恭特招呼使者，并示意准许他们坐下，
　　　　　　　一使者说道："在我们尚未陈述来意之前，
　　　　　　　请让我们站着禀报我们带来的音信：
　　　　　　　请相信我，你们确有一批为数可观的敌人。

880   "我们的两位国王① 曾在你们手下吃过败仗，
　　　　　　　他们如今要对你们宣战，主意已定不容商量。
　　　　　　　他们将率领大军前来讨伐，将贵国变为战场。"
　　　　　　　恭特听到这则消息，装出很生气的模样。

881   这群伪装的使者被安排到住处休息。
　　　　　　　西格夫里特怎么会想到他们在施展奸计，
　　　　　　　就是别人也很难识破他们耍弄的鬼蜮伎俩。
　　　　　　　然而，玩火者自焚，他们最终总是自取灭亡。

882   特罗尼的哈根抓住国王纠缠不止，
　　　　　　　国王于是召集他的心腹们秘密商量。
　　　　　　　多数勇士希望用和平的方法调解争端，
　　　　　　　惟独哈根一人坚持既定计划，寸步不让。

883   有一天，西格夫里特发现他们在窃窃私语，
　　　　　　　尼德兰英雄问道："你们为什么如此焦虑？

---

① 指丹麦国王吕德加斯特和萨克逊国王吕德格。参见第四歌。

莫非又是有人要欺侮国王和他的勇士？
倘若如此，我随时听候召唤，予以痛击。"

884 恭特国王说道："我现在怎能不如坐针毡，
  吕德格和吕德加斯特已经对我宣战，
  他们正在调兵遣将，不久将讨伐我的家园。"
  英雄随即说道："西格夫里特将亲自出马，

885 "全力以赴，保卫陛下的国土和尊严。
  我要像在上次战争中那样对付这些敌寇，
  并且用我的头颅担保，向你郑重承诺，
  不踏平他们的城堡和土地，誓不罢休。

886 "国王和你的勇士们安心地留守家中，
  让我带领我身边的勇士一起骑马出征。
  我要证明，西格夫里特为国王陛下效力
  心甘情愿，请相信，我能把敌人置于绝境。"

887 国王说道："我乃时来运转，三生有幸！"
  这个弃义之徒假装喜悦，深深地低头鞠躬，
  对西格夫里特愿热情相助表示感激之情。
  西格夫里特说道："你放心，不必忧心忡忡！"

888 为了遮掩西格夫里特及其勇士们的耳目，

恭特等人虚张声势，也打发他们的兵卒出征。
西格夫里特给全体尼德兰的勇士发布命令，
让他们取出他们的武器装备，随时待命。

889　　　他对西格蒙特说道："请父亲留在此地！
如果主保佑我们此次出征一切顺利，
我和我的勇士们不久就会返回勃艮第国里。
希望你在恭特的国家生活愉快，称心如意。"

890　　　恭特的勇士像要出兵远征，张起战旗，
但他们中大多数人并不知道出征的目的，
也不知道，他们为什么要启程前往异域；
只见西格夫里特身边也有一支强大兵力。

891　　　他们把头盔和铠甲装在驮畜的背上，
一大批勇敢的骑士就要离开亲爱的故乡。
特罗尼的哈根去见克里姆希尔德夫人，
向她请求告辞：他们要骑马奔赴战场。

892　　　克里姆希尔德说道："我怎能不感到欣慰，
我的丈夫西格夫里特是这样勇敢坚强，
他不畏仇寇，敢于为我的亲人挺身而出，
我打心眼儿里感到自豪，无比欢畅。

893　　　　　"哈根，我的朋友，我们一向相安无事，
　　　　　　我总是愿意为你效劳，这一点请不要忘记。
　　　　　　如果说我过去曾经得罪过布伦希尔德，
　　　　　　也请不要让我亲爱的丈夫替我弥补罪戾。"

894　　　　　她又说道："那次与她争吵，我十分后悔，
　　　　　　西格夫里特是一位堂堂骑士，很要体面，
　　　　　　他不能容忍他的妻子言行放肆，出口伤人。
　　　　　　为此他严厉地惩罚了我，把我痛打一顿。"

895　　　　　哈根说道："用不了多久你们就会言归于好。
　　　　　　亲爱的王后，我如何也能为你效劳？
　　　　　　请告诉我，我怎样才能为你的夫君出力，
　　　　　　世上没有任何人能像他这样令我倾倒。"

896　　　　　高贵的王后说道："只要他不莽撞行事，
　　　　　　我就一点儿也不担心他会在疆场上阵亡。
　　　　　　他若能审时度势，不做无谓的冒险，
　　　　　　这位卓越的英雄保证永远安然无恙。"

897　　　　　哈根说道："倘若你担心会有人把他刺伤，
　　　　　　请告诉我，王后，我怎样才能加以预防。
　　　　　　我将时时注意他的安全，做他的保镖，
　　　　　　无论是骑在马上拼杀，还是徒步刺枪。"

898   王后说道："你与我，我与你是血缘之亲①，

　　　　　　　　我相信你的真诚，因此托你关照我的夫君。"

　　　　　　　　她于是把自己心中知道的秘密和盘托出，

　　　　　　　　殊不知，这样的秘密最好不要泄露给他人。

899   她说道："我的丈夫英勇卓绝，天下无敌。

　　　　　　　　早年，他在山中杀死那头蟒龙的时候，

　　　　　　　　这位骄傲的勇士曾经浸浴在蟒龙的血里，

　　　　　　　　自那时起，任何武器都伤害不了他的身体②。

900   "可是每逢他出征作战，每逢听说许多长矛

　　　　　　　　从勇士们手中掷出，我总是非常恐惧，

　　　　　　　　担心有一天我会将亲爱的丈夫失去，

　　　　　　　　哎！我常常为西格夫里特的安危忧虑！

901   "亲爱的朋友，念及我们昔日的友情，

　　　　　　　　念及你对我一向忠诚，我对你十分信任，

　　　　　　　　所以我愿意把秘密对你透露，告诉你，

　　　　　　　　刀枪打在何处可使西格夫里特致命。

---

　　①　在古代北欧流传的阿提拉（即艾柴尔）之歌中恭特和哈根是兄弟，被阿提拉杀害；据传，他们的妹妹为了报仇在与阿提拉成亲的新婚之夜杀死了阿提拉。

　　②　根据传说，浸浴过蟒龙血的身体，皮肤变成鳞甲质，刀枪不入。

902   "当滚烫的鲜血从那条蟒龙的伤口中淌流，
　　　　当勇敢的骑士在蟒龙血中沐浴的时候，
　　　　一片菩提树叶落在他的肩胛骨之间，
　　　　那里变成致命部位，这就是我担心的理由。"

903   哈根说道："请你在他的战袍上缝一块暗记，
　　　　我们并肩作战的时候，我将密切关注这里。"
　　　　克里姆希尔德本是要保护丈夫，以防不测，
　　　　怎料正是她泄露秘密才把丈夫置于死地。

904   王后说道："请你时时注意他的战袍，
　　　　我用丝线绣上一个十字，绣得很细很小。
　　　　在激烈的战斗中，一旦他去与敌人交锋，
　　　　请对我丈夫肩上这个部位多加关照。"

905   "你放心吧，我保证做到！"哈根满口应承。
　　　　王后以为，她为西格夫里特做了一件好事，
　　　　万万没有想到，正是她出卖了这位英雄。
　　　　哈根随后告辞，扬长而去，满怀庆幸。

906   现在国王的随从人人高兴，襟怀坦荡，
　　　　我想，只有哈根一人的居心异乎寻常。
　　　　他骗取克里姆希尔德王后对他的信任，
　　　　干出的罪恶勾当，登峰造极，丧尽天良。

907   翌日清晨，西格夫里特率兵骑马出征，

他的一千名勇士，斗志昂扬，满面春风。

他以为，此次出征是为受辱的友人复仇，

哈根则盯住他战袍上的十字，目不转睛。

908   他看见暗记之后，悄悄命令两名部下，

让他们谎称是吕德格大王派来的使者，

他们出使的任务乃是向恭特大王报告：

吕德格国王决定，不再向莱茵出师讨伐。

909   西格夫里特多么愿意为友人驱恶除暴，

现在他必须掉马回朝，心中万分气恼。

恭特的勇士们费尽口舌才说服他回去，

他回去后去见国王，国王感激地说道：

910   "我的朋友，愿天主报答你的厚恩，

感谢你对我的请求如此真诚热心。

我理应铭记你的深情，对你感激不尽，

你是我亲属中间最为可靠的心腹和亲信。

911   "我们现在既然无须再去迎战敌人，

我提议，我们马上奔往瓦什肯森林①，

---

① 《尼伯龙人之歌》作者是奥地利人，对莱茵一带地形不甚清楚。根据故事情节（见918节）此处应是莱茵河以东的峨登森林。

和往常一样，在那里捕猎野猪和黑熊。”
这个主意也是出自那个阴险的哈根。

912　　　　　"请通知我的全体客人，我们清晨启程，
谁想同我一起出游狩猎，请他整装待命。
如果有人愿意留在宫中与妇人们做伴，
我对他们的选择也同样感到高兴。”

913　　　　　西格夫里特十分有礼貌地对国王回道：
"如果你决定去狩猎，我也很乐意陪同。
不过请你借我一名猎手和几条猎犬，
然后我就立即出发骑马深入林中。”

914　　　　　国王忙问道："你为什么只要一名猎手？
如果你需要的话，我可提供猎手四名。
他们熟悉森林和野兽出没的途径，
不会让你迷路，让你回来时两手空空。”

915　　　　　这位勇敢的英雄于是骑马去向妻子告别，
哈根则急忙向国王报告他打算如何行动，
打算用什么方法谋害这位卓越的英雄。
一名骑士怎该如此残忍狠毒，灭绝人性！

第十六歌
西格夫里特被害

克里姆希尔德梦见西格夫里特遇险，惊恐万状，她试图劝阻丈夫不要去狩猎。西格夫里特不听劝阻，并且要在狩猎时再一次大显身手。野餐时，西格夫里特口渴，哈根建议大家到附近一处清泉饮水。当西格夫里特俯身饮水时，被哈根从背后用标枪刺中。西格夫里特托付三位兄弟保护克里姆希尔德，然后死去。凶手们谎称，西格夫里特死于强盗之手。

916   恭特和哈根，这两位勇敢的骑士
　　　令人宣布去森林中狩猎，其存心不良。
　　　他们谎称要用标枪捕猎黑熊、野猪和野牛，
　　　要捕猎这样的动物需要何等的胆量！

917   西格夫里特高高兴兴地与他们一同前往，

他们随身携带了各种各样的干粮。
结果，西格夫里特在一泓清泉旁丧命，
这是恭特的妻子布伦希尔德的恶毒主张。

918　　大家把精良的猎装放在马背上之后，
勇敢的英雄再次去告别克里姆希尔德。
他告诉妻子，他们要去莱茵河彼岸狩猎，
妻子听说后，五内俱裂，万分难过。

919　　西格夫里特吻着亲爱的妻子的嘴唇，
他说道："愿我们再见面时，你我身体安康！
爱妻，我现在不能留在家中与你相伴，
请你和你的亲人们一起度过这段时光。"

920　　妻子马上想到她已将他的秘密泄露给哈根，
然而她心中胆怯，不敢将此事告诉夫君。
高贵的王后痛心疾首，感到无法做人，
于是放声大哭，再也抑制不住胸中的郁闷。

921　　她对丈夫说道："我请求你，不要去打猎！
我昨夜做了一个噩梦，吓得我胆战心惊。
我梦见你在原野上被两头野猪追赶，
你的血把野花染红，所以我才痛哭失声。"

922　　　　"我生怕你遭受谋害，危及你的性命。
　　　　　难保我们不会因效劳不力，得罪过哪位英雄，
　　　　　时至今日人家仍然把仇恨记在心中。
　　　　　我的夫君，我忠言相劝，请你留守宫廷！"

923　　　　丈夫说道："我很快就会回来，我的爱妻，
　　　　　我不知道这儿有谁会对我抱有敌意。
　　　　　你的亲属对我都十分友好，无一例外，
　　　　　当然我也心安理得，无愧于他们的友谊。"

924　　　　"不，你不能走，亲爱的西格夫里特，
　　　　　我实在不放心你的安全，昨夜我还梦见，
　　　　　有两座大山倾倒，把你压在大山下面。
　　　　　现在你要离我而去，怎不让我柔肠寸断。"

925　　　　西格夫里特伸出双臂，拥抱他的娇妻，
　　　　　抚摸着她，与她亲切吻别，然后拍马而去。
　　　　　克里姆希尔德果然未能看见丈夫生还，
　　　　　自那以后，她终日悲痛不止，忧伤不已。

926　　　　恭特和他的随从由一群勇敢的骑士陪同，
　　　　　他们骑马来到密林深处，在那里安营。
　　　　　这些勇士要在森林中搜寻猎捕，消遣娱乐，
　　　　　盖尔诺特和吉赛海尔二位勇士留守家中。

927   这时，满载的马匹已经跨过莱茵先行，

它们为去狩猎的勇士运载各种各样的食品：

面包、甜酒以及大鱼大肉，样样俱全，

还运载了作为一个富有国王必备的库存。

928   勇敢的猎手们来到河边一个宽广的半岛，

他们在岛上一片绿色的森林近处搭起帐篷。

猎手们将在这里潜伏引诱各种野兽出穴；

国王获悉，西格夫里特已经来到他们当中。

929   这时，猎手们潜伏在四面八方各个角落，

勇敢的西格夫里特，这位坚强的英雄问道：

"众位猎友，现在由谁带领我们进入森林，

让我们去跟踪野兽，侦察它们出没的行径？"

930   哈根说道："我们开始在这里狩猎之前，

我们大家是不是最好先分散行动？

这样，我们的主上和我就可以辨认，

在这次狩猎中，谁是真正的捕猎英雄。

931   "现在请大家带着你们的猎犬均匀地散开，

去你们认为潜伏捕猎的合适地段。

最后，谁收获最多，我们给谁奖赏。"

猎手们随即迅速地离开，向四处分散。

932   西格夫里特说道："我不需要太多的猎犬，

一条嗅觉敏锐的勃拉克^①就够我使唤。

它能嗅出森林中野兽出没的踪迹。"又说道：

"这样，我们肯定会满载而归，含笑凯旋。"

933   于是一位老猎手挑选出一条精良的猎犬，

他不一会儿便把英雄带到野兽云集的地段。

与当今的猎手们一样，凡有野兽从穴中探头，

或试图逃跑，他们一律击毙，毫不手软。

934   那位尼德兰英雄，勇敢的西格夫里特，

他的马奔驰神速，什么野兽都不会放过。

他把勃拉克搜寻出的野兽全部亲手杀死，

在这次狩猎中，数他出手不凡，战功显赫。

935   西格夫里特是一位技术全面的猎手，

他亲手打死一头莽撞的青口野猪，

这是他们这一天猎获的第一只野兽。

紧接着他又射中一头凶猛的雄狮，^②

936   这头雄狮被勃拉克惊动，正要仓皇逃跑，

---

① 一种动作迅捷并且能狂吠的搜寻犬。

② 莱茵河畔没有狮子，这里只是用以说明西格夫里特的能力。

西格夫里特张弓一箭，把它立即击倒。

那雄狮随又向前跳了三跳，然后跌在地上，

一旁的猎友们无不为这一箭欢呼叫好。

937 　　随后，他又打死一头野牛和一只驼鹿，

四头凶悍的原牛 ① 和一只暴躁的雄鹿。

他骑在马上迅猛地疾驰奔跑，跟踪追捕，

在他面前，逃不掉任何一只公鹿或母鹿。

938 　　勃拉克又发现一头粗大笨重的野猪，

那野猪正要逃跑，猎手立即跟踪追捕。

西格夫里特动作敏捷，技艺高超，

愤怒的野猪气急败坏，对着他猛烈反扑。

939 　　他一剑把那只野兽砍死，未费吹灰之力，

其动作之利落，胜过其他所有的猎手。

他杀掉野猪之后，把那条搜寻犬重又拴上，

然后带着大量野物去见勃艮第国的猎友。

940 　　"西格夫里特阁下，"猎友们对他恳切地央求，

"给我们剩下几只野兽，请你手下留情！

否则，你今天将要把这山林洗劫一空。"

———————————

① 古代欧洲野牛。

勇敢的英雄对他们的话只是报以微微笑容。

941   突然间，他们又听到吠声四起，人声喧嚷，
　　　　一阵直上云霄的声音在山野和森林中回响。
　　　　原来是猎手们又放出至少二十四条猎犬，
　　　　这些猎犬欢蹦乱跳，惊动了四面八方。

942   今天被打死的野兽漫山遍野，比比皆是，
　　　　有些猎手以为，他们这次准能得到捕猎大奖。
　　　　然而，一经西格夫里特在篝火①旁出现，
　　　　他们相形见绌，根本谈不上拿什么奖赏。

943   行猎虽然宣告结束，尚须将死兽搜集一起。
　　　　猎手们大获丰收，现在陆续返回营地。
　　　　他们带回来大量兽肉和许多兽皮，
　　　　把其中的大部分送到伙房交司厨处理。

944   国王下令，通知猎手们他要回去进餐，
　　　　于是一声嘹亮的号角在山野中响遍。
　　　　猎手们明白，这是给他们发来的信号，
　　　　告诉他们，行猎结束，国王已回营地去了。

————————————

① 指营地前的篝火。

945   西格夫里特的一名猎手对主上说道：
"我听到有人向我们这边吹来集合的号角。
我现在回应他们一声，表示我们马上就到。"
号角声就这样反复不停，向猎手们传递信号。

946   西格夫里特说道："我们现在也离开森林！"
英雄一马当先，率领他的随从稳步行进。
忽然，他们的马蹄声惊动了一头野熊，
西格夫里特回头对猎友们发号施令：

947   "放开那只猎犬，让我们猎友再消遣一下！
我看见一只粗壮的野熊在我们前面走动。
让这只野熊陪我们一起回营地去吧，
除非它能骨腾肉飞，否则休想逃命！"

948   那只野熊见勃拉克跑来，吓得张皇逃窜，
克里姆希尔德的夫君立即拍马追赶。
不料，前面来到一块荒地，那里无路可走，
那头蠢笨的野熊还以为，它可以趁机脱险。

949   勇敢的骑士跳下马背，跑步追踪，
这头麻痹大意的野兽已经无法逃生。
西格夫里特一枪未刺便把它生擒，
把它立即五花大绑，不许它四肢乱动。

950   野熊既不能用爪抓挠，又不能用嘴啃咬，
西格夫里特把它靠在马鞍一旁紧紧拴牢。
然后，英雄纵身上马，向营地潇洒而去，
猎友们同声喝彩，拍手称快，眉开眼笑。

951   英雄骑在马上，神采奕奕，威风八面，
他的标枪刀面宽阔，配有坚硬的枪杆。
他那把精良的宝剑直垂在马蹄刺旁，
还有那只赤金的号角，他一直带在身边。

952   他的猎装别具一格，我从前听都未曾听说。
我们看见，他身上的外套用的是黑色面料，
他的那顶猎帽是用貂皮制成，十分珍贵，
还有那箭袋上的饰物，别说有多么阔绰！

953   华贵的箭袋上套着一层精制的豹皮，
因为豹皮散发香味，能使野兽馋涎欲滴。
此外他还随身携带一把弓箭，张弓时，
别人都要借助绞盘，只有他不费吹灰之力。

954   他的那套猎服全部都是用水獭皮制作，
从上到下还装饰着各种不同的裘皮。
我们看见，那猎服两侧浅色的皮毛上，
有无数金银饰物，五颜六色，斑驳陆离。

955 他总是随身携带他的那柄巴尔蒙宝剑，
 这柄宝剑质地精良，刀刃坚韧而锋利，
 用它去砍头盔，如同风卷残云，所向披靡。
 这位英勇的猎手雄心勃勃，充满朝气。

956 为了把我的故事讲得完整而周全，我还要
 告诉你们：他的箭袋装着锐利的箭头，
 箭袋插口镀着黄金，箭镞足有一掌多宽。
 无论什么动物被他击中，都得立即完蛋。

957 这位高贵的骑士是一名地地道道的猎人。
 恭特的勇士们看见他走来，急忙迎到跟前。
 他们赶紧接过这位猎友的马匹，把它牵走，
 只见他把带回来的大熊拴在马鞍旁边。

958 骑士下马之后，首先给那只大熊松绑，
 猎犬看见这只野兽，围上来连声汪汪。
 那五大三粗的野熊欲向森林中逃跑，
 闹得众人手足无措，狼狈周章。

959 那野熊听到惊叫声，慌张地窜入伙房，
 司厨们吓得丢下炉灶就跑，好不惊慌。
 他们打翻锅碗瓢盆，踢散灶火还不算，
 撒掉的大量美味佳肴也被火舌吞个精光。

960　　　　国王和他的随从闻声从座位上跳起，
　　　　　那只野熊却是咆哮如雷，大发脾气。
　　　　　国王于是下令，把全部拴着的猎犬放开，
　　　　　如果一切就此善终，这一天过得倒也惬意。

961　　　　勇敢的猎手们随手拿起弓箭和标枪，
　　　　　他们当机立断，对着那只野熊蜂拥而上。
　　　　　因为有猎犬冲在前面，他们不敢张弓射击，
　　　　　只是大声喊叫，喊声在高山峻岭①中回响。

962　　　　那只野熊见猎犬追来，试图赶紧逃跑，
　　　　　只有克里姆希尔德的夫君能把它追上。
　　　　　他追上野熊之后，用手中的宝剑把它砍死，
　　　　　然后令人背着那只死熊返回休息的地方。

963　　　　参加这次出猎的人都异口同声地称赞：
　　　　　西格夫里特真不愧是一位英雄好汉！
　　　　　大家招呼光荣的猎手们坐下来准备吃饭，
　　　　　猎手们于是席地而坐，享用丰盛的野餐。

964　　　　他们为猎手们准备的各种菜肴一应俱全。
　　　　　只是司酒官迟迟不送酒来，有些怠慢。

---

① 峨登森林附近没有山脉，此处是作者的想象。

总的说来，他们对猎手们的供应无可挑剔，

这些勇士若不是胸藏诈心，找不出别的缺点。

965　　　西格夫里特说道："美味佳肴应有尽有，

我倒想请问，司酒官为什么迟迟不来送酒？

如果你们不能改善对猎人们的供应，

只给这种待遇，我就不想再当猎手。

966　　　"我为你们竭诚效力，给我的待遇本应更好。"

正在用餐的国王心怀鬼胎地对大家说道：

"我们今天有失敬之处，日后一定补报；

这是哈根的责任，是他让我们焦渴难熬。"

967　　　特罗尼的哈根说道："尊敬的国王，

我原以为今天行猎不是在这个地方，

因此我才把酒全部运往斯培萨特①那里。

今天委屈了各位，下次出猎一定补上。"

968　　　西格夫里特说道："让他们见鬼去吧！

你们应该用七匹大马给我驮运甜酒

和加香料的酒浆，如果做不到这一点，

至少也应该把营地选在靠近莱茵的地方。"

---

① 莱茵河右岸一处森林。

969   哈根于是开言："二位高贵的骑士^①，

据我所知，在这附近有一口清泉。

请别再跟我发火，让我们去那里看看！"

哎！正是这个主意使众多英雄蒙受灾难。

970   英雄西格夫里特舌干口燥，焦渴不堪，

他一反往常，提前下令让同伴结束野餐，

他恨不得马上赶到山麓下的泉水旁边。

勃艮第人提出这个建议，却是用心阴险！

971   西格夫里特亲手猎获的大量野兽，

他们用许多辆大车全部运回勃艮第国。

谁见了，都对这位英雄交口称赞，

只有哈根丧尽天良，把这位英雄背叛。

972   大家正要往那棵茂盛的菩提树下奔跑，

特罗尼的哈根诡计多端，他又说道：

"我常听说，英雄西格夫里特跑步神速，

没人能与他为伍，今天应该让我们瞧瞧！"

973   尼德兰英雄西格夫里特回答哈根：

"假如你们有意，想同我向那泉边赛跑，

---

① 指恭特和西格夫里特。

请你们立即身体力行，不要坐而论道。
谁赢得这场比赛，应当用奖赏酬报。"

974   哈根说道："让我们现在就开始比赛！"
西格夫里特说道："我让你们率先起跑，
我要躺在你们身边的草地上睡一小觉。"
恭特听到这话，心中高兴，喜上眉梢。

975   英雄又说道："我甚至还可以再让一步：
赛跑时，我要背上我的全部用具和衣裳，
其中有盾牌、标枪、猎具和我的猎装。"
说话间，他已把宝剑和箭袋系在腰上。

976   他的两名比赛对手却是把衣服全都脱下，
每人只穿一件白衫站在那里，等待出发。
开赛后，他们好似野豹在原野上疲于奔命，
然而，最后还是西格夫里特率先到达。

977   西格夫里特真是德才兼优，盖世无双。
他解下腰间的箭袋和那柄宝剑之后，
又把那支沉重的标枪靠在菩提树旁，
然后自己端端正正地站在清泉边上。

978   西格夫里特这时把他的盾牌放在泉边。

然而，在国王尚未到清泉饮水之前，
英雄虽然口渴难熬，却是滴水不沾。
然而，对他的谦恭自律恭特竟报以仇怨。

979 恭特来到泉边，随即俯身对着泉水吸吮，
他饮完泉水之后，又直起身来退到后面。
那山泉非常清凉，泉水洁净而甘甜，
西格夫里特多么想痛痛快快饱饮一番。

980 这时，哈根把他的宝剑和弓箭移到一旁，
然后又拿走他靠在菩提树下的那支标枪。
哈根在英雄的猎衣上找到了那块暗记：
英雄严以律己，却换来惨死的下场。

981 当西格夫里特在泉边俯身饮水的时候，
哈根一标枪穿透那块暗记刺中他的心脏。
英雄的伤口血流如注，溅污了哈根的衣裳；
当今的骑士，再也没有人会如此丧尽天良。

982 哈根有生以来从未在人前躲躲闪闪，
他现在却企图逃跑，神色十分慌张，
让那支标枪一直插在西格夫里特的心上。
此时，西格夫里特感觉自己受了重伤，

983   一支标枪从他的肩胛骨中间伸向上方。

他从泉边跳起，愤怒已经无济于事，

高贵的国王 ① 还以为能取来弓箭和宝剑，

报复哈根倒行逆施、伤天害理的罪恶勾当。

984   然而，濒死的英雄已找不到他的宝剑，

只有他的那块盾牌还立在清泉一旁。

他从泉边抓起盾牌，向着哈根扑去，

恭特的这名忠臣未能逃过国王的反抗。

985   这位国王虽然身受重伤，生命危在旦夕，

但他还是拼着全身力气，奋力猛击，

砍得盾牌上的宝石脱落，盾牌变成碎片；

勇敢的英雄现在只有一个愿望：报复仇敌。

986   在他的猛击之下，哈根终于摔倒在地，

要是他有那柄宝剑在手，哈根必死无疑。

他的打击声震耳欲聋，响彻整个半岛，

受伤的英雄如此义愤填膺，不无道理。

987   此时，英雄脸上苍白无色，双腿瘫软，

突然四肢乏力，死神爬上他的眉宇之间。

———————————

① 指西格夫里特。

他一身的精力已经消失，化为乌有，
为此有多少妇人痛不欲生，长久地哀叹！

988　　克里姆希尔德的夫君倒卧在野花丛中，
　　　　鲜血从他的伤口里不停地往外喷涌。
　　　　英雄在垂死中，又一次挣扎着抬起头来，
　　　　痛斥那群不义之辈谋害他的无耻行径。

989　　濒死的英雄说道："你们这群可卑的懦夫！
　　　　难道我竭诚效力竟应遭到如此报复？
　　　　我对你们忠贞不渝，却惹来杀身之祸，
　　　　这种倒行逆施将给你们的族人蒙上耻辱：

990　　"从现在起，这个氏族的每一个后代，
　　　　都有一个不光彩的污点与生俱来。
　　　　你们被愤怒蒙住了眼睛，恩将仇报，
　　　　你们将带着无耻与高贵的骑士英名分开！"

991　　英雄躺在血泊之中，骑士们纷纷赶来，
　　　　大家无不椎心泣血，这一天充满悲哀。
　　　　稍有忠厚仁义之情的人，都凄然泪下，
　　　　西格夫里特受之无愧，他一生英勇豪迈。

992　　勃艮第的国王也为英雄之死哭哭啼啼。

濒死者说道："你现在落泪，大可不必！
你们把恶事已经做完，为什么事后哭泣？
你们将受世人的痛斥：君不该忘恩负义。"

993 奸诈的哈根问道："陛下为什么要落泪？
我们的恐惧和全部羞辱从此一去不回。
如今敢同我们抗争的人已为数不多，
我感到荣幸，结束了西格夫里特的权威。"

994 西格夫里特说道："你们还有脸自我吹嘘！
要是我事先知道你们心藏谋杀的奸计，
我会保护自己，防止你们对我出其不意。
现在，我只担心我的爱妻，别无忧虑。

995 "我托天主之福，还喜得一个小儿。
可怜这小小生命，因为亲族背信弃义，
谋害无辜，他从今以后已被耻辱玷污。
要是我还有力气，我要对他们提起控诉！

996 "倘若你，高贵的国王，你在这个人世
还愿意对一个人表示一点忠厚和仁慈，"
生命垂危的英雄说道，声音里饱含痛苦，
"我请求你，对我亲爱的妻子给予照顾。

997   "我以全体君主的高洁之心向你恳求：

她是你的妹妹，让她受到你的保护^①！

至于家父和其他随从，让他们长久地等待吧。

骨肉至亲如此陷害一位妇人，何等残酷！"

998   西格夫里特的鲜血染红遍地花朵。

勇敢的英雄在垂危中又挣扎片刻，

终于时辰已到，他再也没有一点声息：

死亡这把镰刀从来都是无情而锋利。

999   哈根一伙见西格夫里特已经合眼，

他们将尸体放在一块赤金的盾牌上面。

哈根策划了这起谋杀，并且亲自作案，

大家商议，如何才能将事情的真相隐瞒。

1000   多数人以为："这是一桩丑事，不得声张，

大家必须同心同德，坚持同一个立场，

就说是西格夫里特只身去林中潜伏猎捕，

途中遇上一伙强盗，他被强盗打死在路上。"

1001   哈根说道："我负责将尸体送回沃尔姆斯。

---

①　古代日耳曼人的法律规定，族人中某一成员失去监护，必须由族人中另一
成员承担保护责任。

纵然他的妻子知道真相，于我又有何妨？
谁让她恶毒地中伤布伦希尔德王后，
现在她怎么哭泣也打动不了我的心肠。"

第十七歌

哭悼和安葬西格夫里特

哈根让人将西格夫里特的尸体放在克里姆希尔德的寝宫门前。清晨侍从发现尸体，克里姆希尔德立即猜出刽子手是谁。西格蒙特和随从们赶来，克里姆希尔德劝阻他们不要马上报仇。克里姆希尔德夫人，他们的勇士以及沃尔姆斯人悲痛不已。当哈根走近棺枢时，西格夫里特的伤口再次出血，克里姆希尔德断定，是哈根杀害了她的丈夫。勃艮第人矢口否认。西格夫里特的葬礼按基督教仪式举行，非常庄重。

1002　他们等到夜幕降临，然后返回莱茵对岸。
　　　勇士们行猎中的表现真是可恶到极点。
　　　妇人们看到被打死的野兽，纷纷落泪，
　　　何止野兽，后来还有许多英雄命归西天。

1003   现在请听我叙述他们残酷报复的行径！
　　　　　那个哈根，他命人将尼伯龙国的英雄
　　　　　西格夫里特的尸体抬到一座寝宫门前，
　　　　　死者的妻子克里姆希尔德就睡在里面。

1004   哈根让人将尸体偷偷地放在寝宫门边，
　　　　　因为每日清晨，在天色未亮以前，
　　　　　克里姆希尔德总要去教堂祈祷天主，
　　　　　尸体放在那里，她一出门就会发现。

1005   像往常一样，教堂里又传来钟声，
　　　　　美丽的克里姆希尔德把她的侍女们唤醒，
　　　　　然后吩咐侍从去取烛火和她的衣裳。
　　　　　那名侍从偶然踩到西格夫里特的尸体，

1006   那尸体上的衣服全部湿透，鲜血淋漓，
　　　　　然而他并未认出，这就是他们的国王。
　　　　　他先把烛火送入宫内，然后才把见到的情况
　　　　　如实地报告给尊敬的克里姆希尔德主上。

1007   克里姆希尔德正要带着侍女前往教堂，
　　　　　那侍从说道："请夫人稍等，我有话要讲：
　　　　　门外有一具死尸，像是被害的骑士模样。"
　　　　　高贵的夫人顿时悲痛欲绝，无限哀伤。

1008   她在尚未证实这死尸是她的丈夫之前，

立刻想起哈根临行前对她盘问的情况①：

他问怎样能保护西格夫里特安然无恙。

夫人悲从中来，因为一切现世的幸福已去。

1009   可怜的妇人于是晕倒在地，不能说话，

只见她躺在那里痛不欲生，呼天抢地。

她从昏厥中苏醒过来之后，狂呼乱叫，

她的叫声在寝宫上空回旋，悲惨凄厉。

1010   侍从们说道："说不定那是一位外人。"

克里姆希尔德一阵心痛，嘴里吐出鲜血，

她说道："不，死者正是我亲爱的夫君。

主谋是布伦希尔德，刽子手就是哈根！"

1011   她让人搀扶着她去看一看那具尸首。

她用白皙的双手微微抬起死者的额头，

那容颜虽然血肉模糊，她还是立刻认出，

正是那位尼德兰英雄惨卧在她的门口。

1012   高贵的王后沉痛地大叫："我多么痛苦！

不是宝剑砍碎你的盾牌，而是有人把你谋害！

---

① 见 897 至 904 节。

要是我确切知道，是谁制造了这桩惨案，

我就只有一个念头：一定杀死那个无赖。"

1013　　全体侍从与亲爱的王后一起放声痛哭，

沉痛地追悼这位卓越的尼德兰君主。

他们从此失去了自己高贵的国王；

哈根从而把布伦希尔德的愤怒彻底安抚。

1014　　克里姆希尔德悲不自胜，她吩咐侍从：

"请赶快把西格夫里特的勇士们唤醒，

还要把我的不幸报告西格蒙特父王，

请问他，是否愿意与我一起为英雄守灵。"

1015　　一名侍从立即去叫西格夫里特的勇士，

尼伯龙国的英雄们不敢相信这则噩耗，

直到他们亲耳听到传来的阵阵哭声，

他们的欢乐从此如风卷残云，一扫而空。

1016　　那名侍从又来到父王西格蒙特床前，

老王正在床上辗转反侧，不能安眠。

我猜想，他心中已经预感有不测的风云：

他今生今世再也不能与亲爱的儿子相见。

1017　　侍从说道："西格蒙特陛下，请赶快起床！

克里姆希尔德王后派我前来向你报告，
她蒙受了极大不幸，心中万分悲伤。
请你陪她哭悼吧！你的遭际也很凄怆。"

1018　　西格蒙特急忙坐起，向侍从问道：
"你说美丽的克里姆希尔德蒙受了不幸？"
侍从哭着回道："我不敢对你隐瞒真情，
是的，有人杀害了我们勇敢的尼德兰英雄。"

1019　　西格蒙特忙说道："我请求你口下留情，
请不要用这骇人听闻的瞎话把我愚弄！
你说什么西格夫里特已经被人杀害？
我就是哭他到死，也止不住心中的悲痛。"

1020　　"陛下如果不愿意相信我说的话，
请你去询问克里姆希尔德和她的随从，
亲自听听他们怎样因英雄之死而痛哭失声。"
西格蒙特肝胆俱裂，他怎能不万分震惊？

1021　　西格蒙特和他的一百名勇士赶紧起床，
他们带上锋利的长剑，仰天呼号地奔向
那传来悲哭之声的地方。西格夫里特的
一千名勇士这时也已经赶到尸体一旁。

1022   当他们听到妇人们伤心痛哭的时候，

有些勇士这时才想起，还没有穿好衣裳。

刚才他们因为心情沉重，神志恍惚，

自己的仪表如何①，根本顾及不上。

1023   老王西格蒙特走到克里姆希尔德身旁，

他说道："这次勃艮第之行，真是遭殃！

我们原来以为，来到了至亲好友中间，

怎料竟有毒手夺走我的儿子，你的情郎！"

1024   高贵的王后说道："要是我知道凶手是谁，

我一定让他不得好死，绝不发一点慈悲。

我非要让他尝尝我的厉害不可，为此

他的亲人将永远泣不成声，哭天抹泪。"

1025   老王抱起王子西格夫里特的身体，

周围的人又发出一阵撕心裂肺的哭泣。

他们的哭声在主宫和大殿的上空回旋，

声音之大，震撼着沃尔姆斯的城楼和屋宇。

1026   他们把血衣从国王健美的遗体上脱下，

给他清洗伤口，然后把遗体放上棺架。

---

① 当时习俗，骑士去见妇人时，必须衣冠整齐。

随从们捶胸顿足，又是一阵放声痛哭，
英雄的遗孀更是悲痛欲绝，没人能够安慰。

1027　　那一千名尼伯龙国的勇士齐声说道：
"杀害主上的凶手肯定就在这座城里，
我们时刻准备着亲手为国王报仇雪恨。"
他们说罢，立即去取他们的全部武器①。

1028　　那一千一百名卓越的勇士②把盾牌取来，
他们现在听西格蒙特的指挥，由他统率③。
西格蒙特急于为西格夫里特之死复仇，
老王当然有一切理由如此急不可耐。

1029　　然而，他们并不知道，应该与谁拼斗，
因此只能对恭特和他的随从嫉恶如仇，
因为西格夫里特曾跟他们一同骑马出游。
王后见勇士们手持武器，不禁十分担忧。

1030　　高贵的王后尽管痛苦深重，内心凄怆，

————————————

① 他们平时只随身携带宝剑，现在去取其他武器，意味着要全副武装，严阵以待。
② 西格夫里特的一千名随从和西格蒙特的一百名护卫，共一千一百名尼伯龙勇士。
③ 西格夫里特死后，西格蒙特接任统帅。

然而，她很清楚，这些尼伯龙国的勇士
恐怕会死在她兄弟方面那些勇士的手上。
她于是像劝阻亲密的友人那样执意拦挡。

1031　　　灾难深重的王后说道："西格蒙特父王，
不论你有何打算，都必须对敌情了如指掌。
要知道恭特大王拥有许多勇敢的骑士，
你们贸然前去招惹，岂不是自取灭亡？"

1032　　　然而，勇士们举起盾牌，表示决心战斗。
高贵的王后则一面命令，一面恳求，
要求那些骄傲的勇士放弃他们的打算。
勇士们不听她的劝阻，使她无限担忧。

1033　　　她说道："父王陛下，且勿操之过急，
应该等待有利时机，待我拿到确凿证据，
证明谁是杀害英雄西格夫里特的凶手，
那时我和你一道为我亲爱的丈夫铲除仇敌。

1034　　　"在莱茵河一带有太多的亡命之徒，
你一人惹事，他们有三十人上来对付。
因此，我劝各位勇士不要大动干戈，
他们应受什么惩罚，上苍会为我们做主。

1035　　　"诸位英雄，请与我分担这巨大的不幸，
　　　　守在这里吧，同我一起等待天明，
　　　　然后帮我把亲爱的丈夫的遗体入殓。"
　　　　英雄们回道："我们听从王后的命令。"

1036　　　骑士和妇人如何放声痛哭，沉痛哀悼，
　　　　没有一个人能够对你们详细地报告。
　　　　他们呼天抢地，哭喊声连城里都能听到，
　　　　善良的市民们闻声也都纷纷赶到城堡。

1037　　　市民们听到这则噩耗，都十分难过，
　　　　他们于是和尼德兰客人一起仰天呼号，
　　　　然而，高贵的英雄何以丧命，他们并不知道。
　　　　市民妇女跟着宫廷贵妇一起放声哭悼。

1038　　　人们委托铁匠为英雄特制一具棺木，
　　　　这具棺木用白银和赤金打造，豪华而坚固，
　　　　在棺木的周围又嵌上一条结实的铁箍。
　　　　大家以此祭奠亡灵，为死难者祝福。

1039　　　长夜慢慢逝去，渐渐露出黎明的曙光。
　　　　高贵的王后令人抬起西格夫里特国王，
　　　　把她亲爱的夫君的遗体抬往教堂。
　　　　他的亲友们流着眼泪跟在灵床的后方。

1040   他们来到教堂之后，四处钟声迭起，

　　　　　　　教堂里站满了神甫，他们开始吟唱圣经。

　　　　　　　这时，恭特带着他的随从们一同赶到，

　　　　　　　那个阴险的哈根也混杂在那些随从当中。

1041   恭特说道："亲爱的妹妹，你真是不幸！

　　　　　　　我们怎就未能避免这样的无谓牺牲！

　　　　　　　我们无时不为失去西格夫里特深感悲痛。"

　　　　　　　服丧的王后说道："你们为什么悲痛？

1042   "倘若你们也感觉悲痛，惨案就不会发生。

　　　　　　　我对你直言相告：当你们把我和我的丈夫

　　　　　　　分开之时，你根本没有把我放在你的心中。

　　　　　　　天主啊，应该让他们也一枪结束我的生命！"

1043   恭特一伙矢口否认他们犯下的罪行。

　　　　　　　王后说道："谁清白无辜，请出来公开证明，

　　　　　　　请他在众目睽睽之下走近死者的灵床，

　　　　　　　那时一切都会真相大白①，真伪分明。"

1044   这种近乎神奇的方式，至今仍旧灵验：

　　　　　　　谁杀过人，他一旦走近受害者的灵床跟前，

---

　　① 棺椁显灵是中古时期上帝裁判的一种形式。

尸体上的伤口就像被害时那样鲜血喷溅。
显灵结果证明：哈根罪恶昭著，手段惨毒。

1045 死者的伤口又像遇害时一样喷出鲜血，
吊唁的人们愈加泣涕不止，悲痛欲绝。
恭特连忙解释："请听我说明事情的原委：
是强盗杀害了这位英雄，不是哈根所为。"

1046 克里姆希尔德说道："我很熟悉这伙盗贼，
他们不是别人，是你恭特和哈根那个败类！
愿天主保佑，让死者的亲人为他报仇吧。"
西格夫里特的勇士们立即做好战斗准备。

1047 克里姆希尔德又说道："诸位勇士和亲人，
请你们同我一起分担我的悲惨命运！"
盖尔诺特和吉赛海尔也来到灵床一旁，
他们和大家一起沉痛哀悼死者的英魂。

1048 大家悲痛地哭悼克里姆希尔德的亡夫，
一直哭到重又开始吟唱弥撒的时辰。
男女老少从四面八方纷纷赶到教堂，
即便毫不相干的人，也都为死者呜咽。

1049 盖尔诺特和吉赛海尔劝说他们的姐妹：

"请你不要过分悲哀，事情已无法挽回。
只要我们在世一天，我们将帮你排解忧闷。"
然而，世上任何人都无法再使王后欢欣。

1050 　直到中午时分，铁匠才把棺材造完，
大家于是把遗体抬下灵床，准备入殓。
但是，王后要求不要马上安葬棺柩，
大家忍不住悲痛，又是一阵长吁短叹。

1051 　他们用珍贵的丝绢包裹英雄的遗体，
我相信，在场的人看到后都要痛哭流涕。
高贵的乌特和她的侍女们也一起痛哭，
为这位卓越的英雄之死而无限惋惜。

1052 　教堂里唱起安魂弥撒，遗体开始入殓，
众人于是纷纷挤到英雄的灵床跟前。
他们每人都要献上祭品，祭奠亡魂；
可见西格夫里特身居敌垒，并不孤单。

1053 　可怜的克里姆希尔德询问她的侍从：
"你们有谁愿意对死者表示最后一次尊敬，
对我怀有眷念之情，我烦劳他留下守灵。
为慰藉英魂，我将把他的黄金向各位分赠。"

1054   这一天，在西格夫里特的灵柩入土之前，
　　　　　教堂里的安魂弥撒共唱了一百多遍。
　　　　　亲友们围在棺枢四周，瞻仰死者的遗容，
　　　　　连稍微懂事的小孩也都跑来参加祭奠。

1055   教堂里弥撒唱毕，众人陆续分散。
　　　　　克里姆希尔德随后请求："诸位亲友，
　　　　　请不要丢下我一人守在这位英雄的身边，
　　　　　我的全部幸福将随英雄入土，一去不返。

1056   "我真想在他的灵柩旁守上三天三夜，
　　　　　然后再让我与亲爱的丈夫作最后诀别。
　　　　　也许天主有情，对我敞开死亡的大门，
　　　　　那时克里姆希尔德的痛苦也就了却。"

1057   住在城里的市民们陆续离开之后，
　　　　　只有神甫、僧侣和西格夫里特的部下
　　　　　应克里姆希尔德的要求，在灵旁留守，
　　　　　伴她度过凄凉的夜晚和劳瘁的白昼①。

1058   参加守丧的人都坚持不食不饮，

---

① 守丧期间必须日夜不停地吟唱弥撒，祈祷天主。

但西格蒙特指示，要准备充足的丧宴 ①，
凡是想要吃饭的人，也都可以随时用餐。
然而，尼伯龙国的勇士们硬是挑起重担：

1059   相传，他们三天三夜不停地吟唱弥撒，
虽然辛苦，但也分得不少祭品和赏钱。
他们中许多人原来贫苦，囊空如洗，
如今立地变成富人，再也不那么清寒。

1060   王后将上万马克分给前来吊唁的穷人，
让他们带着主人的黄金去参加祭奠。
反正西格夫里特再也不能起死回生，
何不布施一次，至少可使英灵含笑九泉。

1061   克里姆希尔德夫人拥有大片的地产，
她把交来的收成通通捐给病人和寺院，
还给周围的穷人发放大量纹银和衣物，
想以此表示对西格夫里特的深切怀念。

1062   此后第三天清晨，吟唱早弥撒的时候，
大群民众云集在教堂前宽阔的广场上面。
大家挥泪向死难的西格夫里特告别，

① 为守丧的人提供饮食，是丧礼的一部分。

犹如为自己的亲人送葬一样，前来吊唁。

1063   有人传说，他们在守丧的四天之间
光是给穷人布施的马克就不下三万。
然而，英雄的音容笑貌已不能复原，
他旺盛的青春活力也默默地消散。

1064   神甫们祈祷完天主，唱完安魂弥撒，
众人又是一阵呼天抢地，泣涕涟涟。
英雄的灵柩从教堂移往墓地，然后安葬，
亲人们难舍难分，抑制不住心中的悲叹。

1065   他们走在灵柩后面，哭得死去活来，
大家都是悲不自胜，不论男人或是妇女。
僧侣们吟唱弥撒祈祷天主直到安葬完毕，
许多高级僧侣也参加了英雄的葬礼。

1066   再说说西格夫里特的那位忠贞的遗孀，
她悲痛欲绝，几乎晕倒在出殡的路上。
人们不停地给她喷洒凉水，使她清醒，
她蒙受了无边的苦难，已经完全绝望。

1067   她居然还能活着，已经是一桩奇迹。
许多妇人都陪着她一起伤心地哭泣。

王后说道:"各位西格夫里特旧日的勇士,
念及你们一向忠诚,我再表示一个心愿:

1068   "在我经受了这一切深重的苦难之后,
请让我把他英俊的遗容再看上一眼。"
可怜的王后再三地恳求,其声哀哀,
大家无奈,把那华丽的棺盖又一次掀开。

1069   她由侍女搀扶,走近亡夫的灵柩,
用手轻轻抬起他那宽阔英俊的额头。
她吻着躺在面前的高贵而勇敢的骑士,
椎心泣血,明亮的眼睛血泪涌流。

1070   王后终于和西格夫里特痛苦地分别,
她被人架着离开,因为两腿已无力行走。
美丽的妇人又一次昏厥过去,不省人事,
这极大的悲痛险些带她就此跨鹤西游。

1071   自从高贵的西格夫里特国王被安葬之后,
随他一起从尼伯龙国来的全体勇士,
再也没有欢乐,心中充满痛苦和悲愁。
现在西格蒙特的脸上也一丝笑容都没有。

1072   守丧期间,不饮不食的人为数不少,

但是，他们总不能永远不再需要营养。

正如当今人们也都是那么做的那样，

守丧期一过，他们又是一切吃喝照常。

第十八歌
西格蒙特回国

西格蒙特欲带克里姆希尔德一同
返回尼德兰，克里姆希尔德则听信亲人
劝告决定留在沃尔姆斯。西格蒙特心情
沉重，自己带勇士启程回国。

1073　克里姆希尔德的公公来到她的面前，
　　　他对王后说道："我们不宜继续留在莱茵，
　　　亲爱的克里姆希尔德，跟我一同回国吧，
　　　我想，我们在这里是不受欢迎的客人。

1074　"他们忘恩负义，杀害了你高贵的夫君，
　　　我们不会让你替罪，要你承担责任。
　　　你可以完全放心，出于对我儿子的挚爱，
　　　我将一如既往，把你视为我的亲人。

1075　"西格夫里特生前赋予你的一切权利，
　　　包括土地和王冠，继续归你使用。

西格夫里特的全体随从若是能够继续
为你效劳，他们肯定由衷地高兴。"

1076　　大家都不愿意继续逗留在仇敌中间，
于是通知侍从，他们要动身返回尼德兰。
妇人和侍女急忙收拾她们的衣裳，
侍从们赶紧跑到马匹那里，备好鞍鞯。

1077　　当西格蒙特急着要带王后回国的时候，
克里姆希尔德的亲属都对她执意挽留。
他们请她留在莱茵，待在母亲的身边，
王后则回道："我绝不接受你们的请求！

1078　　"那个把我这弱女人害成这样的家伙，
若是他常常出现在我的眼前我无法忍受。"
吉赛海尔说道："亲爱的克里姆希尔德，
你不是为别人，是为母亲才在这里停留。

1079　　"至于那些害过你的家伙，你不要理睬，
你可以靠我的收入过活，无需与他们往来。"
克里姆希尔德对勇士说道："这不可能，
我一旦遇上哈根，心脏就会因痛苦而停止跳动。"

1080　　勇士说道："我会保护你不与哈根相遇，

请姐姐住在弟弟我吉赛海尔的宫里，

我将帮助你把失去丈夫的痛苦忘记。"

孤苦伶仃的王后说道："可怜我急需友谊。"

1081　　　年轻的弟弟情真意切地劝说之后，

乌特、盖尔诺特和其他至亲也来开导，

说她在西格夫里特的国家举目无亲，

诚心诚意地恳求她，留在沃尔姆斯为好。

1082　　　盖尔诺特说道："一个人无论多么强壮，

最后总不免一死，因此你不必这样悲伤。

亲爱的妹妹，你为什么非要去生人那里，

对于你最好的选择，还是留在亲人身旁。"

1083　　　王后应吉赛海尔的请求，终于答应留下。

西格蒙特的勇士们打算马上启程回家。

人们把他们的马匹从马厩里牵来，

把全部行李装上驮畜，他们整装待发。

1084　　　西格蒙特走到克里姆希尔德面前，他说道：

"西格夫里特的部下已在鞍旁恭候你大驾，

我一刻也不想继续在勃艮第人这里停留，

让我们一同返回尼德兰，现在立即出发。"

1085　　　　克里姆希尔德说道："亲属们给我忠告：
　　　　　　在尼伯龙国里我没有一个骨肉同胞，
　　　　　　这里我有许多亲人，他们大家待我很好。"
　　　　　　西格蒙特听后十分难过，心如刀绞。

1086　　　　父王说道："你不要听信他们的怂恿！
　　　　　　你回国后将继续在宫廷里执掌朝政。
　　　　　　我的全体族人都将服从你的统治，
　　　　　　我们失去西格夫里特，绝不拿你抵命。①

1087　　　　"为了你们幼小的儿子，你也应该回家，
　　　　　　夫人，你不能让他作为孤儿，自己长大。
　　　　　　待你的儿子成人以后，他会给你带来安慰，
　　　　　　这期间，你还有堂堂的英雄给你保驾。"

1088　　　　王后说道："西格蒙特陛下，我不想与你们同行，
　　　　　　不论将来如何，我决定留在我的族人当中，
　　　　　　他们会帮助我，与我分担我的不幸。"
　　　　　　她的决定使尼伯龙国勇士万分扫兴。

---

　　① 克里姆希尔德是勃艮第人，她的族人杀害了西格夫里特，因此，她和她的族人都担心西格夫里特的亲属将对她进行报复，即血亲复仇。西格蒙特看出了他们的顾虑，所以做了不让克里姆希尔德偿命的承诺。

1089   他们齐声回道："如果你决定留在这边，
       我们只能断言，我们的不幸已经达到极限。
       如果你不回去，而是留在我们的仇敌中间，
       那么我们赴宴归国，途中可能非常危险！"

1090   "请众位勇士放心，天主会保佑你们，
       他们会派人把你们一直护送到尼德兰。
       我也将关照，必须确保你们一路平安。
       至于我的儿子，只好拜托各位勇士照管。"

1091   他们终于知道，克里姆希尔德不肯同归，
       全体西格蒙特的勇士都纷纷落下眼泪。
       西格蒙特本人的心情更是痛苦不堪，
       他与王后告别时，内心凄怆，不是滋味。

1092   高贵的老王说道："让这种庆典见鬼去吧！
       我们本是为欢聚而来，结果却这样悲哀，
       他们竟然加害一位国王和国王的亲人，
       从今以后，我们绝不再到勃艮第国来。"

1093   然而西格夫里特的勇士们高声说道：
       "当我们确切知道是谁杀害了我们的国王，
       说不定我们会再次前来贵国登门拜访。
       那时我们将是他们的死敌，而不是友邦。"

1094   西格蒙特知道，王后留下的决心已定，

他于是吻着美丽的克里姆希尔德王后，

哭着对她说道："我们现在就要启程，

此时我才真正知道，我的苦难何等深重！"

1095   他们从沃尔姆斯骑马来到莱茵河岸，

一路无人护送，但尼伯龙勇士们坚信，

一旦有敌人袭击，对他们发起进攻，

他们能够自卫，绝不会让敌人得逞。

1096   临行前，尼德兰勇士没有向任何人告别，

但盖尔诺特和吉赛海尔特地前来送行。

这两位堂堂的英雄向西格蒙特表示，

他们对老王① 蒙受的巨大损失深感同情。

1097   盖尔诺特国王说道；"请天主为我作证，

我没有参与谋害西格夫里特的罪恶活动，

我甚至都不知道，这里谁是他的仇人。

我哭悼西格夫里特，确实出于一片至诚。"

1098   年轻的吉赛海尔一人护送尼德兰客人，

把老王和他的勇士从勃艮第国送回桑滕。

---

①   即西格蒙特。

西格夫里特家中的亲人看到他们归来，
无不失声痛哭，追念他们死去的英雄。

1099   恕我不能奉告他们旅途中的情况；
我只听说，克里姆希尔德一直痛不欲生。
在沃尔姆斯，除她的弟弟吉赛海尔之外，
她的不幸无人问津，无人抚慰她的心灵。

1100   布伦希尔德依旧高居王后的宝座，
她看着克里姆希尔德痛哭，无动于衷。
她绝不再与克里姆希尔德言归于好，
然而正是这位妇人后来也使她惨遭不幸。

第十九歌
尼伯龙宝物被运回沃尔姆斯

克里姆希尔德终于被说服，又与恭特——不是哈根——言归于好，她吩咐，把存放在尼德兰的尼伯龙宝物运回沃尔姆斯。当她慷慨赠赐，把许多勇士笼络在自己周围时，哈根看出，这是一种危险。根据他的建议，勃艮第人夺走克里姆希尔德运回来的宝物，然后把宝物沉入莱茵河底。

1101　　高贵的克里姆希尔德就这样变成孤孀，
　　　　艾克瓦特方伯未走，一直留守她的身旁。
　　　　他带着他的随从一如既往地为王后效劳，
　　　　和王后一起终日哭悼他尊敬的主上。

1102　　人们在教堂附近给她建造一座住宅，
　　　　这所住宅宽敞高大，而且富丽堂皇。
　　　　从此她在这里寡居独处，惟有侍从相依，

因此很乐意怀着炽热的虔诚前往教堂。

1103　　她总是穿着一身丧服，风雨无阻地
　　　　到她亲爱的丈夫的墓前悲切凭吊。
　　　　哭悼那位英雄，她怀着忠贞不渝的情操，
　　　　祈祷仁慈的天主对他的英魂给予关照。

1104　　乌特经常带领她的侍女们前来探望。
　　　　但克里姆希尔德的心已受致命的创伤，
　　　　任何人试图给她安慰，都不能奏效。
　　　　她总是思念死去的丈夫，心如刀绞。

1105　　世上大概再没有一位妇人会这样悲怆。
　　　　从这一点我们可以看到她崇高的情怀，
　　　　直到生命终止，她一直为丈夫之死悲哀。
　　　　不久以后她开始复仇，其势如翻江倒海。

1106　　她痛失亲爱的丈夫已有三年半时间，
　　　　我敢肯定，在这三年多的时间之内，
　　　　她既没同长兄恭特说过一句话，
　　　　也未曾与她的死敌，阴险的哈根碰面。

1107　　因此特罗尼的哈根对恭特国王说道：
　　　　"如果你能让你的妹妹同你言归于好，

那时，尼伯龙宝物便可运回我们的国家，
只要我们哄她高兴，你就能将宝物拿到。"

1108 恭特说道："我的两个弟弟还与她保持联系，
我们不妨请他们从中调停，让她与我和好，
甚至让她自己提出，取回她的全部财宝。"
哈根则说道："我不相信，这事能够办到。"

1109 恭特国王派人去叫奥特文和盖莱方伯，
委派他们去见美丽的克里姆希尔德，
后来又叫去吉赛海尔和盖尔诺特。
他们四人对她百般热情，好言劝说。

1110 勇敢的勃艮第国勇士盖尔诺特说道：
"长久以来，你一直为西格夫里特哭悼。
恭特已经准备出庭申明，他与谋杀无关，
可我们还是总听你唉声叹气，没完没了。"

1111 王后说道："没人怀疑国王，凶手是哈根。
当他来向我询问我丈夫致命之处的时候，
我怎么会想到，他阴险毒辣，别有用心？
否则我会为丈夫保密，不把秘密告诉敌人。

1112 "我万万不该出卖勇敢的西格夫里特！①
 让我这可怜的妇人从此泪流成河。
 我绝不同杀死我丈夫的坏人握手言和。"
 于是，年轻的吉赛海尔开始继续劝说。

1113 王后终于答应："好，我可以接见国王！"
 于是，恭特带着他的心腹来到妹妹的府上。
 哈根则不敢在克里姆希尔德眼前露面，
 因为他知道自己坑害了王后，丧尽天良。

1114 当王后见到恭特并表示愿意和好的时候，
 恭特赶忙上前给她一吻，这也是理所当然。
 要不是他当初的主张使她遭受巨大不幸，
 他今天就不会这样手足无措，心中恐慌。

1115 用这么多眼泪换来亲人的和解，空前绝后。
 克里姆希尔德虽然心中仍有切肤之痛，
 她还是向大家伸出手来，表示不记前仇，
 只有哈根除外，他是杀害她丈夫的凶手。

1116 没有经过多少时间，他们便把夫人说服，
 她同意派人从尼伯龙国取回那大批宝物，

---

① 指向哈根泄露西格夫里特的致命部位。

把它们运到莱茵河畔的沃尔姆斯城来。

这是她的清晨礼物 ①，物主当然非她莫属。

1117　　盖尔诺特和吉赛海尔于是启程去取宝物，

夫人吩咐，必须有八千名勇士与他们同行，

她还告诉他们，现在宝物存放在何处，

并且由英雄阿尔贝里希率部下在那里守护。

1118　　当莱茵的勇士们来取宝物的时候，

勇敢的阿尔贝里希对他的部下说道：

"我们没有权力不把这些宝物通通交出，

因为王后说这些财产是她的清晨礼物。"

1119　　他又说道："当然，要不是因为我们倒霉，

在失去主上的同时也失掉了那件隐身服，

要是克里姆希尔德的丈夫把它放在我处，

我们还可以用隐身服把宝物隐藏，不予交出。

1120　　"当初西格夫里特拿走我们的隐身服，

并且使整个尼伯龙国归顺他的统治。

现在他搬起石头砸自己的脚，自讨苦吃。"

宝物守护人说完后，去取库房的钥匙。

_____

①　古时候男女新婚后的第二天早晨，丈夫送给妻子的一笔财产。

1121   克里姆希尔德的勇士和她的几位族人，
他们站在山麓前面，令人将宝物抬到海边，
在海边上，他们再指挥将宝物装上木船。
木船溯莱茵河而上，驶向沃尔姆斯那边。

1122   现在请听我给你叙述这些宝物的奇闻：
他们用十二辆大车才把宝物从山里运完。
每人一天往返三次，共运了四天四夜，
总算把那大量金银财宝通通运到海岸。

1123   再说说那些宝物：一水儿的宝石和黄金，
即使给世上所有的人每人从中赠赏一份，
那宝物的价值也不会因此减少分文。
难怪哈根要求把它们全部归属勃艮第人。

1124   宝物中，最贵重的一件是一根金杖，
谁掌握这根金杖，谁就可以于天下称王。
这时，盖尔诺特的队伍已经起程，
阿尔贝里希的许多族人一同跟随前往。

1125   他们一行人把宝物运回恭特的国家，
然后全部交给克里姆希尔德王后保管。
王后的库房和塔楼如今装得满坑满谷；
后来再未听说谁有这么多财产和这么多趣谈。

1126　　　然而，纵然她有再多一千倍的财产，
　　　　　也不如让西格夫里特从冥府生还，
　　　　　克里姆希尔德与他清贫一世都心甘情愿。
　　　　　这样一位忠贞的妻子，真是举世罕见。

1127　　　自从克里姆希尔德有了这些宝物，
　　　　　引起许多异国的勇士对勃艮第国瞩目。
　　　　　王后非常大方，慷慨好施，乐善不倦，
　　　　　大家都称赞她具有十足的君主风度。

1128　　　她把财产分给众人，不论贫民还是富豪，
　　　　　这引起哈根的警觉，他对恭特提出警告：
　　　　　"长此下去，她将把我们的勇士通通收买，
　　　　　此举是对勃艮第国的威胁，凶多吉少。"

1129　　　恭特国王回道："这些财产都归她所有，
　　　　　她要如何处理，我们不应该指手画脚。
　　　　　我费了很大力气才使她与我言归于好，
　　　　　我们无需操心她把金银如何分掉。"

1130　　　哈根对国王说道："我想，一位贤明之士
　　　　　不应该让一位妇人掌握这么多财宝！
　　　　　她慷慨赠赏，广泛布施，照此继续下去，
　　　　　勇敢的勃艮第人总有一天落得在劫难逃。"

1131   恭特国王说道："我曾经对这位王后起誓，
保证以后绝不再给她增添任何烦恼。
况且她是我的妹妹，我不能背弃手足同胞。"
哈根却说道："一切罪过由我一个人担着！"

1132   然而，有些人确实有背誓食言的时候：
他们首先把那位孀妇的大量宝物夺走，
然后哈根把库房的全部钥匙独握在手。
盖尔诺特听说此事后大怒，气冲牛斗。

1133   年轻的吉赛海尔说道："可恶的哈根，
他又在欺侮我的姐姐，我本应出来干预。
他要不是我的族亲，①我早已送他归西。"
西格夫里特的遗孀重又开始呜咽啜泣。

1134   盖尔诺特建议："为了永远不受宝物之累，
我们应该把它们全部沉入莱茵河底。
从今以后，任何人也休想把它们夺去。"
克里姆希尔德哭着去找吉赛海尔弟弟。

1135   她说道："现在，只有贤弟你能为我着想，
保护我的生命和归我所有的大批宝物。"

———————————

①　见 898 节注①。

吉赛海尔说道："我们必须立即骑马出游，
等我回来之后，我一定为你帮忙。"

1136　　　　　国王及其亲属率领最优秀的勇士，
偏偏选在这时离开沃尔姆斯，出国巡访。
只有哈根这名克里姆希尔德的死敌，
他愿意一人留在家中，耍弄鬼蜮伎俩。

1137　　　　　在恭特大王一行人尚未游罢回朝之前，
哈根果然趁机把那大量宝物全部霸占。
他将宝物通通沉入洛赫海姆①附近的莱茵，
妄想有朝一日取出，但他始终未能如愿。

1138　　　　　国王们终于带着他们的随从返回宫廷，
克里姆希尔德由侍女和妇人陪同去见长兄。
她哭诉宝物已全部丧失，国王很不高兴，
尤其吉赛海尔对姐姐的遭遇十分同情。

1139　　　　　大家异口同声说道："哈根此举实在过分！"
有一段时间，他因害怕国王，不敢露面，
直到不仅未受惩罚还重又得宠他才放心。
从此克里姆希尔德与他更是不共戴天。

———————

① 莱茵河畔一城市，位于沃尔姆斯以北。

1140   在特罗尼的哈根将宝物沉入莱茵之前，

那伙人彼此曾庄严宣誓：只要他们中间

有一人活着，就不得泄露宝物隐藏的地点。

结果他们自己未能享用，也未能交别人保管。

1141   西格夫里特惨遭杀害，宝物也被抢走，

克里姆希尔德人财两空，人亡物也不在。

她终日愁眉不展，伤心落泪，痛不欲生，

直到离开人世那一天，从未停止悲哀。

1142   如今，英雄西格夫里特罹难已有十三载，

她青灯孤守，从未将惨死的丈夫忘怀。

世人供认：她为丈夫守节，忠贞不改。

而这一点的确名不虚传，实实在在。

第二十歌

艾柴尔国王遣使勃艮第国
向克里姆希尔德求婚

匈奴国王艾柴尔，在妻子荷尔契去
世后，接受心腹们的劝告，决定向克里
姆希尔德求婚，并委派贝希拉恩的吕狄
格方伯出使沃尔姆斯。哈根反对这一联
姻，恭特首肯。克里姆希尔德接见吕狄
格。起初她拒绝提再婚的事，但当她想
到艾柴尔国土的权势显赫，而吕狄格又
发誓替她报仇时，她改变了自己的决定。
不久，她同吕狄格和几名心腹一起由艾
克瓦特引路离开沃尔姆斯。临行前，她
剩下的最后一点财产也被哈根抢走。

1143　荷尔契去世后，艾柴尔国王欲想续弦，
　　　亲友们把一位高贵的妇人向他推荐。
　　　此人名叫克里姆希尔德，勃艮第人，
　　　她是西格夫里特的遗孀，已寡居多年。

1144   这一年，美丽的荷尔契王后谢世归天。

亲友们向国王建议："你要是想再娶，

我们劝你娶西格夫里特的遗孀为妻，

她高洁而贤淑，是王后的最佳人选。"

1145   国王说道："这乃是你们的如意算盘。

我是一名异教徒，没受过基督教洗礼，

她是一位基督教徒，怎能与我缔结良缘。

她如果同意这种联姻，除非是奇迹出现。"

1146   他的亲友都是执着的勇士，他们又说道：

"也许她会看中你的地位和你的财产。

我们不妨先去夫人那里试探一次，

有一天，你会幸福地把她拥抱怀间。"

1147   高贵的国王说道："你们中可有一位勇士，

他熟悉莱茵河畔的那个国家和人民？"

贝希拉恩的吕狄格方伯随即自荐：

"他们高贵而强大的国王自幼我就认识，

1148   "恭特和盖尔诺特都是卓越的骑士，

那第三位名叫吉赛海尔，也是翩翩少年。

三位国王个个雍容典雅，超群绝伦，

像他们的父辈一样，威风八面。"

1149   艾柴尔说道："朋友，请你对我直言，

让她来我国加冕为后，你看是否合适？

若是她果然如大家所叙，美如出水芙蓉，

我的至亲们才永远不会责难我的挑选。"

1150   "世上没有一位王后像她这样相貌妖媚，

她有同我们仙逝的荷尔契一样美丽的容颜。

谁要是能被这位绝代佳人择为夫婿，

他将是一生荣华富贵，生活幸福美满。"

1151   "吕狄格，那么就请你替我前去求婚，

帮助我圆满地实现我心中的宿愿。

倘若天主赐恩，准我与她结为美眷，

那时，我将重报你的大功，终身铭感。

1152   "我马上命令管家打开我的库房，

取出充足的衣物和装备向诸位分赏，

让你和你的随行勇士路上心情舒畅。

我要给你们提供所需的全部马匹和衣裳。"

1153   吕狄格方伯说道："你已给我分封了采地，

我不该为这次特殊差遣领取额外薪饷。

我要用我分得的财产支付旅途的费用，

肩负你赋予的使命去莱茵实现你的愿望。"

1154 艾柴尔国王问道："你们打算何时动身？
    打算何时启程去迎聘我的可爱的新娘？
    愿天主保佑你们和克里姆希尔德夫人，
    希望她慈悲为怀，让我如愿以偿！"

1155 吕狄格又说道："在我们离开国土之前，
    我们必须把一切武器装备准备齐全，
    这样，我们进宫朝见君主时才不失体面。
    我想带上五百名堂堂勇士前往莱茵。

1156 "当我们到达勃艮第国的时候，不论谁看见，
    他们都会对你交口称誉，齐声赞叹：
    从未有一位君主像艾柴尔大王这样，
    为这么多勇士远征提供装备和盘缠。

1157 "你曾经在宫中与西格夫里特见过一面，[①]
    克里姆希尔德至今对她那位郎君忠心不变。
    本人当对陛下披肝沥胆，恕我直抒己见：
    你或许出于这种顾虑才想放弃娶她的打算。"

---

  ① 关于西格夫里特曾在匈奴宫廷逗留一事，只在《尼伯龙人之歌》中提到，其他作品无此记载。

1158   艾柴尔说道："倘若她曾是那位勇士①的妻房，

而那位高贵的君主②又是那样尊贵而高尚，

我对这位王后当然就更不得有所轻视；

况且，她的美貌也确实让我十分向往。"

1159   方伯说道："现在我要向陛下禀报：

我们打算在二十四天之后启程前往。

我现在得派人去通知我的妻子高苔琳德，

我要将一则消息亲自向克里姆希尔德送上。"

1160   吕狄格于是差遣使者回贝希拉恩送信，

说他要亲自出门为艾柴尔国王迎聘新娘。

高苔琳德听说丈夫受命远行，心中忧喜参半，

她又思念起故旧美丽的荷尔契主上。

1161   方伯夫人听说国王想要再续一位新后，

不由得泣下沾襟，心中充满无限忧伤，

不知新的女主人是否能像先前的那位一样。

每逢想起仙逝的荷尔契，她总是热泪盈眶。

1162   还有七天，吕狄格一行就要离开匈牙利，

---

① 指西格夫里特。
② 同上。

艾柴尔大王想到这里，真是心旷神怡。
勇士们的新衣已在维也纳城里置备完毕，
因此他必须赶紧启程，再也不能拖延行期。

1163　　在贝希拉恩，高苔琳德等待他返回故里，
　　　　吕狄格的女儿，那位年轻的方伯小姐
　　　　见到父亲和他的勇士，更是欢天喜地。
　　　　迎接方伯一行的还有许多美丽的少女。

1164　　吕狄格一行勇士从维也纳来到这里之前，
　　　　他们的行李已由驮畜运到贝希拉恩。
　　　　为确保运输安全，他们一路上戒备森严，
　　　　结果全部衣物如数到达，没有被抢走一件。

1165　　大队勇士到达贝希拉恩的城中之后，
　　　　地主方伯吩咐要热情地接待他的队友，
　　　　安排的住处，要使他们感到方便自由。
　　　　高苔琳德见家主归来，更是喜在心头。

1166　　年轻的方伯小姐看到家父到来，
　　　　并且有幸一睹匈奴英雄们的风采，
　　　　她和母亲一样，心花怒放，喜出望外。
　　　　高贵的少女于是满面笑容地说道：

1167　　　　　"亲爱的父亲，各位勇士，欢迎你们！"
　　　　　　　高贵的骑士们赶紧欠身致谢，施礼请安。
　　　　　　　他们的举止完美得体，不失典雅风范。
　　　　　　　高苔琳德则急于要知道夫君的打算。

1168　　　　　夜间，方伯夫人躺在丈夫的枕边，
　　　　　　　她问丈夫，匈奴国王派他出使哪个国家，
　　　　　　　询问时，十分亲切体贴，言辞温和委婉。
　　　　　　　方伯说道："亲爱的夫人，听我对你详谈：

1169　　　　　"美丽的荷尔契王后已经故去多年，
　　　　　　　我们的主人派我为他寻找一位续弦。
　　　　　　　我要出使莱茵，去见克里姆希尔德夫人，
　　　　　　　请她来做国王的新后，协助执掌朝政大权。"

1170　　　　　高苔琳德说道："祝愿你的计划圆满实现！
　　　　　　　这位夫人的美德有口皆碑，人人称赞。
　　　　　　　由她接替荷尔契，来匈奴帝国继承后位，
　　　　　　　感谢天主保佑，这也是我们的心愿！"

1171　　　　　方伯说道："亲爱的夫人，请你为我帮忙，
　　　　　　　拿出你的财物，给我的随从们分赏。
　　　　　　　勇士们远征，如供给充足，装备精良，
　　　　　　　他们一路上就会精神抖擞，士气高昂。"

1172   夫人说道："在你和你的随从离开这里之前，

只要那些随你出征的勇士愿意对我赏脸，

他们都可以得到合心的礼物，每人一件。"

方伯随即说道："你热情相助，使我喜在心间。"

1173   她从库房取出许多绚丽多彩的绫罗绸缎，

高贵的勇士们每人都得到这样的新衣多件。

新衣上，从衣领到裤脚都有裘皮衬在里面。

只有吕狄格认为适于远征的英雄才被挑选。

1174   高贵的吕狄格方伯和他的全体随从，

于第七日清晨离开贝希拉恩继续远征。

他们满载武器装备，穿越巴耶伦地方①，

一路上太平无事，没有遭到强盗进攻。

1175   于十二天之后，他们终于到达莱茵，

消息不胫而走，这种事情当然瞒不过众人。

有人立即向国王和他的朝臣们禀报，

有陌生的客人光临，国王于是询问：

1176   有谁认识这些来者，请马上对他申明。

众人看到，驮马背上装载的物品非常沉重，

----

① 在德国南部，即今日巴伐利亚。

于是断定，这些来者准是强大的君主，
人们立即在广阔的城中布置住处供客人使用。

1177 有陌生人在城内留宿，引起极大轰动。
勃艮第人好奇心切，大家都想了解细情：
这些陌生的勇士来自何处，为什么光顾莱茵？
国王派人去找哈根，或许他了解这些英雄。

1178 特罗尼的哈根说道："我还未与来者见面。
如果我看到他们，我肯定能对你们言明，
他们从什么地方骑马跋涉来到我们国中。
倘若我不能立刻辨认，他们便是十分陌生。"

1179 客人们首先来到为他们准备好的住处，
使者①和他的同伴一律换上华贵的礼服。
他们现在骑马进宫，去朝见勃艮第国王，
身上穿着的服饰，质地精美，款式不俗。

1180 勇敢的哈根说道："依我的眼力判断，
那些客人他们大概来自遥远的匈奴。
那个人好像就是卓越的英雄吕狄格，

———————

① 吕狄格方伯。

虽然我们很久未见，我还是能够认出。①”

1181   国王忙问道："这怎么才能让我相信，
     贝希拉恩的高贵的方伯竟会屈驾莱茵？"
     恭特国王刚把心中的疑问全部说完，
     勇敢的哈根已经认出高贵的吕狄格大人。

1182   哈根和他的友人一起走出大殿，
     只见大殿前五百名骑士已经跳下马鞍。
     从未有骑士的衣着如此精美而华贵，
     这些匈奴客人受到的接待非常体面。

1183   特罗尼的哈根放开嗓音高声呼道：
     "感谢天主，欢迎你们众位高贵的英雄！
     欢迎你贝希拉恩的方伯和你的随从！"
     勇敢的匈奴人受到莱茵主人的极大尊敬。

1184   国王的近亲们上前迎接匈奴客人。
     美茨的奥特文②对客人吕狄格说道：
     "很长一段时间，我们没有这样开心，

---

    ①   在瓦尔特传说中，哈根年轻的时候曾作为人质留住匈奴宫廷，因此他认识
吕狄格。

    ②   奥特文不是国王的近亲，他随哈根走出大殿。

我说这话并非特意恭维，请你们相信！"

1185   客人们频频致谢，感谢勇士们的热情欢迎。
国王和他的朝臣们坐在大殿里等候客人。
吕狄格带着他的随从走进大殿拜见国王，
国王从御座上站起，这也是他为君的责任。

1186   国王朝着客人迎面走来，态度得体而庄重，
恭特和盖尔诺特对勇士一行格外热情。
国王挽住高贵的吕狄格的手，亲切致意，
高贵的吕狄格当然也应该受到这种尊敬。

1187   国王陪客人走回御座，随后请客人坐下，
他令人斟上美特，为客人洗除风尘。
美特是莱茵一带盛产的葡萄甜酒，
这里的人喜欢用这种饮料招待来宾。

1188   吉赛海尔和盖莱，旦克瓦特和伏尔凯，
他们听说有客人光临，也都一起赶来。
这四位勇士春风满面，个个笑逐颜开，
在国王面前，欢迎尊敬的骑士们到来。

1189   这时，特罗尼的哈根向他的主上建议：
"你当感谢这位方伯给予我们的厚恩，

他的盛情肯定有益于我们全体勃艮第人。
你应该重赏美丽的高苔琳德的夫君。"

1190　恭特国王说道："恕我性急，我想马上询问，
不知匈奴国艾柴尔大王的近况可好？
还有荷尔契王后，她的身体如何？"
方伯回道："我愿意对陛下一一禀报。"

1191　方伯从座位上站起，他的随从们也一同起立。
他对国王说道："如果我能获陛下准许，
我愿意对你陈述我们此行的来意，
我们绝不讳莫如深，把真情藏在心底。"

1192　国王说道："无论匈奴人委派你何种使命，
我都不事先召集我的心腹来一起商议，
我现在就允许你当众陈述你们此行的目的。
因为我希望，你们在这里享有最高荣誉。"

1193　高贵的使者说道："我德高望重的领主，
让我向你和你的亲友转达他诚挚的敬意。
他对你们一向无限忠诚，无限信任，
所以才派我出使莱茵向你们传递一则消息。

1194　"我们高贵的国王命我送来如下讣告：

他的爱妻美丽的荷尔契王后已经故去，

我们全体臣民都在为女主人仙逝而哭泣。

从今以后，许多少女成为可怜的遗孤，

1195　　　"她们都是贵族的女儿，原来由王后养育①。

现在，举国上下涕泪交零，呜咽一片，

他们痛哭再也没有人关照这些高贵的少女。

我相信，我们国王心中因此充满忧虑。"

1196　　　勃艮第国王说道："愿天主给他赐恩，

感谢他对我和我的亲友这样殷切诚恳。

在这里，我们高兴地接受他的问候，

我的亲属和随从愿意回报他的好心。"

1197　　　勃艮第的勇士盖尔诺特随即开言：

"美丽的荷尔契仙逝，现在四海垂泪悼念，

这位王后言传身教，是宫廷美德的典范。"

哈根和其他英雄也随声附和，一同颂赞。

1198　　　吕狄格又说道："请陛下准许我继续禀报，

我尊敬的主人有何要事派我前来贵国通告。

——————————

　　① 艾柴尔宫廷收养一切骑士的女儿，对她们进行规范的宫廷教育，是宫廷教育的楷模，与亚瑟王宫廷形成鲜明对照。

自从我们亲爱的荷尔契王后撒手人间，
他生活凄凉孤寂，心境变得十分不好。

1199   "他听说，西格夫里特阁下已经去世多年，
克里姆希尔德夫人青灯独守，寡鹤孤鸾。
倘若果真如此，又能得到你的许可，
主上命我转告，愿请她来匈奴为后加冕。"

1200   恭特国王十分有礼貌地回答使者，他说道：
"等她表示同意之后，我再提出我的意见。
我怎能不问她本人就轻易回绝艾柴尔大王？
我会对你宣布我的决定，请等待三天。"

1201   这时，客人们下榻之处已经准备就绪，
吕狄格看到，恭特和他的随从情真意切，
连那位特罗尼的哈根也一起积极效力。
吕狄格从前厚待过他[1]，他没有忘恩负义。

1202   高贵的使者吕狄格必须等候三天；
国王老谋深算，召来他的心腹一起商议：
把克里姆希尔德出聘给艾柴尔大王，
不知族人们对这门婚事有何考虑。

---

[1] 见 1180 节注 [1]。

1203   大家一致同意，惟独哈根表示反对，

他对恭特说道："你必须冷静，三思而行。

纵然克里姆希尔德有意嫁给艾柴尔，

起码你恭特也绝不能轻易答应。①"

1204   恭特说道："为何我就不能答应她再嫁？

克里姆希尔德是我的妹妹，我是她的长兄，

事关她的幸福，我愿意玉成其美，

给她带来荣耀之事，我们当鼎力促成。"

1205   哈根又说道："请陛下不要说得这么轻松，

你和我都很了解艾柴尔其人和他的品行。

要是如你所说，让令妹与他结成夫妻，

恐怕要有大难临头，而你便是首当其冲。"

1206   恭特说道："为什么非我首当其冲不成？

如果克里姆希尔德与艾柴尔大王结亲，

我将对他敬而远之，避免招惹他的仇恨。"

哈根又说道："我还是不能同意你的高论！"

1207   国王又请来盖尔诺特和吉赛海尔两位兄弟，

将克里姆希尔德嫁给强大的匈奴国王，

① 恭特曾参与谋害西格夫里特，哈根担心，克里姆希尔德有朝一日要报仇。

288

　　　　　　　　不知他们以为这门亲事是否可以考虑。
　　　　　　　　结果除哈根一人外，大家都表示同意。

1208　　　　　年轻的勃艮第英雄吉赛海尔说道：
　　　　　　　　"我的朋友哈根，你也要讲点忠厚仁义，
　　　　　　　　凡是让她快乐的事，你应该大力支持，
　　　　　　　　从而让她把你过去给她造成的不幸忘记。"

1209　　　　　堂堂的勇士吉赛海尔继续说道：
　　　　　　　　"你对我的姐姐克里姆希尔德的伤害极深，
　　　　　　　　从未有一位勇士像你这样坑害一位妇人。
　　　　　　　　她有一切理由对你恨之入骨，切齿拊心。"

1210　　　　　"我要把我预见到的危险对你们言明，
　　　　　　　　她万一嫁给艾柴尔大王并生活在匈奴宫廷，
　　　　　　　　手下便可能拥有无以计数的坚强勇士，
　　　　　　　　那时，她就会千方百计地给我们制造不幸。"

1211　　　　　勇敢的盖尔诺特随即回敬哈根，他说道：
　　　　　　　　"在他们二位生前，我们可以不去探访，
　　　　　　　　但对克里姆希尔德当情义为重，古道热肠。
　　　　　　　　我们这样做，也是为我们自己脸上争光。"

1212　　　　　哈根说道："你们谁也不要反对我的意见，

倘若克里姆希尔德戴上荷尔契的冠冕，
她肯定要不遗余力地给我们制造麻烦。
奉劝勇士们，你们最好把此事搁置一边。"

1213　　　乌特的公子吉赛海尔大怒，他说道：
　　　　　"我们为什么要胸藏诈心，不讲仁义，
　　　　　事关她的荣耀，我们理应为之欣喜。
　　　　　不论你怎么说，我誓与她同舟共济。"

1214　　　哈根听了这番言辞，心中闷闷不乐；
　　　　　高贵的骑士盖尔诺特和吉赛海尔兄弟，
　　　　　以及强大的恭特国王最终达成一致：
　　　　　他们不得反对，如果克里姆希尔德表示同意。

1215　　　盖莱方伯说道："我愿意去劝告夫人，
　　　　　她应该接受匈奴大王艾柴尔的求婚。
　　　　　大王手下的许多勇士对他忠诚而恭顺，
　　　　　他肯定能够帮助夫人排除心中的郁闷。"

1216　　　勇敢的盖莱去见克里姆希尔德夫人，
　　　　　克里姆希尔德热情地接见恭特的封臣。
　　　　　盖莱说道："好运就要使你从一切痛苦中解脱，
　　　　　你应该高兴地欢迎我，给我这个使者赏金。

1217   "夫人，你的长兄派我前来向你报告喜讯：

在所有荣戴冕旒的君主中有一位国君，

他拥有一个强大的王国，头戴王冠，

他想得到你的爱情，特派使者前来送信。"

1218   饱经风霜的克里姆希尔德凄然说道：

"你说的这位国王曾经有过一位高贵的夫人，

她曾是他的全部幸福，我何以能再让他欢心？

别拿我可怜的妇人取乐吧，请求天主制止你们！"

1219   她一口咬定，无论如何不能接受这桩婚姻。

于是盖尔诺特和吉赛海尔赶来劝说夫人。

他们都说，一旦这位大王成为她的郎君，

她可以完全相信，从此一定会交上好运。

1220   然而他们怎么说也不能打动这位夫人。

二位英雄无可奈何，只得恳切地央求：

"要是你执意不肯，绝不再嫁一次，

那么至少也可以见一面那位大王的使臣。"

1221   夫人说道："我很愿意与吕狄格见面，

他是一位十分出色的勇士，具有很多优点。

要不是派他来到这里转达国王的旨意，

其他任何一位使者我都不会接见。"

1222   她又说道："请他明日前来我的后宫，
　　　　我要亲自与高贵的勇士直接交谈，
　　　　让他听听我积压在心中的要求和意愿。"
　　　　克里姆希尔德又开始痛哭，泣涕涟涟。

1223 　　　亲自会见夫人也是吕狄格最殷切的心愿。
　　　　只要他有可能与这位高贵的王后促膝攀谈，
　　　　他以为自己有足够的聪明和智慧，能够说服
　　　　这位夫人改变初衷，愿与大王结为美眷。

1224 　　　次日清晨，当教堂里唱完弥撒的时候，
　　　　吕狄格和他的随从应邀前来后宫拜见。
　　　　一群高贵的骑士衣冠楚楚，仪表堂堂，
　　　　他们阔步而至，众人前呼后拥，驻足观看。

1225 　　　克里姆希尔德等待着吕狄格到来。
　　　　这位高贵的夫人一直在为亡夫守孝服丧，
　　　　因此接见这位使者，也是一身平素装扮。
　　　　她的宫女们则是盛装艳服，花枝招展。

1226 　　　夫人走到后宫的门口迎接来访的客人，
　　　　共有十一名勇士陪同这位艾柴尔的使臣。
　　　　她对来宾亲切致意，表示热烈欢迎，
　　　　在此之前，这里从没有高贵的使者光临。

1227　　　艾克瓦特和盖莱是二位边寨方伯，
　　　　　这二位高贵而杰出的勇士站在王后跟前。
　　　　　吕狄格和他的随从应主人要求坐下之后，
　　　　　他们看见，因为王后服丧，谁都不露笑颜。

1228　　　在王后身边还坐着许多美丽的妇人，
　　　　　只听克里姆希尔德一人不停地呜咽哭泣。
　　　　　她胸前的衣襟被热泪沾湿，泪珠滚滚，
　　　　　吕狄格明白克里姆希尔德心中充满忧郁。

1229　　　高贵的使者恭敬地说道："高贵的夫人，
　　　　　请允许我和全体与我一起前来的勇士
　　　　　站在你的面前，向你呈上一则消息，
　　　　　报告你，我们这次出使莱茵为着何种目的。"

1230　　　王后说道："你是一位高贵的使者，
　　　　　无论你宣布什么消息，我都会听个仔细，
　　　　　你当然可以陈述你们出使莱茵的目的。"
　　　　　在场的人都清楚地听出，她并不乐意。

1231　　　贝希拉恩的方伯，高贵的吕狄格开言：
　　　　　"夫人，勇士们是受艾柴尔大王之遣
　　　　　来贵国对你转告，陛下向你屈膝问安，
　　　　　并向你表达想与你匹配良缘的心愿。

1232 "自从美玉无瑕的荷尔契王后撒手归天，

国王十分凄凉孤寂，终日郁郁寡欢。

他愿殷切地向你献上他永恒的爱情，

像与前室一样，与你结为终身美眷。"

1233 "高贵的方伯，我的悲痛令我刻骨铭心，

你怎能要求我再去爱另外一个男人！"

王后又说道："我已失去了我亲爱的丈夫，

他是一位妻子能拥有的最如意的郎君。"

1234 勇敢的使者说道："除了真正的爱情，

还有什么能使你忘记昔日的不幸？

谁能为自己选定一位知己，他就能体会，

只有爱情才能帮助他消除心中的伤痛。

1235 "倘若你答应与我高贵的君主结为眷侣，

你将拥有统治十二个强大王国的权力。

我主上还将让他的三个属国归你统辖，

这是他当年叱咤风云，亲自征服的土地。

1236 "你还将拥有一大批高贵而卓越的骑士，

还将拥有许多出身名门的妇人和宫女，

他们从前是为我的女主人荷尔契效力。"

高贵而勇敢的英雄，直抒胸臆，诚心诚意。

1237 "此外，艾柴尔大王还命我向你禀奏，
   倘若你同意来匈奴国加冕为后，
   当初荷尔契拥有的权力通通移交给你，
   艾柴尔的随从也将归你匈奴王后拥有。"

1238 王后说道："我哪里还有再嫁的心思，
   我不想重新去做另外一位勇士的妻子！
   一个丈夫之死已经使我痛不欲生，
   我要为他守孝服丧，直至我的末日。"

1239 匈奴的使者们齐声说道："高贵的王后，
   你若答应这桩亲事，来到我们的大王身边，
   他会给你欢乐，使你的生活光辉灿烂，
   因为大王总有一大批雄赳赳的骑士相伴。

1240 "如果荷尔契王后的宫女和你的宫女一起
   都做你的侍从，勇士们一定非常高兴。
   高贵的王后，你肯定从中受益匪浅，
   这是我们的肺腑之言，希望你能倾听。"

1241 她端庄闲雅，文质彬彬地对使者们说道：
   "我现在不能马上向你们宣布我的决定，
   请你们明日清晨再来，那时我再告诉你们。"
   勇士们无可奈何，只能服从王后的命令。

1242	高贵的妇人首先把匈奴使者送走， 然后派人去请来吉赛海尔和乌特母后。 她告诉二位亲人，她现在只有一项义务： 至死为西格夫里特守节，别无他求。
1243	吉赛海尔说道："姐姐，有人告诉过我， 而且我也相信，倘若艾柴尔成为你的夫君， 肯定能帮助你驱散心中的全部郁闷。 不管别人如何，我以为你应与他结婚。"
1244	吉赛海尔又说道："他能排除你的全部郁闷。 从罗讷^①到莱茵，从易北河到那大海之滨， 这位大王的权势和声望，光华四射， 他竟然选择你为后妃，你应该感到欢心。"
1245	克里姆希尔德说道："亲爱的弟弟， 我久已不像昔日那样容颜绝世，妩媚俏丽。 在那里我还怎能率领随从向宫廷走去？ 你为什么要劝我？我应该终日哀悼哭泣。"
1246	高贵的母后也劝说她的爱女，她说道： "很久以来，我总是看见你暗自唉声叹气。

---

① 为法国四大河流之一。

按照你兄弟和友人们的忠言去做吧！
你会从此否极泰来，改变你不幸的遭际。"

1247　　克里姆希尔德总是虔诚地祈祷天主，
　　　　请求天主赐计，让她像前夫在世时一样，
　　　　重又拥有足够的黄金、白银和新衣。
　　　　然而，她后来再也未能像过去那样欢喜。

1248　　她暗自思忖："我是一名基督教徒。
　　　　假使我现在与一名异教徒结为夫妻，
　　　　我就要遭到世人唾弃。即使他把全部
　　　　江山都交给我统治，我也绝不能同意。"

1249　　高贵的妇人暂且把此事搁置一边。
　　　　夜间，她在床上辗转反侧，思绪万千，
　　　　直到第二天清晨，去教堂做弥撒的时候，
　　　　她那明亮的双眸依然湿润，泪水涟涟。

1250　　这时，三位国王也来到教堂唱早弥撒，
　　　　他们又一次对克里姆希尔德忠言相劝，
　　　　兄弟们竭力说服她同意嫁给匈奴国王。
　　　　然而，他们谁也未能使这位夫人露出笑脸。

1251　　他们派人通知艾柴尔的使者马上进宫。

然而，吕狄格和他的随从早已归心似箭，
不论此行成败如何，都希望准许返回家园。
吕狄格就要进宫，他和勇士们互相交谈，

1252　　大家认为，他们回国的路途十分遥远，
现在的当务之急是，临走前赶紧摸清
高贵的恭特国王意向如何，有什么打算。
吕狄格被带去与克里姆希尔德本人见面。

1253　　这位勇士以十分谦和的言辞开始恳求，
他真诚地请高贵的王后对他指明，
他回到艾柴尔的国家之后如何回禀。
我想，王后肯定严辞拒绝，不会答应。

1254　　她果然申明，她绝不会再嫁别的男人。
方伯说道：“这并非你的明智之举！
你为何不珍惜你那如花似玉的芳容，
做一位高贵的君主的妻室，受世人尊敬？”

1255　　无论大家如何劝说，都无济于事，
吕狄格无可奈何，于是对她秘密承诺：
他将替她弥补她遭受的一切伤痛。
听到这话，她的痛苦霍然减轻许多。

1256   方伯对王后保证："不要再流眼泪！

你在匈奴国中即使没有其他亲人，

只要有我和我忠实的亲属和随从，

谁敢动你一根毫毛，都必将受到严惩。"

1257   这时，王后心中的悲痛才渐渐缓和，

她说道："你要对我起誓，倘若有人欺侮我，

在为我报仇的英雄当中你便是第一个。"

方伯说道："夫人，我随时准备尽职尽责。"

1258   他还说，艾柴尔的勇士也将对她惟命是听，

她不用多久即会声誉鹊起，四海扬名。

吕狄格举手保证，恪守他的一切诺言，

其他匈奴使者也发誓，对夫人竭效忠诚。

1259   这位贞烈开始动心："我已赢得不少知音。

亲友们一定要开导我这可怜的孤寡妇人，

何不让他们畅所欲言，把真情吐尽？

我或许还能为被害的丈夫报仇雪恨！"

1260   她又想："艾柴尔国王拥有大批勇士，

要是他们归我指挥，我便可以为所欲为①。

---

① 指为西格夫里特复仇。

此外，可恶的哈根已把我的全部财产抢走，
国王金玉满堂，足够我送礼，不用发愁。①”

1261　她对吕狄格说道：“他要不是一名异教徒，
我可以择他为我的夫婿，他想去哪里，
我都会高高兴兴地跟他一起去哪里。”
方伯说道：“夫人，这一点你不必介意，

1262　艾柴尔的勇士当中，许多人笃信基督，
你在那里永远不会感到寂寞孤独，
况且你也可以劝说国王去接受洗礼。
放心地嫁给艾柴尔吧，打消你的顾虑！”

1263　她的兄弟们也都劝说：“夫人，你应该同意，
从此以后你便可以把一切忧愁忘记。”
英雄们费尽口舌，终于把他们的姐妹说服，
她对三位兄弟应许，愿做艾柴尔的贤妻。

1264　她说道：“我这可怜的王后现在只能听命。
请问我去匈奴国家，你们派哪些勇士护送？
我一经知道由哪些人来送我，我便立即启程。”
美丽的克里姆希尔德举手发誓，表示答应。

———————

① 意为大肆赠赏，收买人心。

1265   方伯说道："哪怕你只有两名随从，

我也能给你提供大批勇士为你护行。

我们要把你非常体面地送到莱茵彼岸，

夫人，请你别再在勃艮第这里久停。

1266   "我有五百名勇士，还有许多亲属随行，

不论在此地还是家中，他们都对你惟命是听。

至于我本人，只要不与我的荣誉相悖，

我们已经有言在先，你尽管提醒。

1267   "现在，我们就为你们的骏马套上挽具，

请把出发的事通知你要带走的宫女。

你永远不会后悔听信了吕狄格的忠言。

路上，还会有勇士加入我们队伍中间。"

1268   从前西格夫里特在世时大家用过的鞍鞴，

他们至今仍然保存着，这些是珍贵的纪念。

现在宫女们启程上路，光荣地坐在上面。

哎，他们还给妇人制作许多精致的马鞍！

1269   妇人们经常听说，艾柴尔宫廷阔绰排场，

她们于是打开全部一直封锁着的衣箱。

不知她们过去是否也穿戴华丽的服饰，

为了这次出门，她们取出了大量衣裳。

1270 妇人和宫女整整忙碌四天半的时光，

   她们从大小包袱里取出所有珍藏的服装。

   克里姆希尔德还打开了她宝库的门锁，

   因为她要对吕狄格的随从慷慨地赠赏。

1271 她还保存一些从尼伯龙国带来的黄金，

   这黄金即使用一百匹马也无法全部驮运，

   她打算把这些黄金赏赐给匈奴的使臣。

   有人把克里姆希尔德的举动报告了哈根。

1272 哈根说道："克里姆希尔德对我已无好感，

   因此西格夫里特的黄金必须由我们保管。

   我们怎能让这笔巨大的财产落在敌人之手？

   我很清楚克里姆希尔德带走这批财产的打算。

1273 "我可以肯定，她一旦把那批财产带走，

   一定要广为布施，煽动对我的不满。

   况且他们根本没有那么多马匹驮运，

   叫人告诉她，哈根要保管这批财产。"

1274 克里姆希尔德得知后，心头火起，

   有人立即向三位国王报告了这个消息。

   国王们试图制止哈根，但谁都无能为力。

   而高贵的吕狄格方伯则是平心静气，

1275 他说道："夫人何苦为损失这点黄金着急？
   艾柴尔一旦目睹你的风采，就会一见钟情，
   高贵的克里姆希尔德，我敢对你担保，
   他赠予你的黄金，你用一生也绰绰有余。"

1276 但是王后说道："高贵的吕狄格方伯，
   我被哈根抢走的财产，不计其数，
   从未有一位公主占有过如此大量财富。"
   这时，仲兄盖尔诺特已来到她的宝库。

1277 他行使国王的权力，把钥匙插入门锁，
   从库房里取出克里姆希尔德的黄金
   足有三万马克，甚至比三万马克还多；
   恭特非常高兴，看到他把黄金赠送使者。

1278 高苔琳德的夫君，贝希拉恩方伯说道：
   "即使克里姆希尔德把从尼伯龙国
   运回沃尔姆斯的黄金全部失而复得，
   王后和我也绝对不会去用手碰摸。

1279 "我们不要这些财产，请你们继续保存。
   我从我的国家带来的大量财物，
   足够支付我们旅途上的各种费用，
   根本不需要克里姆希尔德的黄金。"

1280 　　这时宫女们已经装满十二大箱纯金，
　　　　她们还是要带上足够的金银财宝出门。
　　　　此外，她们还携带大量贵重的首饰上路，
　　　　在旅途上，她们将是珠光宝气，光彩照人。

1281 　　他们大家看出阴险的哈根胸藏祸心，
　　　　克里姆希尔德把还保存在手中的一千马克，
　　　　全部拿出，用来祭奠西格夫里特的亡魂。
　　　　吕狄格方伯看到这位贞女对前夫依旧忠贞。

1282 　　可怜的王后说道：“不知我的哪些友人，
　　　　他们愿意陪我一起骑马前往匈奴异邦？
　　　　我要从我的财产中拿出一些给他们发放，
　　　　让他们每人置备一匹壮马和一套行装。”

1283 　　艾克瓦特方伯对尊敬的王后说道：
　　　　“自从我艾克瓦特加入到你的随从当中，
　　　　我一直为你服务，对你忠心耿耿。
　　　　我愿继续为你尽力，至死竭尽忠诚。

1284 　　“我将从我的随从中抽出五百名勇士，
　　　　他们都服从你的调配，对你惟命是听，
　　　　要把我们与你分开，除死神外谁也不能。”
　　　　对于这话，王后欠身致谢，感激涕零。

1285 这时马匹已经牵来，他们就要出发，
   亲友们哭天抹泪为克里姆希尔德送行。
   高贵的乌特和许多美丽的年轻宫女
   与高贵的夫人依依辞别，她们心情沉重。

1286 克里姆希尔德带走一百名高贵的宫女，
   她们都是浓妆艳抹，打扮得端庄得体。
   临别时，她们虽然都是热泪盈眶，
   但日后在匈奴国也有过不少幸福和快意。

1287 吉赛海尔和盖尔诺特带着随从赶来，
   他们都受过宫廷训育，待人彬彬有礼。
   为了送别亲爱的姐妹克里姆希尔德，
   他们率领一千名勇士护送亲人离去。

1288 勇敢的盖莱和奥特文也赶来送行，
   送行者中当然还有鲁摩尔特御膳司厨。
   但恭特只把他们送到沃尔姆斯城门近处。
   队伍上路后第一夜是在多瑙河畔露宿；

1289 在离开莱茵之前，已有急使先遣匈奴，
   他们要对家中的艾柴尔大王禀报，
   吕狄格方伯已把高贵的王后劝服，
   她同意与陛下成婚，与大王结为夫妇。

第二十一歌
克里姆希尔德前往匈奴国

> 克里姆希尔德沿多瑙河东行，在
> 所到之处，她受到热烈欢迎；在帕骚她
> 的舅父彼尔格林大主教那里和在贝希拉
> 恩受到的欢迎尤其隆重。

1290
暂不细叙使者们怎样率先回去禀报，
且听我述说克里姆希尔德怎样登程远行，
吉赛海尔和盖尔诺特怎样同她分手，
他们诚心诚意，出于真挚的手足之情。①

1291
他们骑马直到多瑙河畔的普佛陵城。
吉赛海尔和盖尔诺特必须返回莱茵，
他们在这里向克里姆希尔德请求辞行。
亲人们不得不就此分手，大家泪如泉涌。

---

① 遵照宫廷训育，他们有义务为姐妹送行，恭特只送到城门前，与宫廷礼仪有悖。

1292 勇敢的吉赛海尔对克里姆希尔德说道：

    "姐姐，你将来不论有什么忧愁和烦恼，

    只要你需要我出力，尽管派人通告，

    我一定骑马去匈奴国家，为你效劳。"

1293 其他亲人也来与克里姆希尔德亲吻，

    人们高兴地看见，勇敢的勃艮第人

    与吕狄格及随从道别，也是难舍难分。

    王后带着许多美丽的少女策马上路，

1294 随她一起出门的共有一百零四名妇人。

    她们的衣裙全是珍贵绸缎，五彩斑斓。

    这时，前来送行的英雄必须返回沃尔姆斯，

    其余的骑士手执盾牌继续走在她们两边。

1295 远征的大队人马迅速穿越巴耶伦国家，

    人们听说有一批素不相识的客人驾到，

    他们把这消息很快送到那里的一座寺院①，

    伊恩②河就在此处注入多瑙河，翻滚着浪花。

1296 突然间，不论王宫还是陋室全部走空，

---

① 即尼登堡修道院。

② 为巴伐利亚一河流，注入多瑙河。

大家急速奔向巴耶伦，他们都想来看看。
住在帕骚城中的红衣主教彼尔格林①，
也赶到那里与美丽的克里姆希尔德会见。

1297 克里姆希尔德由美丽的侍女们陪同，
帕骚城中的勇士们一见，喜不自胜。
他们把含情的目光投向这些高贵的妇人，
他们准备了舒适的住处，请客人们享用。

1298 主教陪同高贵的妇人返回帕骚城中，
市民们获悉，克里姆希尔德马上驾到。
因为她是城主彼尔格林的外甥女，
商人们都出来迎接，对她毕恭毕敬。

1299 彼尔格林希望他的客人能多住几日，
艾克瓦特方伯说道：“我们不能多停。
我们还要继续行进，去吕狄格国中。
他们已经知道我们来访，不应让人家久等。”

1300 美丽的高苔琳德获悉有客人要来府上，
为了准备接待贵宾，她和女儿百般热情。

---

 ① 本是一位历史上的人物，死于十三世纪；传说中，彼尔格林是乌特的兄弟。

吕狄格关照妻子，他说道："根据我的感觉，
要想使王后忘却忧伤，脸上露出笑容，

1301 "夫人应该亲自骑马去艾恩斯河畔①欢迎。"
当高苔琳德带着方伯的勇士前往的时候，
只见条条大路上，不论骑马，还是步行，
大家都对着客人来的方向疾驰，步履匆匆。

1302 这时，王后已经来到边陲小镇艾非尔丁②。
在巴耶伦，许多人有拦路抢劫的习性，
要是有人这次又在那条大路上③大肆作案，
那么这些外来的客人可能就要惨遭不幸。

1303 然而，为了防备路上可能有强盗抢劫，
吕狄格身边带了一千多名堂堂的英雄。
这时，他的贤妻高苔琳德也已经赶到，
她身后有一大批勇士为女主人护行。

1304 他们跨过特劳恩④来到艾恩斯河边的郊野，

---

① 为巴伐利亚一河流，注入多瑙河。
② 为奥地利边界小镇。
③ 指古代沿多瑙河由东向西的通道。
④ 为奥地利境内一河流。

那里撑起的帐篷，参差错落，大小不等。
他们请客人今夜在这些帐篷里休息。
吕狄格方伯承担招待客人的全部费用。

1305　美丽的高苔琳德离开她休息的帐篷，
许多骏马戴着缰辔，一路上铃声不停。
她对客人们的接待格外隆重而气派，
吕狄格方伯十分满意，喜在心中。

1306　两路骑士^① 汇合之后，排成雄壮的马队，
那大群英雄个个武艺高强，骑艺娴熟。
他们技艺高超的表演，让妇人们观赏，
骑士们的马上竞技也使王后忘记了辛苦。

1307　当吕狄格的勇士们走近贵宾的时候，
他们遵照宫廷的习俗，表演马上比武。
只见无数支长枪的碎片从他们手中飞出，
妇人们的喝彩接连不断，此起彼伏。

1308　一阵激烈的骑士竞技终于宣告结束，
勇士们这才互相问好，大家一见如故。
他们把高苔琳德引见给克里姆希尔德，

---

① 指吕狄格率领的骑士和高苔琳德从家里带来的骑士。

谁善于为妇人献殷勤，这一天就非常忙碌。

1309　　贝希拉恩方伯骑马来到妻子面前。
　　　　高贵的方伯夫人看到丈夫一切安然，
　　　　她如释重负，心中立刻被喜悦填满，
　　　　这时无限的欣慰取代先前的忧虑和不安。

1310　　当高苔琳德向夫君吕狄格问安之后，
　　　　方伯让她带着宫女到绿色的草地上面。
　　　　高贵的骑士们急忙上前搀扶妇人们下马，
　　　　英雄们热心地为妇人们服务，绝不偷懒。

1311　　方伯夫人和随从站在那里恭候嘉宾，
　　　　克里姆希尔德看到后，也要跳下马鞍。
　　　　她突然用缰绳勒住马的笼头，示意侍从，
　　　　赶紧扶她下马，她不愿骑马到主人面前。

1312　　主教——还有艾克瓦特——带着他的外甥女
　　　　去见高苔琳德，吕狄格方伯的贤妻。
　　　　众人赶紧让路，让他们去与夫人见面，
　　　　远离故土的克里姆希尔德与夫人亲吻致意。

1313　　吕狄格方伯的夫人十分和蔼可亲，
　　　　她说道："尊敬的王后，我十分高兴，

能在贝希拉恩这里一睹你的风采和姿容。
你此次光临舍下，是我莫大的光荣。"

1314　克里姆希尔德说道："高贵的高苔琳德，
　　　感谢天主赐恩，让你在这里迎候我们，
　　　我和伯特龙①的公子一定报答你的恩情。"
　　　然而，她们二人谁也未能预料日后的情景。

1315　少女们端庄典雅，亲切地来到一起，
　　　骑士们随时为她们服务，很是彬彬有礼。
　　　一阵笑语寒暄过后，大家席地而坐，
　　　本是素昧平生的路人，今日彼此熟悉。

1316　妇人们饮完酒之后，时间已近中午。
　　　高贵的侍女们都想立即离开那片草地，
　　　她们于是骑马来到宽敞的帐篷里休息。
　　　在那里客人们受到的款待更是周到无比。

1317　大家要在这里休息一夜，直到翌日清晨。
　　　吕狄格方伯亲自关照，绝不可怠慢嘉宾，
　　　贝希拉恩的居民已经做好各种准备，
　　　他们在家中热情等候接待高贵的客人。

────────────

① 为艾柴尔的父亲，传说中称伯特龙，历史上真名为蒙德楚克。

1318   家家户户墙壁上的窗洞已不再关闭，

人们还敞开贝希拉恩城堡的全部大门。

高贵的客人骑着马高兴地走进城堡，

城堡主人^①吩咐，安排舒适住房接待贵宾。

1319   吕狄格的女儿带着侍女前来拜见王后，

王后亲切地接见了这位高贵的少女。

她们见面时，高苔琳德夫人也站在一旁。

她们对王后热情，对她的宫女也是这样。

1320   王后和少女手挽着手走进一座大殿，

这座雄伟的大殿宽敞明亮，金碧辉煌。

多瑙河从下面流过，浪花翻滚，碧波荡漾，

她们在窗前并肩而坐，愉快地消磨时光。

1321   她们还有哪些赏心乐事恕我不能奉告，

我只听说，随行的勇士们都是满腹牢骚：

他们抱怨王后，嫌队伍在路上走得太慢。

而愿随王后离开贝希拉恩的勇士仍然不少！

1322   吕狄格方伯殷勤地招待他请来的客人。

克里姆希尔德取出十二只赤金的镯子

---

① 指吕狄格方伯。

和一件她要带往匈奴的最漂亮的衣裙。

她把这些礼物送给高苔琳德的千金。

1323　　虽然她的尼伯龙宝物几乎全被抢走，

她现在手中剩下的财产已经不值分文。

然而，她还是慷慨布施接待她的众人，

就连吕狄格的仆佣也都每人重赏一份。

1324　　为了体面地答谢莱茵客人的厚礼和盛情，

女主人高苔琳德也拿出大批礼物赠送。

现在，在异国的宾客中几乎没有一个人，

他的金银首饰和漂亮的衣裙不是由她馈赠。

1325　　餐膳完毕之后，客人们准备继续远征。

城堡的女主人再一次向艾柴尔的新后保证：

她对王后将永远竭诚效劳，忠心耿耿。

克里姆希尔德慈祥地抚摩着她的娇女。

1326　　小高苔琳德① 对王后说道："只要王后准许，

我知道，我亲爱的父亲肯定非常乐意，

把我送到匈奴国家，接受你的培养。"

克里姆希尔德看出，少女对她忠贞不渝。

---

① 高苔琳德的女儿也叫高苔琳德。

1327   这时，备上鞍辔的马匹已被牵到城堡下面，

        克里姆希尔德王后走到吕狄格的夫人

        和他们的女儿面前，向她们一一告辞，

        美丽的少女们也互相道别，说声再见。

1328   她们这次彼此分手，再也未能重逢。

        当东进的队伍经过美尔克①的时候，

        市民们手捧金罐儿纷纷拥上街头，

        他们热情地向尊敬的客人敬奉葡萄佳酒。

1329   那里住着城堡的主人，名叫阿斯托尔特，

        阿斯托尔特告诉他们，沿着多瑙河行进

        便可到达那东方之国②的毛特伦③小镇。

        后来，那里的市民热情地接待王后驾临。

1330   彼尔格林主教同外甥女亲切告别，④

        衷心地祝愿她无往不胜，一帆风顺。

        希望她也像先前荷尔契一样受世人仰慕；

        后来她在匈奴国里果然深得人心。

---

① 位于奥地利多瑙河畔的小镇，生产葡萄酒。

② 指奥地利。

③ 奥地利小城。

④ 彼尔格林把克里姆希尔德一直送到美尔克，然后向她告别。

1331   吕狄格的勇士们一路护卫高贵的妇人，

把王后和她的随从一直送到特莱伊森①；

这时，匈奴人穿过广阔的原野来到这里，

他们前来迎接新后，向她奉献忠心。

1332   匈奴国王在特莱伊森有一座城堡，

这座城堡叫特莱斯摩尔②，闻名遐迩。

那里曾经是荷尔契王后的行宫，

她一生堪称宫廷的楷模，无与伦比。

1333   只有克里姆希尔德能与她工力悉敌。

王后长期悲痛之后又萌发施舍的兴趣，

她慷慨好施，博得艾柴尔勇士们的好感，

不久，她便在这些勇士中赢得极好声誉。

1334   匈奴国艾柴尔大王的德政，远近闻名，

相传，在他宫中聚集一大批勇敢的英雄。

他们中有基督教徒，也有市俗兄弟，

大家共处在艾柴尔周围，休戚与共。

1335   在那里，无论他们选择哪种生活方式，

---

① 从这里开始即是艾柴尔国王的领地，匈奴勇士接替贝希拉恩的勇士。

② 即今日特莱伊斯城堡，在维也纳附近。

信仰基督教义，还是崇尚异教的章程，

国王宽宏大度，对他们一律慷慨赏赠。

这在当时绝无仅有，今后也是千载难逢。

第二十二歌
艾柴尔喜迎克里姆希尔德

艾柴尔带着随从骑马前来迎接克里姆希尔德。他们在维也纳举行盛大结婚庆典，然后一起去艾柴尔堡。克里姆希尔德在那里加冕为后。

1336　克里姆希尔德在特莱斯摩尔逗留四天。
　　　为了迎接王妃，艾柴尔的随从快马加鞭
　　　横越奥地利国土，所到之处烟云四起，
　　　大路上尘土飞扬，宛如滚滚狼烟。

1337　这时，王妃到达的消息已报告给国王，
　　　他昔日的哀愁顿时被期待的喜悦驱散。
　　　克里姆希尔德的人马浩浩荡荡地到来，
　　　国王急忙动身去迎接新后，惟恐怠慢。

1338   一支庞大的队伍走在艾柴尔前面，[①]

这些英雄来自不同国家，操不同语言。

他们中间有基督教徒，也有异教兄弟，

个个神采奕奕，去与新的女主人见面。

1339   他们中，有来自俄罗斯和希腊的勇士，

也有许多勇士来自瓦拉恒[②]和波兰[③]。

他们紧勒鞍辔，挥鞭拍马，疾驰而过，

每一个人都保持着本民族的风俗习惯。

1340   他们中，还有许多勇士来自基辅国，

也有许多别契那勒人[④]，他们十分剽悍。

他们不断对着空中的飞鸟张弓拉弦，

每次都是用力地把弓弦拉到极限。

1341   图尔恩[⑤]城位于奥地利境内的多瑙河畔，

克里姆希尔德在那里第一次看到，

她一生中从未见过的异国风情和习惯。

大家迎接她到来，后来因为她蒙受苦难。

---

① 指大队勇士走在前边为国王开路。

② 可能指古代欧洲的氏族，尤指东南部的斯拉夫氏族。

③ 同上。

④ 为芬兰和匈牙利部落，以弓箭闻名。

⑤ 即今日图伦。

1342   艾柴尔的随从为国王开道，一马当先，

　　　　　　　勇士们个个雍容华贵，威风八面。

　　　　　　　走在最前列的是二十四位显赫的君主，

　　　　　　　瞻仰新的女主人，是他们最殷切的心愿。

1343   瓦拉恒国的大公，他的名字叫拉蒙。

　　　　　　　他疾驰而来，率领七百名堂堂英雄，

　　　　　　　他们宛如一群小鸟飞翔在原野上空。

　　　　　　　吉比歇 ① 率领的是一批雄赳赳的骑兵。

1344   勇敢的赫伦伯格带着一千名勇士

　　　　　　　离开国王，独自骑马去把女主人欢迎。

　　　　　　　各国勇士分别遵循本族习惯纵情欢呼，

　　　　　　　匈奴的乡亲们则表演武艺，洋溢着热情。

1345   勇敢的丹麦人哈瓦尔特和善良的伊林，

　　　　　　　伊恩夫里特，这位堂堂的图灵根英雄，

　　　　　　　都热心地赶来迎接克里姆希尔德王后，

　　　　　　　其实他们也是为了以此扩大自己的名声：

---

　　① 传说中吉比歇是勃艮第国三位国王的父亲，在《尼伯龙人之歌》中称旦克拉特（见第 7 节），在其他作品中均称吉比歇。此处可能指的别人，也可能是作者叙述时的疏忽。

1346   他们的队伍共有勇士一千二百余名。

　　　　　　还有匈奴国王的兄弟布洛德尔阁下，

　　　　　　他也率领一支三千勇士组成的大军，

　　　　　　浩浩荡荡地赶来迎接克里姆希尔德夫人。

1347   最后是艾柴尔国王和狄特里希大王①，

　　　　　　他们率领的都是高贵、精干而卓越的猛将。

　　　　　　克里姆希尔德看到这些堂堂的英雄

　　　　　　不由得一股暖流涌上心头，她热泪盈眶。

1348   这时，高贵的吕狄格方伯关照王后：

　　　　　　"夫人，匈奴大王在这里迎接你驾临，

　　　　　　请注意，你对他的随从不能一视同仁，

　　　　　　我告诉你吻谁，你才能给谁一吻。"

1349   高贵的王后由一群勇士搀扶下马，

　　　　　　艾柴尔大王和他的许多勇敢的骑士

　　　　　　也都从马鞍上跳下。大王已急不可耐，

　　　　　　向着克里姆希尔德走去，心中乐开了花。

---

　　① 历史上东哥特国王狄奥多里克大帝（454—526）。四七六年，由于不堪忍受日耳曼雇佣军领袖奥多亚克（他推翻西罗马帝国的最后一个皇帝，统治意大利）的压迫，逃往匈奴。传说中称狄特里希。

1350　　　相传，王后由两位显贵的君主伴行，

　　　　　他们陪她一起走来，为她提着礼服的长襟^①。

　　　　　当艾柴尔大王迎面走上前去的时候，

　　　　　她马上给他一吻，表示对大王的恭敬。

1351　　　亲吻时，克里姆希尔德撩起她的头面，

　　　　　从头面的金边下露出她俊美的容颜，

　　　　　英雄们认为，她与荷尔契一样，秀色可餐。

　　　　　国王的兄弟布洛德尔挨她站得很近，

1352　　　吕狄格方伯于是让她给布洛德尔一吻。

　　　　　艾柴尔的新后接着又吻了勇士中的十二人。

　　　　　她用亲吻表示对这些勇士的特殊敬意，

　　　　　对其他人只是简单地问安，很有分寸。

1353　　　现在艾柴尔站在克里姆希尔德的身旁，

　　　　　年轻的骑士们像至今还保持的时尚那样：

　　　　　基督教徒和异教兄弟一起，不分宗教信仰，

　　　　　大家都按照本民族的习俗，比试长枪。

1354　　　狄特里希的勇士们真是威武雄壮！

---

① 一种拖在身后的长衣襟或长纱，用作装饰。

这些高贵的骑士，勇敢的德意志客人[①]，

具有回天之力，砍穿许多坚固的盾牌，

他们手中破碎的枪柄擦过盾牌飞到天上。

1355　　　他们的长枪碎裂时发出了巨大的声响。

来到这里迎接新后的既有本国的勇士，

也有国王的嘉宾和他许多高贵的随从。

高贵的大王陪着克里姆希尔德王后离开，

1356　　　他们一起来到近处的一座华丽的帐篷。

还有无数较小的帐篷遍布整个郊野，

勇士们经过长途跋涉要在这里稍事休整。

而那些美丽的侍女则由许多英雄陪同，

1357　　　一起走进她们王后克里姆希尔德的帐篷。

王后在一把豪华的靠椅上正襟危坐，

那把靠椅富丽堂皇，博得众人一致好评。

这都是方伯的安排，艾柴尔格外高兴。

1358　　　他和王后都说了什么，我们无从查究，

只看见他用右手紧握着她白皙的小手。

----

① 作者将狄特里希的部下东哥特人即东日耳曼人称为德意志客人。

吕狄格①发现，他对王后亲昵得过分，
于是提醒他，不准暗中秘密授受。

1359   这时传下命令，骑士们要停止马上竞技，
熙攘喧哗在一片喝彩声中渐渐地平息。
艾柴尔大王的勇士们都回到他们的帐篷，
他们的帐篷遍布在方圆几十里地。

1360   白昼即将过去，大家于是宽衣休息，
直至第二天黎明，东方重又露出晨曦。
骑士们去牵他们的马，要继续表演武艺。
为了庆贺国王的喜事，大家十分卖力。

1361   国王要求匈奴人一定要给他争得荣誉。
他们大家从图尔恩出发，骑马来到维也纳，
许多盛装艳服的妇人已经恭候在那里。
她们迎接艾柴尔大王的新后，给她极高礼遇。

1362   王国的喜庆大典就此开始，大家兴高采烈，
英雄们能经历这样的盛事，无不欢天喜地。
庆典上所需要的一切都置备得充足而齐全，
现在人们又开始布置住处，供宾客们休息。

---

① 克里姆希尔德举行婚礼之前，吕狄格是她的监护人。

1363　　　然而并非所有勇士都能在城中下榻，
　　　　　吕狄格方伯只请勃艮第国的客人留下。
　　　　　他安排他的国人住到附近的乡间中去，
　　　　　我想，在克里姆希尔德王后的身边

1364　　　应有狄特里希和其他的英雄随时保驾。
　　　　　为了款待客人，让人人都能称心如意，
　　　　　他的勇士都是竭诚服务，没有人偷闲休息。
　　　　　吕狄格和他的友人在一起，十分惬意。

1365　　　艾柴尔大王欲在维也纳与新后成婚，
　　　　　他决定在圣灵降临节那一天举行婚礼。
　　　　　克里姆希尔德将拥有大批堂堂的英雄，
　　　　　我想，她在前夫那里也未有这么多人效力。

1366　　　王后对初次见面的人，一律赠赏礼物，
　　　　　许多受赏的人不禁纳罕，都对客人们说：
　　　　　"我们本以为，王后的财产已所剩无几，
　　　　　她还能如此慷慨布施，真是一桩奇迹。"

1367　　　盛大的庆典整整持续到第十七天。
　　　　　我从未听人说过哪一位国王的婚礼
　　　　　比我们艾柴尔大王的婚礼更为排场阔气。
　　　　　所有参加过婚礼的人后来都穿上了新衣。

1368   克里姆希尔德从前在尼德兰的时候，

西格夫里特拥有的财产虽然数不胜数，

可是我相信，他不会拥有这么多勇士，

像她在艾柴尔手下看到的这样不可计数。

1369   而且从未有任何一位君主在他的婚礼上

（虽然这些君主也有足够的衣物送人），

为了取悦内宠像艾柴尔这样出手大方。

他赏赐无数宽长的披风和珍贵的衣裳。

1370   无论友人还是嘉宾，大家一致认为，

匈奴人一点也不吝惜自己的财物。

不论你有什么要求，都能一律得到满足，

有些英雄甚至把自己的衣服也通通送出。

1371   王后想起从前辅佐丈夫执政的时光，

不由得一阵酸楚涌上心头，珠泪盈眶。

她掩饰起自己的激动，不让别人看见，

经过长期青灯孤守，如今又备受大家景仰。

1372   要论慷慨，谁也比不过狄特里希国王，

他把伯特龙的公子①送给他的厚礼，

---

① 即艾柴尔，见1314节注①。

毫不吝惜地全部拿来给众人分光；

吕狄格也不甘示弱，出奇地慷慨大方。

1373　　匈牙利的布洛德尔也打开了一些木箱，

他取出里面的全部金银财宝，给大家分赏。

我们看见国王的随从们个个眉开眼笑，

他们人人心满意足，无不喜气洋洋。

1374　　美丽的克里姆希尔德站在艾柴尔身旁，

在庆典上加冕为后，穿上王后的盛装。

维尔伯和斯韦美尔是国王的两位乐师，

庆典过后，每人至少领得一千马克薪饷。

1375　　到了第十八天，他们骑马离开维也纳城，

一路上，骑士们手握标枪，不停地表演。

他们刺穿无数块盾牌，为主人助兴。

艾柴尔大王就这样快乐地回到匈奴国中。

1376　　这一夜，他们住在古老的海姆堡①城里。

跟随他们骑马驰骋的勇士，不可计数。

谁也说不清楚，他们的队伍有多庞大，

谁也不知道，还有多少妇人等候在家里。

———————————

① 奥地利小镇，据传是艾柴尔的出生地。

1377　　　他们在名城麦森堡改由水陆行进，
　　　　　只见船上排满了他们的随从和马匹，
　　　　　看上去，眼前仿佛是一片飘动的陆地。
　　　　　妇人们旅途劳累，现在方可稍事休息。

1378　　　为了抵挡浪涛的拍打和潮水冲击，
　　　　　他们把坚固的船只紧紧地系在一起。
　　　　　船上张起许多美观而耐用的船篷，
　　　　　他们站在船篷下面，好似双脚踩着土地。

1379　　　他们到达的消息已经传到艾柴尔城堡，
　　　　　住在城堡里面的男男女女无不欢天喜地。
　　　　　那些从前由荷尔契王后亲自关照的女孩，
　　　　　从今以后都归克里姆希尔德王后教育。

1380　　　这些少女曾为失去荷尔契而万分悲痛，
　　　　　现在她们站在那里恭候新的主人安抵。
　　　　　克里姆希尔德看见七位国王的女儿，
　　　　　她们是艾柴尔国的瑰宝，风姿如玉。

1381　　　少女当中，荷拉特是荷尔契的外甥女，
　　　　　也是军师狄特里希大王贤惠的未婚妻。
　　　　　荷拉特的父亲是高贵的南特文国王，
　　　　　她本人现在负责照料其他女孩，很受赞誉。

1382　　　　大家听说贵宾马上驾临，无不欣喜万分，

　　　　　　为了准备迎接王后，他们破费大量黄金。

　　　　　　谁能准确预言国王今后的朝政如何？

　　　　　　反正已往的王后从未像新后这样深得人心。

1383　　　　国王和他的王后骑马从河岸走来，

　　　　　　少女们被一一引见给她们新的主人。

　　　　　　高贵的王后对这些女孩十分慈祥和蔼，

　　　　　　不久，她接替荷尔契后位，大展经纶。

1384　　　　随从们为王后殷勤效劳，奉献忠心；

　　　　　　王后拿出她的衣物、宝石和大量金银。

　　　　　　这是她从莱茵带到匈奴国的财产，

　　　　　　她要全部送给大家，自己不留分文。

1385　　　　国王的亲朋显贵和他的全体随从，

　　　　　　从此以后一律听从新主人的指挥。

　　　　　　他们忠心耿耿地服务，直到主上见背。

　　　　　　先前荷尔契王后也未曾有过如此权威。

1386　　　　他们的宫廷和国家，一度繁荣昌盛，

　　　　　　在那里，人人心情舒畅，有所作为。

　　　　　　他们欢乐自得地生活，从来无忧无虑，

　　　　　　这都是王后的施舍，国王的恩惠。

第二十三歌

兄弟们前来匈奴国参加庆典
克里姆希尔德的愿望实现

克里姆希尔德喜得贵子，取名欧
尔特利浦。又过很长时间，她说服艾
柴尔邀请沃尔姆斯的亲属来匈奴聚会。
他们派乐师维尔伯和斯韦美尔出使莱
茵，克里姆希尔德特地关照，哈根非来
不可。

1387　　艾柴尔和克里姆希尔德结婚七年，
　　　　他们携手度过一段光华四溢的时光。
　　　　这一年，克里姆希尔德生下一位太子，
　　　　这给国王带来极大欢乐，他欣喜若狂。

1388　　克里姆希尔德再三要求，坚持主张
　　　　艾柴尔的太子必须接受基督教洗礼。

他们给这男婴命名：欧尔特利浦 [1]，
欢庆命名的热潮笼罩艾柴尔的土地。

1389　　先后荷尔契身上的一切优点和长处，
　　　　克里姆希尔德王后一律努力效仿。
　　　　孤女荷拉特教她熟悉匈奴的习俗，
　　　　她暗中却是一直为失去荷尔契悲伤。

1390　　如今家人外人都认识克里姆希尔德，
　　　　大家承认，她绝对是最优秀的主上。
　　　　他们坚信，王后乐善好施，品德贤良，
　　　　这一荣誉她一直占有十三年时光。

1391　　这时，她看到，已经没有人与她作对
　　　　（一般国王的随从对王后常有对抗行为），
　　　　在匈奴避难的十二位君主也随时为她效忠。
　　　　她于是常常回想从前在家时所受的欺凌。

1392　　她也回想在尼伯龙国时的显赫生涯，
　　　　回想那个哈根如何将西格夫里特杀死，
　　　　从而夺走她的全部声名权势和富贵荣华，

---

① 　在狄特里希传说中，艾柴尔有两个儿子，其中一个叫欧尔特，即欧尔特利
浦的简称。

她不禁自问：几时能和他把旧账清算一下？

1393 她思量："要报仇就得把他引诱到我的国家！"
     她梦见常常和小弟吉赛海尔手挽着手
     一起散步，不时地亲吻这位英雄的面颊。
     后来他们双双惨遭厄运，一场灭顶的灾祸。

1394 早在勃艮第国时，她已与恭特亲吻言和。
     这次鬼使神差，一反自己从前的承诺，
     她决定弃绝恭特，与他彻底决裂。
     王后又开始泣涕涟涟，缠绵悱恻。

1395 她百思不得其解，从早到晚苦苦琢磨，
     他们为什么强迫她与一名异教徒成婚，
     这种联姻完全不是她本人的过错。
     让她受这种委屈的主谋是哈根和恭特。

1396 从现在起，她在心中酝酿一个计谋，
     她想："我现在金玉满堂，大权在握，
     我有足够力量能让我的仇人吃点苦头，
     要是能把哈根除掉，我该多么快活！"

1397   她说道："我虽然经常思念我的兄弟 ①，

然而，要是我能与欺侮过我的仇人相遇，

我将不顾一切为我死去的丈夫报仇雪恨。

我已是心急如焚，不能这样再等待下去！"

1398   不论是她的勇士，还是国王的朝臣，

大家都对王后衷心爱戴，这已为众人所公认，

库房保管艾克瓦特也为她赢得不少友人。②

现在已经没有人与克里姆希尔德鼎足三分。

1399   她于是心想："我要请求艾柴尔国王，

请他允许我把我的莱茵亲属请到府上。"

王后要请她的族人前来匈奴国做客，

谁也没有看穿，这是她要耍弄的险恶伎俩。

1400   有一天夜里，她躺在国王的身边，

国王用双臂把她搂住，像往常一样。

当国王在热烈的情爱中欢乐的时候，

她却把心思放在了她的仇人身上。

1401   她对国王说道："国王陛下，我的夫君，

① 指没有参与谋害西格夫里特的盖尔诺特和吉赛海尔。

② 意谓他以克里姆希尔德的名义慷慨施舍，笼络人心。

我有一个小小的请求，不知你能否应允。
要是我有幸，果然值得你疼爱至深，
请证明，你也能真诚地对待我的族人。"

1402   高贵的大王没有丝毫猜疑，他立刻回道：
"只要勇士们心情愉快，能够交上好运，
我将向你证明，我会为他们由衷地高兴。
从未有一次婚姻给我带来这么好的亲人。"

1403   王后说道："我常常听说这样的传闻，
说我是一名六亲无靠的外乡妇人。
你很清楚，我有大批显赫的亲贵，
他们从不前来探访，因此我很伤心。"

1404   国王说道："亲爱的王后，我的夫人，
只要你的亲属不嫌这里离莱茵太远，
我很愿意邀请他们前来我国省亲。"
国王果然有此愿望，王后喜不自禁。

1405   克里姆希尔德说道："我亲爱的夫君，
你若对我表示恩爱，应派人出使莱茵，
向我在沃尔姆斯的亲人转达我的心意：
请高贵的骑士们来匈奴国做我们的贵宾。"

1406   艾柴尔说道："你的旨意就是给我的命令。
　　　　　　我很愿意与高贵的乌特的几位公子会面，
　　　　　　我对你亲人的思念绝不亚于你的亲情。
　　　　　　他们长期与我们疏远，我早已忧心忡忡。"

1407   他又说道："亲爱的夫人，如果你同意，
　　　　　　我将派两名乐师出使莱茵的沃尔姆斯城，
　　　　　　让他们把我们的请柬送交你的亲人手中。"
　　　　　　国王随即派人去召他的两名乐师进宫。

1408   艾柴尔国王陪着王后坐在大殿里等候，
　　　　　　两名乐师急忙赶来进宫叩见二位君主。
　　　　　　国王对他们宣布出使勃艮第国的使命，
　　　　　　同时吩咐侍从，为他们制作华丽的衣服。

1409   侍从们必须为二十四名勇士① 准备服装。
　　　　　　如何邀请恭特和他的随从来匈奴国做客，
　　　　　　国王也都一一训示，交待得十分周详。
　　　　　　王后又单独召见使者，与他们秘密磋商。

1410   国王说道："你们要遵照我的指示办事，
　　　　　　首先向我的亲属致意，祝他们幸福安康。

---

① 共二十四位勇士随同二位乐师出使莱茵。

然后向他们转告，我邀请他们来我国做客，
在我邀请过的亲属中，他们的地位至高无上。

1411　　"今年夏天，我要举行一次盛大的庆典，
如果各位亲人愿意接受邀请，对我赏光，
就请他们一定在这个时间里前来赴宴；
我的幸福很大程度是靠妻子的亲人捧场。"

1412　　斯韦美尔是一位勇敢而机敏的乐师，
他问道："回禀国王，请问庆典何日举行？
我们想将庆典的准确时间通知你的姻亲。"
国王回道："就在今年夏至那天，日期已定。"

1413　　维尔伯说道："我们一定遵从你的命令！"
克里姆希尔德有话要单独向使者交代，
她于是将二位使者悄悄地请到后宫。
他们这次密谈，使许多英雄后来惨遭不幸。

1414　　她对使者说道："如果你们实现了我的愿望，
把我在家中对你们的嘱托全部转告他们，
那么你们就是有功之臣，我要给予重赏，
我要赏给你们大量财宝和华丽的衣裳。

1415　　"请代我向莱茵的勇士们致以诚挚的敬意。

在沃尔姆斯，你们见到我的亲友时，
请你们千万不要告诉我的任何一位族人，
你们看见我在这里有时也忧郁悲伤。

1416　　"匈奴人都以为，我孤苦伶仃，没有亲人，
请你们务必劝说他们接受我丈夫的邀请，
这样我才能消除心中的寂寞和怅惘。
倘若我是一名骑士，我会自己前去探望！

1417　　"请代我问候我高贵的仁兄盖尔诺特，
告诉他，世上数他最让我由衷地敬仰。
请他把他最亲近的友人都一同带来，
我和我的夫君将为此感到无上荣光。

1418　　"还请问候吉赛海尔，我亲爱的弟弟，
他从未欺侮过我，对此他应该心里有底。
我将怀着喜悦欢迎他来我的国家做客，
我很想见到他，他对我一向忠厚仁义。

1419　　"请把我的境况报告给高贵的母后乌特，
告诉她，我现在正是权倾朝野，如日方升。
万一哈根执意留守家中，请问由谁带路？

因为惟有他自幼熟悉来匈奴国的路程。[①]"

1420　　　　为什么只有特罗尼的哈根不得留守莱茵，
　　　　　　其中奥妙何在，起初两位使者并未弄清。
　　　　　　直到后来他们蒙受大难，这才茅塞顿开：
　　　　　　只因哈根一人，众多英雄死于非命。

1421　　　　两位乐师将送往莱茵的请柬拿在手中，
　　　　　　艾柴尔大王和王后准许他们立即启程。
　　　　　　他们换上最漂亮的衣服，雍容华贵，
　　　　　　还带了大量黄金和财物，以备路上使用。

---

① 见 1180 节注①。

第二十四歌
维尔伯和斯韦美尔受主上之命前去送信

两位乐师途径贝希拉恩和帕骚直
奔沃尔姆斯。他们呈上请柬，勃艮第人
不顾哈根和御膳司厨鲁摩尔特的警告接
受了邀请。哈根坚持，此次出访勃艮第
人必须全副武装，还要挑选一千名训练
有素的骑士随行。哈根留住使者，迟迟
不放他们回家，以免克里姆希尔德听到
消息后有充分时间进行准备。克里姆希
尔德接见归来的使者，让他们详细回报
哈根都说了什么，以及有谁前来做客。

1422　　艾柴尔大王派两名使者前往莱茵，
　　　　在他的属国中间，迅速传开了这则新闻，
　　　　国王随即派急使去邀请封臣们前来参加庆典，
　　　　在庆典上，许多勇士遭逢了死亡的厄运。

1423　　二位使者离开匈奴，奔往勃艮第国，他们给那里的三位国王和其他朝臣送信。

艾柴尔大王欲请他们前来匈奴国会晤，

为完成这项使命，他们追风逐电，飞速驰骋。

1424　　　不久，使者们来到边塞属国贝希拉恩，

主人们喜出望外，殷勤地接待他们。

吕狄格方伯，高苔琳德夫人和他们的爱女，

都请使者将诚挚的问候捎往莱茵。

1425　　　他们当然不能让艾柴尔的使者空手而去，

给他们带上许多礼物，确保旅途一帆风顺。

吕狄格请使者们转告乌特和她的三位公子，

没有一位方伯像他这样真诚地忠于主人。

1426　　　他们还请使者们转告布伦希尔德王后，

祝她万事如意，他们永远为她奉献忠心。

使者们接受重托，然后向他们告辞而去，

方伯夫人祈祷天主，一路上保佑他们。

1427　　　匈奴的使者们离开巴耶伦的国境之前，

维尔伯还与善良的主教见了一面。

彼尔格林主教给莱茵捎了什么口信，

我不得而知，我只知道，他取出赤金

1428   赠送使者，然后才准他们登上马鞍。
彼尔格林说道："请告诉我的三位外甥，
倘若我能在舍下见到他们，我将十分高兴。
因为我本人不可能有机会去莱茵旅行。"

1429   使者们去莱茵途经哪些国家，我不明了，
但他们财物未遭劫掠，路上太太平平。
高贵的大王是这样显赫而不可一世，
哪一个不害怕他勃然变色，大发雷霆？

1430   维尔伯和斯韦美尔经过十二天的跋涉，
他们终于到达莱茵河畔的沃尔姆斯城。
有人报告三位国王和他们的朝臣：
有外国使者到来，恭特急忙仔细打听。

1431   莱茵的君主问道："谁能对我们禀明，
这些不速之客由何处来到我们的宫廷？"
宫中无一人知道，谁也不能对国王回禀，
直到哈根看见这些客人之后，他对恭特说道：

1432   "我向你们保证，你们将听到许多新闻，
因为我看见艾柴尔的两位乐师，来到这里，
他们准是受你妹妹的派遣出使我们莱茵，

看着艾柴尔的情面 ①，我们应该欢迎他们！"

1433 使者一行人骑着马直至大殿的前面，

从未见过国王乐师的服饰如此华丽非凡。

国王的仆从立即跑上前去欢迎客人，

告诉他们住在何处，并接过衣服保管。

1434 他们旅途上穿的衣服华贵而且漂亮，

本可以使他们非常体面地去谒见国王。

然而，那些衣服他们一件也不要穿着进宫，

而且请人去询问：哪一个需要这些衣裳。

1435 很快就有人表示愿意接受这些服装，

使者们于是把换下的衣服通通送给他们，

而自己则穿上另外更为华丽的衣裳，

完全合乎国王使者的身份，庄重而大方。

1436 国王和他的朝臣都愿意与来者见面，

艾柴尔的侍从 ② 于是获准前去谒见国王。

哈根很是周到，跑上前热情地迎接他们，

二位侍从表示谢意，感谢各位主上。

---

① 哈根此处故意不提克里姆希尔德，只提艾柴尔，他心中已有疑虑。

② 两名使者是乐师，不是骑士，故称国王的差役或侍从。

1437   为了探听匈奴的情况，哈根开始问询，
        艾柴尔大王的身体如何，其他朝臣怎样。
        一位乐师说道："请相信，我们绝不夸张：
        国中百姓安居乐业，大王的朝廷繁荣兴旺！"

1438   使者们前来拜见君主，大殿里十分拥挤，
        维尔伯看见，许多勇士站在恭特的身旁。
        大家对来自匈奴的客人都表示热诚的欢迎，
        与任何其他王国迎接客人的情景没有两样。

1439   国王按照宫廷的方式，彬彬有礼地说道：
        "欢迎你们，二位来自匈奴国的乐师！
        欢迎你们，随乐师一起来访的各位勇士！
        艾柴尔大王派你们来我国有何要事？"

1440   两位使者对勃艮第国王欠身施礼，
        维尔伯说道："我们受尊敬的艾柴尔大王
        和你的妹妹克里姆希尔德王后的差遣，
        前来向你们问安，转达他们殷切的思念。"

1441   高贵的国王说道："听到这话我很高兴。
        请告诉我，匈奴大王艾柴尔身体可好？
        舍妹克里姆希尔德在匈奴国中近况如何？"
        乐师回道："承蒙陛下垂问，我如实回禀：

1442   "大王和王后的境况现在正是如日方升，

他们的亲属和全体随从也都万事亨通。

（这一点他们要求我们务必向陛下转告！）

我们出发前来贵国，他们大家都非常高兴。"

1443   国王说道："感谢艾柴尔大王对我的问候；

感谢我的妹妹，她精明强干，办事圆通，

能使国王生活愉快，使随从们人人高兴。

我只因放心不下，才询问了这些事情。"

1444   盖尔诺特和吉赛海尔两位年轻的国王

立即赶来，他们刚刚听说有使者光临。

年轻的吉赛海尔出于对姐姐的爱慕，

高兴地与使者见面，并对他们亲切地说道：

1445   "各位匈奴的使者，我们衷心地欢迎你们！

你们要是能时常骑马光临莱茵，就会发现，

在我们这里有许多你们喜欢看见的友人。

你们在这里绝对平安无事，尽管放心。"

1446   斯韦美尔说道："我们相信会受到尊敬。

只怪我笨口拙舌不能准确无误地言明，

艾柴尔大王和王后多么亲切地问候你们。

二位主人如今权倾天下，无往不胜。

1447 “王后请你们不要忘记对她的友爱和忠诚，

  并请你们记住，她对你们始终非常尊敬。

  因此，我们这次首先要拜见国王本人并转告，

  大王和王后邀请你们去艾柴尔国家旅行。

1448 “高贵的大王嘱咐我们向各位传话：

  倘若你们不愿意前去探望你们的姊妹，

  他恳切地请求各位英雄不吝赐教，

  他有何事怠慢了你们，把你们得罪，

1449 “致使你们回绝他的请求，不去匈奴相会。

  即便你们与王后素昧平生，从不相识，

  只是探望国王一人，他也受之无愧。

  你们的光临将使他感到荣幸，蓬荜生辉。”

1450 恭特国王听完禀报之后，对使者们说道：

  “是否接受邀请，我必须与心腹们商量。

  现在请你们回你们的住处好好休息，

  七天之后再将商量的结果通知各位。”

1451 维尔伯说道：“请问高贵的乌特可好！

  在我们一行人回到住处宽衣休息之前，

  不知是否能准许我们去太后膝下请安？”

  年轻的吉赛海尔对他们十分得体地回道：

1452   "你们要去拜见母后，我们当然不会阻拦！
　　　　　我想，这也完全符合我们母后的心愿。
　　　　　为着我们亲爱的姐妹克里姆希尔德夫人，
　　　　　她会高兴地接待你们，愿意与你们见面。"

1453   吉赛海尔带领他们去见母后乌特，
　　　　　乌特见到来自匈奴国的使者，笑容满面。
　　　　　她温厚善良，亲切热情地问候他们，
　　　　　两位优秀的宫廷使者于是对她开言。

1454   斯韦美尔说道："我的女主人向你请安。
　　　　　她对你始终谦卑恭谨，忠心不变。
　　　　　倘若上天有情，让她经常见到母后，
　　　　　——请相信她的话——她就再也没有别的期盼。"

1455   母后说道："可惜这个愿望无法实现。
　　　　　我何尝不想经常去看望亲爱的女儿，
　　　　　怎奈高贵的王后住的地方离我如此遥远。
　　　　　我只能求天主保佑她和艾柴尔岁岁平安！

1456   "今天我很高兴，能与你们二位使者见面，
　　　　　已有很长时间没有与优秀使者见面的机缘。
　　　　　你们何时返回匈奴，请临行前一定通知我。"
　　　　　二位侍从保证，一定通知，决不食言。

1457   在匈奴的使者回住处休息等候之前，

国王已经派人去请心腹们前来商量。

高贵的恭特请来他的心腹，一一征询，

问他们以为这个邀请如何，很多人主张，

1458   国王应该放心大胆地去艾柴尔国出访。

这些最优秀的随从都赞同国王前往，

只有哈根一人反对，他气急败坏，

偷偷地对国王说道："这是自取灭亡！

1459   "我们都干过什么事，你心中非常清楚，

对于克里姆希尔德我们应该时时提防。

我曾经亲手杀死了她的丈夫西格夫里特，

我们还怎么敢去走访艾柴尔国王的家乡？"

1460   国王说道："我的妹妹早已不再怀恨。

她离开莱茵之前，曾经给我和解的一吻，

表示宽恕我们从前对她犯下的一切过失；

除非对你，哈根阁下，她还怀有怨愤。"

1461   哈根说道："对匈奴使者的话不可轻信。

克里姆希尔德胸中一直抱着复仇之心，

如果你们一定要去探访艾柴尔的夫人，

难保你们不身名俱灭，威信扫地。"

1462 盖尔诺特国王也在他们中间一起商议，

    他说道："你们怕死在匈奴，固然有其道理，

    但我们因此就不去探望克里姆希尔德，

    岂不大错特错，有悖手足的情谊？"

1463 年轻的吉赛海尔国王对哈根说道：

    "我的朋友哈根，既然你自知罪孽深重，

    为确保生命安全，你不妨一人留守家中。

    让那些有胆量的人和我们一同启程！"

1464 特罗尼的哈根听到他的话，火冒三丈。

    他说道："不许你们带去的人能比我坚强！

    既然你们不肯作罢，非去匈奴旅行不可，

    我愿意奉陪，证明我的勇气和胆量。"

1465 那位御膳司厨，英雄鲁摩尔特对国王说道：

    "在陛下的库房里你们有极为丰富的储藏，

    足够你们随便款待外宾，或请家臣分享。

    我不相信，哈根想把你作为人质送往异乡①。

1466 "如果你们不愿意接受哈根的劝告，

---

  ① 意思是，他不相信，哈根想让恭特为他犯下的罪责担保，因此把恭特作为
人质送到克里姆希尔德那里。

我鲁摩尔特对主人一向忠实可靠，

如今我也想大胆进言：请你们留下来吧，

让艾柴尔自己陪伴克里姆希尔德为好。

1467　"你走遍全世界什么地方能比家中更好？

惟在这里你才能安若泰山，不受外寇侵扰。

而且还有绫罗绸缎和琼浆玉液供你们享用，

与美丽的妇人们谈情说爱，多么自在逍遥！

1468　"此外，这里还有专供一国之王享用的御膳，

如果珍馐美味不足以留住你们也算罢了，

为着美丽的妇人你们也应该留在家中，

不该置生命于不顾，草率行事，愣头愣脑。

1469　"现在你和你们的全体属国都十分强大。

你在家中比在匈奴国能更好赎回你的抵押①。

谁知道到匈奴国之后是一种什么情景？

我鲁摩尔特恳切地请求你们留下来吧！"

---

　　① 在 1465 节用"人质"一词，这里用"抵押"，意思是，哈根杀死了西格夫里特，如果恭特要保住哈根，就不该去匈奴国，因为到了匈奴国，寄人篱下，那时必须听从克里姆希尔德的摆布。如果他们留在家中，克里姆希尔德远在万里之外，鞭长莫及，无法与他们清算旧账。

1470   盖尔诺特说道："我们不愿意留在家中，
我们的妹妹和艾柴尔大王派人送来邀请，
我们怎能不予理睬，拒绝他们的盛情？
谁没有兴趣随同前往，可以留守宫廷。"

1471   哈根回道："请不要怪罪我说出了预见。
既然如此，我沥血呕心，愿再一次进言：
如果你们不想死在他乡异域，还想生还，
此行务必全副武装，并且把武器带在身边。

1472   "既然你们出访艾柴尔国的主意已定，
请立即调集你们各地最优秀的随从。
然后我从他们中再选拔一千名精锐的骑士，
这样，克里姆希尔德的奸计就不能得逞。"

1473   国王随即说道："我愿意接受你的建议。"
他立即派人到四面八方各属国招募征集。
差役们共招来三千多名堂堂的英雄，
他们这时当然还不能预料后来的遭遇。

1474   英雄们兴高采烈地来到恭特的国家。
凡是要离开勃艮第国跟随远征的勇士，
国王吩咐，给他们一律发放新衣和良马。
国王看到，确有一大批勇士愿意为他保驾。

1475   哈根给他的弟弟旦克瓦特带信儿，

要求他率领八十名勇士赶往莱茵。

勇敢的骑士迅速来到恭特的国家，

他们同时也带来了许多衣服和铠甲。

1476   勇敢的伏尔凯是一位高贵的琴师，

为了参加远征，他也带来三十八名勇士。

这些人的穿戴十分阔绰，像国王一样豪华；

伏尔凯启奏恭特，他要随同前往匈奴国家。

1477   现在请听我来说一说伏尔凯是何许人，

他本是骑士的后代，一位高贵的殿下。

他在勃艮第国里拥有许多杰出的勇士，

大家称他为"乐师"，因为他擅长吹奏弹拉。

1478   哈根也选出一千名最可靠的英雄，

他曾经亲眼看到他们在沙场上的威风。

这些勇士坚定果断，建立过赫赫战功，

他们的虎胆有口皆碑，被大家称颂。

1479   克里姆希尔德的使者渐渐地感到厌倦，

他们久出不归，生怕家中的主人不满。

于是，他们天天请求准许他们告辞，

哈根则始终不肯答应，他真是老谋深算。

1480   他对国王说道："我们现在不能放走他们，

必须等到我们一切都准备就绪之后，

在启程前的第七天，再让他们先遣，

这样我们便可观察，是否有人居心不善。①

1481   "万一克里姆希尔德夫人要耍弄阴谋，

她也来不及指使别人诱我们上当受骗。②

当然，她如果要与我们为敌，也绝不会得逞，

因为我们有许多杰出的勇士护卫在身边。"

1482   勇士们要带往艾柴尔国的各种物品，

军盾、马鞍和其他装备，样样准备齐全。

克里姆希尔德的使者终于接到通知，

他们被立即传召进宫，来到恭特的面前。

1483   使者们来到宫廷之后，盖尔诺特说道：

"国王已经决定接受艾柴尔的邀请，

我们将高兴地前往匈奴国家参加庆典。

同时看望我们的姊妹；这一决定不再改变。"

---

    ① 克里姆希尔德可以有一周时间进行准备，这样，他们到达后可以立即察觉她的意图。

    ② 一周时间只够做准备，还来不及动手。

1484   恭特国王问使者道："请你们对我禀明，
　　　　　　艾柴尔大王的庆典将于何时何日举行，
　　　　　　我们应当在什么时间到达那里才合适？"
　　　　　　斯韦美尔回道："在今年夏至那天，日期已定。"

1485   最后使者们提出要拜见布伦希尔德王后，
　　　　　　——他们还一直没有时间去拜见王后——
　　　　　　勃艮第国王允许他们去后宫与她会面。
　　　　　　然而，伏尔凯为王后着想，他极力阻拦。

1486   机敏的骑士说道："王后今日身体不适，
　　　　　　无法让你们前去拜见，必须等到明天！"
　　　　　　当使者们以为应该能够拜见的时候，
　　　　　　伏尔凯又找出新的借口，推迟拜见时间。

1487   恭特是一位强大的君主，拥有足够的金银，
　　　　　　他要慷慨布施，不失一国之君的身份。
　　　　　　他令人用盾牌把金银抬来，重赏匈奴使者，
　　　　　　他的亲属也赏给使者们许多贵重礼品。

1488   吉赛海尔和盖尔诺特，盖莱和奥特文，
　　　　　　他们也不甘示弱，大手大脚，毫不手紧。
　　　　　　四位英雄赏给使者们的衣物特别贵重，

使者们不敢接受，因为艾柴尔也是一国之君。①

1489 维尔伯对国王说道："请陛下原谅我们，
你们赏赐的礼物我们一件都不能带走。
我们主上禁止我们收受任何别人的礼品，
再说，你们也没有理由对我们这样赐恩。"

1490 他们竟然拒绝一位显赫的君主的赠礼，
莱茵国王深感受到伤害，非常生气。
后来，使者们返回艾柴尔国家的时候，
尽管不敢收受礼品，还是拿了黄金和新衣。

1491 使者们想在归国之前再会晤一次乌特，
年轻的吉赛海尔于是带领这两位使者
去见母后；她请使者们告诉克里姆希尔德：
听说女儿权重望崇，母亲心中十分快活。

1492 为了表示对艾柴尔国王的诚挚敬意，
为了表示对克里姆希尔德的宠爱之情，
乌特母后赠送二位乐师许多黄金和玉带，
这二位乐师当然非收下不可，却之不恭。

————————

① 恭特和艾柴尔都是强大的国王，艾柴尔的使者接受恭特的赠礼会降低艾柴尔的身份。

1493   使者们向众位勇士和妇人告辞之后

愉快地踏上归途。为保证他们途中安全，

高贵的盖尔诺特派勇士专程前去护送，

一直护送他们到达斯瓦本的边境。

1494   勃艮第的勇士在斯瓦本与他们分手，[①]

他们后面的行程有艾柴尔鼎鼎大名保佑。

使者们快马加鞭，向着艾柴尔国家奔驰，

路上果然没有人劫掠他们的衣物和马匹。

1495   使者们在路上一见到熟人便告诉他们：

勃艮第人不久将前来匈奴人的国家做客，

他们就要从莱茵动身，奔赴艾柴尔宫廷。

这消息也传到彼尔格林主教的耳中。

1496   使者一行人途经贝希拉恩边塞的时候，

他们也向吕狄格和高苔琳德报告了音讯。

方伯和方伯夫人听说勃艮第人要经过那里，

知道不久能与他们见面，心中十分高兴。

1497   维尔伯和斯韦美尔怀揣喜信，驱马赶路，

他们在格郎城下就见到了艾柴尔君主。

---

① 勃艮第的勇士只护送他们到斯瓦本，此后，他们进入艾柴尔王权管辖地区。

二位乐师向大王转达从莱茵带来的问候，
艾柴尔大王听后满面红光，欢欣鼓舞。

1498　高贵的王后听完使者们的禀报，十分高兴，
　　　她知道兄弟们已经接受了他们的邀请。
　　　她于是拿出贵重的礼物，酬谢两位使者，
　　　她这样做，也是为了自己能有好的名声。

1499　她问道："告诉我，维尔伯和斯韦美尔，
　　　在我们邀请的那些最高贵的亲人中间，
　　　哪些人愿意来我国参加我们的庆典？
　　　哈根接到我们的邀请后发表了什么意见？"

1500　一使者说道："他每天清晨都赶来参加商议，
　　　然而，都有什么想法，从未听他说过一句。
　　　当其他人都赞成来匈奴国家做客的时候，
　　　哈根阴险地认为：他们是去给死神献礼。

1501　"同意参加庆典的有三位高贵的国王，
　　　我不能奉告，此外还有什么人随同来访。
　　　只有勇敢的琴师伏尔凯对我们说过，
　　　他也打算和你的兄弟们一起前来探望。"

1502　王后说道："我倒是可以不见伏尔凯，

相反，那位卓越的哈根让我念念不忘。

每逢想到我们将在这里与他见面，

我就兴奋不已，心潮起伏，心花怒放。"

1503　　克里姆希尔德走到艾柴尔大王面前，

她对国王小鸟依人，甜言蜜语地说道：

"我亲爱的夫君，这消息可让你觉得欢喜？

我长久以来的企盼，如今就要全部实现。①"

1504　　国王说道："我很高兴，你能如愿以偿。

即便是我自己的宗亲和族人来我国探访，

我也不会像今天这样心情舒畅，精神爽朗。

盼望你亲友到来，我的疑虑被一扫而光。"

1505　　宫中御吏②到处发号施令，指挥侍从，

为了迎接即将到来的尊贵的勃艮第客人，

要在大殿和正厅安放好招待嘉宾的坐凳。

然而不久，国王的欢乐全被这些客人断送。

---

① 双关语：邀请亲人来匈奴做客和为前夫西格夫里特复仇。

② 为宫中四大官职之下、无自由权力的侍从。在《尼伯龙人之歌》中仅此一处提到。

第二十五歌
尼伯龙人前往匈奴国

　　勃艮第人不顾乌特霭梦的不祥预
兆和鲁摩尔特的再次提醒，他们起程前
往匈奴。多瑙河洪水泛滥挡住他们的去
路。哈根只身一人出去侦察形势，遇上
两位水上女仙。女仙们预言，他们大难
临头，只有国王的宫廷神甫一人能安然
返回沃尔姆斯。女仙们还把如何才能争
取船夫把他们渡到河对岸的秘密泄露给
哈根。后来船夫不肯答应，哈根把他杀
死，没收了他的木船，然后自己划船把
勃艮第人渡到对岸巴耶伦。他把神甫推
下水，神甫又回到原来岸上，平安无
事。哈根认识到，女仙的话果然不错。
他把船砍碎，以防有人因胆怯乘船逃回
沃尔姆斯。

1506　　匈奴人如何准备迎接嘉宾，姑且叙述到此。

从来也未曾见过那些士气高昂的勇士
这样威风凛凛地出访另一个君主的国家，
并且携带一切必需的装备、武器和服饰。

1507　　　我听说，莱茵的君主这次去参加庆典，
共带去一千零六十名骑士和九千名侍从。
他给这些勇士装扮一新；而留在家中的人，
后来为他们这次出门悲痛不止，泪如泉涌。

1508　　　他们把马具都搬运到沃尔姆斯宫廷，
斯拜耶的一位老主教对美丽的乌特说道：
"我们的亲友去异国参加庆典，就要启程，
愿天主保佑，让他们在那里受到尊敬。"

1509　　　高贵的乌特欲想劝阻她的三位公子，
她说道："我昨夜做了一个可怕的噩梦，
我梦见，我们国中的飞鸟全部死空，
勇敢的英雄们，你们最好留在家中。"

1510　　　特罗尼的哈根说道："谁要是相信噩梦，
谁就不会知道，何时最能保全自己的光荣。
我现在没别的愿望，只有一个请求：
请求我的主上赶快向宫中的亲友辞行。"

1511 "我们将高兴地骑马走访艾柴尔的国家，

在那里参加克里姆希尔德举行的庆典，

在庆典上为国王们效劳，做出色的英雄。"

哈根力主前往，后来才懊悔不该出来旅行。

1512 要不是先前盖尔诺特对他冷嘲热讽，

提醒他不要忘记克里姆希尔德的前夫，

他说："哈根因此才不敢参加这次远征。"

哈根肯定会劝阻恭特不去匈奴国旅行。

1513 哈根说道："我劝阻你们并非因为怯懦。

如果你们要去，务必百折不回，锲而不舍，

我将高兴地奉陪你们前往艾柴尔的王国。"

后来，他果然把头盔和军盾砍碎许多。

1514 勇士们聚集在河岸，那里停泊几只小船，

他们大家把要携带的衣物通通搬上甲板。

勇士们忙碌一天，一直忙到黄昏时分，

他们告别沃尔姆斯，于是拔锚离岸。

1515 在莱茵彼岸的草地上张起许多帐篷，

勇士们今夜分别在那大小帐篷里宿营。

国王请美丽的娇妻再和他睡上一夜，

夜间，她搂着健壮的恭特，颠鸾倒凤。

1516　　　翌日清晨，号声和笛声催促大家起程。
　　　　　手挽情妇的勇士，再次把佳人拥抱怀中。
　　　　　后来艾柴尔的妻子暴戾恣睢，灭绝人性，
　　　　　夺走许多勇士的性命，使她们痛不欲生。

1517　　　乌特的三位公子有一位勇敢的侍从，
　　　　　他看到主人就要出发，告别而去，
　　　　　便悄悄地对国王吐肝露胆，直言真情：
　　　　　"你们此次外出巡访，我感到忧心忡忡。"

1518　　　这位侍从叫鲁摩尔特，一位出色的英雄，①
　　　　　他说道："你们走后，由谁管理国家和百姓？
　　　　　怎么就没有人能使你们放弃这次旅行！
　　　　　我压根儿就不欣赏克里姆希尔德的邀请。"

1519　　　国王说道："我把国家和儿子托付你照管，
　　　　　请保护好家中的妇人，这也是我的心愿。
　　　　　你如果看到有人落泪，请你耐心安慰，
　　　　　我想，艾柴尔的夫人不会把我们坑骗。"

1520　　　国王和随从们的马匹已经准备整齐，
　　　　　许多勇士与亲人吻别，怀着绵绵的情意。

---

① 这时鲁摩尔特负责司理宫廷的总务。

他们就要起程远行，心情十分激动，

后来，许多美丽的妇人为他们流泪哭泣。

1521 只见勇敢的骑士们向他们的骏马走去。

妇人们站在那里内心凄怆，暗自嘘唏。

她们心中仿佛总有一种痛苦的预感：

不是亲人伤亡殆尽，就是长久的别离。

1522 勇士们出征，在全国掀起极大的喧哗，

站在山岳①两侧送别的男女，声泪俱下。

然而，不论留在家中的人如何难过，

勇敢的勃艮第人毅然高兴地启程出发。

1523 那一千名尼伯龙勇士②身披铠甲，

他们丢下美丽的妇人，随同恭特出发。

从此，他们再也未能与这些妇人重逢，

只因西格夫里特遗孀的悲痛依然巨大。

1524 恭特的随从骑马挺进，队伍浩浩荡荡，

他们取道东法兰克溯美茵河而上。

---

① 指佛日山脉。

② 此时尼伯龙宝物已归勃艮第人占有，因此从现在起尼伯龙勇士不再指西格
夫里特的勇士，而是指勃艮第国勇士，同样，尼伯龙人也是指勃艮第人。

哈根引路，因为他熟悉这一带的地形，
勃艮第英雄旦克瓦特任大军的司令。

1525　三位君主和亲贵向斯瓦本非尔德行进，
从他们的堂堂风姿和仪表，人们一看
就知道，这些英雄声名赫赫，威风八面，
国王于第十二天清晨终于来到多瑙河畔。

1526　特罗尼的哈根一马当先，走在前面，
尼伯龙勇士有他带路，心中感到安全。
这位勇敢的英雄在多瑙河岸边下马，
然后急忙把马紧紧拴在一棵大树下边。

1527　多瑙河河水漫溢，他们看不见一只渡船，
河水猛涨，勇士们如何才能去到对岸？
他们十分焦急，纷纷从马背上跳下，
面对如此困境，大家垂头丧气，一筹莫展。

1528　哈根说道："国王陛下，请你亲自看看！
河水已经漫过河岸，水势汹涌，急流湍湍。
我担心，我们的损失将是十分惨重，
恐怕许多英雄今天就要在这里命归西天。"

1529　国王说道："哈根，你怎么怪起我来？

你是一位英雄，应该鼓励我们勇往直前。
你应该赶快去河水中探察，找出一处浅滩，
把我们的马匹和装备安全地转运到对岸。"

1530   哈根说道："我的生命还没有使我厌倦，
我不打算在这一片汪洋之中合眼长眠。
让我先去艾柴尔国中亲手杀死几个勇士吧，
不论能否达到目的，我至少有这种心愿。

1531   "众位堂堂的勇士，请你们在河边等候，
我一人先去那边岸上寻找几名船夫，
让他们把我们摆渡到盖尔夫拉特 ① 那边。"
哈根于是抓起他坚固的盾牌，离开河岸。

1532   这位勇敢的骑士披坚执锐，全副武装，
他手里拿着军盾，头上的钢盔闪闪发亮。
他身上穿着一件铠甲，外面佩带一柄宝剑，
那宝剑刀身宽大，锋利的双刃放射光芒。

1533   哈根去寻找船夫，从上游走到下游，
他突然听到水声潺潺，原来是一泓清泉。
几位聪慧的水上女仙正在那里沐浴，

---

① 巴耶伦国的公爵。

她们在清凉的泉水中消暑，安闲而舒展。

1534　　　哈根看见她们之后，轻轻地移动脚步，
　　　　　女仙们发现了这位勇士，于是急忙逃走。
　　　　　她们很高兴自己未被他捉住，然而哈根
　　　　　只拿走了她们的衣裙，无意制造麻烦。

1535　　　其中有一位女仙名叫哈德布克，
　　　　　她说道："如果你把我们的衣裙归还，
　　　　　哈根，高贵的骑士，我们就对你宣布，
　　　　　你们出巡匈奴国的结局，我们如何预见。"

1536　　　女仙们像鸟儿一样，在水面上游来游去，
　　　　　哈根领悟，她们的预言肯定正确而且有益，[①]
　　　　　因此，她们对他说的话，他都愿意相信，
　　　　　对于他的询问，她们回答也很仔细。

1537　　　哈德布克说道："请放心地去匈奴旅行！
　　　　　相信我的话吧，我完全可以向你保证，
　　　　　从未有一位勇士在任何一个君主的国家
　　　　　能像你们在那里欢快舒畅，受人尊敬。"

---

　　① 他认出这些少女是水中女仙，因此相信她们能未卜先知。

1538 哈根听到这样的预言，喜在心头，

   于是把衣裙还给女仙们，不在那里停留。

   然而，女仙们穿上那神奇的衣裙①之后，

   才把她们真实的预见对哈根吐露。

1539 另一位女仙名叫西格琳特，她说道：

   "哈根，亚德里安②的公子，我要对你警告，

   我姨娘为了索还衣裙对你说了假话，

   其实，你们到了匈奴国，境况不会美妙。

1540 "勇敢的英雄，他们邀请你们前去做客，

   你们非死在艾柴尔的国家不可。

   你们要是现在掉头回师，仍然为时不晚，

   无论什么人去他们那里，都难逃杀身之祸。"

1541 哈根却说道："你们不要企图把我蒙骗，

   艾柴尔国里只有一个人对我们心怀仇怨，

   怎么可能非要把我们全都置于死地不可？"

   女仙们于是又给他详细地解释一遍。

---

 ① 一种天鹅羽绒衫，传说中，女仙们穿上这种羽绒衫便能预卜未来；谁夺走她们的羽绒衫，谁就能控制她们。

 ② 哈根的父亲。

1542   先前的那位女仙又说道："我们可以肯定，
　　　　　　　　只有国王的神甫一人能保全自己的性命，
　　　　　　　　安然无恙地返回恭特的故乡勃艮第国，
　　　　　　　　除他之外，没有一位勇士能死里逃生。"

1543   勇敢的哈根板着面孔十分严肃地说道：
　　　　　　　　"聪明的女仙，我无法让我的主上相信，
　　　　　　　　我们勃艮第英雄都会死在匈奴人手里。
　　　　　　　　还是告诉我吧，我们如何才能渡过河去！"

1544   女仙说道："你既然执迷不悟，不听忠言，
　　　　　　　　我就告诉你，在上游的对岸有一间小屋，
　　　　　　　　那里住着一位船夫，他能把你们渡到对岸。"
　　　　　　　　哈根于是不语，不再继续追问这位女仙。

1545   另一位女仙对着怏怏不乐的勇士喊道：
　　　　　　　　"哈根阁下，请稍等，你的性子实在太急，
　　　　　　　　你如何才能去到对岸，倒要听个仔细！
　　　　　　　　我们这块边塞有位方伯，他名叫依尔泽，

1546   "依尔泽的兄弟号称英雄盖尔夫拉特，
　　　　　　　　此人是巴耶伦的一位领主，权势显赫。
　　　　　　　　你们要当心，通过他的领地凶多吉少，
　　　　　　　　对那位船夫也要言谨行慎，大意不得。

1547   "他是这一地区的监督，对主上忠心耿耿，

他把你们渡到对岸，要多少酬金都要答应。

倘若你们对他态度不好，有不恭敬之处，

这位英雄就要对你们下手，绝不留情。

1548   "如果那船夫不马上出来，请向对岸呼叫，

并且告诉他，亚美尔里希 ① 是你的大名，

因为一场争端离家出走，今日返回家中。

船夫听到这个名字肯定会出来欢迎。"

1549   大胆的哈根向女仙们鞠躬，表示谢意，

然后他一句话也不再说，默不作声地

独自一人沿着河岸向一处斜坡上走去。

他来到一处，对岸果然有一小屋立在那里。

1550   哈根这位勇敢的英雄向着对岸高喊，

他说道："船夫，请求你把我渡到对岸，

我愿意送你一只金镯，报答你的大恩；

告诉你，我确实有事，必须去到那边。"

---

① 为盖尔夫拉特的一名封臣。

1551   这位船夫①非常富有，不需要渡船谋生，
               即使为别人帮忙，他也极少索求馈赠。
               连他的用人也都是骄矜傲慢，目空一切，
               哈根独自站在岸边空喊，没有人答应。

1552   他使出全身的解数再一次放声高喊，
               雷鸣般的喊声震得滔滔河水都要泛起波澜。
               他喊道："我是亚美尔里希，请接我过河！
               当初我因为躲避仇敌才去四海逃难。"

1553   为了让人把他渡到盖尔夫拉特的国土，
               哈根把金镯挂在宝剑的尖端，举向高处。
               那只赤金的镯子精致美观，光彩夺目，
               高傲的船夫这才拿起船桨，走出小屋。

1554   恰巧这位船夫不久前刚刚办完喜事，
               他很想挣得哈根出示的这只赤金的镯子。
               然而，古往今来贪心总是要招来大祸，
               他图财不得，结果在哈根剑下溘然长逝。

1555   那位船夫摇着双桨，急忙划船来到此岸，

---

① 他是巴耶伦公爵盖尔夫拉特的一名侍臣，负责管理这一军事要道；骑士文学中另有固定的船夫形象。

然而他看到的人却与听到的名字无关。

他看到的是英雄哈根，于是勃然大怒，

对着这位英雄大发雷霆，愤然高喊：

1556　"你刚才报的名字本是亚美尔里希，

我们系同父同母所生，是手足兄弟。

我来这里是接他过河，并不想把你接去；

你蒙骗了我，我要让你继续等在这里。"

1557　哈根说道："祈祷天主保佑，这怎么可以？

我是一名异国的骑士，护送同伴路过这里。

你今天就发发慈悲吧，把我渡到对岸，

这是送给你的黄金，以此聊表我的心意。"

1558　船夫又说道："这事绝对不能商量。

我的几位尊敬的主上现在有许多仇敌，

我怎能随便就把一个陌生人引进国里？

你若爱惜自己的性命，请立即上岸回去。"

1559　哈根说道："不，请你不要拿我开心取乐！

这是一只优质的金镯，请你收下我的心意。

我有一千名勇士和一千匹良马等待过河，

请你把我们和我们的马匹一起摆渡过去。"

1560   船夫举起一只沉重的船桨挥向哈根，

（这可把哈根气得发指眦裂，七窍生烟）

打得这位特罗尼人摇晃着摔倒在船里。

他从未见过一名船夫会如此大发脾气。

1561   那船夫对这位陌生人愈加怒不可遏，

他抡起船桨就砍，把哈根的头颅砍破。

尽管这只船桨十分坚固，但也变成了碎片，

而这名依尔泽的侍臣的性命也随之断送。

1562   勇猛的哈根气得暴跳如雷，怒火中烧，

他立即伸手把他的宝剑拔出剑鞘，

然后亲斩那名船夫，把首级投入河水。

这件事勃艮第的勇士不久全都知道。

1563   就在他用宝剑砍杀那名船夫的时候，

船夫的小船被急流冲走，哈根非常气恼。

恭特的这位忠臣竭尽全力拨正那只小船，

然后自己拼命划行，尽管已经非常疲劳。

1564   他花了很大的力气才把那只小船驶回，

这时那粗壮的船绳已在他的手中断碎。

他想划到岸边，回到他的同伴们那里，

然而，他现在已经没有船桨，于是麻利地

1565   用箍在盾牌上的细带把断绳扎在一起，
然后顺流而下，向一片森林划去。
不久，他看见他的主上正站在岸边等待，
其他许多勇士看见他也一起拥上前来。

1566   骑士们兴高采烈地对着哈根热情欢呼。
他们发现小船鲜血淋漓，船上血水模糊。
刚才那名船夫的鲜血冒着热气，
大家纷纷询问哈根，这到底是什么缘故。

1567   恭特看见冒着热气的鲜血在船上流淌，
他立即询问哈根，鲜血怎么流到了船上。
恭特说道："请告诉我，船夫到哪里去了？
我猜想，一定是你把他杀死在这只船舱。"

1568   哈根矢口否认他曾经动手伤害过别人。
他说道："我今天连一名船夫都未看见，
我是在一棵柳树下偶然发现这只小船，
于是解开小船的船绳，把它划到你们这边。"

1569   勃艮第的君主盖尔诺特在一旁说道：
"我们找不到船夫，如何才能驶向对岸。
我为我们忠诚的勇士担心，感到万分不安。
他们今天恐怕都得在这里命归西天。"

1570   哈根于是高声地喊道："你们众位侍从：
　　　　　　　请把你们的马具通通放在草地上面！
　　　　　　　记得我从前曾经是莱茵河上最优秀的船夫，
　　　　　　　我自信能把你们送到盖尔夫拉特那边。"

1571   勇士们挥鞭策马，驱使它们赶快过河，
　　　　　　　马匹很快便熟悉了水性，都漂游在河面。
　　　　　　　尽管水流湍急，却是没有一匹马被淹死，
　　　　　　　只是有少数几匹因为乏力被冲出去很远。

1572   大家把黄金和衣服都搬上了甲板，
　　　　　　　事到如今只有前进，一切均不可改变。
　　　　　　　勇敢的哈根充当船夫，他为大家摇桨掌舵，
　　　　　　　终于把那些堂堂的勇士渡到陌生的对岸。

1573   他首先摆渡的是那一千名雄赳赳的骑士，
　　　　　　　紧接着摆渡的是他自己的六十名勇士，
　　　　　　　最后还有九千名侍从也被他送到对岸。
　　　　　　　勇敢的特罗尼人就这样整整忙碌一天。

1574   当他把勇士们安全地渡过河的时候，
　　　　　　　这位英雄想起了先前那些神秘的女仙，
　　　　　　　想起她们对他说的那段奇妙的预言；
　　　　　　　恭特的神甫险些因为这段预言命赴黄泉。

1575 哈根发现那神甫虔诚地守着他的圣箱 [①]，

      把身体紧紧地靠在他的那些圣具一旁。

      他在祈求天主保佑，可这又何济于事？

      他被哈根一眼看见，可怜的神甫落入虎掌。

1576 哈根使出蛮劲慌忙地将他推下船舷，

      许多勇士呼叫："住手，哈根，请你住手！"

      年轻的吉赛海尔勃然变色，怒气冲天。

      哈根则执意要把神甫推进死亡的深渊。

1577 勃艮第的君主盖尔诺特质问哈根：

      "你图得什么，非要把这神甫推下船舷？

      要是别人，你一定认为他欺人太甚，

      你究竟为什么对这位神甫如此反感？"

1578 那神甫使出全身的解数在水中挣扎，

      他希望有人前来搭救，使他能幸免于难。

      但蛮横的哈根把他一次又一次地推下深水，

      他如此大动肝火，大家对他都忿忿不满。

1579 可怜的神甫知道呼救已经无济于事，

      他转身到河水中去横渡，心情十分沮丧。

---

① 圣箱里装着做弥撒用的圣具。

然而他虽然不会游泳，却有天主保佑，
终于又安然无恙地返回原先的岸上。

1580 恭特的神甫站在岸上，抖掉衣服上的积水，
哈根这时才相信，那些神奇的女仙先前
对他预见的结局乃不可避免，无法预防。
他心想："英雄们必是此去无返，客死他乡！"

1581 国王的勇士们把东西从船上卸下之后，
哈根当即把那只卸下东西的空船砍碎，
随后把砍下的碎片通通投入滚滚河水。
在场的勇士们无不莫名其妙，无言以对。

1582 旦克瓦特说道："哥哥，你干吗要这样？
当我们的英雄从匈奴国返回莱茵的时光，
那时我们用什么过河，回到对面岸上？"
哈根后来告诉他：要回莱茵已是痴心妄想。

1583 哈根说道："如果我们中间出现一个懦夫，
他因为贪生怕死妄图逃离我们的队伍，
我就要让他在这条河水中一命呜呼，
这就是我为什么要把那只船砍碎的意图。"

1584 他们从勃艮第国带来一位真正的英雄，

此人名叫伏尔凯，能说会道，妙语连珠。
凡是哈根阁下的所作所为，一言一行，
这位乐师一律倍加推崇，认为恰到好处。

1585 　他们的马匹已经备好，马背装得满满当当，
他们长途旅行，至此还没有太大的伤亡。
只有国王的神甫一人不能继续跟随前往，
现在他只得孤单一人徒步返回莱茵故乡。

第二十六歌
旦克瓦特手斩盖尔夫拉特

哈根提醒勃艮第人对前景不可乐观。巴耶伦的方伯依尔泽和盖尔夫拉特公爵追踪勃艮第人，要为死去的船夫报仇。哈根、旦克瓦特和伏尔凯打死巴耶伦人，旦克瓦特手斩盖尔夫拉特。勃艮第人在帕骚彼尔格林处小憩；在吕狄格领地边界遇见一位睡着的骑士。骑士自称艾克瓦特，哈根把宝剑归还他并送给他六只金镯。为了表示感谢，骑士告诫他们，有人对他们怀恨在心，务必万分谨慎。他骑马先行，去通知吕狄格有勃艮第人驾临。

1586　勃艮第人的队伍来到多瑙河对岸之后，
　　　国王问道："现在由谁担当我们的向导，
　　　他知道怎样通过这个国家，以免我们迷路？"
　　　伏尔凯自荐："我来担任这个职务！"

1587   哈根说道："众位骑士和侍从，请你们安静！
　　　　　我以为，友人的忠言你们应该认真倾听。
　　　　　现在，我要告诉你们一个不幸的消息：
　　　　　要想返回勃艮第国家，已经不再可能！

1588   "这是今晨两位水上女仙对我说出的预言，
　　　　　因此我奉劝诸位，一定要把武器带在身边。
　　　　　我们有劲敌当前，大家绝不可掉以轻心，
　　　　　必须全副武装行进，我们才能保证安全。

1589   "聪慧的女仙断言，只有那神甫能够生还，
　　　　　除他之外，无一人能平安地返回家园。
　　　　　因此，我才把他推进河里，想让他溺死，
　　　　　希望我今天能戳穿这两位女仙的谎言。"

1590   哈根的话很快从这一群人传到那一群，
　　　　　英雄们听说，他们此次出征再也不能回来，
　　　　　大家顿时回肠九转，脸色变得煞白。
　　　　　他们看见死神逼近，心情十分悲哀。

1591   他们来到莫灵根，从这里过河去到对岸，
　　　　　依尔泽的那个侍从就是在这里命赴黄泉。
　　　　　因此哈根说道："我一路上树敌不少，
　　　　　他们肯定要来进攻，我们要准备迎战。

1592   "我今天清晨就是在这里打死了那名船夫，

盖尔夫拉特和依尔泽二人肯定已经听说。

要是他们敢来袭击，就让他们非死不可，

因此大家现在要做好准备，严加防范。

1593   "他们十分勇敢，伺机报复乃不可避免。

但我们一旦与他们相遇，仍要按辔徐行，

以防有人以为，我们因胆怯试图张皇逃窜。"

吉赛海尔说道："我愿意听从哈根的意见。

1594   "那么谁来引导我们的队伍通过这个国家？"

大家应道："这项使命应由伏尔凯承担，

因为他熟悉这一带的条条途径和路线。"

大家话音未落，乐师披挂武器，站到前面。

1595   勇敢的乐师戴上头盔，把系带扣紧，

然后又把一面红色小旗扎在枪杆一端。①

他身上的铠甲放射出五色斑斓的光芒，

后来他与国王们一起历经了艰苦的磨难。

1596   盖尔夫拉特闻悉他的船夫被人打死，

船夫被害的消息也传到了依尔泽耳边。

① 标志进入临战状态。

他们二人感到蒙受了极大耻辱，老羞成怒，

于是通知他们的勇士，主上有要事召见。

1597　　现在我再继续往下讲述：没过多少时间，

勃艮第人果然看见有一大批勇士骑马走来。

这些勇士都杀伤过许多强敌，身经百战，

共七千余人应盖尔夫拉特召唤前来救援。

1598　　盖尔夫拉特和依尔泽率领他们的勇士，

试图从后方跟踪追击，把他们的外敌围歼。

他们本想痛快地报复一下，以消缓怒气，

结果却使不少自己的勇士命赴黄泉。

1599　　特罗尼的哈根做了周密细致的安排，

（没有人像他这样善于保护族人的平安）

他和旦克瓦特带领自己的勇士充当后卫，

事实证明，他的这种部署明智而妥善。

1600　　白昼已经过去，夜幕开始笼罩人间，

哈根担心，战友们可能在夜里遭遇危险。

他们用盾牌做掩护，穿越巴耶伦地带，

没走几步，他们果然遭到敌人的进犯。

1601　　他们听到身后和大路两侧马蹄声紧，

这是因为有人在他们后面急步追赶。

勇敢的旦克瓦特说道："有人要袭击我们，

请大家把头盔系紧，我认为这很重要。"

1602　　他和哈根于是停止前进，执行殿后防卫，

黑暗中，他们看见许多盾牌亮光闪闪。

哈根再也守不住缄默，于是向后面问话：

"后面是什么人？"盖尔夫拉特只得开言。

1603　　那位巴耶伦的方伯①是这样对哈根回道：

"我不知道，今天清晨是谁打死了我的船夫，

我们正在追捕凶手，所以跟在你们后面。

我失去这位卓越的英雄，损失无法计算。"

1604　　特罗尼的哈根说道："那人是你的船夫？

他不仅拒绝把我们摆渡到河的对岸，

还差一点儿让我一命呜呼，殒命归天。

我不得已才把他打死，责任由我来承担。

1605　　"我拿出黄金和衣裳送给他作为报酬，

请他把我们摆渡到对面你统辖的领域。

谁知道他竟大动肝火，用船桨对我猛砍，

---

① 原文边塞方伯，从上下文看此处应是盖尔夫拉特公爵。

我实在生气，压不住心中愤怒的火焰。

1606   "于是，我拔出鞘中的宝剑，猛煞他的盛气，
那船夫身负致命重伤，不久奄奄一息。
我该怎样向你忏悔认罪，愿听从你的旨意。"
然而两位勇士都很倔强，非要比试高低。

1607   盖尔夫拉特说道：“恭特一行要从这里经过，
我心中就已经有数，哈根非寻衅滋事不可。
现在，他必须就地为死去的船夫偿命，
他欠下的血债必须偿还，这是罪有应得。”

1608   盖尔夫拉特和哈根把长矛从盾牌上方卸下，[①]
二位勇士用手握着长矛互相猛烈地冲杀。
旦克瓦特和依尔泽也迎面疾驰，挥鞭拍马。
几位勇士顽强奋战，他们的力气不相上下。

1609   何时曾经有过这样英勇善战的英雄？
盖尔夫拉特猛烈一击便把哈根击中，
他那匹马的胸带裂断，他从马背向后摔下。[②]
哈根这时方才领教，何谓骑在马上刺杀。

---

① 从盾牌的上方卸下背在肩上的长矛，并把长矛拿在手中进行冲刺。
② 骑士一方从马背向后摔下，标志战斗的第一回合结束。

1610   随从们手里的枪柄也发出裂断的响声。

特罗尼的哈根被盖尔夫拉特击中落马之后，

他在草地上稍事喘息，重又开始拼杀。

我想，他现在对盖尔夫拉特的怒气更大。

1611   哈根和盖尔夫拉特双双下马来到平地，

恕我不能奉告，现在由谁照料他们的骏马。

他们二人进行徒步冲刺，开始了第二回合，

他们的随从也同样宁死不屈，坚韧不拔。

1612   无论勇敢的哈根如何猛烈地进击砍杀，

他的盾牌还是被高贵的公爵砍下一片。

那大块碎片迸出的火花向四处飞溅，

恭特的忠臣也被砍倒在地，险些就此归天。

1613   他向旦克瓦特呼救："弟弟，快来帮我!

一名凶猛的勇士正在这里向我发难。

现在我生命危在旦夕，处境十分危险。"

旦克瓦特回道："让我来做你们的裁判!"

1614   这位英雄立刻向盖尔夫拉特扑将上去，

他一剑便把这位勇敢的公爵砍死在地。

依尔泽多么想为殒命的兄弟报仇雪恨，

但他和他的随从们损失惨重，只得撤离。

1615   他的兄弟被打死，他自己也身负重伤，

他八十多名勇士的尸骨也通通丢在了战场。

怎奈恭特的部下如此英勇卓绝，坚强不屈，

吓得依尔泽阁下仓皇逃命，狼狈周章。

1616   巴耶伦的方伯和他的勇士们撤出战场，

他们听到可怕的厮杀声一直跟在身后作响。

这是特罗尼的勇士们 ① 在追击他们的残敌，

为了保全自己的性命，谁还敢继续较量。

1617   在追踪敌人的时候，英雄旦克瓦特说道：

"让敌人逃走吧，他们已经是鲜血淋漓。

我们必须立即拨转马头，回到大路上去，

去追赶我们的战友，这是我的紧急建议。"

1618   他们又来到先前与巴耶伦人厮杀的地方，

特罗尼的哈根想要调查一下伤亡情况：

"请大家查点一下，我们缺少了哪些勇士，

盖尔夫拉特的怒火夺去了我们哪些猛将。"

1619   特罗尼人共失四名战友，痛苦尚可忍受，

然而，为了给四名死难的战友报仇雪恨，

---

① 指哈根、旦克瓦特和他们的勇士。

他们竟让一百多名巴耶伦人躺倒在战场。

他们的盾牌血迹斑斑，鲜血从上向下流淌。

1620　　从浮云后面不时地透出明亮的月光，

哈根又说道："我们在这里干的事情，

请大家千万不要告诉我的那几位主上，

至少在明日清晨之前，不要让他们惊慌。"

1621　　当这些勇士赶上勃艮第战友的时候，

他们已经是人困马乏，大家十分疲倦。

许多人发问："为什么还不让我们休息？"

旦克瓦特说道："这里还不是歇脚的地方！

1622　　"我们必须继续行进，直到明日天亮。"

勇敢的伏尔凯是殿后护卫队的指挥，

他让人请问司令："我们今夜去向何处？

我们的马匹和尊敬的主上在何处歇凉？"

1623　　勇敢的旦克瓦特说道："此事不能奉告。

我们现在还不能休息，必须等到天亮。

那时我们找一块草地，让你们躺下休息。"

勇士们听到他的回答，大家非常失望。

1624　　他们的铠甲上和武器上依然淌着鲜血，

直到第二天清晨灿烂的朝阳照在山冈，
国王才发现，他们身上溅满斑斑血污。
这位英雄于是勃然大怒，立即追问：

1625   "哈根，你们的铠甲为什么被鲜血浸湿？
这是什么人所为，你怎么不向我禀报？
莫不是你以为，我的武艺并不高超？"
哈根回道："我们昨夜遭到依尔泽的骚扰。

1626   "他为了一名船夫之死对我们发起猛攻，
结果我们失去四人，他们约一百人丧生。
那位盖尔夫拉特被我的兄弟杀死之后，
依尔泽见势不妙，抱头鼠窜，仓皇逃跑。"

1627   勇士们这一夜究竟住在哪里，我不知道，
乌特的三位公子前去匈奴宫廷的消息，
却是很快在全国传开，不久便家喻户晓。
此后不久，人们热情迎接他们来到帕骚。

1628   彼尔格林主教是高贵的国王的舅父，
他看见三位内侄率领许多勇士来到帕骚，
心中十分高兴，对他们非常热情友好。
勇士们也立即感受到他的款待十分周到。

1629   勇士们还在路上的时候，就有亲友迎接，

因为帕骚城里容纳不下这么多客人，

只好请他们去伊恩河对岸的那片旷野，

那里张起许多大小帐篷，供客人休息。

1630   勃艮第人在帕骚整整逗留一天一夜，

受到的款待别说有多么排场和豪华！

第二天，他们继续向吕狄格国中进发，

方伯很快获悉，不久有客人光临舍下。

1631   疲倦的勃艮第勇士经过一夜休息之后，

他们一步一步地走近匈奴人的国家。

在边界 ① 上，他们发现一名大汉睡得正熟，

特罗尼的哈根首先把他锋利的宝剑取下。

1632   这是一位善良的骑士，名叫艾克瓦特，

他看见许多英雄从边界经过，

他们拿走了他的宝剑，他心里很不快活。

英雄们则认为，他未尽守卫边界的职责。

1633   艾克瓦特说道："哎，我感到万分羞愧！

今天是我失职，我对不住吕狄格方伯。

---

① 指吕狄格的领地，已进入匈奴国边界。

自从西格夫里特去世以来，我一蹶不振，

我压根儿就反对勃艮第人访问匈奴王国。"

1634　　哈根听到这位高贵的骑士这样叹息，

他不仅把宝剑归还，还送他六只金镯。

他对骑士说道："请收下我的这点心意！

你是一位勇敢的骑士，尽管没有恪守职责。"

1635　　"谢谢你的手镯，愿天主赐你们恩惠！

我不赞成你们去匈奴人那里走访省亲。

你们杀害了西格夫里特，这里有人怀恨，

我真诚地奉劝诸位勇士，务必万分小心。"

1636　　哈根说道："但愿天主能够保佑我们！

我们的国王和随从什么都不关心，

他们只操心如何在这里找到一个住处，

让我们大家今夜在这个国家睡得安稳。"

1637　　英雄哈根继续说道："我们经过长途跋涉，

马匹已经疲倦，携带的干粮也全部吃光。

我们什么都买不到，因此必须找一家房东，

他能以骑士的胸怀今夜供给我们一些口粮。"

1638　　艾克瓦特说道："我介绍你们一位房东，

此人一向乐善好施，随时愿意慷慨解囊。
你们在他的国家将受到最好的款待，
勇士们，你们不妨去把吕狄格寻访。

1639　　"他是一位贤明的领主，住在这条路上，
每逢有勇士光临，他总是兴奋异常：
如同明媚的五月用鲜花点缀绿野一样，
骑士的一切美德都在他的胸中怒放。"

1640　　恭特国王说道："你可愿意当我的使者？
去问询吕狄格友人，他是否能对我赏光。
倘若他愿意接待我的族人和我的部下，
我将竭尽一切可能报答他的恩德。"

1641　　那勇士回道："我愿意听从你的差遣。"
他于是高高兴兴地跑去向城堡主人传言。
他把恭特等英雄的愿望向方伯一一陈述，
方伯久未听到这样的音讯，心情宽展。

1642　　人们看到一位骑士向贝希拉恩火速奔驰，
吕狄格本人认识那位来者，他于是说道：
"克里姆希尔德的管家艾克瓦特正在赶来。"
他以为，艾克瓦特是遭到了敌人的伤害。

1643   吕狄格方伯来到城门前接见那位骑士。

那骑士从腰间解下宝剑，把它放在一边，①

然后立即向城堡主人及其心腹报告

带来的消息，他一刻都不想对他们隐瞒。

1644   他对方伯说道："我是受勃艮第国的君主

和他的兄弟吉赛海尔和盖尔诺特之遣，

来向高贵的吕狄格方伯转达他们的祝愿：

三位高贵的勇士都向你恭恭敬敬地请安。

1645   "哈根和伏尔凯也同他们的国王们一起

怀着忠诚和热忱向你殷勤地请安。

国王的军师委托我向你表达一个请求：

他们今夜想住在你这里，不知能否如愿？"

1646   吕狄格高兴地回道："我乃三生有幸，

能有机会为三位高贵的国王效劳尽忠。

我们将满足他们的一切要求和愿望，

他们来舍下做客，那是我的骄傲和荣幸。"

1647   "如果你同意让那些勇士在你府上留宿，

且克瓦特命我，把他们的人数向你说明：

---

① 表示不是送来战书，而是送来和平信息。

他们共有六十名殿后护卫和一千名骑士，
外加九千名侍从。"吕狄格十分高兴。

1648　　他说道："很高兴，有卓越的勇士光顾寒舍。
我至今还未曾招待过这样高贵的宾客。"
吕狄格又说道："各位亲友，各位随从：
客人就要驾到，请你们骑马前去欢迎！"

1649　　方伯的命令得到他的骑士和侍从的赞同，
他们于是急步跑到他们的马匹跟前，
赶忙动手做各项准备，然后策马启程。
只有高苔琳德还一无所知，她深居后宫。

第二十七歌
勃艮第人来到贝希拉恩

> 勃艮第人在贝希拉恩小住，这是
> 他们最后的快乐日子。吕狄格的爱女与
> 吉赛海尔订下终身。勃艮第人启程时收
> 到大量礼品：盖尔诺特得到一柄宝剑，
> 哈根得到一块贵重的盾牌。高茍琳德送
> 给乐师伏尔凯十二只镯子。吕狄格护送
> 勃艮第人去艾柴尔国。克里姆希尔德在
> 一座塔楼上观望勃艮第人走近，她居心
> 不善，出言隐晦。

1650　　吕狄格方伯去后宫见高茍琳德夫人，
　　　　高茍琳德正与他们的爱女坐在一起。
　　　　方伯赶紧把得到的喜讯告诉她们母女二人，
　　　　说王后的兄弟们要来贝希拉恩拜访他们。

1651　　吕狄格对高茍琳德说道："亲爱的夫人，
　　　　来者中有高贵、强大而赫赫有名的国君，

他们带领随从们到来时，你要热情接待，

恭特的忠臣哈根，你同样要奉为贵宾。

1652　　　　"同他们一起到来的还有英雄旦克瓦特，

另一位叫伏尔凯，他举手投足彬彬有礼，

你和女儿二人只能亲吻这六位客人。①

对待他们要遵照宫廷的规则，把握分寸。"

1653　　　　母女二人对方伯表示，一定遵从他的叮嘱，

她们于是从衣箱中取出最漂亮的衣服。

为了前去迎接高贵的勃艮第国的勇士，

美丽的妇人披罗戴翠，一身华丽的装束。

1654　　　　她们头上戴的是金灿灿的华丽的头饰，

上面扣着饰带，以防微风把发型吹乱。

她们脸上未涂胭脂，保持着天然的容颜。

我以尊严担保，我说的话没有一句谎言。

1655　　　　关于妇人们准备迎宾的情况，我暂且搁下，

我要说一说吕狄格的部下怎样骑着骏马

穿过原野飞速驰骋，去迎接高贵的客人，

---

① 这六位客人是三位国王、哈根、旦克瓦特和伏尔凯，高苔琳德和女儿可以给他们以特殊的礼遇。

怎样隆重地迎接他们来到方伯的国家。

1656　　当吕狄格方伯看见客人们走近的时候，
　　　　这位高贵的英雄满面春风，笑容可掬。
　　　　他急忙说道："欢迎你们，尊敬的君主！
　　　　能在我的国家接待各位，这是我的荣誉。"

1657　　客人们怀着真挚的友情向他欠身施礼，
　　　　吕狄格对客人们也回报由衷的敬意。
　　　　他还特地向哈根（他从前就认识哈根）
　　　　和勃艮第国英雄伏尔凯的到来表示欢迎。

1658　　吕狄格方伯走过来向旦克瓦特问安，
　　　　旦克瓦特说道："既然留我们住在这里，
　　　　请问由谁照料我们带来的物品和武器？"
　　　　方伯说道："请各位今夜在这里安心休息，

1659　　"你们带来的全部物品、装备和马匹，
　　　　我都将亲自负责，妥善地加以管理，
　　　　确保你们在我的国家一切安然无损，
　　　　无论你们有多少物品，一件都不会失去。

1660　　"侍从们，你们赶快去郊外搭一些帐篷！
　　　　再把马的笼头摘掉，放它们自由走动！

不管客人们有什么损失，我都负责赔偿。"
勃艮第人在此之前从未遇上过这样的房东。

1661　　客人们非常满意；当国王们离去之后，
　　　　侍从和马童留下来躺在草地上歇息。
　　　　我想，他们一路上逐日追风，关山迢递，
　　　　根本不可能这样舒舒服服地睡上一宿。

1662　　高苔琳德夫人带着女儿来到城堡前面，
　　　　许多妇人和侍女在她们身旁亭亭玉立。
　　　　美丽的妇人们身穿华丽的衣裙，姹紫嫣红，
　　　　她们佩带无数颗金银饰物，珠光宝气。

1663　　妇人们衣裙上贵重的宝石，五光十色，
　　　　她们本人更是千娇百媚，风姿秀逸。
　　　　客人们到达之后，他们立即从马上跳下，
　　　　勃艮第勇士们的举止真是无可挑剔！

1664　　一共三十六名宫女和许多高贵的妇人，
　　　　她们由勇士们陪伴上前欢迎勃艮第贵宾。
　　　　美丽的妇人都是绰约多姿，风致翩翩，
　　　　她们对于客人的接待也是隆重万分。

1665　　年轻的方伯小姐分别吻了三位国王，

（依次行事的还有她的母亲方伯夫人）
哈根站在一旁，父亲示意也要给他一吻，
小姐见哈根阴森可怕，因此很不甘心。

1666　　　然而，她作为女儿怎能违抗家长的命令！
她只得勉为其难，脸色忽而煞白忽而通红。
她又吻了旦克瓦特，然后吻了那位乐师，
她吻乐师是因为她敬佩这位乐师的刚勇。①

1667　　　年轻的方伯小姐挽着吉赛海尔的手臂，
方伯的夫人也把恭特热情地拉在手里。
二位勇敢的勃艮第英雄喜在心头，
吕狄格母女陪着二位国王一起离去。

1668　　　家主方伯陪着盖尔诺特走进一间大厅，
骑士和妇人都在大厅里坐下来休息。
侍从们立即给来宾斟上精美的甜酒，
他们作为勇士能受这样款待，尚属首例！

1669　　　吕狄格的千金气质淑美，风姿秀逸，
骑士们都把温柔的目光投向这位少女。
他们凝眸而视，胸中泛起缕缕情思，

① 她吻伏尔凯，不是因为他出身高贵，而是敬佩他刚勇无畏。

少女也受之无愧，她的确是绝代佳丽。

1670 大厅里坐着许多美丽的宫女和妇人，
  骑士们的目光也在她们身上转来转去。
  此时此景使骑士们浮想联翩，百感交集。
  而那位高贵的乐师则最使主人欢喜。

1671 主人为异国的嘉宾准备了丰盛的酒宴，
  嘉宾们于是在宽敞的大厅里开始用餐。
  按照国中习俗，用餐时男女必须分桌而坐，
  骑士们和妇人们分别走到各自餐桌前面。

1672 高贵的方伯夫人陪着贵宾在餐桌前就座，①
  她让年轻的女儿去和侍女们坐在一起，
  因为她们年龄相仿，都是豆蔻年华的少女。
  客人们现在看不见她们，心中很不乐意。

1673 宾客品尝了美味佳肴、玉液琼浆之后，
  那些美丽的少女又被叫回大厅里休息。
  大家谈笑风生，吟诵有趣的格言和警句，
  高贵的伏尔凯妙语连珠，数他多才多艺。

---

① 女主人破例与男性客人同坐一桌，是表示对客人的特殊尊敬。

1674   这位高贵的乐师在众人面前开始演说：

"尊敬的方伯大人，感谢仁慈的天主，

他赐予你一位雍容华贵的美貌贤妻，

让你欢乐自得地生活，一生无忧无虑。"

1675   他又说道："倘若我是一位君主，登基加冕，

我希望能与你们美丽的千金结为美眷。

我现在别无他求，只有这么一个愿望，

因为她真是妩媚喜人，是巾帼的典范。"

1676   方伯对他回道："感谢你的这番美意，

一位高贵的君主怎么能看上我家的小女？

我和我的内人都是在别人的土地上栖身，①

女儿的美貌怎么可能弥补她低下的门第？"

1677   有教养的盖尔诺特非常得体地回道：

"如果让我选择一位如意的终身伴侣，

我一定与这样一位窈窕淑女结为伉俪。"

这时哈根上前插嘴，他很郑重地提议：

1678   "年轻的吉赛海尔已经到了成亲的年龄。

----

① 吕狄格当年与其他人一起逃到匈奴，他现在占有的城堡和土地均由艾柴尔国王赐予，因此担心自己门第太低，不宜与王室联姻。

要是方伯小姐愿意来勃艮第国戴王后冠冕，

与我们年轻的国王匹配良缘，她出身高贵，

我和我的部下将高兴地为她忠心效力。"

1679　　　　吕狄格和高苔琳德听后，二人喜出望外，

在场的英雄 ① 都异口同声立即表示同意。

高贵的吉赛海尔娶高苔琳德的女儿为妻，

这无损他国王的身份，完全符合情理。

1680　　　　乾坤已经不可扭转，这是大势所趋。

那位少女于是被叫到几位国王的面前，

国王们当众许诺，让吉赛海尔娶她为妻，

吉赛海尔郑重宣誓，愿与她结为伉俪。

1681　　　　三位国王赠予少女城堡和土地作为聘礼，

高贵的恭特和盖尔诺特还庄严地保证，

他们永远恪守诺言，绝不改变主意。

方伯则表示："因为我本人不占有城堡，

1682　　　　"我只能保证怀着忠诚和仰慕为你们效劳。

我要拿出用一百匹驮畜才能装运的金银，

把这些金银作为嫁妆送给我们的爱女。

---

① 指勃艮第的勇士，吉赛海尔的婚事首先要取得男宾的一致同意。

让我们子婿的族人感到体面，心中满意。"

1683   按照惯例，年轻的勇士们围成一圈儿，
     他们让新郎和新娘站到圆圈儿的中间。①
     他们自己高兴地站在两位新人的对面，
     当然满怀青年人美好的心愿。

1684   他们问那少女，是否愿意嫁给这位勇士，
     他们提的这个问题可为难了未来的新娘。
     她虽然对这位英俊少年十分有心，
     却是同其他少女一样，只是羞于启齿。

1685   她的父亲吕狄格喊她答话，道一声"愿意"，
     高贵的吉赛海尔立即向她的身边走去。
     他用白皙的双手把她紧紧地拥抱在怀间，
     可惜他们的幸福只有这么短暂的瞬息！

1686   方伯说道："各位尊敬而高贵的国王：
     遵照国中的习俗，当你们归来的时光，
     我再让小女随你们一起返回勃艮第故乡。"
     大家立即表示：赞成吕狄格的主张。

_____

 ① 吉赛海尔和方伯小姐只是举行订婚仪式，并未结婚。

1687   刚才听到的喜庆喧闹之声终于停止，

美丽的少女们各自回到她们的房中。

客人们都去宽衣休息，直到翌日天明。

主人无微不至地关照，早点也很丰盛。

1688   吃过早点之后，客人们要启程前往匈奴，

高贵的主人极力挽留："你们不要现在就走，

请各位嘉宾在我家中再多住一些时候。

寒舍还从未接待过像你们这样高贵的朋友。"

1689   旦克瓦特说道："这恐怕根本没有可能，

如果这大批勇士今夜继续留在这里不走，

上哪儿去取这么多粮食、面包和甜酒？"

主人听到他的话马上回道："请你住口！

1690   "各位君主，请不要回绝我的一片真诚！

即使你们和你们的随从再住上十四天，

我也能拿出足够的粮食，保证供应。

因为艾柴尔大王至今还不要求我进贡。"

1691   勃艮第国的客人虽然一再借故推辞，

但盛情难却，他们还是住到了第四日清晨。

吕狄格拿出大量马匹和衣服送给客人，

他的慷慨之举不胫而走，迅速传遍四邻。

1692 　　客人们再也不能耽搁，必须继续远征，

　　　　而吕狄格的慷慨好施也是没有止境。

　　　　无论谁有什么要求，他都一一满足，

　　　　千方百计让大家称心如意，人人高兴。

1693 　　马童把备好鞍辔的骏马牵到城堡门前，

　　　　那大批异国的勇士也纷纷来到城堡前面。

　　　　勇士们手里拿着盾牌，走到战马一旁，

　　　　他们就要登程，向着艾柴尔国快马加鞭。

1694 　　当高贵的勇士们将要离开大厅的时候，

　　　　主人又拿出大量礼物向各位客人赠赏。

　　　　为了提高他的声望，他不仅送出许多礼品，

　　　　还把爱女许配给年轻的吉赛海尔国王。

1695 　　他送给勃艮第英雄恭特一套华贵的甲胄，

　　　　高贵的国王穿上这套甲胄，仪表堂堂。

　　　　通常，这位国王从不接受别人的礼物，[①]

　　　　他这次破例施礼感谢方伯吕狄格的赠与。

1696 　　方伯送给盖尔诺特国王一柄名贵的宝剑，

————————————

　　① 一位君主通常不接受别人的礼物，只向别人布施。他破例接受吕狄格的礼物，表示很重视与他建立的亲属关系。

英雄后来在战斗中总把这宝剑带在身边。

这件礼物由方伯夫人高苔琳德亲手赠送，

然而后来，方伯却惨死在这柄宝剑下面。①

1697 　他们赠送的礼物连国王都未拒绝接受，

高苔琳德觉得，也应该送给哈根一件，

因为也不能让他空手离开这里去参加庆典。

然而哈根最初还是谢绝了夫人的心愿。

1698 　但他又说道："那边墙上挂着一块盾牌，

在我见到的物件中，它最受我的青睐。

不知你们能否把这盾牌送我带在路上，

到艾柴尔国家之后，我仍要把它随身携带。"

1699 　哈根的话唤起了高苔琳德昔日的哀愁，

她回想起努东②之死，心里非常难受。

因为维蒂希③狠下毒手，杀死了她的儿子，

使她蒙受巨大不幸，从此悲泪长流。

---

① 后来盖尔诺特就是用这柄宝剑杀死吕狄格，这就是吕狄格的"命运悲剧"。

② 维蒂希杀死努东的传说属狄特里希传说系统，努东与高苔琳德有血缘关系。在古代北欧蒂德莱克传说中努东是高苔琳德的兄弟，在后来的德意志传说中他是高苔琳德的儿子。在拉温那战役中，努东被维蒂希杀死。

③ 在日耳曼英雄传说中，维蒂希最初是伯尔尼首领狄特里希的朋友，后来杀死了他的许多年轻的英雄。

1700   她对英雄说道："我愿意送你这块盾牌，

努东就是拿着这块盾牌在战斗中阵亡，

我这可怜的妇人自那以后再也不能欢畅。

感谢天主，我多么希望他还活在世上！"

1701   高贵的方伯夫人于是从座位上站起，

她用白皙的双手取下挂在墙上的盾牌。

然后，她把珍贵的礼物亲自交给哈根，

并且挽住哈根的手，表示对他的敬爱。

1702   盾牌上镶嵌许多贵重的宝石，绚丽多彩，

盾牌外面用一块光洁透亮的丝绸覆盖。

要是购买的话，恐怕至少要值一千马克，

在阳光下面，从未见过这样精美的盾牌。

1703   高贵的哈根让人把送给他的盾牌抬走，

这时他的兄弟旦克瓦特也走进宫来。①

方伯的女儿赠送给他许多华丽的衣服，

他后来在匈奴国里可有了阔绰的穿戴。

1704   要不是因为珍重主人吕狄格的情意，

---

① 勃艮第勇士就要启程，旦克瓦特作为统帅，一切准备就绪之后，进宫向妇
人辞行。

勃艮第客人谁也不会接受他的厚礼。

可是后来，他们互相之间还是成了仇敌，

方伯最后凄惨地死在勃艮第人的手里。

1705   聪敏的乐师拿着提琴来见高苔琳德夫人，

他神态潇洒，给夫人拉琴演奏甜美的乐曲，

还为夫人吟咏了许多谣曲、颂歌和诗句。

他以此向贝希拉恩告别，然后登程而去。

1706   方伯夫人令人取来一只小小的木箱，

现在请听我告诉你们她怎样热情地赠赏：

她取出十二只镯子给乐师戴在手上，

并说道："请带上它们去见艾柴尔大王！

1707   "请你进宫时戴上这些金镯，为我脸上争光，

当你们赴宴归来的时候，要对我汇报，

你在那里怎样按着我的意愿效劳的情况。"

他后来果然实现了夫人的全部期望。①

1708   方伯对客人们说道："为了你们平安旅行，

我要亲自陪你们一起出发，一路护送，

---

    ①　作者的双关语，与方伯夫人的想法不同，伏尔凯后来在匈奴国英勇战斗，壮烈殉难（见2204节）。

以防有人拦路抢劫，危害你们的性命。"
他的行李被立即装上驮畜，等待启程，

1709　　这位高贵的主人一共带了五百名随从，
　　　　还带了许多骏马和大量衣裳出门旅行。
　　　　他带着人马和装备高兴地去参加庆典，
　　　　结果没有一人生还贝希拉恩，全部丧生。

1710　　这位主人又给家人每人一吻，表示辞行，
　　　　吉赛海尔也同他一样，不乏骑士作风。
　　　　二位勇士热烈地拥抱自己美丽的佳人，
　　　　许多年轻妇人后来为这次离别痛哭失声。

1711　　这时间，家家户户的窗户都豁然大开，
　　　　方伯和他的随从朝着他们的马匹走来。
　　　　美丽的妇人和年轻的少女都暗自嘘唏，
　　　　我想，她们心中已经预感到日后的悲哀。

1712　　她们对勇士们怀着深深的眷恋之情，
　　　　担心再也无缘与他们在贝希拉恩重逢。
　　　　然而，勇士们却是兴高采烈地欣然而去，
　　　　他们沿多瑙河而下，直奔匈奴国宫廷。

1713　　高贵的吕狄格提醒勃艮第友人，他说道：

"我们现在距离匈奴国已经越来越近，
应该赶紧派人骑马前去给艾柴尔送信。
艾柴尔大王肯定从未听过这么好的喜讯。"

1714　　这时，几位使者在奥地利大地上疾驰，
他们一路上到处向居民百姓传递佳音：
今有莱茵河畔沃尔姆斯的英雄们拜访他们。
艾柴尔的随从们得到这个消息，无比兴奋。

1715　　那几位使者带着这则喜讯继续骑马先行，
他们要去报告王后，尼伯龙人已在途中。
他们要说："克里姆希尔德，我们的女主人，
你的兄弟们就要来到，期待你热情欢迎。"

1716　　克里姆希尔德王后走到窗口前窥探，
她像盼望朋友一样，盼望与亲人相见。
她看见，来自故国的勇士们已经走近，
国王也获悉客人们就要驾到，笑容满面。

1717　　王后说道："亲人们已到，我是多么开心！
他们带来了锃亮的铠甲和簇新的军盾。
谁想得到黄金，他就该想着我遭受的痛苦，
那时，我会对他重赏，对他永远感激不尽。"

第二十八歌
勃艮第人来到匈奴国

勃艮第人到达匈奴国后，受到狄特里希的欢迎，狄特里希提醒他们要保持警觉。克里姆希尔德朝勃艮第人走来，但她只问候吉赛海尔，立即与哈根舌战；哈根拒绝放下武器。克里姆希尔德发觉，有人提醒过他们。狄特里希供认不讳。艾柴尔询问，这个强硬的男人是谁，当他听说是哈根的时候，立即回忆起过去：哈根年轻时曾作为人质住在他的宫廷。

1718　　伯尔尼 ① 的老帅希尔德勃兰特 ② 听说，

　　　　勃艮第的勇士们已经到达艾柴尔王国。

---

　　① 伯尔尼（德语）即意大利的威罗那，传说中，东哥特王国曾在此定都。

　　② 为东哥特王国狄奥多里克大帝（传说中称狄特里希）的军师，四七六年，抛下妻儿，随同首领狄特里希一起来到匈奴。参见 1347 节，注①。

他报告首领[1]：有雄赳赳的骑士光临，

首领委派他认真接待，自己却情绪低落。

1719　勇敢的沃尔夫哈特让人把他们的战马牵来，

为了前去迎接高贵的勃艮第国勇士；

许多英雄跟随狄特里希一起来到郊外。

勃艮第人刚收拾起帐篷，往驮畜背上装载。

1720　特罗尼的哈根看见有人从远处走近，

他于是很有礼貌地向主人建议，他说道：

"各位高贵的勇士，现在请大家全体起立！[2]

他们已来迎接，我们应该迎面走向他们。

1721　"我很熟悉那群向我们这边走来的随从，

他们都是来自亚美伦国[3]的堂堂英雄，

伯尔尼的狄特里希大王是他们的首领。

你们不可小看他们今日的这一番举动！"

1722　狄特里希带着他的勇士，还有许多随从，

----

① 指伯尔尼的狄特里希。

② 勃艮第人在到达艾柴尔城堡前最后一次宿营，国王们坐在草地上，等帐篷拆卸完毕再上马。

③ 狄特里希是亚美伦王族后裔，故他的国家称亚美伦国（今意大利北部）。

他们从马上跳下（这也是应有的礼貌），
徒步迎向来访的客人，对他们表示欢迎。
他们热情地问候来自勃艮第国的英雄。

1723 　狄特里希对乌特的三位公子都说了什么，
我下面要一一叙述，请你们仔细地听清楚。
大王看到客人们向他走来，不禁心事重重，
他以为，吕狄格已把危险告诉了各位君主。

1724 　"欢迎你们各位勇士，恭特和吉赛海尔，
盖尔诺特和哈根，欢迎你们旦克瓦特和
勇敢的伏尔凯，难道你们还不知道，
克里姆希尔德仍在哭悼那位尼伯龙英雄？"

1725 　哈根说道："她哭多久，于我们又有何妨？
西格夫里特死去多年，尸首早已被埋葬。
他不能起死回生，再也不会重返人间，
克里姆希尔德应把爱情献给匈奴国王。"

1726 　然而，伯尔尼的狄特里希却提醒他们：
"让我们姑且不说西格夫里特的死亡，
他的遗孀却无时不想算计你们。
你们现在占有尼伯龙宝物，要倍加提防！"

1727　　　国王说道："我为什么要提防他们？
　　　　　　艾柴尔派使者邀请我们前来匈奴做客，
　　　　　　我还怎么好再追根刨底地询问使者。
　　　　　　再说他们也带来了克里姆希尔德的嘱托。"

1728　　　哈根又说道："我想给你们提一个建议，
　　　　　　我们应该请狄特里希大王和他的英雄
　　　　　　给我们透露一下克里姆希尔德的底细。
　　　　　　这位王后对你们到底打什么主意。"

1729　　　于是恭特和盖尔诺特，还有狄特里希，
　　　　　　他们三位国王聚集在一起秘密地商议：
　　　　　　"高贵的伯尔尼的骑士，请你告诉我们，
　　　　　　克里姆希尔德王后邀请我们有何用意？"

1730　　　伯尔尼的大王说道："我还能多说什么？
　　　　　　我每日清晨总是听到这位王后唉声叹气。
　　　　　　艾柴尔的夫人对着万能的天主倾诉，
　　　　　　她要永远为坚强的西格夫里特之死哭泣。"

1731　　　乐师伏尔凯是一位勇敢的英雄，他说道：
　　　　　　"如此说来，我们现在已经完全无能为力。
　　　　　　让我们先骑马走进宫廷，亲自观察一番，
　　　　　　看一看匈奴人到底要把我们如何处理。"

1732　　　勇敢的勃艮第勇士骑着马进入宫廷，

　　　　　他们队伍整齐，不失勃艮第国的体统。

　　　　　在匈奴人当中，有不少勇士悄悄自问：

　　　　　那位特罗尼的哈根有怎样一副尊容？

1733　　　在宫中大家急切地问及哈根，不无缘由，

　　　　　因为他是杀害那位尼德兰英雄的凶手，

　　　　　英雄是王后的前夫，在勇士当中独占鳌头。

　　　　　因此，围绕哈根的传闻自然不胫而走。

1734　　　这位英雄哈根的体态果然名不虚传：

　　　　　他的双腿修长，他的鬓发已经开始斑白，

　　　　　他的胸围宽阔，他的目光咄咄逼人，

　　　　　走起路来高视阔步，很有大丈夫气概。

1735　　　勃艮第的客人被送到他们的住处，

　　　　　但恭特的侍从们必须与其他勃艮第人分开。

　　　　　为了日后把这些勇士在住地一网打尽，

　　　　　居心叵测的王后，事先做了这样安排。

1736　　　哈根的兄弟旦克瓦特是部队的统帅，

　　　　　国王托付他对他们的侍从悉心关怀。

　　　　　他特别叮嘱，一定要给他们吃饱喝足。

　　　　　英雄对主上忠贞不贰，绝不敷衍搪塞。

1737   美丽的克里姆希尔德带着侍女们走来，

她来迎接尼伯龙人①，却把真实情感掩埋，

她只吻了吉赛海尔，并且拉住他的手，

哈根看到后，立即紧一紧他头盔上的系带。②

1738   哈根说道："各位勇敢的英雄，请你们注意，

他们给国王和国王的随从不同的礼遇。

这种问安的方式提醒我们务必十分警惕，

我们决定来参加这次庆典，看来并非良计。"

1739   王后说道："谁愿意看见你们，请他来欢迎，

我来与你们见面，并非出于友好的感情。

告诉我，你们从沃尔姆斯给我带来了什么，

值得我欢迎你们，对你们到来感到高兴？"

1740   哈根回道："我有足够财产可以赠送。

要是知道，英雄出门要带一份厚礼才行，

我肯定会带着礼物前来贵国向王后奉赠。

我当初为什么就没有想到这件事情？"

1741   克里姆希尔德又说道："你必须告诉我，

---

① 指勃艮第人，见 1523 节注 ②。

② 表示提高警惕。

414

你把那些尼伯龙宝物都放到了哪里？
你十分清楚：那些宝物本是我的财产，
你理应给我带来，放在艾柴尔国里保管。"

1742　　　"克里姆希尔德夫人，我不敢对你隐瞒，
那批尼伯龙宝物早就不再由我经管。
我的主上已经令人把它们沉入莱茵河底，
即使到世界末日，它们肯定也不会重返。"

1743　　　高贵的王后说道："果然不出我的预料。
这批宝物曾经归我占有，是我的财产。
你们这次来匈奴竟然一点都不给我带来，
这怎能不让我切骨痛心，肝肠寸断！"

1744　　　特罗尼的哈根怒冲冲地对王后说道：
"我身上要穿铠甲，我肩上要扛盾牌，
头上要戴闪亮的头盔，手中要拿宝剑①。
见鬼去吧，还有什么财产要给你带来！"

1745　　　王后于是对所有的勇士发出命令：
"任何人都不准把武器带进这间大厅。
英雄们，把武器交给我，让我代为保存。"

---

① 指西格夫里特的巴尔蒙宝剑。

哈根惊喊："让我们交出武器，这不可能！

1746   "你是一位王后，我不敢希冀这样的荣幸：
劳你把我的盾牌和武器保存在你的手中。
家父没有教过我好逸恶劳，拈轻怕重。
不，我还是做一名保管自己武器的侍从。"

1747   克里姆希尔德王后说道："我真不顺心！
家兄和哈根为什么不肯把盾牌交来保存？
一定是有人提醒他们，要谨言慎行。
我要是知道此人是谁，绝不给他留命。"

1748   伯尔尼的狄特里希大怒，他当即回道：
"你要想知道是谁对高贵的国王们事先提醒，
是谁向他们的随从勇敢的哈根吐露了真情，
此人是我，随便你这刁妇打算如何严惩！"

1749   艾柴尔的夫人听到答话，满面羞涩，
因为她一向害怕强大的狄特里希发火。
她于是一言未发，赶忙从他眼前走开，
两眼恶狠狠地瞪着她的敌人，匆匆走过。

1750   正在这时，有两位英雄互相紧紧地握手，
其中一位是狄特里希，那另一位是哈根。

高贵的勇士直率而又不失风雅地说道：
"看到你们来到匈奴国家，我真是担心，

1751　"刚才王后对你们的态度更使我心情忧闷。"
哈根说道："天无绝人之路，请你放心。"
两位勇敢的英雄窃窃私语，互相讨论，
他们被艾柴尔大王发现，大王立即询问：

1752　"狄特里希阁下那么热情地欢迎那位勇士，
请你们对我禀报，那位勇士究竟是何人。
看他仪表堂堂，出自高门贵族的神色，
他肯定是一名骑士，不必问谁是他的父亲。"

1753　克里姆希尔德的一位心腹对国王回禀：
"那勇士生于特罗尼，亚德里安是他的父名。
别看他装作襟怀坦荡，却是胸藏诈心，
我说的话绝非谎言，我将用事实证明。"

1754　国王说道："你说此人胸藏诈心，何以见得？"
他这时并不知道，王后在背后耍弄阴谋。
后来，艾柴尔王后残酷地迫害她的族人，
结果没有一个人逃出匈奴，生还莱茵。

1755　国王说道："亚德里安曾是我的一名随从，

他在我这里赢得过崇高声望和巨大光荣。

我把他晋升为骑士，还赏他许多黄金，

荷尔契在世时，他深得我爱妻的恩宠。

1756　　　"因此，我很熟悉哈根，对他了如指掌。

他和瓦尔特小时候被送到我这里做人质，

他们长大以后，我把哈根送回他的故乡，

西班牙的瓦尔特带着希尔德恭特一起逃亡。[1]"

1757　　　国王已经认出这位来自特罗尼的朋友，

于是许多年以前的往事，一起涌上心头。

这位朋友青年时代曾经为他尽忠效劳，

老年时，却打死了他的许多忠诚的战友。

---

[1]　此处引自瓦尔特传说。

第二十九歌
哈根拒不起立，克里姆希尔德严厉痛斥

哈根和伏尔凯坐到克里姆希尔德
居室对面的一条长凳上。克里姆希尔德
带着一批携带武器的随从走来，他们二
人拒不起立问安。哈根故意把西格夫里
特的那柄宝剑放到膝上。克里姆希尔德
问哈根是不是杀害西格夫里特的凶手，
哈根供认不讳。她随即要求匈奴人替她
向哈根讨还血债，匈奴人胆怯后退；艾
柴尔热情欢迎勃艮第客人。

1758   特罗尼的哈根和伯尔尼的狄特里希，

这两位享有盛名的勇士，言毕互相分离。

恭特的忠臣回过头来，向周围巡视，

很快便发现，一位战友正好站在那里。

1759   这时，伏尔凯正与吉赛海尔站在一起，

哈根招呼他过来，要带着他一起进去。

他知道，这位乐师聪明机智，果敢刚毅，

绝对是一位优秀的骑士，毋庸置疑。

1760　　　　他们让他们的国王继续留在庭院等候，①

他们二人穿过庭院向一座大殿前走去。

二位勇士一身虎胆，不愧是卓越的英雄，

对于任何人的敌对行为都无所畏惧。

1761　　　　大殿的对面是克里姆希尔德的住房，

二位勇士坐在那座大殿前面的一条凳上。

他们每人身上的那套华贵的装备，闪闪发亮。

许多人看见都问：他们来自什么地方？

1762　　　　许多匈奴人就像观看凶猛的野兽一样，

对这两位高傲的勇士瞪着眼珠张望。

艾柴尔的夫人从窗后窥见这二位英雄，

美丽的克里姆希尔德又开始黯然神伤。

1763　　　　她一看见哈根，就又想起过去的忧伤，

这位王后不禁泣下沾襟，泪珠簌簌地滚淌。

艾柴尔的勇士们惊问，王后何以如此伤心，

她说道："众位英雄，原因就在哈根身上。"

———————————————

① 意谓匈奴的主人迟迟不出来欢迎他们。

1764 勇士们又对王后说道："此话何从谈起？
刚才我们还看见你春风满面，笑容可掬。
莫非有人伤害过你？无论此人如何凶猛，
你只需下令，我们一定为你铲除仇敌。"

1765 "谁要是愿意替我报仇，我对他终生感激，
不论他要求什么，我总是让他称心如意。"
王后又说道："现在我跪下乞求众位勇士，
为我向哈根报仇雪恨，让他人头落地！"

1766 应艾柴尔王后克里姆希尔德的恳切要求，
马上有六十名勇敢的英雄聚集在一起，
他们要不顾一切地冲到那二位生人面前，
不但要铲除哈根，还要摘取乐师的首级。

1767 王后看见他们聚集起来的兵力如此之少，
不由怒气横生，对那些勇士严厉地说道：
"我看你们还不如干脆放弃你们的打算，
用这么几个人的兵力怎么能把哈根打倒？

1768 "那位特罗尼的哈根虽然十分凶猛顽强，
坐在他身边的那位乐师更是力大无比。
此人名叫伏尔凯，十分危险，令人恐惧。
要想打败这两位英雄，可不那么容易。"

1769   随从们于是又调来四百余名堂堂勇士，

克里姆希尔德王后对他们提出如下要求：

一定要让勃艮第人尝一尝他们的厉害；

然而后来她自己的勇士也吃了极大苦头。

1770   那四百余名英雄披挂整齐，严阵以待；

高贵的王后看见她的随从已经整装完毕，

于是说道："请你们原地不动，稍事休息，

我先去戴上我的冠冕，然后再见我的仇敌。①

1771   "请大家注意，现在我要告诉各位英雄，

特罗尼的哈根对我犯下了什么罪行。

此人是恭特的一名随从，十分骄矜自傲，

他绝不会认错，而我要不择手段，对他严惩。"

1772   勇敢的伏尔凯，那位聪敏的琴师看见，

高贵的王后离开她的住房，走出大殿。

她走下殿前的台阶，乐师感到势头不妙，

于是急忙向他的战友特罗尼的哈根报告：

1773   "哈根，你看，那位王后正向我们这边走来，

她把我们邀请到这个国家，准是不怀好意。

---

① 意谓她要以匈奴王后的身份去见勃艮第人。

我没见过一位王后要有这么多勇士陪同，

而且个个杀气腾腾，把宝剑拿在手里。

1774　　　　 "哈根，你是否知道，他们对你怀着仇恨？

因此我劝你，为了保全你的尊严和荣誉，

上策是：你务必谨言慎行，万分警惕，

如果我没看错的话，他们都是满脸怒气。

1775　　　　 "别看他们中许多人仪表堂堂，态度大方，

谁要想保护好自己，应赶紧加以提防。

我想，他们在礼服里面 ① 穿的是甲胄，

我只是不能报告，他们要瞄准谁投枪。"

1776　　　　 勇敢的哈根怒火中烧，气冲冲地说道：

"他们一个个把锃亮的武器在手中紧握。

我清楚，他们不是针对别人，而是针对我。

然而，他们拦不住我重返勃艮第国 ②。

1777　　　　 "假使克里姆希尔德的随从要对我动手，

请你告诉我，伏尔凯，我亲爱的朋友，

————————————

　　① 此处的描写与前面几节的描写不符，在前面几节里（1770—1773），勇士
们都披坚执锐，手握武器。

　　② 意谓决不让他们打死，要活着返回勃艮第国，捍卫骑士的尊严。

我是否值得让你帮忙，助我一臂之力？

当然，我也永远与你同甘共苦，同舟共济。"

1778　乐师说道："我将鼎力相助，请你放心。

假使我看见艾柴尔国王带着勇士逼近，

只要我一息尚存，我一定与你并肩战斗，

绝不会因为胆怯而逃走，丢下你一人。"

1779　"高贵的伏尔凯，我祈求天主给你赐恩。

知道你愿意与我休戚与共，戮力同心，

我还能有什么别的要求？我只能告诉敌人，

谁要同我较量，敬请他带着武器驾临！"

1780　乐师对哈根说道："我们现在应该起立。

她是一位王后，我们应该让她通过这里。

她是一位高贵的妇人，我们要谦恭地请安，

这样做才不失体面，这是为了我们自己。"

1781　哈根说道："不要这样做，请你为我考虑！

如果我们走上前去向那位王后请安，

她的勇士们就会以为，我们是心中恐惧。

不论他们谁从这里走过，我都绝不起立。

1782　"我为什么要对与我为敌的人表示尊敬？

只要我还有一口气，我绝不做这种事情。
随便艾柴尔的夫人对我如何切齿痛恨，
我不在乎，对她不予理睬，无动于衷。"

1783 傲慢的哈根故意把他的武器放在膝前，
那武器一端的圆头上有一块碧玉嵌在上面。
那块碧玉格外青翠润泽，盖过所有的绿草，
王后一眼认出，这是西格夫里特的宝剑。

1784 克里姆希尔德看见宝剑，不由得黯然神伤。
宝剑上金制的剑柄和镶着花边的剑鞘
使她想起昔日的痛苦，于是眼泪汪汪。
我想，哈根正是为此才把宝剑放在膝上。

1785 伏尔凯也把放在凳上的琴弓拉到身旁，
那根琴弓既大又长，既坚固而又粗壮，
看上去像一柄宽阔而锋利的宝剑一样。
二位英雄就这样并肩而坐，毫不紧张。

1786 二位勇敢的英雄坐在那里，无所畏惧，
无论谁从那里走过，他们都绝不站起。
因此高贵的王后径直地走到他们面前，
对他们怒冲冲地责问，怀着敌意。

1787　　　　王后说道:"请告诉我,尊敬的哈根阁下,
　　　　　　是谁通知你,让你骑马来到我的国家?
　　　　　　难道你不知道,你给我造成过多大痛苦,
　　　　　　你只要冷静一点儿,就不该来自找尴尬。"

1788　　　　哈根说道:"没有人派使者去请我哈根,
　　　　　　他们只邀请三位国王到你的国家省亲。
　　　　　　三位国王是我的主上,我是他们的随从,
　　　　　　我从来都是跟随他们一起出国访问。"

1789　　　　王后说道:"有一点你必须对我禀明,
　　　　　　你为什么要与我作对,对我切齿痛恨,
　　　　　　你杀死了我亲爱的丈夫西格夫里特,
　　　　　　自那以后我终日以泪洗面,痛不欲生。"

1790　　　　哈根说道:"我们已经说得够多,还说什么?
　　　　　　如今我依然是那个杀死西格夫里特的哈根。
　　　　　　这位英雄实属罪该万死,他必须受到惩罚,
　　　　　　因为王后你羞辱了美丽的布伦希尔德夫人。

1791　　　　"高贵的王后,我不说谎,愿意实话实说,
　　　　　　让你遭受无妄之灾,是我一个人的罪过。
　　　　　　现在随便男女众生打算对我怎样报复,
　　　　　　我对自己的行为供认不讳,不推脱罪责。"

1792 克里姆希尔德说道："勇士们，你们听听，
    哈根毫不回避自己犯下的滔天罪行！
    艾柴尔的随从们，随便你们对他如何严惩！"
    两位傲慢的勇士，对面相视，目不转睛。

1793 这时，要是有一人率先动手打起来，
    结果肯定是两位莱茵战友赢得新的荣光，
    因为他们在以往的战斗中总是屡战屡胜。
    那些不自量力的人再也不敢轻举妄动。

1794 一名勇士说道："你们为什么盯着我看？
    现在，我收回我先前立下的一切誓言。
    看来艾柴尔的夫人真想把我们糟蹋殆尽，
    我可不愿意用生命换取任何人的赏钱。"

1795 站在他一旁的另一位勇士也这样说道：
    "我也有这种想法，不想用生命换取赏钱。
    我发现那位乐师的眼神十分凶狠可怕，
    即便给我几座金塔，我也不敢前去冒犯。

1796 "我认识哈根的时候，他还是一位青年，
    关于他的身世，勿需你们再来对我多谈。
    我曾经看见他在二十二次战役中拼杀，
    每次拼杀都给许多妇人带来深重的灾难。

1797   "他和那个西班牙人①在艾柴尔这里的时候，

　　　　　　　　为着国王的荣誉，他们参加过许多战斗。

　　　　　　　　他们有时还跟随艾柴尔国王去域外征讨，

　　　　　　　　公正地说，这中间都有哈根不小的功劳。

1798   "那时候，这位勇士尚是一名年轻的后生，

　　　　　　　　那时的年轻人，如今已经是苍发老翁。

　　　　　　　　他成为一个足智多谋、性情暴戾的男人，

　　　　　　　　用卑鄙的手段攫取了那柄锋利的巴尔蒙。"

1799   匈奴的勇士们都不想打仗，决定掉马回朝，

　　　　　　　　他们担心在那位乐师手中把性命送掉。

　　　　　　　　这些勇士当然也完全有理由胆战心惊，

　　　　　　　　王后心中则十分焦灼，急得火烧火燎。

1800   乐师说道："正如先前有人对我们预言，②

　　　　　　　　我们来到这里乃是来到了仇敌中间。

　　　　　　　　我们现在还是回到宫中主上那里去吧！

　　　　　　　　肯定不会有人敢来与我们的国王纠缠。

1801   "只要朋友与朋友能忠诚地团结在一起，

---

① 指瓦尔特，见瓦尔特传说。

② 指水上女仙（1539节），艾克瓦特（1635节）和狄特里希（1726节）说的话。

别人往往会因为害怕而收起他们的奸计。
如果一个人能深思熟虑，不轻举妄动，
那么他就可以使许多人因此免遭灾难。"

1802　　哈根说道："好，我同你一起去找他们。"
那些堂堂的莱茵勇士还一直站在庭院，
欢迎的人们把他们围住，他们站在中间。
勇敢的伏尔凯于是对着他们放开嗓音高喊：

1803　　"勇士们，你们站在那里被人们团团围住，
还要等待几时，为什么迟迟不进大殿？
你们应该去见国王，听听他对我们的意见。"
勇士们于是两人一行，排成一列长队。

1804　　伯尔尼的大王挽着勃艮第国王恭特的手，
伊恩夫里特与勇敢的盖尔诺特排在一起，
吉赛海尔和吕狄格方伯紧跟在他们的后面。
这几位名将分别陪同客人离开宫前的庭院。

1805　　无论大家怎样排队，谁同谁排在一起，
哈根和伏尔凯二位英雄却是从不分离，
直到他们在那场最后的战役中双双死去。
那场战役使许多高贵的妇人痛哭流涕。

1806　　三位勃艮第国的国王共带来一千名随从，
　　　　此外还有六十名勇士跟随他们一起进宫。
　　　　只见这些勇士跟着国王阔步走向大殿，
　　　　他们都是哈根从国内挑选的卓越的英雄。

1807　　哈瓦尔特和伊林是艾柴尔的高贵随从，
　　　　他们走在几位国王两侧，带领他们进宫。
　　　　旦克瓦特和沃尔夫哈特，一位出色的英雄，
　　　　他们举手投足恰当而得体，更高一等。

1808　　当莱茵的君主阔步走进大殿的时候，
　　　　艾柴尔大王立即站起身来表示欢迎。
　　　　自那以后也有许多国家的国王接待过来宾，
　　　　却是没有一次像艾柴尔的接待这般隆重。

1809　　"欢迎你们，恭特、盖尔诺特和吉赛海尔！
　　　　我对你们一向怀着由衷的仰慕之情，
　　　　因此才派人去沃尔姆斯送去我的问候。
　　　　我同样也热烈地欢迎你们的全体随从！

1810　　"欢迎你们，英雄哈根和勇敢的伏尔凯，
　　　　我和我的夫人特别高兴，看到你们到来。
　　　　我们衷心地欢迎你们来我们国家做客，
　　　　克里姆希尔德多次遣使莱茵，送去邀请。"

1811   特罗尼的哈根说道："此话我已听说多次，

　　　　　即使我这次不能随同主人来这里做客，

　　　　　为了看望你们，我也会专程骑马访问贵国。"

　　　　　高贵的国王于是过来挽起客人们的手，

1812   把客人们带到他自己先前休息的地方。

　　　　　侍从们赶紧端上甜葡萄酒和桑葚液，

　　　　　他们用宽大的金盆盛着这些玉液琼浆。

　　　　　国王对他的客人感情十分淳厚，古道热肠。

1813   艾柴尔国王说道："我向各位英雄坦言，

　　　　　我非常高兴，能在我的国家与你们见面，

　　　　　世上再也没有别的事情让我这样开心。

　　　　　你们的到来也将王后心中的愁云驱散。

1814   "我时常心里纳罕，不知我有什么冒犯，

　　　　　在我的国家，经常有高贵的宾客出入，

　　　　　只有你们从不肯屈尊给我和各属国赏脸。

　　　　　今天能在这里与你们相见，不胜喜欢。"

1815   高贵的骑士吕狄格兴致勃勃地回道：

　　　　　"国王完全应该为他们的到来感到高兴，

　　　　　王后的亲人们非常珍视友情，恪守忠诚。

　　　　　他们此行贵国还带来许多堂堂的英雄。"

1816　　　　　在夏至前一天的傍晚，国王们进宫赴宴，

　　　　　　　高贵的艾柴尔大王在那里举行盛大庆典。

　　　　　　　从未听说有人这样隆重地接待异国英雄，

　　　　　　　开宴时，大王亲自陪他们一起入席就餐。

1817　　　　　从未有国王为宾客摆设这么丰盛的酒宴，

　　　　　　　各种美味佳肴和琼浆玉液，样样俱全。

　　　　　　　客人们无论想要什么，都能马上得到。

　　　　　　　这些英雄的惊人业绩，也在广泛流传。

第三十歌
哈根和伏尔凯站岗守望

宴席之后，勃艮第人被指定到一
间大厅。哈根和伏尔凯站在门前守望，
伏尔凯弹奏委婉动听的曲调为伙伴们催
眠。两位英雄十分警惕。匈奴人试图袭
击未能成功，他们遭到伏尔凯的蔑视和
讥讽，于是退却。

1818　　这一天白昼已经过去，夜幕渐渐降临，
　　　　疲惫不堪的勇士们都在不安地自问，
　　　　不知什么时候他们才能躺到床上去休息。
　　　　哈根与恭特商量之后，他们立即去问主人。

1819　　恭特对主人说道："愿天主保佑你吉祥如意，
　　　　我们想回去睡觉，请允许我们离开这里。
　　　　你如果还有吩咐，我们明日清晨再来。"
　　　　艾柴尔国王很高兴地让客人们回去休息。

1820   这时，许多匈奴人从四处拥向客人，
勇敢的乐师伏尔凯警告他们，他说道：
"看你们谁胆敢挡住我们勇士的去路？
如果你们不肯让开，我就不会轻饶。

1821   "我只要用我这根琴弦把你们重打一下，
就会吓得你们一些人的亲友鬼哭狼嚎。
我以为，你们还是把路给勇士们让开为好！
虽说大家都自称英雄，品格却是有低有高。"

1822   这位乐师说话的时候，心中充满怒气，
勇敢的哈根回过头来望着他的战友。
他说道："乐师说的话的确很有道理，
王后的勇士们，你们还是应该回去！

1823   "不论你们有什么打算，都不能如愿以偿。
不过还是让我们疲倦的勇士们先休息一夜，
你们要有什么举动，请明日清晨再来商量。
我相信，真正的英雄向来都是这样。"

1824   匈奴人把客人带到一间宽敞的大厅，
那里为勇士们准备了宽大华丽的卧床。
然而，克里姆希尔德王后居心叵测，
她暗地里策划一桩陷害他们的阴险勾当。

1825   床上铺的是精致的浅色阿拉斯① 毛毡，

上面放着用阿拉伯绸缎缝制的褥垫。

这褥垫质地精美，是世界上最好的褥垫，

褥垫上还绣着各种绚丽多彩的花边。

1826   床上放着用白鼬皮和黑貂皮做的被子，

夜间睡在里面肯定十分暖和舒坦。

客人们要在这里睡上一夜，直到天明，

从未见一个国王和随从同住一个房间。

1827   吉赛海尔说道："这样的住处乃是不祥之兆，

这对随同我们一起来的亲友万分不妙。

克里姆希尔德表面上是在款待我们，

我担心，她一旦下手，我们在劫难逃。"

1828   英雄哈根说道："你们不要忧心忡忡！

今夜我一人出来，亲自为你们站岗放哨。

我自信有能力保护你们的安全，直到天亮，

请不要害怕，有本事的人自有高招。"

1829   大家对他欠身施礼，表示感谢之意，

他们随后便急忙准备躺到床上去休息。

---

① 法国北部一城市，中世纪以其毛织品闻名。

不多时间，勇士们都已经安然入睡，
而勇敢的哈根则背上了他的全部武器。

1830   勇敢的英雄，乐师伏尔凯对哈根说道：
       "亲爱的哈根，如果你不嫌弃，你觉得可以，
       我今夜与你一起站岗，直到东方露出晨曦。"
       哈根由衷地感谢伏尔凯的一片情意。

1831   他说道："亲爱的伏尔凯，愿天主保佑。
       不论我将来遇到什么样的困难，
       我只希望你一人能与我风雨同舟。
       我一定报恩，除非死亡把我的生命夺走。"

1832   这二位英雄于是披上锃亮的甲胄，
       他们又取出盾牌，把盾牌紧握在手。
       他们走出那座大厅，站在大厅的门外，
       一片真情，诚心诚意地保卫里面的战友。

1833   勇敢的伏尔凯把盾牌靠在大厅的墙根儿，
       然后转身走回大厅，取出他的提琴。
       这位英雄要用自己得心应手的才能
       为他的族人服务，这也很适合他的身份。

1834   大厅的门框下面横放着一条长石，

伏尔凯十分勇敢，就坐在这条长石上面。
他拉起提琴，奏出委婉动听的旋律，
勇士们听到琴声，都很感激这位乐师。

1835　　　他那提琴的声音在整个大厅里回荡。
这位乐师不仅技艺高超，而且拥有力量。[①]
他奏出的琴声越来越优美而且扣人心弦，
催促恐慌不安的勇士们渐渐进入梦乡。

1836　　　伏尔凯看到，勇士们已经渐渐地睡着，
这位英雄于是拿起盾牌，握着它走出大厅，
今夜他要站在大厅门前为族人站岗放哨，
以防克里姆希尔德的随从前来骚扰。

1837　　　不知是夜幕刚刚降临，还是午夜时分，
伏尔凯看见远处有一顶头盔在黑暗中闪动。
这是克里姆希尔德的人在那里侦察情况，
正在寻找机会，以便加害大厅里面的客人。

1838　　　乐师说道："我的朋友，亲爱的哈根，
你我共担这次风险，看来十分要紧。
我看见大厅前面来了一群披坚执锐的勇士，

---

① 音乐是宫廷教育的一部分，此处指既有教养又有膂力。

如果我没有看错，他们准是要来袭击我们。"

1839　哈根说道："我们不要做声，先让他们走近，
　　　　不等他们发现我们，我们就要用手中的宝剑
　　　　使他们的头盔离开戴着它们的主人。
　　　　让他们去见克里姆希尔德时，片甲不存。"

1840　这时，有一名匈奴的勇士已经发现，
　　　　有一个人守卫在那座大厅的门前。
　　　　他忙说道："我看见那位乐师在站岗放哨，
　　　　我们的全部打算这下可无法实现。

1841　"那位乐师头上戴着一顶钢盔，闪闪发亮，
　　　　那钢盔光滑而坚固，上面未有一点损伤。
　　　　他的铠甲像一团火焰一样，光芒四射，
　　　　他身边是哈根，他们保护主人安然无恙。"

1842　克里姆希尔德的兵卒立即班师回朝，
　　　　伏尔凯发现后，生气地对他的战友说道：
　　　　"我离开一会儿，去那些勇士那边看看，
　　　　我要打听一下，他们想要什么花招。"

1843　哈根说道："不，听我的话，别去打听消息！
　　　　你一旦离开大厅，只身去那些勇士那里，

他们就会对你挥舞宝剑，把你置于死地。
那时我只能抛下我们的族人，跑过去救你。

1844　　　"假使我们两人同时卷入同他们的战斗，
他们就会乘机火速派二至四人闯入大厅，
给我们那些正在熟睡着的勇士制造不幸，
那时我们将措手不及，可要后悔一生。"

1845　　　伏尔凯又说道："我们起码要让他们知道，
我已经看见了克里姆希尔德的士兵，
他们曾经对我们无理取闹，蓄意挑衅。
这样他们今后就无法抵赖，我们掌握铁证。"

1846　　　勇敢的伏尔凯于是对匈奴人大声喊话：
"各位匈奴的勇士，你们为什么要携带武器？
莫不是想当强盗，骑马出去拦路抢劫？
你们不妨带上我和我的战友一起出击。"

1847　　　匈奴人谁也不敢答话，伏尔凯怒气横生。
英雄说道："呸，你们这些胆小如鼠的畜生！
是不是想要趁我们睡着时把我们通通杀掉？
在我们的英雄身上，你们的阴谋休想得逞。"

1848　　　几名勇士一事无成的消息传入王后耳中，

她当然十分生气，心中的怒火难平。

这一计未成之后，她又在另想别的诡计，

因此后来许多卓越的勇士失去了性命。

第三十一歌
勃艮第的勇士们前往教堂

翌日清晨，勃艮第人和匈奴人一
起前往教堂，勃艮第人仍是全副武装。
比武时，伏尔凯打死一名穿戴入时的匈
奴骑士，引起一阵骚乱。艾柴尔又一次
平息了骚乱。克里姆希尔德为实现她的
复仇计划招兵买马。狄特里希拒不接受
她的诱惑，艾柴尔的兄弟布洛德尔被她
征服。宴席开始时他手里握着武器。克
里姆希尔德派人把她年幼的儿子带进宴
会大厅，艾柴尔十分高兴，哈根则阴阳
怪气地大谈这个男孩的末日。

1849　　　伏尔凯说道："我感觉铠甲上的凉意袭人，
　　　　　根据我的推测，黑夜已经不会太长，
　　　　　我从空气中感到，用不多时就要天亮。"
　　　　　他们于是招呼还在睡梦中的勇士们起床。

1850   明亮的晨曦照进客人们休息的大厅，

哈根把睡在那里的国王和随从通通唤醒。

他询问勇士们是否要去做弥撒，前往教堂。

按着基督教的习俗，教堂里的钟声已响。[①]

1851   恭特的勇士们都愿意去教堂祈祷天主，

他们一听呼唤，便立即起床，离开床铺。

基督教徒和异教徒显然不能一起唱经，

因此他们都以不同方式祷告和祝福。

1852   勃艮第勇士们换上了非常华贵的衣裳，

他们今日的穿戴胜过任何一次出游巡访。

哈根见此情景颇为不满，他于是说道：

"英雄们，你们在此地不该穿这种服装！

1853   "现在你们对这里的情况已经有所了解，

因此不要拿着玫瑰[②]，而要扛起长枪，

要摘下缀着宝石的头带，把钢盔戴在头上。

因为我们感到，克里姆希尔德存心不良。

---

①　在异教的匈奴国响起基督教教堂的钟声是作者的假想。他从中世纪宗教观念出发，认为匈奴人无疑也有做弥撒的习惯。

②　手持玫瑰花环去教堂祈祷，是古老的宗教习俗。

1854　　　　　"我提醒大家，我们今天将有一场大战，
　　　　　　　因此要换上铠甲，不要穿戴绫罗绸缎。
　　　　　　　不要穿华丽的外套，要把军盾背在肩上。
　　　　　　　一旦有人攻击我们，我们随时能够抵抗。

1855　　　　　"尊敬的主上，亲爱的亲友和众位勇士，
　　　　　　　你们应该去教堂虔诚地祈祷天主，
　　　　　　　把你们的恐惧和不幸向万能的天主哀诉。
　　　　　　　因为毫无疑问，死亡已经来到我们的近处。

1856　　　　　"你们不要忘记诉说自己的所作所为，
　　　　　　　在天主面前，你们必须虔诚地忏悔。
　　　　　　　众位杰出的勇士，如果天主不另做裁定，
　　　　　　　你们就是最后一次去唱弥撒，要有心理准备。"

1857　　　　　三位国王和他们的勇士于是前往教堂，
　　　　　　　他们首先来到教堂前面那块神圣的广场。
　　　　　　　勇敢的哈根要求大家站在那里，不要走散，
　　　　　　　他说道："不知匈奴人会对我们要什么伎俩。

1858　　　　　"朋友们，请把你们的盾牌放在脚的前边，
　　　　　　　要是有人对你们蛮横无理，高傲狂妄，
　　　　　　　你们就要报以迎头痛击，把他们打成重伤。
　　　　　　　以勇取荣，这向来是我哈根的主张。"

1859　伏尔凯和哈根二人向高大的教堂走去，
　　　他们知道，他们这样做会使王后生气，
　　　艾柴尔的夫人就要推开他们，不准拥挤。
　　　结果不出所料，她果然大怒，心头火起。

1860　匈奴的国王偕同美丽的王后已经来到，
　　　他们身后走着堂堂的勇士，为他们保镖。
　　　这些勇士个个都是衣冠楚楚，仪表雍容华贵，
　　　王后的大批随从走过时把尘土卷起很高。

1861　艾柴尔大王看到勃艮第的国王和随从
　　　都是全副武装，他随即惊讶地问道：
　　　"我的朋友们为什么都把头盔戴在头上？
　　　无论这里谁伤害了你们，都于我脸上无光。

1862　"万一我这里有人伤害了勃艮第的客人，
　　　我要亲自向他们赔罪，使他们觉得宽慰。
　　　我要让他们知道，我确实十分难过，
　　　不管他们要求我做什么，我都尽力而为。"

1863　哈根回道："我的主人有一个习惯，
　　　每逢出宫参加庆典，都要全副武装三天。
　　　我们在这里，还没有人与我们过意不去，
　　　要是有不测之事，我们不会对大王隐瞒。"

1864 　　哈根的话，克里姆希尔德全都听在耳里，

　　　　她瞪着这位勇士，眼睛里流露仇恨和敌意。

　　　　然而，她虽然早就了解勃艮第人的习俗，

　　　　却不愿戳穿哈根刚才编造的这套谎言。

1865 　　尽管王后对哈根等人怀有深仇大恨，

　　　　要是有人向艾柴尔国王禀明真实的背景，

　　　　他一定会大力制止冲突，不使后来惨剧发生。

　　　　可是大家都傲世出尘，谁也不对他讲明。

1866 　　这时一大群勇士随同王后一起走来，

　　　　那两位英雄①旁若无人，半步也不移开。

　　　　匈奴人感到受了极大侮辱，十分愤慨，

　　　　王后只好带着随从从二人面前挤着过来。

1867 　　艾柴尔的侍从对他们这种态度非常反感，

　　　　要不是因为自己是在艾柴尔大王的跟前，

　　　　他们肯定要把这两名勇士激怒大战一番。

　　　　幸好这次只是一阵拥挤，没有引发别的事端。

1868 　　做完弥撒之后，大家各自分手，纷纷离散，

　　　　许多匈奴的勇士急忙跨上他们的马鞍。

----

　　① 指哈根和伏尔凯。

克里姆希尔德身边跟随许多美丽的少女，
此外还有七千名英雄与王后一路相伴。

1869　　艾柴尔大王坐在窗前，向外欣然观望，
克里姆希尔德和侍女们坐在大王一旁。
他们观赏那些雄赳赳的勇士骑马竞技，
看见了无数异国的勇士在比试较量！

1870　　勇敢的旦克瓦特身边有许多马童，
他们是从勃艮第国带来的恭特的侍从。
这位马厩总管也带着这些侍从参加比武，
尼伯龙人的骏马装备齐全，鞍具精良。

1871　　三位国王和他们的随从跨上马背之后，
伏尔凯建议，他们应该表演马上竞技。
这是他们在勃艮第国家中的风俗习惯，
他们应本着这种习惯神采奕奕地进入场地。

1872　　大家全都接受这位勇士的建议，来到赛场，
他们的比赛十分激烈，不时爆出巨响。
在宫前宽阔的广场上，许多勇士纷至沓来，
艾柴尔和克里姆希尔德坐在上面大殿里观赏。

1873　　从狄特里希的勇士当中，共来了六百名英雄，

他们想要与客人们一起进行马上较量。

要不是主上不准他们与勃艮第人比武，

他们真想与客人一边比武，一边消磨时光。

1874　哎，有多少健壮的勇士在后面奔驰而来！

当狄特里希听说，他的勇士也想参赛，

他立即下令，不准他们与勃艮第人竞技，

因为他为他们担心，而他的担心不无道理。

1875　当狄特里希的勇士撤离比赛场地之后，

五百名贝希拉恩的勇士接着赶到那里。

吕狄格的勇士全副武装来到大厅前面，

方伯也很想劝阻他们，不让他们参加竞技。

1876　吕狄格方伯采取的方式比较灵活机智，

他骑马逐行逐列地穿行，告诉他的勇士，

请他们注意，恭特部下的情绪非常不好，

因此最好把与他们比武的念头放弃。

1877　据传，当吕狄格的勇士们离开勃艮第人之时，

紧接着又来了许多图灵根的堂堂勇士，

同时还有大约一千名丹麦人也赶到那里。

他们把长枪砍断，残片在空中飞来飞去。

1878   莱茵的勇士们与他们冲杀几个回合之后，

伊恩夫里特和哈瓦尔特也来参加比赛，

莱茵的勇士们傲慢地等待他们过来。

勇士们的长矛刺穿了许多华丽的盾牌。

1879   骑士们的竞技表演进行得热火朝天，

艾柴尔和克里姆希尔德兴致勃勃地观看。

他们清楚地看见，布洛德尔也带三千人赶到，

王后高兴地期待，他能把勃艮第人打败。

1880   拉蒙和赫伦伯格，还有吉比歇和什鲁坦，

这几位勇士以匈奴人自己的方式进行比赛。

他们对待勃艮第人气势汹汹，趾高气扬，

打断的长枪枪柄越过国王的大厅，飞向墙外。

1881   恭特的勇士们用手中的盾牌猛烈撞击，

盾牌发出的铿锵之声震撼着大厅和宫殿。

他们大显身手，赢得了尊严和光荣，

匈奴人则一无所获，只留下噪声一片。

1882   这场骑士的竞技表演，紧张而激烈，

英雄们淋漓的汗水浸透了马背上的褥垫。

那晶莹的汗珠透过天鹅绒褥垫滴在地上，

自信的勃艮第人经受住了匈奴人的考验。

1883   那位高贵的乐师，勇敢的伏尔凯说道：

"我刚才听说，他们对勃艮第人心怀敌意，

现在正是他们发泄仇恨的大好时机。

然而我相信，他们不敢对我们进行攻击。"

1884   勇敢的伏尔凯，那位高贵的乐师又说道：

"他们应该把我们的马牵进马厩里去休息，

待到日落时，我们再继续进行马上竞技。

也许王后还会给予勃艮第人战斗的奖励。"

1885   这时，他们看见一名匈奴人骑马走近，

那匈奴人的神态，妄自尊大，极端自负。

看样子，他此时也许是刚刚坠入情网，

穿着奇装异服，好像是一位骑士的情妇。①

1886   伏尔凯说道："我该如何惩罚那名青年？

教训一下这个妇人的宠儿，让他收敛。

我现在就把他结果，你们谁也不要阻拦，

不管艾柴尔的夫人是恼火，还是喜欢。"

1887   恭特国王立即回道："不，请保护我的脸面，

---

    ① 意谓匈奴人把自己打扮成为女郡王服务的新一代骑士，但他穿着华丽，很像妇女。

如果我们首先动手，我们就要遭到责难。
让匈奴人先动手，他们就无法把我们埋怨。"
这时，艾柴尔国王仍然坐在王后的身边。

1888 哈根说道："我要去参加这场马上竞技，
让妇人和英雄们见识一下我的武艺。
我认为，我应该显示一下我们的力量，
他们反正不会给恭特的随从颁发什么奖励。"

1889 勇敢的伏尔凯于是拍马上阵，进行冲刺，
他用标枪刺透那漂亮的匈奴人的身体。
他给不少妇人制造了极大的不幸，
后来许多妇人和少女一起痛哭流涕。

1890 哈根带着他的随从，总共六十名英雄，
他们跃马驰驱，奔向刚才比赛的场地。
乐师伏尔凯打死那名匈奴人的情景，
艾柴尔和克里姆希尔德都看在眼里。

1891 三位勃艮第的国王不愿意袖手旁观，
看着乐师一人陷入敌人重围，孤立无援。
一千名训练有素的英雄冲进赛场，
他们在那里随心所欲，一阵猛杀乱砍。

1892   那名不自量力的匈奴人已经一命呜呼，

只听到他的族人呼天抢地，失声痛哭。

宫中的人大家都问："这是谁干的惨事？"

"杀手就是拉琴的伏尔凯，那个勇敢的乐师。"

1893   匈奴人看到，他们的方伯被人杀害，

他们立即喊人给他们取来宝剑和盾牌。

他们不杀死那个伏尔凯，誓不罢休。

这时，国王离开窗口，急忙走了下来。

1894   大厅前，一片喧哗吵闹，乱成一团。

勃艮第的国王和随从骑马来到大厅前面。

他们匆匆下马，把马匹撂在一边。

艾柴尔大王千方百计地给他们解劝。

1895   他看见那名匈奴人的一位亲属站在那里，

随即把他手中的那柄锋利的宝剑夺去，

然后用宝剑把大家赶走，绝不纵容姑息。

大王气愤地说道："我对客人负有地主责任，

1896   "如果你们在我的宫廷把那位乐师打死，"

他继续说道，"这乃是我的一桩丑事。

他刺那个匈奴人时，我看得非常清楚，

匈奴人是因马儿绊倒摔死，不是乐师的过失。

1897 “你们不要烦扰我的客人，硬是没事找事！”
   大王亲自护送勃艮第客人离开冲突的地点，
   客人们的马匹由他们的侍从牵回马厩。
   这些侍从殷勤地为主人服务，忠于职守。

1898 艾柴尔国王陪同他的客人一起回到大厅，
   他千方百计地安慰勃艮第客人不要生气。
   酒宴已经摆好，侍从端来清水供大家洗手，
   然而，在匈奴的宫廷莱茵勇士有许多仇敌。

1899 又过了一段时间，君主们才陆续落座。
   克里姆希尔德见形势不利，心中难过。
   她说道：“伯尔尼的君主，我现在处境困难，
   需要你的支持和保护，请你帮我出谋划策。”

1900 战功赫赫的英雄希尔德勃兰特回答：
   “你们要是对勃艮第人下手，代价高昂，
   不论你给我多少奖赏，我都绝不参与。
   他们至今不曾被人征服，从来所向无敌。”

1901 狄特里希能言善语，说话十分客气：
   “高贵的王后，请不要对我提这样的要求，
   我同你的亲戚和族人向来无冤无仇。
   我怎能无端对这些英雄大打出手。

1902   "你的族人因为对你信任，才来探亲访友，

如今你却大耍阴谋，要把他们通通杀掉。

尊敬的夫人，这绝不能给你带来荣耀，

休想用狄特里希的手为西格夫里特复仇！"

1903   王后发现，伯尔尼人不肯为她出力，

她于是找来王弟布洛德尔，并与他相许，

答应将原属努东①的大片边陲分封给他，

后来，他被杀死，未能享用这份厚礼。

1904   王后说道："布洛德尔，我要向你求援！

在这间大厅里，聚集着我的不共戴天之敌，

他们杀死了我的前夫西格夫里特，

谁能替我报仇，他的大恩我将永远铭记。"

1905   布洛德尔回道："尊敬的王后，你可知道，

艾柴尔国王十分高兴，请来了你的亲戚。

要是我杀害了他们，他肯定不会饶恕，

因此我不敢触犯他的客人，害怕长兄生气。"

1906   "不，布洛德尔，我对你一向十分信任，

我将给你报酬，赏你许多黄金和白银。

---

① 见 1699 节注 ②。

我还要把努东抛下的未婚妻许配给你，

让你甜甜蜜蜜地拥抱那位美丽的佳人。

1907　　"那些土地和城堡，我也全部赠送给你。

你要是得到从前努东统辖的那片领地，

高贵的骑士，你便可以一生幸福安逸。

我今天对你许下的诺言，一定恪守到底。"

1908　　王后应允这么多奖赏，把布洛德尔吸引，

那位少女的美貌更勾引起英雄的贪心。

他决定不惜一战，以便能够获得那位美人，

然而，这位勇士欲求未得，反倒惹火烧身。

1909　　他对王后说道："你先返回宴席的大厅！

我在没人察觉的时候，掀起一阵骚动。

哈根必须偿还他对你欠下的血债，

我要把恭特的忠臣绑着送交你的手中。"

1910　　布洛德尔说道："勇士们，请拿起武器！

现在，我们要去袭击那些敌人的驻地。

这是艾柴尔的王后给我们下的命令，

我们必须服从，就是抛出头颅也在所不惜。"

1911　　王后知道布洛德尔已经接受她的旨意，

她于是离开这位勇士，与艾柴尔一起

带着他们的随从来到大厅，光临宴席。

她在幕后却对这些客人耍弄阴谋诡计。

1912　　　她见没有别的办法点燃战斗的火线

　　　　　——克里姆希尔德心中深藏旧仇宿怨，

　　　　　于是派人把艾柴尔的太子接来与大家见面。

　　　　　为了复仇，一个妇人竟然变得这样阴险？

1913　　　艾柴尔的四名侍从立即去接年幼的太子，

　　　　　他们把欧尔特利浦带到各位国王的面前。

　　　　　这时，恭特的忠臣哈根也坐在他们中间，

　　　　　由于他的刻骨仇恨，致使幼童罹杀身①之难。

1914　　　艾柴尔大王见到太子到来，欣喜万分，

　　　　　他高兴地把太子引见给在座的莱茵客人，

　　　　　他说道："这是我惟一的后嗣，尊妹的娇子，

　　　　　他将来会为各位尽忠，报答各位宗亲。

1915　　　"要是他能像各位尊长，成为勇敢的骑士，

　　　　　健壮而英俊，高贵且拥有强大的权势，

----

　　① 古代传说中，克里姆希尔德为了复仇确实杀死了她的儿子。十三世纪《尼伯龙人之歌》的作者没有安排一位妇人下毒手，而是让哈根完成这一行为。

要是我能等他长大，我将给他十二块领地，
那时，年轻的欧尔特利浦将为你们尽忠效力。

1916　　　"因此我向各位宗亲恳切地提出如下请求：
当你们离开我国返回勃艮第国的时候，
请你们把你们的外甥也一起带走。
敬请诸位对他多加关照，不要凌虐苛求。

1917　　　"请你们培养他长大，成为一名堂堂英雄，[①]
将来不论任何人到你们国家肇事行凶，
待他成人之时，一定帮助你们除恶报仇。"
克里姆希尔德听得十分清楚，一字不漏。

1918　　　特罗尼的哈根说道："待他长大成人之时，
我们勃艮第国的英雄会对他鼎力扶持。
可是这位年幼的太子有一副短命的长相，
怕是我根本无缘来宫廷请求他的恩赐。"

1919　　　国王凝视着哈根，他的话使他非常伤心。
这位高贵的君主虽然什么话也未说，
心中却是如一把钢刀切入，痛苦万分。
而哈根也不只是开个玩笑，他很认真。

---

①　匈奴国王送太子去勃艮第国接受宫廷教育，表示他对勃艮第人的信任。

1920　　　　哈根对于艾柴尔王太子的这一番评论，

不仅使国王难过，而且也震动了其他朝臣。

他们难以忍受，他这样诅咒太子的命运。

当然，他们并未预料，哈根会动手杀人。

第三十二歌
旦克瓦特手斩布洛德尔

旦克瓦特的侍从们正在就餐。布
洛德尔带领一千人对手无寸铁的侍从突
然袭击。侍从们英勇抵抗。旦克瓦特手
斩布洛德尔。匈奴人调兵增援才控制住
对手。旦克瓦特只身一人披荆斩棘，杀
向宴席大厅。

1921　布洛德尔的勇士们已经做好战斗准备，
　　　他们共一千人，身穿铠甲冲进大厅，
　　　旦克瓦特和他的侍从们正坐在那里用餐，
　　　勇士们心中立即燃起仇恨的火焰。

1922　布洛德尔气势汹汹，冲到餐桌跟前，
　　　马厩总管旦克瓦特和蔼地对他寒暄：
　　　"布洛德尔阁下，欢迎你来到我们这里，
　　　恕我冒昧请问，阁下在此处有何贵干？"

1923 布洛德尔说道："你不必对我表示欢迎，

    你的哥哥哈根曾经杀死西格夫里特英雄。

    我今天来到这里，为的是向你讨还血债，

    你和你的勇士们今天必须就地为他偿命。"

1924 旦克瓦特说道："布洛德尔阁下，这可不对，

    你这样做，要使我们对这次出访感到后悔。

    西格夫里特去世的时候，我还是一名幼童，①

    我不知道，艾柴尔夫人为什么要把我怪罪。"

1925 "关于这件事情，我不想与你细说，

    这是你的族人恭特和哈根犯下的罪过。

    异国的勇士们，保命吧，你们的劫数已到，

    你们的生命已经押给了克里姆希尔德。"

1926 旦克瓦特说道："你果然要一意孤行？

    我很后悔，刚才根本不应该向你恳请。"

    他从餐桌旁边跳起，随即拔出他的宝剑，

    那是一柄宽大的宝剑，上端是锐利的刀锋。

1927 他急不可待，向布洛德尔猛地一砍，

----

  ① 此处与前面情节不符，前面讲到，旦克瓦特曾参加征服布伦希尔德的远征。他可能要说明自己未参与杀害西格夫里特的阴谋。

那匈奴人的头颅立即滚到他的脚边。

勇士说道："这是你给努东遗孀的晨礼，

她曾经让你神醉心往，魂销肠断。

1928　　　"她明天也许又被许配给另一名勇士，

如果那位新郎要送晨礼，我们将依此照办。"

一位可靠的匈奴人已经对旦克瓦特透露，

说王后正在背地里对他们图谋陷害。

1929　　　布洛德尔的勇士们看到主上被人杀死，

他们对这些客人的忍耐已经达到极限。

他们怒不可遏，对着这些客人猛烈挥剑，

可是后来，他们许多人为此懊悔百般。

1930　　　旦克瓦特高声喊道："高贵的勇士们，

请大家注意，我们现在的处境十分困难。

尽管克里姆希尔德先前接待了我们，

勃艮第的勇士们，我们必须奋起应战。"

1931　　　勃艮第的勇士们再也不愿对他们宽容，

谁手中没拿宝剑，谁就把手伸向长凳，

或者把踩在脚下的脚凳抽出来使用。

他们用沉重的凳子把头盔打得凹凸不平。

1932 莱茵的英雄们义愤填膺，他们英勇抗击，
    终于把那些武装的匈奴士兵赶出大厅。
    还有五百多名匈奴人战死在大厅之内，
    他们的鲜血把勃艮第侍从的衣服浸红。

1933 布洛德尔和他的勇士们被杀死的消息
    不久便传到艾柴尔大王的勇士们耳中。
    他们听说这是哈根的弟弟及其侍从所为，
    无不感到蒙受巨大羞辱，打击沉重。

1934 在他们的国王获悉这则消息之前，
    两千多名匈奴人自行武装，准备开战。
    他们怒发冲冠，对勃艮第人发起猛烈攻击，
    试图把他们一网打尽，不让一人逃窜。

1935 在大厅前，那些不义之徒调来大批军队，
    勃艮第的侍从们顽强自卫，勇敢应战。
    然而，勇敢又何济于事，他们通通不免一死，
    因为不久，激战演成了一场惊人的灾难。

1936 现在请听我再讲一讲那些惊人的事迹：
    共九千名勃艮第的侍从战死在大厅里边，
    且克瓦特的十二名骑士也与他们一起遇难。
    只剩下他孤身一人还在敌人中间周旋。

1937 一阵激烈交锋停止，喧嚣声逐渐消散，
　　　　　旦克瓦特回头张望，不禁独自悲叹：
　　　　　"我失去这么多战友，我真是伤心！
　　　　　现在只剩下我一人站在仇敌中间。"

1938 又是一阵宝剑接二连三地砍在他身上，
　　　　　他把盾牌的把柄转到下方，举着盾牌抵挡。
　　　　　他把无数匈奴人的铠甲用鲜血染红，
　　　　　使这些匈奴人的妻子后来为此无限悲伤。

1939 亚德里安①的儿子说道："好大的屈辱！
　　　　　匈奴的勇士们，你们必须通通给我让路！
　　　　　我很疲倦，我要出去呼吸一点新鲜空气。"
　　　　　这位勇士于是大摇大摆地从大厅里走出。

1940 当这位疲倦不堪的勇士走出大厅的时光，
　　　　　又有无数把簇新的宝剑打在他的头盔之上。
　　　　　未曾见识他那神奇般武艺的匈奴士兵，
　　　　　都冲过来要和这位勃艮第的英雄较量。

1941 旦克瓦特说道："祈求天主赐我一名使臣，
　　　　　我要派他前去通知我的哥哥哈根，

――――――――――

① 为旦克瓦特的父名。

告诉他，我现在被匈奴人重重包围，
请他救我离开这里，或是与我同归于尽。"

1942　　　一名匈奴人说道："这位使者就是你本人，
我们将把你的尸首送交你的哥哥哈根。
你给艾柴尔大王造成的损伤极为惨重，
现在要让恭特的忠臣领教，何为万箭钻心。"

1943　　　旦克瓦特说道："你不要对我威胁恫吓，
请让开，否则我就要打得你们丢盔弃甲。
我要亲自回到宫廷，禀报这里的情况，
同时向我的主上述说我遭到你们攻打。"

1944　　　他的话吓得艾柴尔的勇士们心惊胆战，
他们谁也不敢再冲上前来对他挥舞宝剑。
他们只是对着旦克瓦特的盾牌投掷标枪，
盾牌越来越重，英雄终于撒手把它放在地上。

1945　　　勇敢的旦克瓦特现在手中再也没有盾牌，
匈奴人以为，他们已经把这位英雄打败。
然而，这位英雄砍穿许多匈奴人的头盔，
砍破的伤口不计其数，他赢得极大光彩。

1946　　　匈奴的勇士从左右两侧向英雄夹击，

其中有几个人过早地把他打倒在地，
他像林中的一头野猪遇上了猎犬一样，
暂时退避三舍；他是多么威武不屈！

1947　　从未有一个勇士能比得上哈根的弟弟，
他只身一人，披荆斩棘，勇斗群敌。
一路上，他的伤口不停地淌着鲜血，
可他仍然雄赳赳地朝着宴席大厅走去。

1948　　一群敌人在阶前把他拦住，不让上去。
御膳司厨和宫廷司酒听到武器作响，
他们突然松手，把正要送上餐桌的
琼浆玉液和美味佳肴泼落了一地。

1949　　精疲力竭的英雄随即问道："众位师傅，
你们为什么不专心致志地为客人服务？
为什么不把美味佳肴端给各位嘉宾？
让开，我有要事去禀报我高贵的君主！"

1950　　谁要是胆大妄为，在阶前阻挡他的去路，
他便挥舞沉重的宝剑，一律不教而诛。
匈奴人见状吓得战战兢兢，纷纷后退，
非凡的胆略和气魄使这位英雄卓有建树。

第三十三歌
勃艮第勇士大战匈奴人

> 旦克瓦特满身血迹，他一进门便
> 报告，匈奴人对他进行了突然袭击。哈
> 根拔剑，当即手斩匈奴王的太子，一场
> 血战开始。狄特里希带领他的勇士撤
> 退，同时把艾柴尔和克里姆希尔德带出
> 大厅。吕狄格也得到同样优待，其他在
> 大厅里的匈奴人全部罹难。

1951　　旦克瓦特把一柄锋利的宝剑握在手里，
　　　　他身上的铠甲从上至下溅满斑斑血迹。
　　　　英雄刚一进门便呵令艾柴尔的勇士们，
　　　　立即给他让路，必须通通向后撤离。

1952　　旦克瓦特对坐在里面的英雄们高声喊道：
　　　　"哈根长兄，你怎么还坐在餐桌前一动不动？
　　　　我们的骑士和侍从都惨死在他们的住处，
　　　　我要向你和天主控诉这极大的不幸。"

1953   哈根问道："是何许人干下这桩惨事？"
　　　　　　"凶手是匈奴人布洛德尔和他手下的勇士。
　　　　　　报告兄长，我已亲手把他的头颅砍掉，
　　　　　　他们干了罪恶行径，已经受到我的整治。"

1954   哈根说道："将来一旦有人提到布洛德尔，
　　　　　　说他是在一位骑士手中送掉他的性命，
　　　　　　美丽的妇人们也就不会感到那么悲痛。
　　　　　　杀死这个无能之辈，无损英雄的美名。

1955   "告诉我，旦克瓦特，你为什么满身通红？
　　　　　　我相信，你受了重伤，一定非常疼痛。
　　　　　　不论这个国家的哪一个人伤害了你，
　　　　　　除非魔鬼出来保护，否则他休想活命！"

1956   "站在你面前的旦克瓦特并未受伤，
　　　　　　只是他的铠甲被血水溅湿，沾满了血浆。
　　　　　　这血都是出自被他打死的勇士们的伤口，
　　　　　　他深信，今天杀敌众多，只是数字不详。"

1957   哈根说道："旦克瓦特弟弟，你要守住门口，
　　　　　　不要让一个匈奴的勇士从这里逃走！
　　　　　　形势紧迫，我要和这些勇士评一评道理，
　　　　　　布洛德尔为什么无故打死我们的战友。"

1958   旦克瓦特回道："既然我身为国王的侍从，

我就要切实为高贵的国王们效劳尽忠。

我一定能把守住殿阶，确保我们的英名。"

克里姆希尔德的勇士们果然身陷绝境。

1959   哈根说道："匈奴的勇士们在互相耳语，

我真想知道，他们都在怎样悄悄地商议。

我相信，他们不想再打旦克瓦特的主意；

这个门卫，刚才还给勃艮第人通报了消息。

1960   "关于克里姆希尔德的情况我早有所闻，

听说她把过去的痛苦一直牢记心里。

为纪念西格夫里特，并且敬上国王的御酿，①

今天首先让年幼的匈奴太子献出首级。"

1961   勇敢的哈根立即对欧尔特利浦挥起一剑，

鲜红的血液沿着宝剑流到他的手边。

那幼主的首级落到克里姆希尔德的怀里，

于是一场凶猛的厮杀在勇士们中间掀起。

1962   哈根用双手又给王太子的蒙师一击，

那蒙师的头颅立即向餐桌下面滚去。

---

① 饮酒奠奠死者是古代日耳曼习俗，御酿即国王的酒，这里指王太子的血。

这是给他这位蒙师的一点微薄的报酬，
据称：因为他没有尽职尽责，误人子弟。①

1963　　　他看见在艾柴尔的餐桌前站着一名乐师，
　　　　　这位英雄急忙怒气冲冲地向他扑去。
　　　　　他把乐师放在琴上的右手一剑砍下并说道：
　　　　　"你曾去勃艮第国送信，这是对你的谢意。"

1964　　　乐师维尔伯叫道："你砍下了我的右手，
　　　　　哈根阁下，我和你究竟有什么冤仇？
　　　　　我出使到你主上的国家，完全出于诚意，
　　　　　我失去了右手，今后还怎么演奏乐曲？"

1965　　　哈根根本不管他今后是否还能拉琴表演，
　　　　　他还把其他匈奴勇士也都打得气息奄奄。
　　　　　在大厅里，许多人遭他砍杀，一命呜呼，
　　　　　他就这样把众多英雄从人世送往阴间。

1966　　　他的战友勇敢的伏尔凯从餐桌旁跳起，
　　　　　他拉着手中的琴弦，奏出的乐声嘹亮。
　　　　　这位恭特的乐师，琴艺真是不同寻常，

---

　　① 在一种比较早的手抄本中写道，太子当时举止行为不得体，因此哈根杀死太子之后，又惩罚了他的蒙师。

他使无数匈奴勇士变成了他的死敌。

1967 三位高贵的国王也离开了他们的餐桌，

他们想出面调停，以免酿成更大的灾祸。

然而，伏尔凯和哈根已是怒火万丈，

现在劝他们要谨慎从事，已毫无效果。

1968 莱茵的国王看到，战斗已经不可避免，

他于是亲自上阵，对着敌人猛杀猛砍，

砍穿了许多敌人的铠甲，使他们皮开肉绽。

他的行为表明，他不愧是一位英雄好汉。

1969 勇敢的盖尔诺特国王也来参加战斗，

他挥舞吕狄格赠送他的那柄锋利的宝剑，

把匈奴的勇士杀死不知多少，不计其数，

他使艾柴尔的勇士们遭到极大的摧残。

1970 乌特母后最小的儿子不愿袖手旁观，

他现在也冲进战场，向着匈奴人挥舞宝剑。

艾柴尔勇士们的头盔被他砍得当当作响，

勇敢的吉赛海尔，他的战绩令人赞叹。

1971 虽说其他两位国王和随从都很英勇善战，

在战斗中，英雄吉赛海尔总是一马当先。

他是一位卓越的勇士，十分刚健有力，
他打伤的许多匈奴人倒卧在血泊中间。

1972 艾柴尔的随从们竭尽全力，顽强抗击。
大厅里面的客人挤挤插插，骈肩累迹。
他们手里拿着锃亮的宝剑，不停地砍杀，
可怕的叫声到处都能听到，悲惨凄厉。

1973 大厅外面的匈奴人想要进到里面救援，
他们刚刚来到门口就被打得人仰马翻；
大厅里面的匈奴人想要冲到大厅外边，
旦克瓦特把守着殿阶，上下都不能如愿。

1974 在大厅的几个门口，人们挤得水泄不通，
只听宝剑击打头盔的声音，震耳欲聋。
这凶猛的来势使英雄旦克瓦特难于招架，
誓与他生死相依的哥哥哈根，忧心忡忡。

1975 哈根于是向乐师伏尔凯高声呼救：
"亲爱的朋友，你看，我的弟弟站在那边，
他正冒着匈奴人的猛烈砍杀，孤军奋战。
请你赶快来帮助这位英雄脱离危险！"

1976 乐师回道："请你放心，我马上就去那边。"

伏尔凯穿过大厅，他的右手拨弄着琴弦。
只听一柄利剑在他手中发出阵阵响声，
莱茵的勇士们心中万分感激乐师的支援。

1977　　　勇敢的伏尔凯对着旦克瓦特喊道：
　　　　　"你今天可是经受了一场极大的灾患。
　　　　　你的长兄命令我前来与你一起协同作战；
　　　　　你要是坚守在门外，那么我就留在里面。"

1978　　　勇敢的旦克瓦特于是守卫在门外，
　　　　　他拦住去大厅的通道，不让任何人上来。
　　　　　大厅内勇士们手中的武器铿锵作响，
　　　　　伏尔凯在里面阻击，禁止任何人出来。

1979　　　勇敢的乐师伏尔凯朝着人群那边高喊：
　　　　　"亲爱的哈根，大厅的门已全部插上门闩。"
　　　　　两名勇士手执宝剑站在大厅的门前。
　　　　　他们的宝剑闪闪发亮，犹如一千根栏杆。

1980　　　特罗尼的哈根看到，大门防守得十分严密，
　　　　　这位卓越的英雄背上盾牌，准备开始袭击。
　　　　　现在，他要彻底洗雪他们遭受的屈辱，
　　　　　让他的敌人别再指望还能留一口气。

1981 勇猛的哈根砍碎了许多勇士的头盔，

     伯尔尼的君主看到，心中很不是滋味。

     这位亚美伦的国王跳上一条长凳，他高喊：

     "哈根，你斟上的乃是一杯最难饮的苦水！ ①"

1982 （一大批亲爱的战友在他眼前倒下）

     这位君主怎能不忧心忡忡，怛伤愁悴！

     纵然他是一位强大的国王，那又何济于事，

     他本人也身陷困境，生命岌岌可危。

1983 高贵的克里姆希尔德呼叫狄特里希：

     "你是亚美伦国全体诸侯权贵的表率，

     高贵的骑士，请帮助我活着离开这里！

     因为我一旦落入哈根之手，将必死无疑。"

1984 狄特里希说道："我本人已经性命难保，

     高贵的王后，恕我对你再也无能为力。

     恭特的勇士们都是怒火中烧，义愤填膺，

     此时此刻，我实在无法帮助任何人逃离。"

1985 "不要这样，狄特里希阁下，高贵的骑士，

     今天请你对外面显示一下你高尚的志气，

———————————

  ① 此为影射哈根的话，见 1960 节注①。

如果你不救我出去，我就只能死在这里。"
克里姆希尔德害怕丧命，心中十分焦虑。

1986　　"我已许久没有目睹这么多出色的英雄，
他们挥剑砍杀，鲜血从头盔上往下淌流。
勃艮第的勇士们正是群情鼎沸，怒发冲冠，
当然我可以试一试，但愿能把你们解救。"

1987　　于是，这位英雄使出全身的解数叫喊，
他的嗓音就好像是吹出的水牛号角，
高昂洪亮，把宽阔的匈奴城堡震撼。
狄特里希的气力之大，令人浑身发颤。

1988　　两军酣战之中，恭特忽听一名英雄叫喊，
国王侧耳倾听，听出这喊声非同一般。
他说道："我耳边响的是狄特里希的声音，
我想准是我们哪个勇士打死了他的随从。

1989　　"我看见他站在餐桌上，他的手在挥动。
勃艮第的勇士们，亲人们，请停止战斗！
让我们看一看，听一听他要说些什么，
是我们的哪个勇士使这位英雄遭到不幸。"

1990　　勇士们听到恭特国王的命令和请求，

大家放下手中的宝剑，暂时停止激战。

他们严格地约束自己，无一人继续砍杀，

这时，恭特问伯尔尼的君主，他有何意愿。

1991   恭特问道："狄特里希，高贵的骑士，

不知我的哪些随从胆大妄为，嚣张放肆？

我向你保证，我一定赔偿你的一切损失，

不论他们谁伤害了你，我都感到羞耻。"

1992   狄特里希回道："我本是安然无恙，

我只是想带领我的随从撤出这间大厅，

请保护我们安全地离开这个厮杀的战场。

我将永远牢记你的大恩，感谢你恩德无量。"

1993   沃尔夫哈特说道："你为什么要这样恳求？

那位乐师并没有把大门守得十分严密，

我们完全可以冲出大厅，自己离开这里。"

狄特里希说道："住口，此事你不要参与！"

1994   恭特国王说道："我接受你提出的要求，

不论你有多少人，你都可以把他们带走。

但是，我的敌人① 不得离开这间大厅，

---

① 指匈奴人。

他们使我惨遭涂炭，必须在这里留候。"

1995 狄特里希听到，恭特答应了他的请求，

    他于是用双臂去搀扶惊恐万状的王后。①

    艾柴尔大王也跟着他一起走出大厅，

    还有六百名英雄和狄特里希一起撤走。

1996 高贵的吕狄格方伯乘隙而入，他说道：

    "请告诉我们，有些人对你们一向忠诚，

    请问，是否也能让他们撤离这间大厅？

    是否也能为要好的友人确保安全与和平？"

1997 年轻的勃艮第国王吉赛海尔回道：

    "你和你的随从们对我们一向忠心耿耿，

    我们愿与你们讲和，不与你们进行战争。

    我们保护你带领勇士安然地离开大厅。"

1998 吕狄格有亲属和勇士共五百余名，

    高贵的方伯带领他们顺利地走出大厅。

    然而，正是这些贝希拉恩的勇敢的英雄，

    后来给恭特国王制造的损失极其惨重。

---

  ① 克里姆希尔德虽是主谋，但她是妇女，也予以放行。这显然是一种骑士的
姿态。

1999 当艾柴尔走在狄特里希身边的时候，

一名匈奴的勇士想乘机跟着一起逃窜。

乐师伏尔凯发现之后，猛地砍他一剑，

那匈奴人的头颅立即滚到艾柴尔的脚边。

2000 艾柴尔大王走出大厅之后，回头观看，

他凝视着伏尔凯，怏怏不乐地开言：

"我真倒霉，请来了这么一批客人，

呜呼，我的全部勇士都在他们手下归天。"

2001 高贵的大王又叹道："多么凄惨的庆典！

大厅里的那个勇士，他名叫伏尔凯，

他是一名乐师，却像野猪一样凶残。

幸亏我交了好运，逃过了这个魔鬼的砍杀。

2002 "他的歌声十分刺耳，他的琴弦被血染红，

他奏出的曲调在为众多的英雄送终。

我不知道，这位乐师和我们有什么怨恨，

我还从未把这样的客人请到过我的宫廷。"

2003 可以放行的人，他们一律准许离开大厅。

之后从大厅里面传出一片恐怖的叫喊。

客人们残酷地复仇，发泄他们的愤怒，

凶猛的伏尔凯一人就把无数头盔砍穿。

2004 高贵的恭特国王向着叫喊的地方倾听：
   "哈根，你是否听到那边伏尔凯的琴声？
   他给向大门冲来的匈奴人演奏乐曲，
   他的琴弓一拉，鲜血就从琴弦上喷涌。①"

2005 哈根说道："我心里感觉十分不安，
   因为刚才我在宴席上的座位离他较远。②
   我一向是他的战友，他一向是我的同志，
   我们回莱茵之后，将依然亲密无间。

2006 "国王，伏尔凯真是一位忠实的封臣，③
   他为你英勇献身，值得你赏他白银和黄金。
   他用那把提琴砍碎了许多坚固的头盔，
   头盔上闪亮的宝石被砍得落花流水。

2007 "我从未见过一名乐师如此英勇善战，
   能够像今天英雄伏尔凯一样，一柱擎天。
   他在头盔和盾牌上拉出一曲又一曲，
   精良的骏马他没有白骑，戎装没有白穿。"

---

 ① 伏尔凯的提琴就是他的宝剑，他用这柄宝剑砍杀匈奴人，宝剑上（琴弦）染红了鲜血。

 ② 哈根的等级比伏尔凯高，故他们不能坐在一起。

 ③ 这里指伏尔凯是受采地者，战时，为领主承担军事义务。

2008   在大厅里的匈奴国勇士，尽管人数众多，

他们在与勃艮第人的激战中，全军覆没。

喧嚣声停止，因为已经无人继续苦战，

勇敢的勃艮第英雄这时才收起他们的宝剑。

第三十四歌
匈奴人的尸首被扔出大厅

吉赛海尔建议，把死伤的匈奴人
扔出大厅，一个匈奴人试图救出他受了
伤的亲人，被伏尔凯一剑砍死。匈奴人
纷纷后退，只有艾柴尔还想背水一战，
被大家拦住。克里姆希尔德拿出大量黄
金悬赏哈根的首级。

2009　三位国王坐下来休息，他们已十分疲倦，
伏尔凯和哈根二位英雄来到大厅外面。
他们的身体倚着盾牌，神气高傲自大，
两人站在那里饶有风趣地闲谈聊天。

2010　勃艮第的英雄吉赛海尔向大家提出建议：
"亲爱的朋友们，你们现在还不能休息。
我敢肯定，匈奴人还要向我们发动攻势，
我们必须先把大厅里的尸首清除出去。

2011 　　"不能让这些尸首总是放在我们脚边，
　　　　在匈奴人尚未得手在战斗中打败我们之际，
　　　　我们也不能一无所获，要先打伤他们一批。
　　　　这一点我们一定能够做到，我坚信不疑。"

2012 　　哈根说道："我很高兴，能有这样一位主上！
　　　　这位年轻的国王今天给我们想出的主意，
　　　　只能出自一位英雄之口，与他十分相宜。
　　　　你们勃艮第人应该引以为豪，感到欢喜。"

2013 　　勇士们遵照国王的吩咐，把七千具尸骸
　　　　抬到门边，然后又把尸骸扔到大厅之外。
　　　　无数具死尸倒卧在大厅前的阶梯一旁，
　　　　匈奴人看在眼中，放声痛哭，十分悲哀。

2014 　　那些死尸中有些人原来伤势并不严重，
　　　　如果立即得到精心护理，完全可以保命。
　　　　可是经过这么一番摔打，哪能不死？
　　　　亲人们看到，自然心如刀割，五内如焚。

2015 　　乐师说道："从前曾经有人对我说过，
　　　　匈奴人悲叹起来像女人一样，十分怯弱。
　　　　他们看见勇士身负重伤，都不敢往前凑合。
　　　　现在事实证明，人家说的话一点不错。"

2016　　　　一位方伯听到这话，以为乐师出于诚意：
　　　　　　这时，在血泊之中，正躺着他的一位亲戚，
　　　　　　他想上前营救，把那人抱到安全的地方；
　　　　　　他刚一俯身，那乐师一枪把他刺倒在地。

2017　　　　其他匈奴人看到这种情景，都纷纷逃离，
　　　　　　他们大家都咒骂那个乐师不是东西。
　　　　　　一名匈奴人对着乐师径直地掷来一枪，
　　　　　　这名匈奴人掷来的这支标枪坚固而锋利。

2018　　　　乐师伏尔凯捡起那支标枪猛劲儿一掷，
　　　　　　标枪越过城堡的庭院和敌人的头顶飞去。
　　　　　　艾柴尔的随从们被他从大厅那里赶到远处，
　　　　　　那乐师的咄咄气势吓得他们魂不附体。

2019　　　　在大厅前面站着一千多名匈奴国勇士，
　　　　　　伏尔凯和哈根当着他们的面把艾柴尔数落。
　　　　　　他们把心中的怨气一股脑儿地倒出，
　　　　　　结果，两位勇敢的英雄招来一场大祸。

2020　　　　哈根说道："你是保护一国臣民的君主，
　　　　　　理应冲锋在前，像我的每一位主上那样。
　　　　　　他们人人身先士卒，率领勇士们战斗，
　　　　　　砍穿了许多头盔，鲜血在宝剑上流淌。"

2021 艾柴尔同样十分勇敢，他立即拿起军盾，

     克里姆希尔德嘱咐道："你要多多留神，

     你要是落入哈根之手，定是一命归阴，

     因此你必须给勇士们的军盾里装满黄金。[①]"

2022 像这样勇敢的国王如今已经不再多见，

     可在当时，一个国王绝不愿从战斗中撤退，

     大家只好拖住盾牌的箍带，把他拉回。

     凶狠的哈根又开始对他大肆诋毁。

2023 哈根说道："艾柴尔和西格夫里特之间

     并没有一条近亲的血缘纽带相连。[②]

     你的王后与他相爱是在和你结婚以前。

     没有良心的国王，你为什么要与我结怨？"

2024 哈根的话，克里姆希尔德全都听在耳中。

     她感到十分难堪，面对着艾柴尔的随从。

     她于是又开始对客人们策划新的阴谋，

     因为高贵的王后心中觉得怒气难平。

2025 她说道："你们谁能替我杀死特罗尼的哈根，

---

① 意谓用以贿赂对方。

② 意谓没有血缘关系，艾柴尔不负有复仇义务。

把他的首级送到我的面前，我就赠谁礼品，
我将把艾柴尔的军盾装满赤金相送，
此外还要拿出城堡和土地酬谢他的功勋。"

2026　　乐师说道："我真不懂，他们为什么站着不动！
听到人家已经许诺，将用赤金慷慨相送，
他们依旧垂头丧气地站在那里，无动于衷。
艾柴尔应该永远撤回对他们的恩宠。

2027　　"我看见许多胆小的家伙站在那边，
他们拿着国王的俸禄，一点不知羞惭，
在危难的时刻他们却把国王抛下不管。
这一懦夫的耻辱将伴随他们，直到永远。"

第三十五歌
伊林被杀

丹麦的伊林决心背水一战，他只身冲向勃艮第人，首先扑向哈根，然后扑向其他勇士。吉赛海尔一击使他昏倒在地，大家以为他已经亡命。然而，他跳起身把哈根刺伤，然后回到自己人那里。克里姆希尔德给他重赏，他鼓起勇气重新投入战斗。这一次，他被哈根打伤，退却时，因头上中枪身亡。图灵根和丹麦人想为他报仇，厮打中，他们全部丧命。

2028　丹麦的英雄，伊林方伯于是大声叫道：
　　　　"我做事一向十分看重荣誉和声望，
　　　　因此，在历次大战中我总是表现得英勇顽强。
　　　　给我把武器拿来，让我和那个哈根较量！"

2029　哈根于是搭话："奉劝你不要自讨没趣！

你必须让匈奴的勇士完全从此地撤离。
即使你们中两三个人胆敢冲向这间大厅，
我也要把他们打死，然后往台阶下扔去。"

2030
伊林说道："我决不因此就善罢甘休，
我早就经历过多次像这样的殊死搏斗。
今天，我一定要用这柄宝剑与你单独拼搏，
你在那儿光说大话没有用，不要空口吹牛。"

2031
伊林和年轻的图灵根人伊恩夫里特，
勇猛的哈瓦尔特，以及另外一千名英雄，
他们立即拿起武器，准备披挂上阵，
不论伊林如何行动，他们都协同战斗。

2032
乐师看到，面前有一大群武装的敌人，
他们披坚执锐，跟随伊林向这边走近。
这些人的头上都戴着坚固的钢盔，
勇敢的伏尔凯，无名火起，怒气攻心。

2033
"朋友哈根，你可看见伊林从那边走来？
跟他同来的起码有一千名武装好的勇士。
他曾经发誓，要单独与你用宝剑一决胜败。
这个英雄要是说谎，我一定严惩不贷。"

2034　　　哈瓦尔特的随从 [1] 说道："且莫怪我说谎，
　　　　　实现我的誓言，这是我最殷切的愿望。
　　　　　我决不因为害怕就丧失勇气，放弃战斗，
　　　　　随便哈根怎样厉害，我也要同他大战一场。"

2035　　　伊林再三地恳求他的族人和他的随从，
　　　　　请他们允许他单独与勃艮第的哈根交手。
　　　　　大家十分了解哈根的厉害，他们都不赞成，
　　　　　只是出于无奈，最后勉强答应了他的请求。

2036　　　他不停地哀求，族人和随从终于应允，
　　　　　因为大家看出，他想自己去出一次风头。
　　　　　他们于是放走伊林，满足这位英雄的愿望，
　　　　　不久在伊林和哈根之间展开了一场恶斗。

2037　　　来自丹麦的伊林把他的标枪高高举起，
　　　　　这位卓越的英雄又用盾牌掩护自己的身体。
　　　　　他沿着殿阶冲向哈根，直至大厅门前，
　　　　　二位勇士开始搏斗，厮杀声响成一片。

2038　　　他们二人首先用力地掷出手中的标枪，
　　　　　标枪穿透对方的盾牌，刺在甲胄之上。

---

① 指伊林。

只见枪柄的碎片高高地飞向上空，
两位愤怒的勇士继而又去拿他们的宝剑。

2039　　勇猛的哈根，意气风发，斗志昂扬，
　　　　伊林向他重力砍杀，从大厅里传来回响。
　　　　他们厮杀的声音震撼着宫殿和塔楼，
　　　　然而，那位丹麦英雄还是未能如愿以偿。

2040　　伊林看到哈根安然无恙地站在那里，
　　　　他于是转换目标，向那位乐师扑去。
　　　　他以为，他用宝剑猛杀猛砍定能奏效，
　　　　然而，伏尔凯护身有术，他能巧妙地抵御。

2041　　乐师拼命反击，他砍杀凶猛，抵挡有力，
　　　　伊林盾牌上的扣环被他砍得沸天震地。
　　　　他见此人十分可怕，不敢继续招惹，
　　　　于是又向勃艮第英雄恭特展开袭击。

2042　　伊林和恭特，二人不分轩轾，各不相让，
　　　　他们不管如何互相猛冲猛打，挥舞刀枪，
　　　　因为身上都穿着牢固而坚硬的甲胄，
　　　　所以谁也不见流血，谁也未能砍伤对方。

2043　　伊林放下恭特，又向盖尔诺特砍杀，

把这位英雄坚固的甲胄砍得火花四溅。
高贵的勃艮第勇士盖尔诺特奋力回击，
直打得勇敢的伊林几乎就此命赴黄泉。

2044 伊林敏捷地躲开盖尔诺特，随即跳起，
他当机立断，转身杀死四名勃艮第勇士。
这四人都是沃尔姆斯宫廷的高贵的英雄，
吉赛海尔气得七窍生烟，大发脾气。

2045 吉赛海尔说道："天主有知，伊林阁下！
你杀死我四条人命，必须立即支付代价。"
他于是冲上前去，对着那丹麦人狠狠一砍，
砍得那位勇士昏厥过去，一头栽下。

2046 伊林跌倒在地上，滚到吉赛海尔脚边，
大家以为，这位英雄已经躺在血泊之中，
他再也不能起来战斗，挥舞他的宝剑。
然而，伊林只是躺在那里，一切安然。

2047 只是因为勇猛的吉赛海尔重力砍杀，
震得他的头盔直响，也震响了他的宝剑。
这轰隆的声音使这位勇士头晕目眩，
他于是失去知觉，瘫倒在地上不能动弹。

2048   他一阵昏沉过后，头脑又恢复清醒，
这位勇士想："我没有受伤，依然活命。
不过，我今天与他亲自交手方才体会，
年轻的吉赛海尔真是一位勇敢的英雄。"

2049   他听到他的两旁 ① 站的全是他的敌人，
他还听到吉赛海尔也站在他的附近。
要是他们知道他还活着，非打死他不可，
于是他开始冥思苦想，如何才能逃遁。

2050   他从沾着污血的地上匆匆忙忙地跳起，
手脚之敏捷，连他自己都感到诧异。
他急步冲出大厅，正巧与哈根相撞，
于是赤手空拳猛烈地痛打这名仇敌。

2051   勇敢的哈根心想："你这个亡命之徒！
倘若没有魔鬼保护，你必将一命呜呼。"
然而，伊林用他那柄名贵的瓦什克宝剑 ②，
砍穿哈根头盔下的护罩 ③，刺伤了他的头颅。

① 意谓头盔挡住视线，他故意不抬头，只听动静。
② 为一种名贵的宝剑，用瓦什肯森林中的矿砂铸成，故得名瓦什克。
③ 为戴在头盔里面的小帽，用以保护头颅。

2052　　　愤怒的哈根觉察到自己已经受伤，
　　　　　于是使出全身的力气挥起宝剑反扑。
　　　　　哈瓦尔特的随从急忙从他面前逃开，
　　　　　哈根顺着殿阶而下，在他后面跟踪追捕。

2053　　　要是那座大厅的殿阶再长出两倍，
　　　　　哈根就不会容他还手，不让他试图报复。
　　　　　勇敢的伊林用盾牌掩护自己的脑袋，
　　　　　他的头盔上一片通红，火花像雨点迸向四处。

2054　　　伊林平安无事地回到他的战友那里。
　　　　　克里姆希尔德听到伊林回来的消息。
　　　　　她听说伊林使哈根吃了很大苦头，
　　　　　心中喜不自胜，对他表示万分的谢意。

2055　　　她高兴地接过英雄伊林手中的盾牌，
　　　　　随即说道："愿天主对你赐恩，高贵的英雄！
　　　　　你做的事使我称心，给我增添了自信，
　　　　　因为我看见哈根的甲胄已被鲜血染红。"

2056　　　哈根说道："你用不着对他这么感激，
　　　　　他应该再来试一试，这对他更为适宜。
　　　　　要是他还能活着回去，他才真算是英雄，
　　　　　只把我一人砍伤，对于你们毫无意义。

2057 "我伤口里流出的鲜血把我的甲胄染红，

这只能刺激我去杀死你更多的英雄。

哈瓦尔特的这个随从真是让我愤慨，

不过，他只给我制造了一点微小的伤痛。"

2058 丹麦的勇士伊林迎着清风站在那里，

他解下头盔，敞开铠甲透一透凉气。

大家都夸奖他的胆量，说他英勇无比，

这位方伯听到大家赞扬，心中十分得意。

2059 伊林的那块盾牌已被砍得破碎不堪，

他说道："朋友们，请马上给我更换一块！

我要再去与那个勃艮第人比试一下，

看我到底能不能把这个傲慢的勇士打败。"

2060 这位勇士立刻换上一套全新的武装，

他怒气冲冲地拿起一杆坚固的标枪，

他想用这杆标枪再与哈根斗一个回合，

而愤怒的哈根也正盼望与他大战一场。

2061 英雄哈根已经等不及伊林向他走近，

他顺着殿阶跑到下面迎向那丹麦敌人。

他奋不顾身，又是用枪刺，又是用剑砍，

伊林虽然十分强悍，此时却也力不从心。

2062   他们互相拼杀，向着对方的盾牌猛砍，
那盾牌迸出的红星儿宛如一团熊熊的火焰。
伊林的盾牌和胸甲被哈根的宝剑刺透，
他受到致命重伤，从此再也未能复原。

2063   丹麦的伊林察觉，自己已经受了重伤，
他于是把盾牌举高，让头靠在盾牌上面。
他知道自己的伤势十分严重，生命危在旦夕，
恭特国王的忠臣又向他刺来致命一枪。

2064   哈根看到有一杆标枪在他的脚边，
他拾起那杆标枪，朝着伊林用力地一掷，
只见那枪杆正好插在丹麦英雄的头上。
哈根的这一枪，注定伊林悲惨的下场。

2065   伊林挣扎着逃回他的丹麦战友们那里，
战友们在给这位英雄解下他的头盔之前，
他们首先拔出插在他头上的枪杆。
死神已经来到他的跟前，亲人们泪流满面。

2066   王后走到他的跟前，俯下身去仔细探望，
她看到勇敢的伊林躺在那里，身受重伤。
她心中十分难过，看着这位勇士，珠泪盈眶。
这坚强的勇士当着他的众位亲人说道：

2067 "尊敬的王后，请你不要为我叹息，
    我的伤势非常严重，我用不了多久就要断气。
    现在无论怎样哭泣都已经无济于事，
    只怨死神不让我继续为你和艾柴尔效力。"

2068 他又转身对图灵根人和丹麦人说道：
    "虽然王后拿出金灿灿的赤金作为酬报，
    但你们还是不要贪图这份厚礼为好，
    因为你们和哈根战斗，只有死路一条。"

2069 伊林面色苍白，死神已爬上他的眉梢。
    哈瓦尔特的随从告别人世，作古归西。
    大家伤心不止，为他的死痛哭流涕，
    丹麦人不肯罢休，他们于是全部出击。

2070 伊恩夫里特和哈瓦尔特发动新的攻势，
    他们带领大约一千名英雄冲向那座大厅，
    把无数杆标枪掷向大厅内的勃艮第勇士。
    于是又一场战斗打响，喧闹声惊天动地。

2071 勇敢的伊恩夫里特向那位乐师冲去，
    高贵的乐师怒发冲冠，英勇反击。
    他一剑砍穿这位伯爵的坚固的头盔；
    伏尔凯大动肝火，按捺不住心中的怒气。

2072   伊恩夫里特对这位乐师也是寸步不让，
　　　　打得乐师铠甲上的饰扣劈里啪啦乱响，
　　　　胸甲上仿佛覆盖了一层火花，闪烁红光。
　　　　然而，他最终还是被乐师打死，倒在地上。

2073   哈瓦尔特和哈根两人相遇，他们互相拼杀，
　　　　谁见了他们那神奇的动作，都会感到惊讶。
　　　　两位英雄砍得十分激烈，一剑紧接一剑，
　　　　结果还是哈瓦尔特死在英雄哈根的手下。

2074   丹麦人和图灵根人看到两位主上已经归天，
　　　　他们气急败坏，奋不顾身地冲到大厅前面。
　　　　在那里，他们徒手拼斗，试图闯入大厅，
　　　　一阵肉搏之后，头盔和盾牌都变成了碎片。

2075   伏尔凯高喊："请大家让开，让他们进来吧！
　　　　让他们进入大厅，我们才能速战速决，
　　　　那时他们的美梦就永远无法实现。
　　　　他们将用生命兑现他们王后许下的诺言。"

2076   当不自量力的敌人刚一拥进大厅的时候，
　　　　他们劈头迎来一阵猛击，被打得头晕目眩。
　　　　刹那，他们中许多人被打得人头落地；
　　　　盖尔诺特武艺高强，吉赛海尔英勇非凡。

2077   共有一千零四名敌方的勇士拥进大厅，
　　　　只见锃亮的宝剑横飞，发出铿锵的响声。
　　　　结果，他们在大厅里面被一网打尽，
　　　　相传，勃艮第的勇士们立下了卓著的战功。

2078   一场鏖战之后，紧接着四周一片沉寂。
　　　　战死的勇士们的鲜血在大厅地面汇成小溪。
　　　　这血液最后滴入人行道旁的排水口里。
　　　　这都是莱茵的英雄们建立的赫赫战绩。

2079   勃艮第的勇士们这时才重新坐下来休息，
　　　　他们放下了手中拿着的盾牌和武器。
　　　　勇敢的乐师，他依旧站在大厅门前守卫，
　　　　他注视着，看有没有人胆敢再来袭击。

2080   国王十分悲痛，王后的心情同样沉重，
　　　　少女们和妇人们捶胸顿足，泣不成声。
　　　　我以为，死神已经与他们结下不解之缘，
　　　　客人们的宝剑还要为他们更多的勇士送终。

第三十六歌
王后令人焚烧大厅

又一支匈奴大军参战，战斗一直
持续到深夜。勃艮第人疲惫不堪，试图
再进行一次谈判。然而，克里姆希尔德
坚持要求对方交出哈根，谈判搁浅。克
里姆希尔德令人点燃勃艮第人所在的大
厅。勃艮第人干渴难熬，哈根建议，用
死伤的匈奴人的血止渴，同时用盾牌支
撑倒塌的屋架。他们坚持一夜之后，翌
日清晨又开始激战。

2081　英雄哈根说道："你们现在可以解下头盔！
　　　我和我的战友伏尔凯为你们担任守卫。
　　　一旦艾柴尔的勇士敢再一次前来进攻，
　　　尊敬的主上，我一定尽快地通报各位。"

2082　这时，英勇的骑士们解下他们的头盔，
　　　他们坐在倒卧在血泊之中的尸体身上。

这些尸体都是被他们亲手杀死的匈奴敌人，
勃艮第的客人们坐在那里，无人探问情况。

2083   在夜幕尚未降临之前，高贵的艾柴尔国王
和克里姆希尔德王后又在紧急调兵遣将。
他们调来大约两千名匈奴国的勇士，
将他们全部投入战斗，试图大战一场。

2084   又一场对勃艮第客人的残酷战斗已经打响，
旦克瓦特，这位勇敢的英雄离开他的主上，
他一直跑到大厅门外，冲到敌人跟前，
战友们以为他必死无疑，他却是安然无恙。

2085   激战持续到深夜，直至无法作战的时光，
勃艮第人不愧是卓越的英雄，顽强抵抗。
他们冒着夏日的酷暑拼搏了整整一天，
哎！多少勇敢的英雄在他们面前中剑身亡。

2086   克里姆希尔德王后多年来忍辱含垢，
今天她要向骨肉至亲及其随从们报仇。
这场血腥屠杀发生在夏至的那一天，
从此以后，艾柴尔再也未有快乐的时候。

2087   白昼逝去，客人们担心再出现新的麻烦。

他们心想，忍受这种折磨，真是痛苦不堪，

像这样长久地坐着受罪，真不如死去更好，

高贵的骑士们于是要求与匈奴人谈判。

2088　　　三位高贵的勃艮第国王于是走出大厅，

他们浑身被铠甲蹭得乌黑，① 被血染得通红。

可是他们不知道对谁诉说他们的痛苦，

因此请求匈奴勇士，把他们国王叫来倾听。

2089　　　艾柴尔和克里姆希尔德一起来到大厅前面，

艾柴尔问道："客人们，你们找我有何贵干？

你们要是向我求和，现在已经为时太晚。"

他们是在自己国家，因此有充足的兵力来源。

2090　　　"只要我在世一天，你们就休想得到宽容：

你们杀死我的儿子，又让我许多族人丧命。

你们在给我造成如此惨重的损失之后，

无论是来求和，还是来赎罪，我都不能答应。"

2091　　　恭特回道："我满怀亲情来到匈奴国中。

我本来以为，你看得起我，对我颇为尊重。

如今，我的人全被你们打死在他们的住处，

---

① 铠甲是用一种金属制成，这种金属可以把穿铠甲的人蹭黑。

为什么就不许我们打死你的儿子和随从？"

2092   勃艮第国最年轻的国王吉赛海尔说道：
"各位艾柴尔的勇士，你们都还活在人世，
我到底有何冒犯，请你们直言批评！
我本是怀着友好情意来访问你们的宫廷。"

2093   匈奴的勇士们说道："多亏你的友好情意，
才使我们的城堡和土地笼罩一片哀鸣。
我们当初真不该把你从莱茵请到这里，
你和你的兄弟已把我们的国家扫荡一空。"

2094   勃艮第英雄恭特怒火万丈，他气愤地说道：
"要是你们愿意通过和谈结束我们之间的敌意，
这对你我双方都好，我们可以皆大欢喜。
刚才艾柴尔拒绝了我们，真是岂有此理！"

2095   匈奴国王艾柴尔对他的客人们说道：
"你们遭受的不幸无法同我的痛苦相比。
你们使我蒙受的战祸、损失和屈辱不可胜计。
因此，你们这些英雄谁也别想活着回去。"

2096   勇敢的盖尔诺特对艾柴尔国王说道：
"愿天主下令，让你起码表现出一点友情：

放我们这些异国的勇士离开这间大厅，

然后你再打死我们，那才算是你的光荣。

2097　　　"你现在还有许多勇士，他们没有受伤，

你想如何处置我们，请命令他们从速行动。

这样的痛苦，还要让我们忍受多久？

他们一旦进攻，我们十分疲倦，肯定没命。"

2098　　　艾柴尔的勇士们差一点就要做出让步，

他们本想放勃艮第国的客人们离开大厅。

然而，克里姆希尔德听说后十分生气，

她立即向异国的勇士们宣布：拒绝和平。

2099　　　她说道："不，匈奴的勇士们，我以真诚奉告，

你们千万不要陷入他们设下的圈套，

不能放这些杀人不眨眼的敌人离开大厅，

否则，你们的亲人就要通通在这里送命。

2100　　　"我的兄弟们都是世间英勇卓绝的英雄，

即使只剩下这三位乌特的公子，没有别人，

他们一旦来到大厅外面，并且把铠甲吹冷，①

---

　　① 他们身上的铠甲是用钢铁制成的，在大厅里人群拥挤，已经变得很热，无法继续战斗。

你们就不是他们的对手，谁也休想活命。"

2101 吉赛海尔问道："美丽的克里姆希尔德，
当初，你派人把我从莱茵接到这里，
我相信了你的真诚，错误地表示同意。
我有什么罪孽，匈奴人非要把我置于死地？

2102 "姐姐，我从未伤害过你，对你一向忠诚，
你待我也一直很好，正是出于这种感情
我才来到你的宫廷。请你不要忘记，
如果你不发善心，我们还能指望何人？"

2103 艾柴尔的王后说道："不要指望我发善心！
特罗尼的哈根给我制造那么大的不幸，
我至死也不会与你们言归于好，缝合裂痕。
你们没有可怜过我，如今我要严惩你们！

2104 "当然，只要你们同意，把哈根作为人质交出，
给你们留下一条生路，也并非绝不可能。
我可以说服这里的勇士们停止战争。
因为，我们终归是兄妹姐弟，系同母所生。"

2105 盖尔诺特回道："天上的主啊！这事万万不成！
即使这里有你一千名族人，我们宁可战死，

也不会把我们中的一个人作为人质拱手交出。
祈祷天主保佑，不能让这样的事情发生。"

2106 吉赛海尔说道："我们反正免不了一死。
现在谁也不能把我们与骑士的武器分开。
谁想与我们较量，我们就在这里等待。
我们一向恪守忠诚，从不把友人叛卖。"

2107 勇敢的旦克瓦特（他已经忍不住了），
他说道："我的哥哥哈根在这里并非孤单一人。
谁要与我们讲和，这个人的日子不会好过，
这一点，我现在就清清楚楚地告诉你们。"

2108 王后于是说道："各位匈奴国的勇士，
现在请大家冲上殿阶，为我报仇雪恨，
我将永远铭记你们的功劳，报答你们的厚恩。
我一定要严惩那个十恶不赦的哈根。

2109 "不要让一个人从大厅里逃走，请你们留神，
然后听我下令，把大厅的四个角落点燃，
以便歼灭全部敌人，一解我的心头之恨。"
艾柴尔的勇士们整装待命，准备冲锋陷阵。

2110 匈奴的勇士们又是掷枪，又是挥剑砍杀，

把站在外面的勃艮第人通通赶进大厅里面。
在巨大的喧嚣声中，国王和随从厮守在一起，
他们竭尽君臣之间的忠诚，绝不离散。

2111　　艾柴尔的王后下令用火把大厅点燃，
　　　　他们要把勃艮第人全部烧死在大厅里面。
　　　　一阵清风吹来，大厅迅速陷入一片火海，
　　　　我想，再也没有勇士会遭遇这样的灾难。

2112　　许多勇士在里面叫喊："哎哟，好大的痛苦！
　　　　我们真不如开赴战场，在战斗中阵亡。
　　　　现在王后把她的愤怒全部发泄在我们身上，
　　　　请求天主可怜我们，我们已经没有希望。"

2113　　其中有一人说道："国王曾对我们表示欢迎，
　　　　现在却一反友好姿态，让我们通通送命。
　　　　一切都被烧得滚烫，我觉得干渴难熬，
　　　　恐怕我的生命用不多久就要在烈火里告终。"

2114　　特罗尼的哈根说道："各位高贵的骑士，
　　　　你们谁舌干口燥，可以喝点这里的血液，
　　　　在这种灼热之中，它比葡萄酒还好。
　　　　我们现在在这里找不到比这更好的饮料。"

2115   于是，一名勇士走到一具死尸旁边。

他解下头盔，跪在那具尸体的伤口跟前，

然后对着伤口吸吮流淌出来的血液，

他确实感到止渴，虽然感觉很不习惯。

2116   "愿天主保佑你，哈根，"疲倦的勇士说道，

"我能喝这样可口的饮料，全靠你的指教。

我还从未品尝过比这更甘甜的葡萄佳酒，

为此，我永远感激你，只要我还能活着。"

2117   其他人听说，这种饮料很是甜美清凉，

于是又有许多勇士开始吸吮尸体上的血浆。

他们饮过之后，顿感精力充沛，浑身爽朗；

然而许多妇人痛失亲人，为此无限悲伤。

2118   燃烧着的木片① 从大厅上方落在他们身上，

他们用盾牌遮挡身体，把火片拨到一旁。

烟熏火燎使疲惫的勃艮第勇士走投无路，

可想而知，他们此时此刻处境多么凄凉。

2119   特罗尼的哈根说道："大家要紧靠墙壁，

------

① 这座大厅的墙壁是用石头砌成，只有屋顶用的是木料，因此放火后只有屋顶被烧着。

以免落下的火片烧着你们头盔的系带。
你们要用脚将燃着的火片踩在血里。①
哀哉，王后为我们摆设一桌难咽的酒席。"

2120   黑夜终于在难熬的痛苦之中过去，
勇敢的乐师和战友哈根依旧站在门前。
他们倚着手中的盾牌，在那里观察敌情，
以防艾柴尔的勇士们再来肆意攻击。

2121   乐师说道："匈奴人把大厅纵火点燃，
他们一定以为勃艮第人不堪烈火的焚烧，
已经全部死在里面。走，让我们进去！
瞧着吧，我们还要打死他们一些坏蛋。"

2122   勃艮第的勇士，年轻的吉赛海尔说道：
"一阵晨风吹来，我想，已经开始天亮，
愿天主保佑，让我们再活过一段时光。
我的姐姐邀请我们赴宴，耍的是鬼蜮伎俩。"

2123   接着又有一人开言："现在白天开始，
既然我们的境况看来今天也不会好转，
勇士们，还是要拿起武器，准备迎战！

①   意谓血水将把燃着的碎片熄灭，以免燃着地面。

艾柴尔的夫人肯定还要与我们大战一番。"

2124 艾柴尔国王以为，他的客人已在火中丧生，
  他们肯定经受不住这样的摧残和折腾。
  其实，大厅里依然还有六百名堂堂勇士，
  他们十分干练，胜过任何一位国王的随从。

2125 守望在门前的匈奴哨兵看得十分清楚，
  勃艮第的君主和随从虽然受尽痛苦，
  他们被囚困在大厅里面处境十分艰难，
  然而，这些异国的勇士依然还活在人间。

2126 那门卫报告王后，大厅里还有许多客人，
  他们挺住了大火的烧烤，在烈火中残存。
  克里姆希尔德不相信他们能有人死里逃生，
  她说道："我坚信不疑，他们已经通通死尽。"

2127 勃艮第的君主和随从依旧妄图幸免，
  希望有人表示宽容，给他们网开一面。
  然而，在匈奴人那里几乎不存在这种可能，
  所以他们只能抗击到底，与敌人决一死战。

2128 第二天清晨，迎接他们的又是一阵猛攻，
  打得勃艮第的英雄走投无路，水尽山穷。

无数支锋利的长枪向他们投掷过来，

可是勇敢的骑士们宁死不屈，岿然不动。

2129　克里姆希尔德许诺要对有功者给予重赏，

艾柴尔的勇士们心中抱着领赏的希望。

因此，他们对国王的命令一律遵旨照办，

然而不久，他们中许多人因此殒命身亡。

2130　国王的命令和王后的酬赏真是非常精彩！

高贵的王后令人用盾牌将大量赤金抬来。

凡是想要收受的人，她一律慷慨分赠，

她支付如此巨额报酬只为将仇敌打败。

2131　一大群匈奴勇士全副武装地向这边走来。

伏尔凯说道："我们站在这里，不要离开。

我从未见过英雄有他们这样旺盛的斗志，

因为他们拿了国王的赏钱，必须把我们打败。"

2132　他的许多战友高喊："英雄们，冲上去吧！

让我们立即行动，结束这场无妄之灾。

只有注定死亡的人才在这里倒将下来！"

刹那，只见长枪插满勇士们的盾牌。

2133　现在我还能再说什么？一千二百名勇士，

他们打得难解难分，厮杀声一浪高过一浪，
客人们用伤口里的血水洗刷心中的愤怒，
战争已经没有缓解的希望，只见鲜血

2134　　从死者的伤口里流淌：无数英雄已经阵亡。
高贵的艾柴尔大王的精兵强将全军覆没，
我们听到，死难者的友人为此悲叹不止，
亲人们为失去他们而柔肠寸断，黯然神伤。

第三十七歌
吕狄格殉难

　　吕狄格来到交战的地方。艾柴尔和克里姆希尔德要求他恪守誓言，尽封臣的义务，攻打勃艮第人。一阵痛苦的思想斗争之后，他决定服从国王和王后的命令。他与勃艮第人最后的对话再次表明他的内心冲突：一方面他必须忠于给他恩惠的君主，另一方面他不应该背弃自己亲自请来的客人，而且他已经把女儿许配给了年轻的吉赛海尔；最后他决定忠于君主。哈根表示认可，他要求吕狄格把手中的盾牌给他，吕狄格同意。哈根和伏尔凯退出战斗。盖尔诺特和吕狄格交手，二人一同战死，吕狄格的勇士也全部阵亡。厮杀声停息，艾柴尔和克里姆希尔德以为，吕狄格在与勃艮第人讲和，因此大加痛斥。正在这时，他们看到有人将吕狄格的尸首抬来；众人齐声痛哭。

2135   异国的勇士们顽强地抗击到第二天清晨。
　　　　　　高苔琳德的夫君进宫，来向主上请安。
　　　　　　他看到，大厅前双方的损失都十分惨重，
　　　　　　忠诚的吕狄格心情沉重，不由得泪流满面。

2136   勇士说道："我为什么要活在这个人世，
　　　　　　这样一场大劫大难竟没有人能够制止！
　　　　　　我多么想促成他们言和，可是国王不肯，
　　　　　　因为他知道，言和只能给他带来更大损失。"

2137   善良的吕狄格派人去找狄特里希大王，
　　　　　　问他是否能改善一点勃艮第国王们的境况。
　　　　　　伯尔尼的大王请来人向吕狄格方伯传话：
　　　　　　"国王不准别人从中调停，谁也无法帮忙。"

2138   一名匈奴国的勇士看见吕狄格流泪，
　　　　　　他于是对王后说道："你看，那就是吕狄格，
　　　　　　他站在那里哭泣，流了满脸的泪水。
　　　　　　在艾柴尔这里，你们给予他极大的权力，

2139   "大量土地和人民也全部由他支配。
　　　　　　国王为什么把如此大量城堡分封给他？
　　　　　　这个吕狄格收受国王这么多的恩赐，
　　　　　　可是，在这场战役中，他竟然无所作为。

2140   "我认为，他对于我们的事情漠不关心，

因为他早已一切应有尽有，脑满肠肥。

人们都说，英雄吕狄格有万夫莫当之勇，

而在我们危难之时，他却是畏首畏尾！"

2141   吕狄格听到那人说的话，紧锁双眉。

他想：你刚才信口雌黄，说我是一名懦夫，

公然在大庭广众之下对我横加诋毁。

此乃不可饶恕，你必须为此沉痛地忏悔。"

2142   吕狄格握紧拳头，冲到那个匈奴人的跟前，

他使出浑身的力气，对匈奴人挥剑猛砍。

匈奴人当即被打死，卧倒在他的脚边。

然而，这给艾柴尔又增加了许多负担。

2143   吕狄格说道："你这个臭名昭著的懦夫！

我现在心中已经装满了烦恼和痛苦。

滚开，你有什么理由责怪我，说我不肯参战？

其实，我对这些客人的表现非常反感。

2144   "要不是我亲自将这些勇士接到这里，

我早就尽我的力量，对他们严厉打击。

然而，我是他们来到匈奴国的引路人，①
我也是外乡人，怎能对这些客人举起武器？"

2145   高贵的艾柴尔大王于是质问方伯，他说道：
"高贵的吕狄格，难道这就是你对我的帮助？
我们的勇士已经有许多人在战斗中死去，
我不能再有伤亡，你打死那匈奴人很不适宜。"

2146   高贵的骑士回道："他放肆地胡言乱语，
不仅咒骂我的财产，还侮辱我的名誉，
而这一切都是大王亲手赐予我的厚礼。
因此他嫉恨在心，觉得国王冷落了自己。"

2147   这位英雄老羞成怒，将那匈奴人置于死地，
王后闻讯赶来，见匈奴人已死，哀叹不已。
她双眸湿润，含着眼泪对吕狄格说道：
"我们对你有什么亏心，你竟然这样回报，

2148   "你使我和艾柴尔国王更加痛苦和烦恼。
高贵的吕狄格，你过去常常对我们表示，
为了我们，你情愿牺牲性命和荣耀。

---

① 此指是他将勃艮第客人接到艾柴尔国的，因此他在法律上负有保护他们的责任；另一方面，他与勃艮第人确有感情牵连，因为他已把女儿许配给吉赛海尔。

我听说，许多勇士对你的美德大唱高调。

2149　　　"高贵的骑士，我请你回忆一下从前
　　　　　你劝我嫁给艾柴尔大王时所发的誓言，
　　　　　你说你将对我效忠，直至我们有一人归天。
　　　　　如今，我这可怜的妇人正急需你的支援。"

2150　　　"为了你们，我情愿献出生命和尊严，
　　　　　高贵的王后，毋庸置疑，这是我的誓言。
　　　　　然而，我并没有发誓我可以出卖灵魂，
　　　　　因为是我将那些高贵的君主接来参加庆典。"

2151　　　王后又说道："吕狄格，不要忘记你的誓言，
　　　　　你曾说永远为我效劳，不论谁把我触犯，
　　　　　你都要为我报仇雪恨，对我忠心不变。"
　　　　　方伯说道："我从未违背过王后的意愿。"

2152　　　这时艾柴尔大王也开始向他苦苦地哀求，
　　　　　他和王后二人一起跪在这位封臣的脚前。
　　　　　只见高贵的方伯十分困惑，左右为难，
　　　　　这位忠诚的勇士，终于满怀凄楚地说道：

2153　　　"可怜我这不幸的人，竟要遭受这种苦难！
　　　　　在天的主啊，你曾经给我美德和尊严，

你还教我忠诚，现在我必须背弃这一切，
即使死后，也只有耻辱永远与我相伴。

2154 "现在不管我站在这一边，还是那一边，
我的行为都有失偏颇，有损骑士的尊严。
如果我双方都弃之不顾，又要遭世人责难。
赐我生命的天主啊，我祈求你给我指点！"

2155 由于艾柴尔国王和王后对他紧逼不放，
因此后来在英雄吕狄格壮烈殉难的地方，
也有许多勇士在他的手下殒命身亡。
现在请听我继续讲述他那凄惨的下场。

2156 他清楚地知道，他只有痛苦和无尽的忧伤。
他多么想回绝艾柴尔大王和他的王后，
因为他担心，只要他杀死一个勃艮第人，
他就要被世人憎恨，责骂他丧尽天良。

2157 这位勇敢的英雄于是对艾柴尔国王说道：
"你分封给我的土地和城堡，艾柴尔大王，
请你全部收回，我什么也不拿在自己手上。
我要徒步走出你的国家，去他乡漂泊流浪。"

2158 艾柴尔大王说道："那么谁还能给我帮助？

高贵的吕狄格，我把一切都给你，人民和国土，
请你为我报仇雪恨，将敌人彻底铲除。
你也与我一起统治天下，做一位强大的君主。"

2159   吕狄格又说道："这让我怎么能下得了手？
我曾经把这些客人邀请到我的家中住宿，
不仅招待他们的饮食，还赠送他们许多礼物。
现在我怎么能想象，我要去砍他们的头颅？

2160   "我的国人肯定会说，我是一名懦夫。
然而，面对勃艮第的君主和他们的随从，
我不能动武，我从未表示拒绝为他们服务。
我现在真是后悔，不该与他们结成亲属。

2161   "我已把我的女儿许配给吉赛海尔勇士，
论他的教养和名望，他的品德和财富，
在这世间，女儿找不到比他更好的丈夫。
像这样完美的年轻国君，确实寥寥可数。"

2162   克里姆希尔德又说道："高贵的吕狄格，
请求你可怜我们，在危难时伸手帮助。
我现在身陷困境，国王也遭受极大痛苦，
世上哪有一位国王请客竟请来这么一伙歹徒。"

2163   于是吕狄格方伯对高贵的王后说道：
                "王后和我尊敬的主上，你们待我一向很好，
                对于你们的恩德，今天我要用生命回报。
                吕狄格再也不犹疑不决，他无非一死罢了。

2164   "我十分清楚，今天我的城堡和土地
                就要通过勃艮第人之手交给别人管理。
                因此恳请你们对我的妻子和我的女儿施恩，
                还有那些异乡勇士，他们仍在贝希拉恩那里。"

2165   国王和王后听完方伯的话，二人转忧为喜。
                国王说道："吕狄格，愿天主保佑你吉祥如意！
                我们将保护你的族人和你的全体勇士，
                我相信我国王的幸运，会看到你坚持到底。"

2166   吕狄格把他的生命和灵魂孤注一掷，
                他说道："我必须恪守我曾经立下的誓言。
                可怜啊，我的亲属，我真不愿和他们拼战。"
                艾柴尔的王后也开始痛哭，泣涕涟涟。

2167   人们看到吕狄格十分沉痛地告别国王。
                这时，他的勇士们都聚集在他的身旁，
                吕狄格对他们说道："勇士们，请拿起武器！
                我真悲伤，现在必须与勇敢的勃艮第人打仗。"

2168   勇士们下令，叫人立即将武器取来。
           侍从们不敢怠慢，急忙去取头盔和盾牌。
           不论头盔还是盾牌，他们一律抬到这里；
           令人痛心的消息不久也在勃艮第人中传开。

2169   吕狄格和五百名勇士全副武装，准备行动，
           此外，还有十二名勇士充当他们的援兵。
           大家摩拳擦掌，誓要在战斗中获得荣誉，
           却不知道，死神已为他们敲响了丧钟。

2170   我们看到吕狄格头戴钢盔向这边走来，
           他的勇士们手中都拿着锋利的宝剑，
           他们手里还拿着宽大而明亮的盾牌。
           乐师看到这种情景，心中不由得充满悲哀。

2171   年轻的吉赛海尔看见他未来的岳父
           头上戴着钢盔走近，其用意他并不明白。
           他只能把他的到来理解为善意的表示，
           因此这位高贵的年轻国王感觉十分愉快。

2172   英雄吉赛海尔说道："我们在这次旅行途中
           结识了你们这些友人，我感到格外高兴。
           说真的，能与我的未婚妻结下美满姻缘，
           这对我们大有好处，将使我们获益匪浅。"

2173   乐师说道："我真不懂，你怎么还信任他们？
难道你没有看见那许多勇士都戴着头盔，
他们手中还拿着宝剑，怎么可能是来和谈？
吕狄格为挣得城堡和土地要来与我们大战。"

2174   乐师还没有把他要说的话全部说完，
高贵的吕狄格已经来到大厅的前面。
他把他那坚固的盾牌放在脚的一旁，
他不能为亲属效力，也不能向亲属问安。

2175   高贵的方伯对着大厅向里面大声呼喊：
"勇敢的尼伯龙勇士们，起来保卫你们自己！
我本应帮助你们，如今只能与你们为敌；
我们曾经是朋友，而现在我要解除这种友谊。"

2176   身陷困境的客人们听到他的话，为之愕然，
他们遭受敌人的攻打，已经痛苦不堪。
然而，勃艮第的勇士们万万没有想到，
他们所敬爱的友人现在也要对他们开战。

2177   "愿天主有灵，不要让这样的事情发生！"
英雄恭特说道，"我们一贯相信你的忠诚，
你怎么会一反过去，要收回对我们的友情？
我不相信，你会做出这样不近情理的事情。"

2178　　　勇敢的英雄说道："这件事已经不可逆转，
　　　　　我必须对你们开战，因为我立下了誓言。
　　　　　勇士们，你们如果爱惜生命，就起来自卫吧！
　　　　　艾柴尔的王后不允许我再有任何改变。"

2179　　　高贵的恭特大王说道："高贵的吕狄格，
　　　　　你从前对我们真挚热诚，关怀备至，
　　　　　你若能仍旧忠义为怀，天主会给你恩赐。
　　　　　时至今日，你来对我们宣战，岂不太迟？

2180　　　"当你一片诚意把我们领到匈奴国之时，
　　　　　请不要忘记，你曾经赠送过我们厚礼。
　　　　　如果你能放我们一条生路，高贵的吕狄格，
　　　　　我和我的族人将牢记你的赏赐，无限感激。"

2181　　　英雄吕狄格说道："我是多么地高兴，
　　　　　能够随我的心意拿出许多礼物向你们奉赠。
　　　　　我这样馈赠你们，完全出于我的心愿，
　　　　　因此任何人都不应该叱责我的行动。"

2182　　　盖尔诺特说道："且不要谈你的馈赠，
　　　　　世上从没有一位主人对待他的宾客
　　　　　像你对待我们那样体贴入微，情谊深重。
　　　　　只要我们能活着，我们一定报答你的恩情。"

2183   吕狄格说道："高贵的盖尔诺特勇士，
我现在必须对你们开战，我是身不由己，
祈祷天主保佑，让你们平安地返回故里。
还从未有过英雄这样伤害自己的亲戚。"

2184   盖尔诺特说道："吕狄格大人，既然如此，
我现在只能祈祷天主酬谢你的厚礼。
失去你这样一位完美的骑士，我深感痛惜，
这是你送给我的那柄宝剑，它还在我手里。

2185   "这是一柄坚韧、锋利、纯正而华贵的宝剑，
在历次浴血奋战中，我总是把它带在身边，
在它的刀刃之下，有许多骑士命赴黄泉。
我相信，再不会有勇士把这样的珍品奉献。

2186   "如果你不改变主意，非要与我们交战，
如果你把我的战友打死在这间大厅里面，
我就要用你自己的这柄宝剑把你砍死。
吕狄格，我为你和你美丽的夫人深感遗憾！"

2187   "高贵的盖尔诺特殿下，但愿天主有知，
让这里的一切都按着你的意志运转，
让你的全体战友能挺过危险，幸免于难。
至于我的女儿和妻子，只得托付你们照管。"

2188   勃艮第英雄，美丽的乌特的公子 ① 说道：
"吕狄格大人，你为什么这样顽固不化？
与我同来的朋友，对你都很推崇，十分尊重，
难道你非要你的女儿这么年轻就得守寡！

2189   "如果你和你的勇士们要对我们动武，
你便成为我的一名忘恩负义的亲戚。
我因为对你非常信任才挑选你的女儿为妻，
现在你六亲不认，辜负了我的一片心意。"

2190   吕狄格说道："请你不要背弃你的誓言，
高贵的国王，如果天主遣你离开这里，
请不要拿我年轻的女儿抵报我的背信弃义。
凭着你忠贞的美德，望你善待这位少女。"

2191   年轻的吉赛海尔说道："我当然义不容辞，
不过，要是这座大厅里的勃艮第勇士，
要是他们死在你的手下，请别怪我无情，
我只能切断与你和你女儿的亲属关系。"

2192   勇敢的吕狄格说道："愿天主可怜我们吧！"
他的勇士们于是举起盾牌准备冲进大厅，

---

① 指吉赛海尔。

要在克里姆希尔德的大厅里与客人交战。

这时哈根从殿阶上对着他们大声叫喊：

2193　　　　　"高贵的吕狄格，请你再稍等片刻，"
　　　　　　他这样说道，"我与我的主上实在痛苦不堪，
　　　　　　我们再次请求，愿意与你们好好谈谈。
　　　　　　难道我们都死在这里，艾柴尔才感到喜欢？"

2194　　　　　哈根又说道："我真是觉得十分痛心，
　　　　　　我又想起高苔琳德夫人送给我的军盾。
　　　　　　当初，我怀着欣慰把它带到艾柴尔的国家，
　　　　　　现在它已经被匈奴的勇士们砍成齑粉。

2195　　　　　"上天的主啊，祈求你垂怜，对我慈悲为怀！
　　　　　　高贵的吕狄格，但愿我还能获得一块
　　　　　　像你手中拿着的那样精致而华贵的盾牌。
　　　　　　这样，我在战斗中也就不再需要铠甲。"

2196　　　　　"我本想拿着这块盾牌协助你作战，
　　　　　　现在我要冒王后毒眼看到的风险把它交给你保管。
　　　　　　拿去吧，哈根，请把它拿在你的手里。
　　　　　　哎！但愿你能把它带回你们勃艮第家园！"

2197　　　　　当吕狄格将这只盾牌送交哈根的时候，

许多人的眼睛因被热泪浸泡开始红肿。
这是他送出的最后一份礼物，自那以后
贝希拉恩高贵的方伯就再也没有奉赠。

2198 尽管哈根十分刚强，尽管他满腔愤怒，
他看到这位勇士在自己临终的时候
送给他的这份礼物，英雄心中非常痛苦。
许多高贵的骑士开始同他一起痛哭。

2199 "高贵的吕狄格，愿天主对你赐恩，
你送给异国的勇士一份如此名贵的礼品，
这在世间绝无仅有，再也找不出第二个人。
愿天主保佑，让你的美德与日月共存。"

2200 哈根又说道："天啊，我怎么这样不幸!
我们遭受的折磨，已经太多，苦不堪言，
天主啊，我们现在还不得不向友人开战。"
方伯说道："我心中也万分难过，痛苦无边。"

2201 "高贵的吕狄格，我非常感谢你的礼物，
不管这里的勇士对你抱着什么样的态度，
请你相信，我的手在战斗中决不碰你一下，
即使你砍掉所有勃艮第国勇士的头颅。"

2202   善良的吕狄格向他百般地表示谢意，
　　　　　　大家开始痛哭，因为一场大难已不可避免。
　　　　　　一切美德都将随吕狄格之死化为乌有，
　　　　　　这真是一场悲剧，已经没有人能够改变。

2203   乐师伏尔凯也从大厅里走出，他说道：
　　　　　　"我的战友哈根，表示愿意与你保持友好，
　　　　　　我也学他的榜样，保证不再向你烦扰。
　　　　　　我们来到这里的时候，你待我们非常厚道。

2204   "高贵的方伯大人，请你充当我的使臣，
　　　　　　告诉高苔琳德夫人，我已遵从她的吩咐，
　　　　　　出席庆典时手腕上就戴着她送给我的赤金镯。
　　　　　　你瞧，金镯就在这里，请你做我的证人。"

2205   高贵的吕狄格说道："愿天主保佑，
　　　　　　让方伯夫人将来还能送你更多的礼品。
　　　　　　如果我没有在战斗中死去，还能生还故里，
　　　　　　我一定向她转达这个消息，请你放心。"

2206   吕狄格说完这番话，随即拿起盾牌，
　　　　　　他鼓足勇气，开始气势汹汹地冲上前来，
　　　　　　完全像沙场上的一名勇士，扑向那些客人。
　　　　　　高贵的方伯迅猛砍杀，一会儿都不愿等待。

2207 伏尔凯和哈根，这两位高贵的英雄，
   因为都有誓言在先，他们双双暂时避开。
   可是，在门前仍有许多勇士等候在那里，
   吕狄格不得不铤而走险，冲将上来。

2208 恭特和盖尔诺特，二人不愧是真正的英雄，
   他们要杀死吕狄格，让他先进入大厅。
   吉赛海尔心中悲苦交集，于是退到一旁，
   他不愿与吕狄格交战，希望他能保住性命。

2209 方伯的勇士们直扑向大厅里的敌人，
   他们跟随主上作战，勇往直前，奋不顾身。
   这些勇士手中拿着锋利而坚韧的宝剑，
   用这宝剑砍碎了许多头盔和华贵的军盾。

2210 勃艮第的勇士们虽然疲倦，却依然勇猛，
   他们沉着应战，抗击贝希拉恩的英雄。
   他们砍穿许多闪亮的铠甲，直伤到骨髓，
   在这场战斗中，勃艮第人真是英勇出众。

2211 吕狄格的全部勇士这时都已拥进大厅，
   伏尔凯和哈根，急不暇择，猛打猛冲。
   他们只是发誓不对那一位勇士动手，
   却把许多其他勇士的头盔砍穿，血流汹涌。

2212   听那宝剑的砍击声，真是令人心惊胆战，

许多盾牌上的扣环被砍得七零八落，

盾牌上的颗颗宝石也淅沥地坠入血泊。

像这样疯狂的厮杀，今后再也不会出现。

2213   贝希拉恩的方伯攻守兼顾，左右开弓，

如同一位训练有素的斗士，十分勇猛。

这一天，吕狄格显露了他高强的武艺，

他英勇善战，不愧是一位真正的英雄。

2214   交战的另一方有恭特和盖尔诺特，

这二位勇士在战斗中也杀死许多英雄。

吉赛海尔和旦克瓦特，二人沉着而坚定，

他们让许多贝希拉恩的勇士死于非命。

2215   吕狄格全副武装，他打得勇猛而顽强，

他手斩无数英雄，一名勃艮第人 ① 目睹惨状。

这名勃艮第人悲愤填膺，怒发冲冠，

高贵的吕狄格再也无法逃脱死亡的魔掌。

2216   坚强的盖尔诺特对方伯喊话，他说道：

"高贵的吕狄格大人，我手下的全部勇士，

---

① 指盖尔诺特。

你连一个也不放他生路，通通砍尽杀光。

你肆无忌惮，我再也不忍坐视这样的伤亡。

2217　　"你夺去我这么多友人的性命，现在

你要为你送给我的这份厚礼做出牺牲。

过来吧，高贵的勇士，请来和我一战，

我要尽全力，用你的礼物给你制造不幸。"

2218　　高贵的方伯还没有冲到盖尔诺特跟前，

他们铠甲上明亮的光泽已同血水模糊一片。

两位好胜心强的勇士，彼此猛扑不止，

为了避免受到重伤，都小心地把身体遮掩。

2219　　可是他们的宝剑都十分锋利，不可抵挡。

英雄吕狄格首先砍中盖尔诺特国王，

砍穿了他坚固的头盔，鲜血往下流淌。

这位勇士立即还手，把吕狄格击倒在地上。

2220　　他把拿在手中的吕狄格的礼物举起。

尽管身负重伤，他还是给方伯狠狠一击，

刺穿了他坚固的盾牌，砍断了头盔的系带，

美丽的高苔琳德的夫君就此停止了呼吸。

2221　　这样贵重的礼物居然要得到如此恶报：

盖尔诺特和吕狄格，二人在同一战斗中，

每人都是在对方的手下把性命送掉。

哈根看到这种情景，气冲牛斗，怒火中烧。

2222　　特罗尼的英雄说道："这种结局非常糟糕。

两位勇士之死，乃是我们的巨大损失，

他们的国家和他们的人民怎能承受得了！

现在要让吕狄格的勇士们给我们赔偿补报。"

2223　　恭特说道："看到弟弟死去，我非常悲哀，

现在，骇人听闻的噩耗总是接踵而来！

高贵的吕狄格之死，也令我十分痛心，

这场恶战使我们两败俱伤，都深受其害。"

2224　　当吉赛海尔看到他的哥哥战死之时，

在大厅里的勃艮第勇士也得知国王长逝。

然而，死神仍继续无情地纠集他的随从，

不久，贝希拉恩的英雄也无一人活在人世。

2225　　恭特、吉赛海尔，还有特罗尼的哈根

以及旦克瓦特和伏尔凯等高贵的勇士，

他们急忙赶到二位英雄殉难的地点：

这些坚强的骑士，凄然泪下，悲伤之至。

2226   年轻的吉赛海尔说道:"死神真是无情,
大家别再痛哭,让我们出去吹一吹凉风,
让凉风把我们这些疲倦的勇士的铠甲吹冷;
我相信,天主已不愿再让我们继续活命!"

2227   勇士们有的坐着,有的靠在那里休息。
现在又是一次战斗的间隙,吕狄格的勇士
已经全部战死,喧嚣之声又归沉寂。
这种沉寂持续了很久,艾柴尔感到焦急。

2228   王后说道:"吕狄格没有为我们竭诚效劳!
他的勇士也都很不可靠,出师不力。
因此未能给我们的敌人以严厉的打击,
他还恨不得把他们再送回勃艮第国去。

2229   "艾柴尔国王,我们白白地待他那样优厚,
满足他的一切要求,现在他恩将仇报,
理应去替我们复仇,却与我们的敌人和好。"
英雄伏尔凯听到王后的话,于是回道:

2230   "高贵的王后,可惜事实并不是这样。
如果我不揣冒昧,指责一位贵妇人说谎,
那么我要说,吕狄格受了你的恶毒诽谤。
他和他的勇士们什么也未与我们商量。

2231   "他完全心甘情愿地执行了国王的命令，
他和他的全体随从通通战死在这间大厅。
克里姆希尔德，请看看，你还有谁可以驱使，
吕狄格直到他的末日，都对你们保持忠诚。

2232   "你要是不相信我的话，请你亲自察看。"
为了激发她的恻隐之心，他于是令人
把吕狄格的尸体抬到他们能看见的地点。
艾柴尔的勇士们经历一次最悲惨的事件。

2233   当大家看到死去的方伯被抬到眼前时，
在场的男女无不悲痛欲绝，肝肠寸断。
他们怎样为哭悼这位英雄椎心泣血，
没有人能全部记下，也不可能叙述周全。

2234   艾柴尔大王极其悲痛，开始号啕大哭，
他深沉的哀恸就像一头雄狮发出的吼声。
他的夫人克里姆希尔德王后同样十分动情，
她也为善良的吕狄格仰天呼号，哭个不停。

第三十八歌
狄特里希的勇士全军覆没

狄特里希听到哭声，于是派赫尔
夫里希前去察看。赫尔夫里希报告吕狄
格战死的消息，狄特里希又派希尔德勃
兰特去勃艮第人那里了解详情。亚美伦
人违背他的意志，决定披坚执锐，进行
战斗。希尔德勃兰特要求交出吕狄格的
遗尸，在沃尔夫哈特的煽动下，双方首
先展开舌战，继而是一场厮杀。伏尔凯
被希尔德勃兰特打死，吉赛海尔和沃尔
夫哈特交手，互相残杀，亚美伦方面只
有希尔德勃兰特还活着。他回到狄特里
希那里。狄特里希获知他的勇士全部阵
亡，悲痛万分。

2235 到处都能听见有一片凄惨的哀号，

这悲切的哭声震动大殿、塔楼和城堡。

狄特里希的一名随从听到哭声后匆匆奔来，

把这则可怕的消息向伯尔尼君主禀报。

2236　　　他对主上说道："狄特里希殿下，请你细听，
　　　　　我在一生之中还从未听到过这样的哭声。
　　　　　这声音是那样凄楚悲切，真是不同寻常，
　　　　　我猜想，一定是艾柴尔大王遭到了不幸。

2237　　　"否则那些人怎么会这样悲痛？
　　　　　准是在艾柴尔和克里姆希尔德二人当中，
　　　　　他们有一人被那些愤怒的客人砍伤致命。
　　　　　因此，英雄们无不如丧考妣，痛不欲生。"

2238　　　伯尔尼的君主说道："各位亲爱的随从，
　　　　　我们不要操之过急，一下子干得太猛。
　　　　　那些异国的勇士确有他们不得已的苦衷。
　　　　　我和他们有约在先，保证对他们宽容。"

2239　　　勇敢的沃尔夫哈特说道："尊敬的主上，
　　　　　让我先进大厅打听一下那里发生的事情。
　　　　　然后我再回来向你禀报我看到的情景，
　　　　　以及那些人为什么长吁短叹，如此悲痛。"

2240　　　狄特里希殿下说道："他们现在怒气正盛，
　　　　　要是那些勇士觉得你提的问题不甚得体，

他们一定十分生气，对你忿忿不平。

沃尔夫哈特，我看你还是不要前去打听。①"

2241　　他随后派赫尔夫里希立即前去了解情况，

去直接问那些宾客，或者问艾柴尔的随从，

那里情况如何，究竟发生了什么事情。

因为他从未见过人们像这次这样悲痛。

2242　　赫尔夫里希问道："这里出了什么事？"

勇士中有一人回道："在我们匈奴国里，

我们从前所有的欢乐，现在全部消失，

因为吕狄格已经被勃艮第人亲手杀死，

2243　　"随他来到大厅的勇士也无一人活在人世！"

赫尔夫里希听到这话，心中万分悲痛。

他又回到狄特里希那里，已是泣不成声，

极不情愿地把这不幸的消息向主上回禀。

2244　　狄特里希大王问道："英雄赫尔夫里希，

你为什么哭泣？你给我带回了什么消息？"

英雄回道："高贵的吕狄格已被勃艮第人杀死，

这使我万分悲痛，我怎能不痛哭失声？"

---

① 意谓沃尔夫哈特性情急躁，做事鲁莽，狄特里希不放心。

2245   伯尔尼的君主说道："这为天主所不容！
这是骇人听闻的报复，简直要让魔鬼嘲讽。
吕狄格哪一点对不住他们，竟遭如此还报？
我非常清楚，他待这些宾客十分热情。"

2246   沃尔夫哈特随即说道："如果情况果然如此，
那么，那些勃艮第人一个也不得活命！
如果我们忍让他们，我们就是忍受欺凌。
高贵的方伯对我们一向鞠躬尽瘁，恪守忠诚。"

2247   亚美伦的君主于是坐到一处窗口前面，
他心情十分沉重，想再一次派人前去打听。
这次，他让希尔德勃兰特去客人那里，
询问那些客人，究竟发生了什么事情。

2248   身经百战的英雄，希尔德勃兰特老帅
手中不拿任何武器，也不拿自己的盾牌。
他想以雍容闲雅的风度去见那些宾客，
此举被他的外甥看见，对他大加指摘。

2249   沃尔夫哈特生气地说道："你这样赤手空拳，
他们一定骂你胆小怕事，希图苟且偷安。
那时你只得饱受羞辱，灰溜溜地回来；
你要是带着武器前往，他们才会有所收敛。"

2250 没有经验的年轻人给有经验的老帅建议，
未等老帅听完，狄特里希的全体勇士
已经拿起武器，他们把宝剑也握在手里。
老帅感觉很不合适，要阻拦已措手不及。

2251 老帅于是问那些勇士，他们欲去何处，
勇士们回道："我们要与你一同去那座大厅，
这样，傲慢的哈根或许就不敢对你妄加嘲讽。"
老帅听完他们的回答，允许他们同行。

2252 勇敢的伏尔凯看见伯尔尼的勇士们走来。
他们是狄特里希的部下，个个全副武装，
身上带着宝剑，手中拿着坚固的盾牌。
他于是向勃艮第的国王报告：有勇士前来。

2253 乐师说道："我看见许多狄特里希的勇士，
他们头戴钢盔，身穿甲胄，手里拿着盾牌。
他们怒气冲冲，看来是要与我们大战一场，
我们这些异国勇士恐怕将遭灭顶之灾。"

2254 片刻之间，希尔德勃兰特来到大厅门外，
他用手拄着竖立在他脚前面的盾牌。
这位耿直的老帅向恭特的勇士们发问：
"高贵的英雄们，吕狄格何处把你们亏待？

2255   "我们听到一则十分不幸的音讯，据说
      我们高贵的方伯是被你们的一名勇士杀害。
      狄特里希大王特地派我前来了解情况，
      如果情况属实，我们无法承受这样的悲哀。"

2256   特罗尼的哈根说道："虽然我希望你听到的
      全是假话，怎奈这则音讯的确完全属实。
      现在，无论男人还是妇人都在为他哭悼，
      我多么想让亲爱的吕狄格依然活在人世！"

2257   狄特里希的勇士们获知吕狄格确实死亡，
      这些忠诚的英雄纷纷流下眼泪，万分悲伤，
      泪水沿着他们的胡须和下巴颏儿流淌。
      他们蒙受的损失十分惨重，无法补偿。

2258   这时，伯尔尼的公爵西格斯塔甫说道：
      "我们这些外乡人在经过那些苦难之后，
      承蒙方伯的厚意才又得以平安生息。
      如今，我们的幸福和慰藉全都随他而去。"

2259   亚美伦的英雄沃尔夫因也说道：
      "即使我今天看到死去的是我的生身父亲，
      我也不会像看到吕狄格之死这样伤心。
      可怜呵，现在由谁去安慰高贵的方伯夫人？"

2260 英雄沃尔夫哈特十分愤怒，他说道：
    "吕狄格从前曾经多次率领我们兴师远征，
    现在由谁来带领我们这些勇士讨伐敌人？
    可怜呵，吕狄格，你竟是这样离开了我们！"

2261 沃尔夫勃兰特、赫尔夫里希、赫尔姆诺特
    以及其他友人都为方伯之死无限悲痛。
    希尔德勃兰特哽咽不止，他不愿再吭一声，
    只说道："让我完成主上交给我的使命。

2262 "英雄们，请把吕狄格的遗体抬出大厅，
    我们的全部欢乐如风卷残云，消失干净。
    他待我们和许多其他勇士一向非常友好，
    让我们尽最后一次心意，报答他的恩情。

2263 "我们像吕狄格一样，也是在他人篱下栖身。
    我们为什么还要等待，不赶快抬走他的遗体，
    至少在英雄死后对他尽一点微薄之力。
    当然，我们本应在他生前对他表示谢意。"

2264 恭特国王说道："在朋友已经不在的时候，
    还能为他尽心尽力，这才是最深厚的友谊。
    吕狄格对你们很好，你们应该由衷感激。
    一个人能做到这一步，可谓忠贞不渝。"

2265   沃尔夫哈特说道："我们还要哀求多久？
我们最可信赖的勇士的生命已被你们夺去。
可惜我们再也不能看到他起死回生，
让我们把他带走，以便掩埋他的遗体。"

2266   伏尔凯回道："没有人给你们搬运死尸，
这位英雄因受致命重伤，躺卧在一片血里，
请你们自己走进大厅，来取他的尸体。
你们这样对待吕狄格，才算是彬彬有礼。"

2267   沃尔夫哈特说道："乐师阁下，天主有知，
你已经侮辱了我们，不许你再寻衅滋事！
我要不是因为我的主上禁止我们动武，
今天非治你一下不可，让你彻底老实。"

2268   乐师答话，他说道："对于禁止你做的事情
你就不敢动手，这也未免太惟命是从，
看这样的表现我不能称你为真正的英雄。"
哈根对战友的这一番言论好像颇为赞同。

2269   沃尔夫哈特又说道："如果你再不稍加收敛，
我现在就把你手里那柄琴的琴弦弄乱，
让你返回莱茵时也把这则消息带回那边。
我的自尊不再允许我容忍你如此傲慢。"

2270   乐师说道："你要是不让我弹拨我的琴弦，
把我琴弦上发出的美丽动听的声音弄乱，
那么，不论我如何返回莱茵，我在离开之前
都要把你闪着光泽的头盔砍得模糊一片。"

2271   沃尔夫哈特正要向那位乐师扑来，
他的舅父希尔德勃兰特一把将他拉开。
舅父说道："住手，我看你已经被他气疯，
你这样做就要失去我主上对你的宠爱。"

2272   勇敢的英雄伏尔凯说道："高贵的老帅，
看他像凶狮一般暴怒，你应该放他出来。
哪怕他有把天下的人全都杀光斩尽的本领，
他只要落入我的手中，嘴巴就再也别想张开。"

2273   伯尔尼人听到他的这一番话，怒不可遏，
勇敢的英雄沃尔夫哈特于是举起盾牌：
他像一头凶猛的狮子，冲在其他勇士前面，
他的战友紧跟在他的身后，敏捷而飞快。

2274   他向大厅的墙壁前冲去，虽然跳得很远，
但老帅希尔德勃兰特不愿让他抢在前面。
他极力追上，并且率先到达殿阶之前。
他们在那里与客人相遇，实现了大战的心愿。

2275   老帅希尔德勃兰特猛扑上去，直奔哈根，

只听得他们手中的宝剑发出铿锵的声音。

从他们挥舞的宝剑上迸出通红的火花，

你能看出，二位英雄都是怒气攻心。

2276   他们正在激战之中，突然被人群分开，

这是因为又有许多伯尔尼的勇士杀将上来。

希尔德勃兰特只得丢下哈根，转向别处，

勇猛的沃尔夫哈特正扑向乐师伏尔凯。

2277   他对着伏尔凯的坚固的头盔猛地一砍，

那锋利的宝剑立刻将头盔上的系带砍断。

勇敢的乐师狠狠地回击沃尔夫哈特，

砍得伯尔尼人的甲胄上火花四溅。

2278   他们互相猛击，铠甲上冒出火焰，

两个人都把对方视为死敌，不共戴天。

多亏伯尔尼的英雄沃尔夫因，才把他俩分散，

只因他是一位卓越的勇士，具有英雄虎胆。

2279   英雄恭特也披挂上阵，亲自与敌人交锋，

他张开双臂，迎接亚美伦的著名英雄。

年轻的吉赛海尔国王在这次交战之中，

也使许多闪闪发亮的头盔被鲜血染红。

2280   哈根的弟弟旦克瓦特，性情十分暴躁，

他先前在与艾柴尔的勇士们作战的时候，

给他们造成的危害根本微不足道。

勇敢的亚德里安之子这次才叫凶猛狂暴。

2281   英雄里查特和盖尔巴特，赫尔夫里希

和威夏特在以往的战斗中，总是勇往直前，

恭特的勇士们已经发现，他们确实勇猛非凡。

沃尔夫勃兰特打起仗来也同样非常勇敢，

2282   老帅希尔德勃兰特简直像发疯了一般。

莱茵的勇士都不是沃尔夫勃兰特的对手，

他们在他的剑下丧命，倒卧在血泊之中，

卓越的伯尔尼人就这样为吕狄格报仇。

2283   西格斯塔甫阁下也是奋不顾身，英勇无畏，

在这次战斗中，狄特里希的这位外甥

不知砍碎了多少敌人的坚固的头盔。

他与敌人作战时的表现，十分出类拔萃。

2284   当伏尔凯发现，勇敢的西格斯塔甫

把许多坚固的铠甲砍穿，只见血流成河，

这位坚强的勇士气冲牛斗，怒不可遏，

他于是对着西格斯塔甫猛扑，那位公爵

2285 　　不久便被勇敢的乐师拿来去填沟壑。

　　　　伏尔凯挥剑猛杀，显示出高强的武艺，

　　　　西格斯塔甫在他剑下一命呜呼，躺倒在地。

　　　　老帅希尔德勃兰特奋起报仇，英勇还击，

2286 　　这位军师说道："可怜我敬爱的主上，

　　　　他竟然死在那名乐师伏尔凯的手里。

　　　　绝不能让这名乐师活着离开此地！"

　　　　勇敢的希尔德勃兰特怒发冲冠，心头火起。

2287 　　他对着伏尔凯猛砍一剑，乐师的头盔

　　　　和盾牌上的箍带被他这么用力地一砍，

　　　　碎片四处乱飞，直撞到大厅的墙壁上面。

　　　　坚强的伏尔凯一头栽地，殒命归天。

2288 　　狄特里希的勇士们见势一起拥上，

　　　　他们砍得铠甲上的扣环迸向远近四方，

　　　　砍得宝剑顶端上的尖刃在高空中飞翔，

　　　　砍碎无数头盔，鲜血像河水一样流淌。

2289 　　特罗尼的哈根看到英雄伏尔凯被打死，

　　　　在这次庆典中，他失去了许多族人和勇士，

　　　　而失去伏尔凯却是他最大的损失。

　　　　唉，他报起仇来也是不择手段，无所不至！

2290   "这个老希尔德勃兰特，他必须偿命！

因为他杀死我的得力助手伏尔凯英雄，

他是我一生中最好的战友，千载难逢。"

他于是高高地举起盾牌，向着老帅猛攻。

2291   勇猛的赫尔夫里希把旦克瓦特杀死，

恭特和吉赛海尔眼看着这位勇士

在激战中倒下，他们悲痛万分，难以自持。

他们要为死者报仇，于是向敌人发起攻势。

2292   这时间，沃尔夫哈特在那里横冲直撞，

他把恭特的勇士们一排一排地杀光。

他在大厅里巡回三次，不停地挥舞宝剑，

无数勇士在劫难逃，纷纷在他剑下身亡。

2293   年轻的国王吉赛海尔对沃尔夫哈特喊道：

"我怎么碰上你这么一个穷凶极恶的敌人，

高贵的骑士，请你掉转身体，冲着我来吧！

让我现在把你结果，我再也不能容忍。"

2294   沃尔夫哈特随即转身与吉赛海尔搏斗，

这两位勇士都给对方砍下深深的伤口。

沃尔夫哈特向年轻的国王发起猛烈冲击，

致使脚下的血液直溅到这位国王的头顶。

2295   美丽的乌特的公子报以愤怒的反击，

他迎着勇敢的英雄沃尔夫哈特用力砍去。

这位年轻的国王虽然十分勇敢，无与伦比，

然而，他还是未能幸免于难，保护自己。

2296   他把沃尔夫哈特的华贵的胸铠砍穿，

鲜血从伤口里流淌，汇成条条小溪，

狄特里希的勇士受到了致命的一击。

他真不愧是一位英雄，击剑准确而有力。

2297   勇敢的沃尔夫哈特感觉自己受了重伤，

他丢下盾牌，赶紧把宝剑拿在手上。

英雄把这柄锋利而坚韧的宝剑高高举起，

挥剑穿透头盔和铠甲砍伤吉赛海尔的肌体。

2298   两位英雄彼此各不相让，最后双双战死，

狄特里希的随从中再也没有一名勇士。

老帅希尔德勃兰特眼看着沃尔夫哈特倒下，

我想，他从未经历过这种撕心裂肺的惨事。

2299   恭特和狄特里希的勇士们都已阵亡，

英雄沃尔夫哈特也鲜血淋漓，倒卧在地上。

希尔德勃兰特走到这位阵亡的英雄跟前，

他伸出双臂抱起这位勇士，心中充满悲伤。

2300 要把这位勇士的遗体抬出大厅带走，
   可是这具尸体太重，只好把他放在那里。
   濒死的勇士在血泊中又一次睁开眼睛，
   他看到，他的舅父多么想带着他一起离去。

2301 濒死的勇士对老师说道：“我亲爱的舅父，
   你现在无论怎样费心救我，都已于事无补。
   我以为，你还是多多留心那个哈根为好，
   他心中对我们抱着疯狂的仇恨和愤怒。

2302 “在我死后，如果我的族人为我哀悼，
   那么请你对我的至亲和知交们转告，
   他们完全没有理由为我的死亡而哭泣，
   因为我是死在一位国王之手，壮烈而崇高。

2303 “我在大厅里也对他们进行了残酷的报复，
   许多杰出的骑士的妻子将永远为此痛哭。
   如果有人问起此事，你可以自豪地告诉他，
   大约有一百多名勇士在我的手下一命呜呼。”

2304 哈根的心中，总是念念不忘那位乐师，
   想到他是被勇敢的希尔德勃兰特杀死，
   于是对这位英雄说道：“你必须偿还血债，
   因为你夺走了我许多雄赳赳的勇士。”

2305   哈根于是对着希尔德勃兰特劈头猛砍，

             他用的乃是他从前杀害西格夫里特时，

             从那位英雄身上夺来的那柄巴尔蒙名剑。

             只听剑声铿锵，老帅奋起自卫，十分勇敢。

2306   狄特里希的这位勇士也向特罗尼的英雄

             挥舞他那柄宽阔、刀锋十分锐利的宝剑。

             然而，这位英雄未能把恭特的随从砍伤，

             却让哈根一剑把他华贵的胸铠砍穿。

2307   老帅希尔德勃兰特感觉到自己挂彩，

             他担心哈根还会给他制造更大的伤害。

             狄特里希的勇士于是把盾牌往肩上一背，

             他负着重伤，急忙从哈根面前逃开。

2308   现在除恭特和哈根两位高贵的勇士之外，

             大厅里所有其他的英雄全部呜呼哀哉。

             希尔德勃兰特浑身流着鲜血仓皇撤离，

             回去向狄特里希报告这里发生的灾难。

2309   他看见他的主上坐在那儿心灰意冷，

             然而，这位君主又得听到更加悲惨的消息。

             他看见希尔德勃兰特的铠甲上沾满污血，

             于是十分焦虑地询问，何以全身斑斑血迹。

2310　　　他问道："请告诉我，希尔德勃兰特军师，
　　　　　是谁把你打伤，你浑身都被鲜血浸湿？
　　　　　你一定是在大厅里同那些客人进行过战斗，
　　　　　你不应该与他们动武，我曾经明令禁止。"

2311　　　老帅对君主回道："是哈根把我打成这样，
　　　　　我本想回避那些勇士，正要撤退的时候，
　　　　　还未等我离开大厅，他便把我打成重伤。
　　　　　我好不容易才幸免于难，逃过了那个魔王。"

2312　　　伯尔尼的君主说道："你这是咎由自取，
　　　　　你本知道我答应与那些勇士保持友谊，
　　　　　现在你把我对他们的承诺彻底毁了。
　　　　　我真想把你处以死罪，要不是顾全我的名誉。"

2313　　　"请不要对我疾言厉色，狄特里希大王，
　　　　　我们只是要求把吕狄格的尸首搬回这里，
　　　　　可是恭特国王的随从们却是坚决不让。
　　　　　我和我的勇士们的自尊受到极大损伤。"

2314　　　"我真是万分难过！吕狄格果然死亡，
　　　　　这比我自己的遭遇更使我感到悲伤。
　　　　　高苔琳德夫人是先父的侄女，我的堂妹，
　　　　　可怜她被丢在贝希拉恩从此失去保障！"

2315   吕狄格之死使他想起方伯的忠厚品格

    和他们共同度过的苦难，他不由得热泪盈眶。

    "唉，我失去一位多么仁厚诚朴的助手，

    我要把这位艾柴尔的勇士永远铭记心上。

2316   "希尔德勃兰特军师，你是否能对我说明，

    是哪一位勇士夺走了吕狄格的性命？"

    军师回道："是勇猛的盖尔诺特把他杀死，

    而这位英雄也未能在吕狄格手下逃生。"

2317   狄特里希对希尔德勃兰特军师继续说道：

    "请对我的勇士们传令，要立即武装待命。

    让他们把我雪亮的甲胄送来，我要出去巡访，

    亲自去见勃艮第国的勇士，查问真情。"

2318   希尔德勃兰特回道："你让谁武装待命？

    你所有活着的勇士，现在都在你的面前：

    你看，这里只剩下我一人，其他全都牺牲。"

    狄特里希听到这个消息，大为震惊，

2319   因为他一生之中从没有过这么大的悲痛。

    "我至今还是一位君主，拥有无上权力。

    要是我的勇士果然全部在大厅里战死，

    那便是天主把可怜的狄特里希忘记。"

2320 狄特里希又说道："我不知道这是什么道理，
那些疲惫不堪、气力消耗殆尽的勇士，
竟能把我光荣的英雄杀得如此干净彻底。
要不是因为我命运不佳，他们不会死去。

2321 "既然我本人倒霉，此种惨事属不可回避，
那么请告诉我，客人中是否有人侥幸逃离？"
军师希尔德勃兰特回道："只有天主知道，
除哈根和恭特大王外，其他人都向何处而去。"

2322 "天哪，亲爱的沃尔夫哈特，我失去了你，
留下我一人在这世上苟且偷安，凄凉孤寂！
西格斯塔甫、沃尔夫因和沃尔夫勃兰特，
我在亚美伦国已经无依无靠，茕茕孑立。

2323 "既然勇敢的英雄赫尔夫里希已经战死，
既然盖尔巴特和威夏特通通不在人世，
我的欢乐就此告终，我怎能不悲痛不止？
这样的痛苦让我如何承受，但愿一死了之！"

第三十九歌
狄特里希大王大战恭特和哈根

狄特里希与哈根徒手拼搏，最后生擒哈根，把他捆绑起来送交克里姆希尔德。他转身以同样方式制服最后一个勃艮第勇士恭特。克里姆希尔德要求哈根交出宝物，哈根回答说，只要他的主人中有一人活着，他就不能说出宝物存放在何处。克里姆希尔德于是命人砍死恭特，并带着恭特的首级来见哈根。哈根得意地告诉克里姆希尔德，现在只有他一人知道宝物放在什么地方，克里姆希尔德永远别想知道了。克里姆希尔德从被捆绑着的哈根身上拔出西格夫里特的那柄宝剑，随即把他杀死。希尔德勃兰特冲过来杀死克里姆希尔德。浴血奋战中，只有狄特里希和艾柴尔幸存，他们为死难者，为他们的国家和人民悲泣不止。

2324   狄特里希大王亲自取出他的戎衣，

军师希尔德勃兰特帮助他披挂整齐。

这位坚强有力的勇士发出长声哀叹，

这哀叹声如此之大，震撼着他们的屋宇。

2325   然而，他马上又恢复起真正的英雄气概，

这位英雄怀着满腔怒火，把自己武装起来。

他手里拿着宽大而坚固的军盾，

和军师希尔德勃兰特一起急速走出门外。

2326   哈根说道："我看见那里是狄特里希大王，

他正向我们走来，肯定是来与我们较量，

因为我们今天给他带来了巨大损失。

一会儿大家将看到，应该给谁颁发奖赏。

2327   "尽管大王狄特里希十分勇猛，果敢顽强，

无论他怒火多旺，他要是来向我们报仇，

弥补我们给他造成的伤亡，"哈根又说道，

"我绝不惧怕，我敢单枪匹马与他大战一场。"

2328   狄特里希和希尔德勃兰特听到哈根的话，

这位伯尔尼人带着军师来到大厅附近的地方。

二位勇士站在大厅外面，靠着大厅的高墙，

狄特里希把他坚固的盾牌放在地上。

2329   狄特里希满怀悲痛，十分忧伤地说道：
"高贵的恭特大王，我何处得罪了你们？
你们为什么与我为难，我也是在此地流浪。
现在我的勇士全部战死，剩下我匹马单枪。

2330   "你们已经把我们的勇士吕狄格杀死，
显然还不满足于给我造成的巨大损失。
现在你们又把我的全部勇士杀绝斩尽。
上苍有知，我确实没有伤害过各位勇士。

2331   "想想你们自己，想想你们遭受的厄运，
想想你们战友的死亡和一切战斗的劳顿，
难道你们这些勇士就不感到胆战心寒？
呜呼，吕狄格之死真是让我万分伤心！

2332   "世界上再也不会有人蒙受这样的伤害，
你们全然不顾我和你们自己，很不应该。
我的全部欣慰都被你们的宝剑砍碎，
亲人之死使我万分痛心，永远不能忘怀。"

2333   哈根说道："这也不能完全怪罪我们！
你们的勇士蛮横无理，聚集了很大一群，
他们全副武装，向着这座大厅逼近。
看来没有人向你报告这则确切的音讯。"

2334   狄特里希回道:"我应该相信哪一则音讯?
　　　　　　希尔德勃兰特对我回禀,亚美伦的勇士们
　　　　　　恳请你们把吕狄格的尸体抬出大厅。
　　　　　　你们却是恶言恶语,嘲讽我们的英雄。"

2335   莱茵国王于是说道:"他们的确曾经说明,
　　　　　　要搬走吕狄格的尸首,我下令不准答应,
　　　　　　我是针对艾柴尔,不是针对你的士兵。
　　　　　　而你的勇士沃尔夫哈特却对我们辱骂不停。"

2336   伯尔尼的英雄说道:"大概是这样的情景!
　　　　　　恭特,高贵的国王,凭着你高贵的品行,
　　　　　　你应该赔偿你们给我造成的损失,并且
　　　　　　以一种我可以认可的方式弥补我的不幸。

2337   "我要求你和你的那位随从给我做人质,
　　　　　　这样我便愿意尽一切能力保护你的安全,
　　　　　　使你在匈奴人这里不再受任何一点欺凌。
　　　　　　你将会看到,我是出于对你的一片真诚。"

2338   特罗尼的哈根说道:"祈祷天主保佑你们,
　　　　　　不要让我们这两位英雄向你屈膝投降。
　　　　　　你看,我们现在还有足够的力气进行战斗,
　　　　　　身上披挂整齐,在敌人面前自由行动。"

2339　　　　　狄特里希说道："恭特和哈根二位勇士，
　　　　　　　你们不应该拒绝我刚才提出的要求。
　　　　　　　你们实在让我感到遗憾，我心中有苦难言。
　　　　　　　按理说，你们本应该对我赔礼道歉。

2340　　　　　"然而，我向你们保证并且击掌立誓，
　　　　　　　我要陪你们一起返回你们勃艮第家园。
　　　　　　　为了你们的尊严，我不惜生命，一路护送，
　　　　　　　为了你们，我愿意忘记自己的一切苦难。"

2341　　　　　哈根却说道："请你不要继续强迫我们！
　　　　　　　我们两名勇敢的英雄，如果向你屈膝投降，
　　　　　　　将来世人谈论此事，岂不有损我们的名望。
　　　　　　　况且你身边只剩下希尔德勃兰特一员老将。"

2342　　　　　希尔德勃兰特军师于是说道："哈根阁下，
　　　　　　　我的主上刚才向你们表示和解的愿望，
　　　　　　　天知道，你们却不赞成他提出的主张。
　　　　　　　我相信，你们终归要服服帖帖地屈膝投降。"

2343　　　　　哈根又说道："不错，希尔德勃兰特军师，
　　　　　　　我们宁愿投降，也不会像你那天那样，
　　　　　　　不知羞耻，从一位勇士面前逃之夭夭。
　　　　　　　我本以为，你会御敌人于大厅，英勇抵抗。"

2344   希尔德勃兰特回道："你有什么资格说我？

从前西班牙的瓦尔特杀死恭特的勇士[①]时，

是谁坐在瓦什肯山前置身事外，隔岸观火？

你的过去并不光彩，应该对自己多加指责。"

2345   这时高贵的狄特里希大王冲着他们说道：

"你们像婆娘们一样骂架，有损英雄的本色。

希尔德勃兰特，我禁止你这样信口开河。

我在这里流浪，我的忧患比你的深重得多。"

2346   狄特里希继续说道："哈根，我的勇士，

你刚才看见我全身披挂向你这边走近，

请告诉我，勇敢的英雄，你都说了什么？

你说，你要单枪匹马只身一人与我拼搏。"

2347   勇敢的哈根回道："不错，此话我确实说过。

你要求我们二人做人质，我感到怒不可遏。

我要挥舞这柄锋利的宝剑，砍杀不停，

直到我这柄尼伯龙宝剑破碎，我无可奈何。"

---

① 瓦尔特带着希尔德恭特逃出匈奴宫廷，经过瓦什肯山时受到恭特及其十二名勇士的袭击。瓦尔特杀死了恭特的十一名勇士。哈根因与瓦尔特是旧交，未参加战斗。详见瓦尔特传说。

2348   狄特里希听到，哈根如此出言不逊，
        这位勇敢的英雄随即高高举起他的军盾。
        哈根迅猛地从殿阶上下来，冲到大王面前，
        只见锋利的尼伯龙宝剑在大王头上盘旋。

2349   伯尔尼的君主狄特里希大王深知，
        这位勇敢的英雄正怒气攻心，火冒三丈。
        他于是努力保护自己，不被他的利剑砍伤。
        因为他对英雄哈根十分熟悉，了如指掌。

2350   他也很害怕那柄锋利的巴尔蒙宝剑，
        因此只是等待时机巧妙地向哈根砍杀。
        最后，他终于使哈根招架不住，无法抵挡。
        这位大王把他重砍一剑，伤口既深又长。

2351   狄特里希心想："你因久战而疲惫不堪，
        我就是杀死了你，也证明不了我如何勇敢。
        我不如把你抓来做我的人质，迫使你就范。"
        但狄特里希深知，做此事要冒很大风险。

2352   大王于是放下盾牌，因为他膂力过人，
        伸出两手便紧紧地抱住了特罗尼的哈根。
        这位勇敢的英雄就这样被他就地生擒。
        高贵的恭特目睹此情此景，十分伤心。

2353 狄特里希首先将生擒的哈根五花大绑，
   然后带着这位刚才还佩带宝剑的勇士
   去见高贵的王后，把人质交到她的手上。
   王后饱尝苦难之后，这时终于心花怒放。

2354 艾柴尔王后向这位英雄欣然施礼，
   她说道："我遭受的一切痛苦已得到补偿，
   只要我在世，我永远感激你功德无量。
   祝愿你永远身心康乐，幸福无疆！"

2355 伯尔尼的狄特里希大王说道："高贵的王后，
   如果你给他留一条活命，他才能够补报
   他从前对你的伤害和给你造成的一切苦恼。
   他现在已被绑在那里，你不必把他杀掉。"

2356 王后于是令人将哈根押送到一间地牢，
   他躺在里面，从外面没有人能够看到。
   高贵的恭特国王十分焦急，他大声叫喊：
   "那位伯尔尼英雄真是害人，哈根哪里去了？"

2357 伯尔尼的英雄狄特里希大王向他走去，
   高贵的国王恭特十分勇猛，值得赞誉。
   他见英雄走来，立即奔出大厅，毫不迟疑，
   只听两位英雄的宝剑在猛烈地撞击。

2358   尽管狄特里希久已名满天下，声震寰宇，

　　　　　　恭特在经过一切大难之后，又与强敌相遇，

　　　　　　他现在更是怒不可遏，无所畏惧。

　　　　　　然而，狄特里希能死里逃生，真是奇迹。

2359   这二位勇士都是十分勇敢，凶猛顽强，

　　　　　　当他们挥舞宝剑砍那坚固的头盔的时候，

　　　　　　他们的砍杀声从大殿和塔楼中传来反响。

　　　　　　恭特显示出他的英雄气概和超人的力量。

2360   伯尔尼人手中那柄锋利的宝剑锐不可当，

　　　　　　把恭特打得鲜血从铠甲里面往外流淌。

　　　　　　然而尽管这位疲惫不堪的国王还击有力，

　　　　　　狄特里希还是把他打败，像打败哈根一样。

2361   恭特国王终于被狄特里希紧紧地捆起。

　　　　　　尽管一位君主不应该受到这种屈辱待遇，

　　　　　　但狄特里希心想，如果不把他们①绑住，

　　　　　　他们将来看见谁，谁就倒霉，必死无疑。

2362   伯尔尼的狄特里希牵着恭特的手，

　　　　　　把他捆绑着带去见克里姆希尔德王后。

_____

　　① 指恭特和哈根。

恭特的凄惨下场驱散了她的满腹忧愁。

她说道："勃艮第国的恭特，我表示欢迎！"

2363　　　恭特说道："尊敬的妹妹，我本要向你鞠躬，

如果你跟我招呼时稍微表现出一点热情。

然而我知道，高贵的王后，你心中非常生气，

因此对我和哈根只淡淡应付一下，态度冰冷。"

2364　　　伯尔尼的英雄说道："高贵的王后，

我今天交给你的乃是两位堂堂的骑士，

他们以前从未因为被俘虏而去做人质。

看我的面子，请别把这两名异乡人处死。"

2365　　　王后答应说，她乐意按照他的吩咐办事，

狄特里希于是眼里含着热泪离开两名勇士。

可是艾柴尔王后不久便开始血腥复仇，

把那两名杰出的异国英雄通通杀死。

2366　　　她把他们分开，各自关在一处地牢里面，

两位异国的勇士从此就再也未能相见，

直到王后把她长兄的首级拿到哈根面前。

克里姆希尔德就这样在他们身上吐气申冤。

2367　　　王后怀着满腔愤恨走近被囚的哈根，

她对这位英雄说道："如果你能归还我
你从前从我手里夺走的那些财产，
我可以让你生还勃艮第国，不把你杀掉。"

2368　　愤怒的哈根说道："请你不要再费口舌，
高贵的王后，我当初曾经对你郑重地说过，
只要我的主人当中有一人还活在人世，
我就绝不交出宝物，也不说出宝物的下落。"

2369　　高贵的王后说道："现在我终于达到目的。"
她于是命人把恭特杀死，并拿来他的首级。
她揪住她长兄首级的头发来到哈根面前，
特罗尼的英雄此时心如刀割，如丧考妣。

2370　　悲痛欲绝的英雄认出这是主上的头颅，
他对克里姆希尔德说道："正如你希望的那样，
现在你已经达到目的，而这一切的结局
也完全在我的预料之中，并非出其不意。

2371　　"如今勃艮第国的君主，年轻的吉赛海尔，
还有盖尔诺特，他们都已经离我们而去。
宝物藏在何处，除天主和我外，没有人知道。
你这妖妇永远别想知道那些宝物藏在哪里！"

2372   王后说道："你丧尽天良，把我劫掠一空，

如今我只剩下西格夫里特的宝剑一柄。

我见他最后一面时，他还带着这柄宝剑。

是你杀了我的丈夫，把我推进痛苦的深渊。"

2373   她于是从哈根的剑鞘中拔出那柄宝剑，

举起双手，对着那位勇士劈头砍杀。

那勇士无法招架，他的脖颈终于被她砍断。

艾柴尔大王看在眼里，心中不停地发颤。

2374   艾柴尔叹道："呜呼，这位勇敢的英雄，

他曾经手拿盾牌，打赢过多次战争。

他如今竟然倒下，惨死在一位妇人手中！

尽管他是我的敌人，我还是感到十分震惊。"

2375   希尔德勃兰特说道："虽然我也遭到不幸，

这位特罗尼的英雄差一点儿把我送命，

但我不能容忍一位妇人竟敢杀死一名英雄。

我要为特罗尼人报仇雪恨，鸣叫不平。"

2376   希尔德勃兰特愤怒地冲向克里姆希尔德，

他对着王后挥剑砍杀，给她沉重一击。

克里姆希尔德十分害怕希尔德勃兰特，

她狂呼乱叫，但已力不从心，大势已去。

Ich enkan iu niht bescheiden
Waz sider da geschach:
Wan riter unde vrouwen
Weinen man da sach,
Dar zuo die edeln knehte,
Ir lieben friunde tot.
Hie hat daz mær ein ende;
ditze ist
Der Nibelunge Not.

2377　　　注定要死的人都已经全部命赴黄泉，

　　　　　高贵的王后也不例外，身体被砍成几段。

　　　　　狄特里希和艾柴尔两位大王眼里流着泪水，

　　　　　他们为亲人和勇士痛心哭悼，长声哀叹。

2378　　　一生功名显赫的勇士们现在躺卧在地上，

　　　　　大家呼天抢地，悲切哭悼他们的伤亡。

　　　　　国王举行的庆典就此以痛苦收场，

　　　　　世界上的欢乐，到头来总是变成悲伤。

2379　　　以后发生的事情，我也不能告诉你们，

　　　　　我只知道，人们看见许多骑士和妇人，

　　　　　还有高贵的侍从，他们都为失去亲友而伤心。

　　　　　故事到此结束，这就是《尼伯龙人的厄运》。

后　记

　　《尼伯龙人之歌》终于翻译完了。最后有几个问题必须向读者交待一下：

　　一、这个译本是依据赫尔姆特·得·鲍尔（*Helmut de Boor 1891—1976*）出版的卡尔·巴尔茨（*Karl Bartsch 1832—1888*）编订的中古高地德语原文注释本（*F. A. Brockhaus Verlag Wiesbaden 1979, 21. revidierte Auflage*）翻译成汉语的，包括史诗的正文和每歌的内容提要。同时参考了赫尔姆特·布拉克特（*Helmut Brackert*）和卡尔·西姆洛克的两种现代德语译本。所附插图是德国画家尤利乌斯·斯诺尔·冯·卡洛尔斯菲尔德（*Julius Schnorr von Carolsfeld 1794—1872*）为卡尔·西姆洛克一八二七年出版的现代德语译本所制插图的木刻版，采自卡尔·西姆洛克的译本（*Panorama Verlag Wiesbaden 1984*）。

　　二、"尼伯龙诗节"有严格的韵律规则，将其原原本本地翻译成中文是不可能的。我只是把每一诗节的内容用四行文字表达出来，同时尽力使上下文关系明确，语言清楚，音韵流畅。史诗中有多处"诗节的跳跃"，即一个句子跨越诗节的界限，上半句话在前一诗节的结尾，下半句话是后一诗节的开始。译文中除少数几处外，一般都保留了原文的形式。

三、骑士阶级为了表达自己特殊的生活方式，使用了一套他们特有的词汇。这些词汇在当时有其固定的含义，很难译成准确的汉语。如骑士阶级是"*êdel*"，这里的"*êdel*"指的是，出身贵族，受过宫廷教育，具有良好的素质和骑士阶级的美德。我在译文中将"*êdel*"一律译为"高贵的"，凡在人物前加上"高贵的"一词，表明其人物有贵族身份。又如"*minne*"或者动词"*minnen*"，本意是指肉体上的结合，"情爱"。在《尼伯龙人之歌》中，西格夫里特与克里姆希尔德结婚是出于爱情，但恭特赢得布伦希尔德是一次骑士冒险，艾柴尔娶克里姆希尔德是政治婚姻。这里作者都用了"*minne*"一词，有求婚的意思，因此均译为"求婚"。在中古德语中"*frouwe*"和"*wîp*"都是指妇女，但"*frouwe*"是指女主人、贵妇人以及其他贵族出身的妇女，我在译文中均使用"妇人"或"高贵的妇人"，以示她们不同于普通妇女"*wîp*"。吉赛海尔在史诗中自始至终被称为"*kind*"，"*kind*"是未成年的小孩，这里是指他比别人年纪小，有类似我们语汇中"小弟"的意思。为了统一起见，我在译文中都用了"年轻的"一词。

《尼伯龙人之歌》的篇幅长，时间与空间的跨度很大，涉及的内容十分广泛。限于水平和经验，误译和不妥之处在所难免，恳请读者指正。

这本《尼伯龙人之歌》能够出版，得到我的老同学高中甫同志的热情支持和帮助，他看过译稿后，提出许多宝贵意见，在此表示深深的谢意。

安书社

1998 年 9 月

汉译文学名著

第二辑书目（30 种）

图书在版编目（CIP）数据

尼伯龙人之歌 /（ ）佚名著；安书祉译. — 北京：
商务印书馆，2022
（汉译世界文学名著丛书）
ISBN 978-7-100-20697-6

Ⅰ.①尼… Ⅱ.①佚… ②安… Ⅲ.①史诗—德国—
中世纪 Ⅳ.① I516.23

中国版本图书馆 CIP 数据核字（2022）第 026179 号

汉译世界文学名著丛书
尼伯龙人之歌
佚 名 著
安书祉 译

商 务 印 书 馆 出 版
（北京王府井大街36号 邮政编码100710）
商 务 印 书 馆 发 行
北京市十月印刷有限公司印刷
ISBN 978-7-100-20697-6

2022年3月第1版 开本 850×1168 1/32
2022年3月北京第1次印刷 印张 18⅜

定价：85.00 元